イギリスの教会事典

英文学の背景を知る

三谷康之 著

日外アソシエーツ

To My Mother and Sister
Reiko and Sumiyo

Barrel Vault（円筒ヴォールト）の天井を戴く身廊（nave）で、奥が東方。Carlisle Cath. [E]

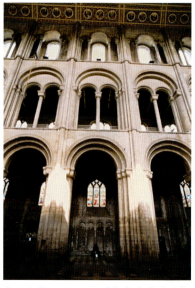

Nave（身廊）。奥が西側出入口（west door）。York Minster [E]

上から順にClerestory（教会堂高窓層）、Tribune（トリビューン）、Arcade（アーケード）。アーケードの向こうが側廊（aisle）。Ely Cath.[E]

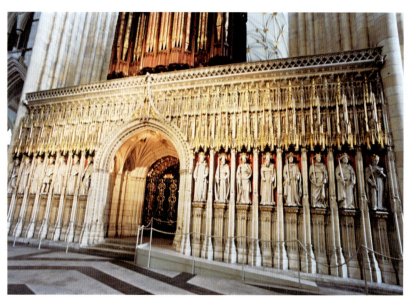

Chancel Screen（内陣仕切り障壁）の石造り（pulpitum）で、仕切りの向こう側が内陣。上にはパイプオルガン（organ）などを置く桟敷（gallery）がある。York Minster [E]

Misericord(ミゼリコード)に施された彫刻で、伝説上のグリフィン(griffin)。Ludlow Ch., Ludlow [E]

Pulpit(説教壇)。八角形の反響板(sounding board)と手摺(pulpit balustrade)付きの階段(pulpit steps)にも留意。Salisbury Cath. [E]

the High Altar with Canopy(天蓋付きの主祭壇)。Carlisle Cath. [E]

極彩色の施されたBoss(盛上げ装飾)。奥内陣の礼拝堂(chapel in the retrochoir)。Winchester Cath. [E]

Charles & Mary Lamb's Grave(チャールズ・ラムと姉メアリーの墓)。All Saints with St.Michael Ch., Edmonton [E]

Memento Mori(メメント・モーリィ)の'skull & crossbones'(交差させた大腿骨に髑髏)の図柄。1674年の建立。Holy Rude Kirk, Stirling [S]

Rib Vault(リブ・ヴォールト)。垂直式(the Perpendicular style)。身廊(nave)の天井。Canterbury Cath. [E]

Village Church(村の教会)。塔(church tower)のために、西側出入口(west door)に代わって南側出入口(south door)。SS.Peter & Thomas' Ch., Sambourne Village, Essex [E]

Village Church(村の教会)。St.Pancras Ch., Widecombe-in-the-Moor Village, Devon [E]

Cloister((修道院)回廊)。右手に方庭(cloister-garth)。Lincoln Cath. [E]

the Early English style(初期イギリス式)の西側正面(west front)。Peterborough Cath. [E]

ま え が き（Preface）

　一般に外国文学を研究したり翻訳したりする上では当然のことであるが、単に味読し鑑賞する場合ですら、その国の文化的背景に関する知識を必要とすることは論を俟たない。その主旨で本事典はイギリスの文学および文化の理解に必要不可欠である広範な背景的知識として、「イギリス建築」の中から「教会」（堂内および堂外）を、それに併せて「教会境内・墓地」を取り上げ、その補遺として、「教区教会」「修道院」「教会建築様式」を付加した上で、建築・歴史・文化の観点から詳細な記述を試みたものである。教会建築並びに教会境内と、その周辺用語は多岐にわたる。それがさまざまな形で文学作品に登場するが、英和辞典は元より英々辞典にさえ掲載されていない場合が少なくないのが実情である。

　例えば、'east window'、'south door'あるいは'west door'などが挙げられる。'orientation'といって、「祭壇」（altar）が東、「出入口」（church door）が西に位地し、昇る太陽（the rising sun）の光が祭壇の背後から差し入るように建てられたのが「教会」である。それが、しかしながら、OEDやWebster辞典にすら、見出し語として取り扱われてはいない。幼い頃から教会に出入りして慣れ親しんだキリスト教国の人たちには、教会の東西南北と来れば自明のことであろうが、英和辞典をよすがとする私たちには怨み所とするものである。しかも、キリスト教国の言語を解説する英和辞典としては、配慮が望まれる点でもあろう。

　また、英和辞典の'effigy'などは、まるで'Guy Fawkes'の似姿の如き「呪い人形」を想像しかねない。これでは教会堂内はその展示会場に堕す恐れが生ずる。確かに辞典によっては、'monumental effigy'を別の見出しとして入れてはあるが、実際の文学作品などでは、前者の形で頻繁に使われていることを考慮すれば、惜しまざるを得ないといえよう。'chancel-arch'ないしは'chancel-step(s)'もまた然りである。

　あるいはまた、'memento mori'という表現があるが、墓石に刻まれたその図柄を指す場合には、果たして、辞典類による単なるその語義の解釈のみでは、まさに「隔靴掻痒」の感を覚えずに済まされ得ようか。

　実際に「異文化」というものは、単なることばのみの説明では、なかなか釈然と

しないところが残るものである。そもそも風土や習慣の違いから我が国に存在しないものは、たとえ幾千語の文字で解説を試みたとしても、そのものの持つイメージを彷彿させ得るまでには至らない場合が少なくないからである。

　しかもまた、そのような教会用語の単なる語義の問題だけにとどまることでもない。

　具体的に概略すると、'misericord'は聖職者の椅子(choir-stall)の特別な工夫を指すことは辞典類にも記述されるが、その語の由来するラテン語の「哀れみ・慈悲」とどう結びつくのかは、礼拝式(church service)の性質との関連から説明されなければならない。また、'epitaph'には「墓碑銘」の訳語が添えられるだけだが、それには幾つかの基本的パターンがあるものであって、その心得の有無は児童文学の理解にも関わることになるであろう。

　そこで、上記の分野について、その文化史を詳説し、それに数多くの写真やイラストを添えた上で、詩・童謡・童話・小説・戯曲・エッセイ・紀行文など実際の文学作品からの引用を示した事典の執筆を思い立った次第である。しかしながら、著者は元より文学以外では門外漢である。従って、辞事典類をも含めて、教会建築を初め、各分野を専門とする方々の著作を参考とする以外ほかに方法はなかった。ただし、ひとつの用語の説明にも、甲の著作に記されていないことが乙にはあり、乙の著作にも見られない内容が丙では述べられていて、また、丙でも触れられていない事柄が先の甲では指摘されている、といった具合であることから、本事典ではあくまでイギリスの文学および文化を理解する上で必要と思われる範囲内に限って、その「最小公倍数」を記述するように心がけたつもりである。

　また、その引用文に付した和訳は、翻訳というよりはむしろコンテクストが把握できる程度の日本語訳にとどめてある。その際に、例えば、'fan vault'あるいは'consecration cross'などは、英和辞典類の訳語では、前者は「扇形天井」、後者は2語の訳語をそれぞれ組合せて、「聖別十字架印」として見たところで、読み手にはなお不得要領とするものである。つまり、その訳語の持つ意味だけから想像してみたところで、その実体とは相当に隔絶したものになる恐れが生ずるもので、これは注釈を付すなどしなければ、翻訳としては配慮のなさが残ることを承知の上で、解説に用いた語をそのまま当て嵌めてある。それは、解説に示した語と一致させるために過ぎないもので、本書の引用文は、「見出し語である用語」の理解の補助を目的のひとつにしているためであるからである。

－2－

その他の点について、本事典の特色の概要を列記すると、以下の通りである。

＊ 取り上げた項目［見出し語］の数は416、その「名称」の数では670余りに達する。ちなみに、その中でも「英和大辞典」の類にも取り上げられていない用語は、約130に及ぶ。

＊ 見出し語の配列は、通常の辞事典類のそれのようには必ずしもなっていない。例えば、第Ⅰ部で、教会堂内の構造を理解する際には、「十字形教会」の平面図を基に、「西側の入口」から、「外陣・身廊」「側廊」を通り、「翼廊」、さらには「内陣」「クワイア」、その奥の「後陣」へ至り、そうして林立する「柱」と、その柱の支える「天井」を仰ぐという順序にしてある。「引く事典」であると同時に、「読む事典」でもあるからである。

＊ ひとつの用語の解説に、他の用語を幾つも使わざるを得ないため、クロス・レファレンスを密にした。

＊ 異文化の解説では、どうしても「百聞は一見に如かず」という面があるため、981点に及ぶ写真・図版を掲載し、写真にはそれぞれの教会やその所在都市の名前などをキャプションとして入れた。教区教会など同名の教会があるので区別するためであるが、巻末にその所在地を明示した。大聖堂を含め、訪れた教会の数は約140に及ぶが、撮影した写真の枚数と掲載したその数で特に際立つ場合を以下に示す。
'altar'（祭壇）は、110の内から12枚。'boss'（盛り上げ装飾）は41から10。'cloister'（回廊）は45から15。'effigy'（墓像）は20から8。'font'（洗礼盤）は38から10。'gravestone'（墓石）は53から7。'memento mori'（メメント・モーリ）は47から6。'misericord'（ミゼリコード）は122から9。'poppy-head'（芥子飾り）は33から7。'pulpit'（説教壇）は34から10。
　つまり、数多くの大聖堂、教区教会のそれを示すために、写真も数多く掲載してある。

＊ それぞれの項目の解説でも、文学作品に最も頻繁に登場するもの、例えば、

－ 3 －

'altar'、'buttress'、'chapel'、'epitaph'、'font'、'Gothic style'、'parish church'、'spire' などは、特に精細な記述を心掛けた。

* 見出し語として取り上げた用語が、実際の文学作品などに於いて如何に表現 されているかを示すために、引用文を入れ、和訳も添えたが、その作家106人 の192作品から引用数は延べ750編に及ぶ。

* その引用文については、【用例】【文例】と2種に分類した上で、特に重要な用 語の場合は幾例も挙げて、その語法への留意を促す計らいとした。さらに、 敢えて「和訳」を添えるほどの例文ではないが、用語が登場するシチュエー ションや、その用語の前後の言い回しなどを示すだけにとどめて済む場合は、 【参考】として原文のみを入れて、研究者の便宜を計った。
　　また、K.フォレット（K. Follett）の『地の柱』からの引用が多いが、その小説 自体が大聖堂建立の話であるからである。

* その用例であるが、'epitaph'（墓碑銘）などの場合は、ロンドンのハイゲイト共 同墓地（Highgate Cemetery）の実地調査に基づき、基本的パターンを解説文の 中に示した。

* また、引用文は「見出し語」のそれだけにとどまらず、その解説文で触れた用語、 例えば、大見出し語の'monastery'では、'nunnery [convent]'、'monastic life'、 'canonical hours'など、中見出し語の'monastic building'では、'dormitory'、'guest house'、'refectory'などのそれも示してある。

* 「英和辞典」や「和英辞典」に用例を示す際にも役立つ言い回しを、イギリス及 びアメリカの多数の教会建築などの専門書の表現から活かし、用語の解説文 の中に入れた。

* 見出し語の解説文や写真のキャプションの中で、その項目を説明する上での キーワード及びそれに準ずる用語は、出来得る限り日本語と共に原語も示す ようにした。読者が後に他の解説書の原典に当たる際に、有益と考えるから

－ 4 －

である。1例を挙げれば、'Gothic style'を説明する際には、「アーケード飾り」（arcature）、「火炎式トレーサリー」（flamboyant tracery）、あるいは教会建築の「垂直方向の線を強調する点」（vertical emphasis in structure）、といった具合である。

＊ 英語のキリスト教用語に対応する日本語は、教派によって異なることも多い。例えば、'Jesus Christ'は「イエズス・キリスト」（カトリック）、「イエス・キリスト」（プロテスタント）、「イイスス・ハリストス」（正教会）、「イエス・キリスト」（聖公会）、また、'(Holy) Communion'は、「聖体拝領」（カトリック）、「聖餐式」（プロテスタント）、「聖体礼儀」（正教会）、「聖餐」（聖公会）、という具合である。従って、解説文や引用の訳文の中では、偏った訳語になっている場合がある。異なる教派の用語を逐一挙げる訳にはいかないからである。

本事典がイギリスの文学のみにとどまらず、その文化全般を理解する上での一助とでもなることが出来れば、著者としては望外の幸せとするものである。但し、異国の風物・文化について書き記すとなると、思わぬ錯誤が残っていないとも限らない。何卒、大方のご叱正とご教示をこいねがうものである。

2016年11月15日

著　者

凡　例〈Guide to the Encyclopaedia〉

(1)　全体の構成について

(1)-1.　本事典は4部から成る。

第Ⅰ部は「教会堂内」について、その内側各部の名称と特徴、およびその歴史的文化的背景の解説。

第Ⅱ部は「教会堂外」について、その外側各部の名称と特徴、およびその歴史的文化的背景の解説。

第Ⅲ部は「教会境内」について、その墓地・墓石・墓碑銘を中心に、その歴史的文化的背景の解説。

第Ⅳ部は「補遺」として、教区教会・修道院・教会建築様式および装飾を中心に、その歴史的文化的背景の解説。

(1)-2.　本事典の見出し語は、通常の辞事典類のような配列には必ずしもなっていないため、ひとつの用語を単に検索する場合は、先ず最初に「索引」を参照することが望ましい。全体の構成は、「引く事典」であると同時に「通読する事典」ともなるよう配慮したからである。

(2)　見出し語について

(2)-1.　第Ⅰ部～第Ⅳ部では、基本となる用語は「大見出し語」として扱い、黒地に白抜きで入れ、頭文字は大文字にしてある。

（例）

Nave

(2)-2.　「大見出し語」に関連する項目は「中見出し語」として扱い、行の左端に入れて下線を引いてある。

（例）　**font**

(2)-3.　「中見出し語」に関連する項目は「小見出し語」として扱い、行の左端に入れて❀印を頭に付してある。

（例）　❀ **stoup**

－ 6 －

(2)-4　見出し語のつづりはイギリスの現行の辞事典を基本にしてあるが、引用文の中では実際の作品に用いられているつづりのままにしてある。従って、アメリカ英語は見出し語のつづりとは異なる場合があるが、そのままにしてある。

(3)　解説文について

(3)-1.　今解説している見出し語ではなく、別の「大中小の見出し語」の中で既に説明されたことは、「既述した〜」としてあり、その用語を「索引」で検索することが可能である。今解説している見出し語ではなく、それと関連するためにその上の配列となる「大中小の見出し語」の中で既に説明されたことは「上述の〜」としてあり、また、今解説している見出し語の説明文の中で、既に述べられたことは「上記の〜」としてある。

> （例）　hagioscope: 既述した側廊(aisle)や〜
>
> （例）　hassock: 上述の'pew'などに備え付けてあって〜
>
> （例）　triforium: 上記のアーケードは'triforium arcade'〜

(4)　文学作品からの引用について

(4)-1.　見出し語の下には、文学作品からの引用例を挙げてある。

(4)-2.　その際に、その用語にはどういう前置詞や動詞が使われるか、といった語法を中心として、比較的短い表現は【用例】とし、シチュエーションの中での使われ方を考慮し、比較的長い表現は【文例】として区別してあるが、必ずしも明確な基準に従って分類されたものではない。

(4)-3.　(4)-2の場合、出典も示してあるが、【用例】では、作家の姓の名1字、作品名はその中の代表的1語（イタリックにもせず）のみにとどめたが、用例そのものよりも出典の記述が長くなることを避けるためである。正確には「巻末」の一覧表（「本事典に引用した作家と作品の一覧」）を参照されたい。なお、同姓の場合は名前のアルファベットを1字加えてある。

> （例）　K. Follett: *The Pillars of the Earth* (Follett: Pillars)
>
> （例）　E. Brontë: *Wuthering Heights* (E. Brontë: Heights)

(4)-4.　引用文には原則として和訳を付したが、紙幅を考慮して、敢えて原文のみを単に資料として入れるに止めた場合は、【参考】の表示を付して、研

－ 7 －

究者の便宜を計るものとした。

(4)-5. 引用文では、解説した用語がどのように表現されているかを示すために、その部分に下線を付して留意を促す計らいにしてある。その際に敢えてイタリックを用いていない理由は、原文の中に元々イタリックの語句が含まれている場合があり、混同を招く恐れがあるからである。

(4)-6. 引用した作品については、【文例】では単行本のタイトルの場合はイタリックで示し、単行本の中に収められている作品のタイトルは引用符で囲んである。また、それは全て巻末に一覧表としてまとめてある。

　　　　（例）　*The Hand of Ethelberta*

　　　　（例）　'The Innocent'

(4)-7. 見出し語として挙げたつづり字以外にも、解説文の中で言及したつづり字の【用例】や【文例】もあるが、それは解説文を参照されたい。

(5)　その他の表記法について

(5)-1. 見出し語その他の用語の発音には、難しい場合に限って、カタカナで表記してみた。英語学習者にはそれでおおよその見当がつくと思われるからである。その際、例えば、'misericord'の場合、「ミゼェリコード」となるが、最強アクセントは「ミ」でも「リ」でもなく、小文字の母音を添えた「ゼェ」に置かれることを意味する。比較的容易な語ではこの限りではない。

(5)-2. 英語表現に用いた（　）は、語法上省略可能であることを示し、［　］は前置された語と置換可能であることを示す。日本語の場合もこれに準ずるものとする。

　　　　（例）　(mural) tablet;　chantry[chauntry] chapel

　　　　（例）　教会の(大)時計;　メメント・モーリィ[モーライ]

(5)-3. 本文中の英単語の右肩に付してある ＊ 印は、独立した見出し語として取り上げてあるか、あるいは他の項目の解説の中でも使われていることを示すもので、索引を利用すべき語であることを示す。

　　　　（例）　身廊(nave*)と側廊(aisle*)との〜

(5)-4. 人名、教会の名称、その他の主要語は、ひとつの見出し語の解説文では初出の際に英語表記を付し、その後には日本語表記としてある。

(5)-5. 写真やイラストのキャプションでも、上記(5)-4に準じてある。

(5)-6. 大聖堂(cathedral)・(その他の)教会(church)の名称は、特にキャプションでは、それぞれ'Cath.'、'Ch.'の略字を用いてある。

   (例)　Wells Cath.;　St. Mary's Ch.

   特定していない教会は、例えば'a church in Cambridge'としてある。

   また、例えば'St. Peter & St. Paul's Ch.'の場合は、慣例に従って、'SS. Peter & Paul's Ch.'としてある。

(5)-7. この種の事辞典類では、写真のキャプションに、その所在地名を入れるのが通例であるので、それに倣い、地名の後に[E][I][S][W]の記号を付してある。それぞれ、England、Ireland、Scotland、Walesを略したものである。

   (例)　Kent(E);　Edinburgh(S)

(5)-8. 見出し語の解説文の中では、教会などの所在地に関しては、読む時の煩わしさを考慮して略してあるが、それは巻末の「所在地一覧」に入れてある。但し、説明の便宜上から本文の中に記したものもある。

(5)-9. また、建築物あるいは地名その他では、本来定冠詞を付すものでも、誤解を招く恐れのない場合は、キャプションではそれを省略してある。

   (例)　high altar;　Isles of Mull

(5)-10. ☞ 印は、参照すべき見出し語や項目、あるいは写真・図版を示す。

   (例)　☞ west door;　☞ 写真: 788

(5)-11. キャプションで用いられる'CU'の記号は、'close-up'(近接写真)の略語を示す。

目　次　(Contents)

まえがき (Preface) ……………………………………………………… 1

凡例 (Guide to the Encyclopaedia) ……………………………… 6

第Ⅰ部　Church Interior: 教会堂内 ………………………………… 23

Cruciform Church「十字形教会; 十字架形教会」 ……………… 24

Nave「(1) 外陣　(2) 身廊」 ……………………………………… 28

church chest (教会収納箱) ……………………………………… 33

font; baptismal font (洗礼盤) …………………………………… 34

✿ baptistery; baptistry (洗礼堂; 洗礼室; 洗礼場) ………… 38

✿ stoup; stoop (聖水盤) ……………………………………… 39

narthex (拝廊; 玄関廊; 玄関間; ナルテックス) ……………… 41

nave arcade (身廊アーケード) ………………………………… 41

✿ clerestory; clearstory (クリアストーリー; 教会堂高窓層) … 43

✿ clerestory passage; clearstory passage (クリアストーリー通
路; 高窓層通路) …………………………………………… 46

✿ clerestory window; clearstory window (クリアストーリー窓;
教会高窓) …………………………………………………… 46

✿ gallery (ギャラリー; 教会堂桟敷 [回廊]) ………………… 47

✿ tribune (トリビューン) ……………………………………… 49

✿ triforium (トリフォリウム) ………………………………… 52

maze (教会迷路図) ……………………………………………… 54

✿ black and white diamonds (白黒市松模様; 白黒菱形模様) … 55

mural; mural painting; wall painting (教会壁画) …………… 56

pew (会衆席) …………………………………………………… 57

✿ box pew; box-pew (箱形会衆席; 折り戸付き会衆席) ……… 61

✿ family pew (家族専用の会衆席) …………………………… 63

✿ hassock ((1) 祈祷用クッション; 祈祷用膝つき台

— 10 —

(2) 足載せ台; 足台) ···································· 63

❀ poppyhead; poppy (-) head (芥子飾り) ············ 66

pulpit (説教壇) ·· 69

❀ ambo; ambon ((1) 福音書朗読台; 書簡朗読台

(2) エクセドラ) ···································· 75

❀ lectern; lecturn; lettern (聖書朗読台; 聖書台) ········ 76

Aisle「側廊」 ·· 79

aisle window (側廊窓) ································· 84

apse aisle ☞ ambulatory ··························· 85

confessional (告解[白]聴聞席 [ブース]; 告解場) ········ 86

Transept「翼廊; 袖廊」 ··································· 88

crossing, the (十字交差部) ·························· 91

Chancel「内陣」 ·· 93

chancel (-) arch (内陣仕切りアーチ) ················ 95

❀ chancel (-) step (s) (内陣仕切り段) ············ 97

chancel (-) screen (内陣仕切り障壁; 内陣正面仕切り) ········ 98

❀ pulpitum (パルピタム) ························ 100

❀ rood (-) screen (ルード付き内陣仕切り障壁; ルード付き内陣
正面仕切り) ···································· 102

hagioscope (祭壇遥拝窓) ···························· 104

❀ low-side window; offertory window (祭壇遥拝窓) ············ 106

sacristy (聖具室; 聖器具保管室) ···················· 107

❀ sacristan; sacrist (聖具室係; 聖器具管理人) ········ 109

❀ vestry; revestry (聖具室; 祭服室) ·············· 109

Choir「(1) クワィア; 聖歌隊席　(2) 聖歌隊」 ········ 113

choirboy (少年聖歌隊員) ···························· 116

❀ choir school (聖歌隊学校) ···················· 118

choir (-) screen ☞ chancel screen ················ 118

－ 11 －

choir stall; choir-stall（聖職者席; 聖歌隊席）················· 118

misericord（(1) ミゼリコード; ミゼレーレ　(2) 免戒室）········· 120

Apse; Apsis「後陣」··· 125

ambulatory（(1) 周歩廊　(2) 回廊）····················· 128

❀ rondpoint（後陣奥; 後陣先端）···················· 130

chevet（シェヴェィ; シェヴェ）························ 130

conch; concha（(1) 後陣半丸［半円形］屋根［天井］　(2) 後陣
　(3) 半円形壁龕）··· 131

east window, the（東端部窓; 後陣窓）·················· 132

piscina（聖杯洗盤; 手洗い盤; ピシナ）················ 136

❀ ambry; aumbry（聖戸棚）························ 139

❀ Easter sepulchre（聖物置き棚; 聖体安置所）······· 141

❀ tabernacle（(1) タバナクル　(2) タバナクル）······· 141

sedilia（司祭席; 牧師席）··································· 147

Altar「祭壇」··· 149

altar canopy（祭壇の天蓋）································· 157

altar curtain（祭壇用カーテン）····························· 158

altar cushion（祭壇用クッション）························· 159

altar lights（祭壇用［上］の蝋燭）························· 160

altarpiece（祭壇飾り）······································· 161

❀ reredos（飾り壁; 背障）························ 163

❀ retable（祭壇背後棚）························· 164

altar(-)rail（祭壇仕切り; 聖体拝領台）··················· 166

censer（吊り香炉; 提げ香炉）······························· 169

❀ incense burner（(置き)香炉）··················· 171

credence（祭器卓; 祭器棚）································· 171

high altar, the（主祭壇; 中央祭壇）······················ 172

presbytery（(1) 至聖所　(2) 司祭館）··················· 174

retrochoir; retro-choir（奥内陣）························· 176

side altar（副祭壇; 脇祭壇）································· 177

－ 12 －

Chapel「(1) (2) (3) 礼拝堂; 礼拝室; チャペル

　(4) ノンコンフォーミスト[ノンアングリカン; 非国教派]の教会堂」… 179

　　chantry [chauntry] chapel（寄進礼拝堂; 寄進礼拝室）…………… 189

　　　　❀ chapel bridge（礼拝堂橋）………………………………… 192

　　chapel of ease（支聖堂; 司祭出張聖堂; 分会堂）………………… 195

　　chapel royal; royal chapel（王室(付属)礼拝堂）………………… 195

　　guild chapel（ギルド礼拝堂[室]; 同業組合礼拝堂[室]）………… 196

　　Lady Chapel [chapel], the（聖母礼拝堂）………………………… 197

　　mortuary chapel（共同墓地付属礼拝堂[室]）…………………… 200

　　parclose; perclose（礼拝室仕切り; 礼拝堂障壁; パークローズ）…… 201

　　radiating chapels（放射状礼拝室[堂]）…………………………… 202

Crypt「クリプト; 教会地下礼拝室; 教会地下納骨室」………………… 203

　　catacomb（カタコンベ; 地下墓地; 地下埋葬所）………………… 205

　　charnel; charnel(-)house（死体安置所; 納骨所[堂]）…………… 206

　　undercroft　☞ crypt …………………………………………… 206

　　vault（地下納骨所[埋葬所]）……………………………………… 207

Monument; Funeral [Funereal] Monument「モニュメント」………… 208

　　altar tomb; altar-tomb（祭壇形の墓(碑)）……………………… 211

　　　　❀ table tomb; table-tomb（(1) テーブル形墓(碑)

　　　　（2) テーブルトゥーム）………………………………………… 213

　　cenotaph（セノターフ）…………………………………………… 214

　　effigy; monumental [portrait] effigy; tomb effigy（墓像）…… 216

　　　　❀ funeral [funereal] sculpture（墓碑影像; 墓碑彫刻）……… 220

　　memorial slab; tomb(-)slab（石板の墓碑）……………………… 222

　　　　❀ brass memorial; monumental brass（真鍮板墓碑）……… 224

　　(mural) tablet（(壁掛け)銘板; タブレット）…………………… 226

　　sarcophagus（サーコファガス棺）………………………………… 229

　　　　❀ tomb chest（箱形石棺）…………………………………… 230

　　　　❀ weeper; weeper-figure（哀悼者像; 遺族の石棺像）……… 231

　　sepulchre（墓; 地下埋葬所）……………………………………… 233

❀ Holy Sepulchre, the (聖墓) ･･････････････････････････ 235

shrine ((1) シュライン; 聖堂; 廟　(2) 聖遺骨［物］箱)　(3) 聖地 ･･･ 235

wreath (花輪; リース) ･････････････････････････････････ 238

Pillar「柱」･･･ 240

clustered [compound] pillar (束ね柱; 簇柱; 複合柱) ･･････････ 243

column ((1) 円柱　(2) 記念柱; 記念像台柱; コラム) ････････････ 244

❀ banded column (バンド柱; リング柱) ･･････････････ 250

❀ clustered [compound] column (束ね円柱; 複合円柱) ･･････ 251

❀ colonnade (列柱; コロネード) ･･････････････････････ 253

❀ colonette; colonnette (小円柱; コロネット) ････････････ 254

❀ engaged column (エンゲージド・コラム) ･･････････････ 256

❀ half column; half-column (半柱) ･･････････････････ 257

❀ twisted column (捻れ柱; 捩れ柱; 螺旋円柱) ････････････ 257

❀ wreathed column (葉絡み柱) ･･････････････････････ 259

fluting (縦溝装飾; 溝彫り) ･･････････････････････････････ 261

pier ((1) 角柱; ピア　(2) ピア; 窓間壁) ･･････････････････ 262

❀ circular pier (円形ピア) ･･･････････････････････････ 265

❀ clustered [compound] pier (束ね角柱; 複合角柱) ････････ 265

❀ nave pier (身廊アーケードのピア) ･････････････････ 266

❀ respond (対応柱) ･････････････････････････････････ 267

pilaster (付柱; 柱型) ･･･････････････････････････････････ 267

❀ giant order (大オーダー) ･････････････････････････ 269

❀ lesene (レゼーヌ; 扶壁柱) ･････････････････････････ 270

shaft ((1) 柱身　(2) (3) (4) シャフト) ･･････････････････ 271

shaft ring; shaft-ring (柱身環; 輪縁; 環帯装飾) ･･････････････ 276

Vault; Vaulted Ceiling [Roof]「円筒形天井［屋根］; アーチ形天井
［屋根］; ヴォールト」･････････････････････････････････ 278

barrel vault; tunnel vault (円筒ヴォールト; トンネル形天井［屋根］;
蒲鉾形天井［屋根］) ･･･････････････････････････････ 280

❀ pointed barrel vault (尖円筒ヴォールト; 尖円筒形天井［屋根］) ･･･ 282

❊ bay（ベイ；柱間_{はしらま}）……………………………… 283

cross vault（交差［穹稜_{きゅうりょう}］ヴォールト；交差円筒形天井［屋根］）……… 286

❊ groin（穹稜_{きゅうりょう}；交会線）……………………………… 288

fan vault（扇形天井；扇形ヴォールト）……………………… 289

❊ fan（扇形面）……………………………………… 291

rib（リブ；円筒形天井の肋_{ろく}）…………………………… 291

❊ boss（盛上げ装飾；ボス）……………………… 294

❊ diagonal rib（対角線リブ）…………………… 298

❊ groin rib（穹稜_{きゅうりょう}リブ）…………………………… 299

❊ ridge rib（棟_{むね}リブ）………………………… 300

❊ tierceron（枝リブ；放射状リブ）……………… 302

❊ transverse rib（横断リブ；横リブ）…………… 302

rib vault; ribbed vault（リブ・ヴォールト；リブ組み円筒形天井）…… 303

❊ lierne vault（枝肋_{しろく}ヴォールト；枝肋飾り付き円筒形天井）…… 306

❊ (ribbed) tierceron vault（枝リブ・ヴォールト；
枝リブ組み円筒形天井）……………………… 308

❊ stellar vault; star vault（星形ヴォールト；星形枝肋_{しろく}飾り付き
円筒形天井）…………………………………… 309

sexpartite vault（六分（割）ヴォールト；六分割円筒形天井）………… 310

❊ quadripartite vault（四分（割）ヴォールト；四分割円筒形天井）… 311

vaulting shaft; vaulting pillar（ヴォールト・シャフト）…………… 311

❊ vault springing（リブ起点；ヴォールト・スプリング）………… 313

第Ⅱ部　Church Exterior: 教会堂外 ……………………… 317

Church (-) Door; Church (-) Portal「教会堂の出入口」 ……… 318

church porch; church-porch（教会のポーチ）………………… 323

❊ parvis; parvise（パーヴィス；パルヴィ）………………… 327

❊ south door（教会堂南側出入口）…………………… 328

tympanum; tympan（（1）（2）ティンパナム）……………… 332

❊ archivolt（（1）装飾迫縁_{せりぶち}；アーキヴォルト　（2）内弧面_{ないこめん}）…… 335

❊ embrasure of the door [porch; portal]（出入口の隅切_{すみき}り）…… 337

❊ jamb figure（脇柱像）………………………… 337

－ 15 －

✿ trumeau（トルーモー）‥‥‥‥‥‥‥‥‥‥‥‥‥‥‥ 338

west door（教会堂正面［西側］出入口）‥‥‥‥‥‥‥‥ 339

✿ offertory box; offertory chest（献金箱）‥‥‥‥‥‥ 342

Belfry「鐘楼; 鐘塔」‥‥‥‥‥‥‥‥‥‥‥‥‥‥‥‥‥‥ 344

belfry window（鐘楼窓; 鐘塔窓）‥‥‥‥‥‥‥‥‥‥‥ 347

bell cot; bellcote; bell cote（釣鐘被い; ベル・コット）‥ 348

✿ bell gable; bell-gable（鐘釣り破風）‥‥‥‥‥‥ 349

✿ bell turret; bell-turret（小鐘塔）‥‥‥‥‥‥‥‥ 350

campanile（カンパニーレ）‥‥‥‥‥‥‥‥‥‥‥‥‥‥ 351

✿ bellhouse; bell house; bell-house（鐘楼; カンパニーレ）‥‥‥ 352

✿ bell tower; bell-tower（鐘楼; カンパニーレ）‥‥‥ 352

church bell; church-bell（教会の鐘）‥‥‥‥‥‥‥‥‥ 353

✿ bellringer; bell-ringer; ringer（鳴鐘係）‥‥‥‥‥ 355

✿ carillon（(1) カリヨン; 組み鐘　(2) カンパニーレ）‥‥‥ 356

✿ change(-)ringing（転調鳴鐘法）‥‥‥‥‥‥‥‥‥ 358

✿ sanctus(-)bell（祭鈴）‥‥‥‥‥‥‥‥‥‥‥‥‥ 358

✿ single bell（ひとつ鐘）‥‥‥‥‥‥‥‥‥‥‥‥‥ 359

handbell; hand bell; hand-bell（振鐘; ハンドベル）‥‥ 360

✿ communion bell（聖餐式［聖体拝領］用振鐘）‥‥‥‥ 360

Buttress「控え壁; 扶壁」‥‥‥‥‥‥‥‥‥‥‥‥‥‥‥ 362

◉ angle buttress（直交型控え壁; 直角型扶壁）‥‥‥‥ 365

◉ clasping buttress（覆蔽型控え壁［扶壁］）‥‥‥‥‥ 365

◉ diagonal buttress（対角線型控え壁［扶壁］）‥‥‥‥‥ 366

◉ setback buttress（後退直交型控え壁; 後退直角型扶壁）‥ 366

flying buttress; flying-buttress（飛び控え壁）‥‥‥‥‥ 368

pinnacled buttress（小尖塔飾り付き控え壁［扶壁］）‥‥ 371

✿ pinnacle（小尖塔飾り）‥‥‥‥‥‥‥‥‥‥‥‥‥ 371

Church Tower「教会の塔」‥‥‥‥‥‥‥‥‥‥‥‥‥‥ 374

central tower（中央塔）‥‥‥‥‥‥‥‥‥‥‥‥‥‥‥ 377

church clock; church-clock (教会の(大)時計) ……………………… 383

   ❀ minster-clock (教会の(大)時計) ………………… 386

weathercock; weather vane (風見; 風見鶏) ……………………… 386

Gargoyle; Gurgoyle「(1)(2) ガーゴイル」 ………………… 389

Roof「屋根」 ………………………………………………… 394

Rose; Rose Window; Rose-Window「バラ窓」 …………… 398

wheel window; wheel-window (車輪窓) …………………………… 403

Spire「尖塔屋根」 ……………………………………………… 404

broach spire; broached spire (ブローチ尖塔屋根) …………… 407

flèche (細身尖塔屋根; 小尖塔屋根) …………………………… 409

parapet spire (パラペット付き尖塔屋根) ……………………… 411

   ❀ needle spire (針形尖塔屋根) ……………………… 413

   ❀ octagonal spire with flying buttresses (飛び控え壁付き八角尖塔屋根) …………………………………………………… 413

   ❀ octagonal spire with pinnacles (小尖塔飾り付き八角尖塔屋根) ………………………………………………………… 415

steeple (尖塔) ……………………………………………… 416

   ❀ bell floor; bell stage ……………………………… 420

   ❀ steeplejack (尖塔職人) …………………………… 420

Statues of Angels [Apostles; Saints]
「天使[使徒; 聖人]の石・青銅などの影像群」 ……………… 421

consecration cross (聖別十字架印) …………………………… 426

第Ⅲ部　Churchyard: 教会境内 ……………………………… 429

Churchyard; Church-Yard「教会境内; 教会墓地」 ………… 430

churchyard gate ……………………………………………… 433

   ❀ church gate; church-gate ………………………… 434

❀ lich (-) gate; lych (-) gate （(教会) 墓地門） ･････････････････ 435

churchyard wall ･･･ 438

❀ church wall ･･･ 440

church path （教会 (境内) の径） ･････････････････････････････ 441

close （大聖堂境内） ･･･ 444

❀ precinct (s) ･･ 449

God's acre （神の畑 [畠]） ･･･････････････････････････････････ 450

❀ God's house; God's holy house; house of God （神の家） ･････ 451

kirkyard （教会境内） ･･･････････････････････････････････････ 452

Cemetery 「(1) 共同墓地　(2) 修道院墓地」 ･･･････････････････ 453

boneyard （共同の墓場） ･･････････････････････････････････････ 457

Grave 「墓; 墓所; 墓穴; 墓石」 ････････････････････････････････ 458

crossroads [cross-roads] burial （四辻埋葬） ･･･････････････････ 465

graveside ･･･ 466

long [last; eternal] home ････････････････････････････････････ 467

resting (-) place ･･･ 468

Gravestone 「墓石」 ･･ 469

epitaph （墓碑銘） ･･･ 473

❀ hic jacet; Hic Jacet ･････････････････････････････････････ 479

headstone; head (-) stone （(垂直) 墓石; (垂直) 墓標） ･････････････ 481

❀ family headstone [head-stone] ･････････････････････････ 483

❀ pediment (of a tomb) （墓石のペディメント飾り） ････････････ 483

memento mori （(1)(2) メメント・モーリィ [モーライ]） ･･････････ 484

tombstone （墓石） ･･ 489

Graveyard 「(教会) 墓地」 ････････････････････････････････････ 491

burial (-) ground; burying (-) ground ･･･････････････････････ 493

graveyard evergreen （教会墓地の常緑樹） ･････････････････････ 493

tree of life, the （生命の木） ･･･････････････････････････････････ 493

－ 18 －

❦ yew; yew(-)tree（イチイ；イチイの木）・・・・・・・・・・・・・・・ 494

graveyard wall ・・・・・・・・・・・・・・・・・・・・・・・・・・・・・・・・・・・・・・ 497

Preaching Cross「説教用十字柱；説教用十字標」・・・・・・・・・・・ 498

Celtic cross（ケルト十字標；ケルト墓標）・・・・・・・・・・・・・・・ 499

churchyard cross（教会境内十字柱；教会境内十字標）・・・・・・・ 501

weeping cross（懺悔十字柱；懺悔十字標）・・・・・・・・・・・・・・・ 503

Sexton「教会（堂）管理人」・・・・・・・・・・・・・・・・・・・・・・・・・・・・・ 504

gravedigger; grave-digger（墓掘り（人））・・・・・・・・・・・・・・・ 506

verger（権標捧持者（厳密な意味で）；教会堂守［堂番］（広義では））・・・ 507

第Ⅳ部 Supplement: 補遺 ・・・・・・・・・・・・・・・・・・・・・・・・・・・・・・・・・ 509

1. Parish Church: 教区教会・・・・・・・・・・・・・・・・・・・・・・・・・・・・・・ 510

Parish Church「教区教会；教会区教会」・・・・・・・・・・・・・・・・・ 510

Cathedral［cathedra］, the（主教座；司教座（カトリック））・・・・・・・・・ 514

collegiate church（聖堂参事会管理教会）・・・・・・・・・・・・・・・ 516

High Church, the（高教会派）・・・・・・・・・・・・・・・・・・・・・・・・ 517

❦ Broad Church, the（広教会派）・・・・・・・・・・・・・・・ 518

❦ Free Church［free church］, the（自由教会）・・・・・・・・・・ 519

❦ Low Church, the（低教会派）・・・・・・・・・・・・・・・ 519

❦ spiky ・・・・・・・・・・・・・・・・・・・・・・・・・・・・・・・・・・・・・・・ 520

kirk（教会）・・・・・・・・・・・・・・・・・・・・・・・・・・・・・・・・・・・・・・・ 520

minster ・・・ 521

❦ fane ・・・ 522

parish register（教（会）区戸籍簿；教（会）区記録簿）・・・・・ 523

village church（村の（教区）教会）・・・・・・・・・・・・・・・・・・・・ 523

wool church（ウール・チャーチ）・・・・・・・・・・・・・・・・・・・・・ 526

Parishioner「教（会）区民；教（会）区信徒」・・・・・・・・・・・・・・ 528

churchwarden（教（会）区委員）・・・・・・・・・・・・・・・・・・・・・・ 529

❦ kirkwarden ・・・・・・・・・・・・・・・・・・・・・・・・・・・・・・・・・ 530

❈ sidesman（教(会)区委員補佐）·· 530

congregation（(1) 会衆　(2) 全教会員）····································· 530

　❈ churchgoer; church-goer ·· 532

　❈ churchman（(1)聖職者　(2) 教会の会員

　　(3) イングランド教会の信徒［会員］）···························· 533

　❈ parish（教(会)区; 教(会)区民(theを冠して)）················· 533

Vicarage「牧師［司祭］館」·· 535

2. Monastery: 修道院 ·· 541

Monastery「修道院」··· 541

abbey（大修道院）··· 546

　❈ priory（小修道院）··· 549

Dissolution of the Monasteries, the（修道院解散）····················· 551

monastic buildings（修道院施設）·· 552

　❈ almshouse; alms-house（救貧院）······································ 555

　　◉ workhouse（救貧院）··· 557

　❈ chapter house（参事会会議堂; 参事会堂; チャプター・ハウス）··· 559

　❈ cloister（(1) (修道院)回廊　(2) (大学)回廊　(3) 修道院）··· 564

　❈ parlour（パーラー）··· 571

　❈ monastic church（修道院内教会; 修道院付属教会）············ 571

monastic orders（修道会）·· 574

3. Church Architectural Style: 教会の建築様式 ····················· 578

Gothic style, the「ゴシック様式」····································· 578

1. the Early English style（初期イギリス式）························· 585

2. the Decorated style（装飾式）·· 588

3. the Perpendicular style（垂直式）······································ 591

　◉ ballflower; ball-flower（玉花飾り; 花球）······················· 595

　◉ crocket; crochet（唐草飾り）··· 596

　◉ cusp（いばら）·· 597

　◉ chevron［zigzag; zig-zag］moulding(s)

（山形繰形; ジグザグ［雁木］繰形）‥‥‥‥‥‥‥‥‥‥‥ 598

◉ crenelated ［crenellated; embattled; indented］ moulding(s)

（銃眼模様繰形）‥‥‥‥‥‥‥‥‥‥‥‥‥‥‥‥‥‥‥ 599

◉ dogtooth ［dog-tooth］ moulding(s)（犬歯繰形; 犬歯飾り）‥ 600

hall church; hall-church（ホール型教会）‥‥‥‥‥‥‥‥‥ 601

round church（円形教会）‥‥‥‥‥‥‥‥‥‥‥‥‥‥‥ 601

Anglo-Saxson church; Saxon church（(アングロ・)サクソン様式教会）‥ 604

付　録

本事典に引用した作家と作品の一覧

（A List of Authors Quoted in the Encyclopaedia）‥‥‥‥‥ 608

本事典で言及した主な大聖堂・修道院・(教区)教会・礼拝堂・その他の所在地

（Gazetteer）‥‥‥‥‥‥‥‥‥‥‥‥‥‥‥‥‥‥‥‥‥ 622

参考書目（Select Bibliography）‥‥‥‥‥‥‥‥‥‥‥‥‥ 629

索引（Index）‥‥‥‥‥‥‥‥‥‥‥‥‥‥‥‥‥‥‥‥‥ 637

あとがき（Postface）‥‥‥‥‥‥‥‥‥‥‥‥‥‥‥‥‥‥ 658

第 I 部
Church Interior
教 会 堂 内

第Ⅰ部　Church Interior・教会堂内

Cruciform Church
十字形教会; 十字架形教会

　キリスト教教会堂の平面図(ground[floor] plan)を描くと、身廊(nave*)や側廊(aisle*)を含む部分を十字架の主[縦]軸と見た場合、翼廊(transept*)がそれと直角に交差する横軸になるため、こういう建築の教会を指していう。説明的に換言すれば、'a cross-shaped church'とも、'a church built in the form[shape] of a cross'ともいえる。

　また、'orientation'といって、祭壇(altar*)が東、出入口(church door*)が西に位置するような、羅針盤(compass)の方位に合わせた配置になるのが通例である。つまり、祭壇の後の窓(east window*: 後陣窓)は、昇る太陽(the rising sun)の光が祭壇を照らすように設けられたわけである。その場合、ヨーロッパから見て東方にはエルサレム(Jerusalem)があって、祭壇に向かって礼拝することは聖地を遥拝することにもなるのである。イギリスではこの配置は11世紀以降に見られるようになる。

　もっとも、古代には、その教会が献堂された聖人の日(the saint's day)に、教会堂の軸線(axis)が昇る太陽の方向を示すように設計され、そのため異なる聖人の場合、教会堂は平行にはならないことになった。

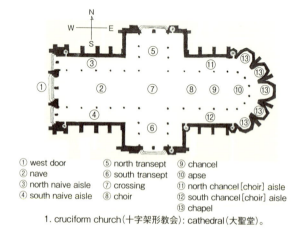

① west door　　　⑤ north transept　　⑨ chancel
② nave　　　　　⑥ south transept　　⑩ apse
③ north naive aisle　⑦ crossing　　　　⑪ north chancel[choir] aisle
④ south naive aisle　⑧ choir　　　　　⑫ south chancel[choir] aisle
　　　　　　　　　　　　　　　　　　⑬ chapel

1. cruciform church (十字架形教会): cathedral (大聖堂)。

― 24 ―

ちなみに、同じ十字架形教会でも、4本の軸の長さが等しい場合はギリシャ型 (Greek-cross plan)、他の3本より1本が長くなる場合はラテン型 (Latin-cross plan) という。イングランド、フランス、ベルギー、ドイツ、イタリアの大聖堂などは、このラテン型に基づいたものである。その起源は「初期キリスト教バシリカ」 (Early Christian basilica) にあるとされるが、一方では、コンスタンチヌス1世 (Constantine I: ローマ皇帝(306-337))の御世に造られた十字架形の墓 (cruciform tomb) の影響との見方もある。

その初期キリスト教バシリカ、つまり、バシリカ式教会堂 (basilican church*) は、古代ローマのバシリカ――裁判・集会などに利用された長方形の公会堂で世俗用――を参考にして建てられたもので、後陣 (apse*) の手前には後の時代のような内陣 (chancel*) があるのではなく、翼廊 (transept*) が来て、それにつづいて身廊が設けられてある。しかも、祭壇は4世紀には西側に、5世紀以降は東側に置かれるようになったものである。ただし、キリストの磔になった「十字架」の説には、今日では反論も多く、南北の翼廊は堂内のスペースを広げるために追加されたという説も少なくない。☞ altar; apse; central tower; Saxon church; west door

以下の大見出しは西の入口 (west door*) を入って、身廊や側廊を通り、祭壇へ進む順序に配列したものである。

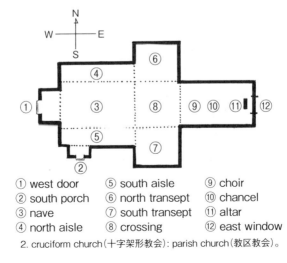

① west door　⑤ south aisle　⑨ choir
② south porch　⑥ north transept　⑩ chancel
③ nave　⑦ south transept　⑪ altar
④ north aisle　⑧ crossing　⑫ east window

2. cruciform church (十字架形教会): parish church (教区教会)。

第Ⅰ部　Church Interior・教会堂内

【用例】

'the two arms of the cross-shaped church'（十字架形教会の2本の横木の部分）(Follett: Pillars)/'the eastern end, the top of the cross...The western end, the tail of the cross'（十字架の天辺に当たる東端部(中略)十字架の末端に当たる西端部）(Follett: Pillars)

【文例】

* All cathedrals and nealy all churches were cross-shaped. The cross was the single most important symbol of Christianity....
　　　　　　　　　　　　　——K. Follett: *The Pillars of the Earth*

（大聖堂は全てが、それに教会のほとんど全てが十字架形であった。十字架はキリスト教の唯一にして最も重要なシンボルであった…）

* Like most churches, Kingsbridge Cathedral was built in the shape of a cross. The west end opened into the nave, which formed the long stem of the cross. The crosspiece consisted of the two transepts which stuck out to the north and south either side of the altar.
　　　　　　　　　　　　　——K. Follett: *The Pillars of the Earth*

（大抵の教会がそうであるように、キングズブリッジ大聖堂も十字架形であった。西端部は外陣へ通じ、外陣は十字架の縦長の部分に当たっていた。横木に当たるところは二つの翼廊で、祭壇の左右南北へ突き出す形になっていた。）

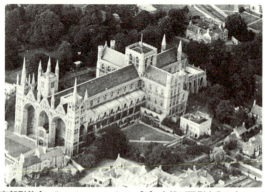

3. 十字架形教会。Peterborough Cath. [E]、左端が西側出入口(west door)。

Cruciform Church／十字形教会; 十字架形教会

4. 十字架形教会。Winchester Cath. [E]、手前が西側出入口。

5. 十字架形教会。Canterbury Cath. [E]、左端が西側出入口、手前は南側出入口(south porch)。

第Ⅰ部　Church Interior • 教会堂内

Nave

　キリスト教の教会堂の形が「船」に似ているところから、'ship'の意味のラテン語 'nāvis'に由来する。つまり、「ノアの方舟」(Noah's ark)の象徴で、イエス(Jesus)の導きにより信者(の魂)(the faithful)の安全な航海を意味したものである。ドイツ語では 'Schiff' (船)をこれに当てている。

(1) 外陣

　広義では、教会堂の西端入口(west door*)から、東側に位置する内陣(chancel*)や聖歌隊席(choir*)に至るまでの空間で、会衆席(pew*)の置かれる西側寄りの空間の方を特に指していう。すなわち、大聖堂(cathedral*)などのように十字交差部(crossing*)が設けられていれば、それより西側の部分(the western arm)である。会衆(congregation)あるいは信徒(the laity)のための場所になり、両側には平行して走る側廊(aisle*)があるのが通例。一般に教会堂内で最も広い面積を占める部分(main body of the church)になる。☞ 図版: 1., 2.

(2) 身廊

　狭義では、上記の側廊に挟まれた中央の空間で、会衆席の置かれる部分を指す。ただし、上記(1)に対し(2)の用法が通例である。

　その身廊の両側にある側廊(nave aisle*)は 'side aisle*' とも呼ぶのに対して、身廊そのものを指して 'centre[central] aisle' あるいは 'middle aisle' ということもある。また、'the nave' として、「身廊に集まった会衆」をも意味することがある。

　イングランド南部のソールズベリー大聖堂(Salisbury Cathedral)の身廊は長さ約230フィート(約70m)に達する。また、東南部の聖オールバンズ大聖堂(St. Albans Cathedral)は、ノルマン様式(the Norman style*)による元修道院(abbey*)であり、その身廊は約275.5フィート(約84m)でイングランド最長を誇っている。

　ちなみに、教会堂内では東側の後陣(apse*)の方へ進むのに 'up'、西側の出入口

－ 28 －

Nave／(2) 身廊

(west door*)へ行くのに'down'を用いる。☞ side altar の nave altar　☞ 図版: 1., 2., 104., 120., 121., 162., 163.

【用例】

　The nave was packed.'（身廊一杯に人が集まっていた。）(Follett: Pillars)/'He walked up the nave...reached the altar'（彼は身廊を上って行って（中略）祭壇のところへ出た）(Follett: Pillars)/'He ran down the dark nave to the west end'（彼は暗い身廊を西側の出口へと走った）(Follett: Pillars)/'the sailor...advanced up the nave till he stood at the chancel-step'（船乗りは身廊を奥へと進み、内陣仕切り段のところで立ち止まった）(Hardy: Wife)/'The largest part was the nave, which was always to the west.'（教会堂で最大の容積を占めるのが身廊で、常に西側に位置していた。）(Follett: Pillars)/'in the cathedral is the most impressive white nave I have ever seen'（その大聖堂には、私にとって最も印象深い白造りの身廊がある）(Lucas: Capital)

次は上記の解説にも触れたが、「身廊に集まった会衆全体」の意味である。
'the nave knew nothing of the gallery folk'（身廊の会衆はギャラリー[2階の桟

6. nave looking east（手前が身廊、奥が内陣(chancel)）。Peterborough Cath. [E]
7. 身廊。奥が東方。Canterbury Cath. [E]

— 29 —

第Ⅰ部　Church Interior・教会堂内

敷]に集まった人たちのことは何ひとつ知らなかった）(Hardy: *Greenwood*)

【文例】

* Most (= cathedrals) were three tunnels, a tall one flanked by two smaller ones in a head-and-shoulders shape, forming <u>a nave with side aisles.</u>

——K. Follett: *The Pillars of the Earth*

（大聖堂は大抵3本のトンネル状になっていて、頭と両肩の関係のように、中央の丈が高く両側に低いものが来て、左右に側廊を持つ身廊を成していた。）

次は上記の解説に示したが、'centre aisle'の例である。

* The church was dim and empty, as he knew it would be in the early afternoon. <u>He walked up the centre aisle</u>....

——P. Buck: *Death in the Castle*

（教会は薄暗く、がらんとしていたが、昼下がりには常のことであった。彼は身廊を上って行った…）

8. 身廊。奥が東方。Salisbury Cath. [E]

9. 奥が西側出入口(west door)、その手前が身廊。Exeter Cath. [E]

【参考】

* *Paget.*　　The nave and aisles all empty as a fool's jest!
　　　　　　No, here's Lord William Howard. What, my Lord,
　　　　　　You have not gone to see the burning?
　　　　　　　　　　　　　——A. Tennyson: *Queen Mary*, IV. iii. 197-9

* He saw how the sun shone through the small panes of plain windows. Other people were about, but far off down the nave.
　　　　　　　　　　　　　——A. Sillitoe: 'A Trip to Southwell'

* He looked into the main body of the church. The nave itself was clearly quite old, although relatively long and wide....
　　　　　　　　　　　　　——K. Follett: *The Pillars of the Earth*

10. 身廊。奥が東方。Winchester Cath. [E]

11. 身廊。奥が西側出入口。York Minster [E]

第Ⅰ部　Church Interior・教会堂内

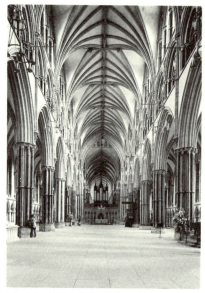

12. 身廊。(会衆席(pews)が置かれていない時)。
　　Lincoln Cath. [E]

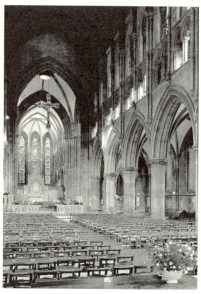

13. 身廊と奥が東端部(east end)。
　　St.Mary's Cath., Edinburgh [S]

14. 身廊。奥が西側出入口。天井にも留意。
　　Ely Cath. [E]

15. 身廊と奥の内陣。
　　a church in Cambridge [E]

church chest

教会収納箱

　身廊(nave*)の出入口の近くに置かれる木造の長い箱で、蓋は蝶番(hinge)で開閉し、帯金(strap)を用いた頑丈な造りになっている。鍵(padlock: 南京錠)は3つ付き、ひとつは司祭(priest: 聖職者)により、残る2つは2人の教区委員(churchwarden*)により開けられることになっている厳重なものもある。献金皿(church plate)、法衣(vestment*)、教区の記録(parish document)や会計記録簿(account)などが入れてある。

　通例はオーク材(oak)のこしらえで、装飾的彫刻も施されていることが少なくない。

【参考】

　次は、いわゆる'church chest'ではなく、金(money)の詰まった運搬用の箱である。

* A moment later two beturbaned Saracens marched solemnly into the church, carrying on their shoulders an iron-bound chest.
　　　　　　　　　——K. Follett: *The Pillars of the Earth*

16. church chest（教会収納箱）。Wells Cath. [E]

17. 教会収納箱。Ely Cath. [E]

第Ⅰ部　Church Interior・教会堂内

font; baptismal font
洗礼盤(せんれいばん)

　洗礼(baptism)に用いる聖水(holy water; consecrated water)を入れて置く容器を指す。ただし、後述する'stoop'(聖水盤)の意味で使われることも時にある。

　通例は大理石などの石造りで、台座(pedestal)の上に載せられ、身廊(nave*)の中でも西端の出入口(west door*)近くに置かれている。円形(circular)から四角形(square)、さらには八角形(octagonal)の盤と支柱を持つように変化した。まれに六角形(hexagonal)も見られた。外側には彫刻などの装飾が施されたものも少なくない。

18. square font(四角形の洗礼盤)。Ely Cath. [E]

19. 黒トゥルネー大理石製(black Tournai marble)の洗礼盤(12世紀)。Winchester Cath. [E]

- 34 -

Nave／(2) 身廊

　洗礼は生まれて2週間後に行なわれる幼児洗礼(infant baptism)では、'In the name of the Father and of the Son and of the Holy Spirit[Ghost]'（父と子と聖霊の御名(みな)において)の言葉のもとに、この盤の聖水が頭上に3度注がれる。

　ちなみに、カトリックでは洗礼の儀式で洗礼名(baptismal name)を受けるが、プロテスタントには必ずしもこの習慣はない。特にバプティスト派(the Baptists)は、聖書には記されていないとの理由から幼児洗礼はせずに、成人して信仰告白後に行なう。その際には全身を水に浸ける方法(immersion: 浸礼(しんれい))がとられる。

　初期の頃には、成人がキリスト教へ改宗(conversion)する時には、この容器の中に入って立ったまま聖水を身に注ぐことが行なわれたために、洗礼盤は床に置かれ、石造りの桶(おけ)(tub)状のものであった。後年、洗礼するのが赤ん坊となったので、その全身を中に浸せるように、これは土台(plinth)の上に載せられ、より高い位置にくるようになった。さらに後には、上記のように聖水を頭の上にのみ注ぐ(affusion; infusion: 灌水(かんすい))だけでよいようになると、洗礼盤はずっと小さく、一層高い位置にくるようになった。

20. 木造の洗礼盤。Isle of Mull [S]

21. 洗礼盤。Ely Cath. [E]

- 35 -

第Ⅰ部　Church Interior・教会堂内

　また、聖水を頭の上に注ぐ時に用いられる容器は、'baptismal shell'といって、通例は真珠層［真珠母］(mother-of-pearl)が使用される。

　13世紀以降には、この水(baptismal water)が盗まれて悪用——例えば、'Black Magic rites'（黒魔術の儀式）を行なうために——されたりなどしないように蓋(font cover)が付き、かつ、鍵まで掛けられるようになった。蓋——石造りや木造——には装飾が施され、重量も大で、滑車(pulley)で持ち上げる方式のものもある。また、この盤を囲むように仕切る木製の覆い(font canopy: 洗礼盤天蓋)も時に見られる。

　ちなみに、水を入れて置く部分に鉛板(lead)を張ったものや、銅(copper)や青銅(bronze)製も数は少ないが残存している。カンタベリー大聖堂(Canterbury Cathedral)には、王室の幼児洗礼用に銀製(silver)もあった。☞ baptistery

【用例】
　'the black font of Tournai marble...with its carvings of scenes from the life of the children's patron, St.Nicholas.'（トゥルネー産の大理石製の黒い洗礼盤には（中略）子供の守護聖人である聖ニコラスの生涯からの場面場面を彫って装飾としてあった。）(Lucas: Capital)

22. 円形の洗礼盤。Ancient Priory Ch. of St.Mary, Porchester ［E］

23. 八角形のパーベック大理石製 (Purbeck marble)洗礼盤。SS.Peter & Paul's Ch., Lavenham ［E］

- 36 -

Nave／(2) 身廊

24. 八角形の洗礼盤。
レリーフ［浮き彫り］にも留意。
St.Bartholomew's Ch., Lostwithiel ［E］

25. font cover（洗礼盤の蓋）。
Little St.Mary's Ch., Cambridge ［E］

次は、上記の解説にも記したが、これは'stoop'の意味の場合である。しかも、出入口の両脇に備えてあることが、用語の複数形で分かる。

'There were people coming out of it(= church), blessing themselves from the fonts.'（教会から出て来た人たちは聖水盤の水に指を浸けては十字を切った。）(Macken: Doves)

【参考】

次の例は、この中に全身を入れて洗礼を行なう場合である。

* But in the end, Josyan was christened by the Bishop, and Ascapart had a font made on purpose to be christened in; but when the ceremony was being performed, he cried out, "Thou wilt drown me; I am too big to be christened by thee;" and leapt over the font and went away.
——W. J. Thoms(ed.): *The Gallant History of Bevis of Southampton*

— 37 —

第Ⅰ部　Church Interior・教会堂内

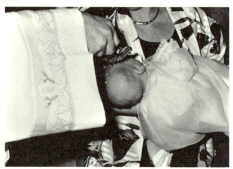

26. 滑車(pulley)付きの蓋。Canterbury Cath.［E］

27. infant baptism（幼児洗礼）。Italy

✻ **baptistery; baptistry**（洗礼堂; 洗礼室; 洗礼場）: 洗礼(baptism*)の儀式 (sacrament)を行なうために、スクリーン(screen)などで仕切られてある教会堂内の西端部(west end)の特定の場所、あるいは、教会堂とは別棟になる西側の建物を指す。そのどちらにせよ、中には上述の洗礼盤(font)が備えてある。ヨーロッパ大陸では後者のタイプが少なくない。

28. baptistery（洗礼堂）。Pisa Cath. Italy

29. 28.の CU

− 38 −

初期キリスト教(Early Christian church*)のイタリアの教会の洗礼堂は、全身を水に浸ける洗礼、すなわち、浸礼(immersion)のための設備を持ち、全体は円形(round)や八角形(octagonal)の建物になっていた。例えば、フィレンツェ大聖堂(Florence Cathedral)のそれは八角形で、直径90フィート(約27m)、高さ103フィート(約31m)、ピサ大聖堂(Pisa Cathedral)のそれは円形で、直径114フィート(約35m)ある。

30. 2色の大理石製(black and white marble)の洗礼堂。Florence Cath. Italy

31. 洗礼場内部。'font'(洗礼盤)にも留意。St.Andrew's Ch., Fort William [S]

❋ **stoup; stoop** (聖水盤): 敢えて'holy(-)water stoop'ともいうし、フランス語の'bénitier'も使われる。また、単に'holy(-)water stone'といってこれを指すこともある。さらには、既述した'font*'をこの意味で使うこともある。

聖水(holy water)の入れてある盤(basin)で、通例は石造りになり、彫刻など装飾が施されたものが多い。身廊(nave*)の中でも、西端の出入口(west door*)に近い壁面(wall)もしくは柱(pillar*)に取り付けられてあるか、あるいは、独立して離して床面に置いてある。信者(the faithful)がその水で指先を清めてから十字を切るわけである。ただし、出入口の左右両脇に備えてある場合もある。

第Ⅰ部　Church Interior • 教会堂内

32. stoup(聖水盤)。
St.Giles' Cath., Edinburgh [S]

33. 聖水盤。a church in Cambridge [E]

34. 聖水盤。
St.Mary Magdalene Ch., Launceston [E]

【用例】

次は上記の解説にも触れたが、'stoup'の方の意味で'font'を用いている例。しかも、出入口の両脇に備えてあることが、用語の複数形で分かる。

'There were people coming out of it(= church), blessing themselves from the fonts.'（教会から出て来た人たちは聖水盤の水に指を浸けては十字を切った。）（Macken: Doves）

narthex

はいろう
拝廊; 玄関廊; 玄関間; ナルテックス

'galilee'ともいう。

ビザンチン式や初期キリスト教の教会堂（Byzantine or Early Christian church*）において、西端の出入口（west door*）と身廊（nave*）との間の横長の広間（vestibule）で、身廊および側廊（aisle*）からは、円柱（column*）やスクリーン（screen）や柵（rail）や壁（wall）で仕切られてある。この広間の形態は時代や地域により違いが見られる。

女性や、悔悛の秘跡を受ける人（penitent）や、洗礼志願者（catechumen）など、奥へ入ることを許されない者のための、「聖別されていない（unconsecrated）場所」として設けられたものであった。☞ porch; 図版: tribune(2)

【用例】

'Before the nave proper, there was a low entryway, or narthex.'（身廊自体の前は低い通路、つまり、玄関廊になっていた。）（Follett: Pillars）

nave arcade

身廊アーケード

'arcade'というのは、円柱（column*）や角柱（pier*）によるアーチ（arch）の連なりで、換言すれば、柱の列にアーチを連続させて渡したものをいう。'nave arcade*'は身廊（nave*）と側廊（aisle*）との間の仕切りにそれが用いられた場合のことで、従って、柱と柱の間から通り抜ける、つまり身廊と側廊との行き来が可能になる。

'the north arcade of the nave supporting a clerestory'（高窓層を支える北側の身廊アーケード）、などと用いる。☞ monasteryのcloister

－ 41 －

第Ⅰ部　Church Interior・教会堂内

【用例】

'the pillars of <u>the nave arcade</u>' (身廊アーケードを成す柱の列) (Follett: Pillars) / '<u>the arcade of the nave</u> was edged with gold instead of silver' (身廊アーケードは(火事のせいで)月の光の銀色に代わって金色で縁取られていた) (Follett: Pillars)

【文例】

次は「身廊アーケード」ではなく、「内陣と側廊」を隔てる「アーケード」の描写である。

35. nave arcade (身廊アーケード)。
南側側廊 (south aisle) と身廊とを仕切る。Ely Cath. [E]

36. 身廊アーケード。北側側廊 (north aisle) と身廊とを仕切る。
　　Peterborough Cath. [E]

- 42 -

Nave／(2) 身廊

* The <u>arcade</u> separating the chancel from its side aisles was not a wall but a row of piers joined by pointed arches....

——K. Follett: *The Pillars of the Earth*

(内陣をその両側にある側廊から隔てているアーケードは、壁ではなくて、尖頭アーチで連結された角柱の列であった…)

37. 手前が身廊、左端部が北側側廊。Salisbury Cath. [E]

38. 手前が身廊、右側が南側側廊。a church in Cambridge [E]

❁ **clerestory; clearstory**（クリアストーリー; 教会堂高窓層）:「明かり」(light)の意味のフランス語(clair)に由来。

　身廊(nave*)と側廊(aisle*)との仕切りの上部で、窓の並んだ層を指す。つまり、上述の身廊アーケード(nave arcade*)の上で、しかも側廊の屋根(aisle roof)より上に位置するようになる。もっとも、身廊アーケードの上に後述す

- 43 -

第Ⅰ部　Church Interior • 教会堂内

るトリフォリウム(triforium)がある場合は、さらにその上になる。堂内中央部への採光を目的とする。

　ただし、身廊のみならず、後述する内陣(chancel*)と側廊との仕切りアーケードの上にも設けられる。翼廊(transept*)にも付けられることがある。

　'the enchanting design of the nave clerestory'（デザインが魅力的な身廊のクリアストーリー）、'the north arcade of the nave supporting a clerestory'（高窓層を支える北側の身廊アーケード）、などと用いる。☞ 図版: 104.

【用例】

　'the light coming in through the clerestory'（高窓層を通して入って来る明かり）(Follett: Pillars)／'the traditional three layers of arcade, gallery and clerestory'（アーケードとギャラリーと高窓層から成る伝統的な3層の壁面）(Follett: Pillars)

　次は、部屋に閉じ込められたマルヴォーリオ(Malvolio)が、「ここは地獄のように真暗」というのに対し、牧師(Parson)に成り済ました道化(clown)がからかっていう台詞である。ただし、'clearstores'のスペルを用いている。

　'the clearstores toward the south north are as lustrous as ebony'（南北両側に層を成して並ぶ高窓は黒檀の如く明るい）(Shakespeare: Night IV.ii.41-2)

【文例】

* Above the gallery was the clerestory, so called because it was pierced with windows which lit the upper half of the nave.

——K. Follett: *The Pillars of the Earth*

　（ギャラリーの上には高窓層が来るが、そう呼ばれるのも窓が並んで設けられていて、身廊の上半分に採光したからである。）

Nave／(2) 身廊

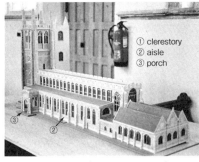

39. clerestory（クリアストーリー）。
Holy Trinity Ch., Long Melford [E]

40. クリアストーリー。Winchester Cath. [E]

41. クリアストーリー。Salisbury Cath. [E]

42. クリアストーリー。Ely Cath. [E]

第Ⅰ部　Church Interior・教会堂内

❖ **clerestory passage; clearstory passage**（クリアストーリー通路; 高窓層通路）: 上述の'clerestory*'の層を成す壁の厚みを利用して、壁の中に通路（wall passage*）を設けてある場合もあるが、それを指す。つまり、高窓の背後にある通路をいう。
　そもそもは、後述する'clerestory window*'（高窓）の拭き掃除のために設けられた。

【用例】
　'he stood in the high clerestory passage'（彼は高い高窓層通路に立っていた）(Follett: Pillars)/'The steps came along the clerestory passage.'（その足音は高窓層通路をこちらへ向かって進んで来た。）(Follett: Pillars)

① clerestory passage
② tribune

43. clerestory passage（クリアストーリー通路）。Peterborough Cath. [E]

❖ **clerestory window; clearstory window**（クリアストーリー窓; 教会高窓）: 'window in[of] the clerestory'ともいう。上述の'clerestory*'に設けられた採光用の窓を指す。
　ここにはステンドグラス(stained-glass)がはめられる場合も少なくない。特に、縦長の枠内一杯に聖者などひとりひとりの人物の全身像がよく描かれたものである。

− 46 −

'the great range of clerestory windows' (堂々たる並びの教会高窓)、'lancet windows in the cleastory' (クリアストーリーの尖頭窓)、'the tracery of the clerestory windows forms a continuous pattern with the arcade of the triforium' (教会高窓のトレーサリーはトリフォリウムのアーケードと相俟って、連続模様を成している)、などと用いる。☞ 図版: 39.〜42.; 53.〜55.

【用例】

'two neighboring windows in the clerestory' (クリアストーリーにあるふたつの隣接した窓) (Follett: Pillars)/'the larger windows of the clerestory illuminated the painted timber ceiling' (もっと大きなクリアストーリー窓からの明かりに、彩色された木造の天井がはっきり見えた) (Follett: Pillars) /'Above the arcade is the tribune gallery, and above that, the clerestory windows.' (アーケードの上はトリビューン［ギャラリー］で、さらにその上にはクリアストーリー窓が来る。) (Follett: Pillars)

✳ gallery (ギャラリー; 教会堂桟敷［回廊］)

(1) 後述する'tribune'(1)と同義。敢えて'tribune gallery'ともいう。☞ 図版: tribune(1)の49.50.51.

(2) 'west gallery'といって、身廊(nave*)の西端上部に桟敷が設けられている場合もあるが、それを指す。その場合には、パイプオルガンを備えて置くための場所(organ loft)や、小さな教会などでは聖歌隊の席(choir gallery*; singing-gallery)でもあり、あるいは、上記(1)もそうだが、身廊に加えてここにも会衆(congregation*)を収容出来る。ここへ上がる階段は'gallery stairs'という。

【用例】

'the traditional three layers of arcade, gallery and clerestory' (アーケードとギャラリーと高窓層から成る伝統的な3層の壁面) (Follett: Pillars)/'he left the clerestory and went down the turret staircase to the gallery' (彼は高窓層を出て小塔の螺旋階段を下りてギャラリーへ行った) (Follett: Pillars)/'he had even a kind of assurance on his face as he looked down from the choir gallery at her' (2階の聖歌隊席から彼女を見下ろす彼の顔には、自信のようなものすら浮かんでいた) (Lawrence: Fanny)

第Ⅰ部　Church Interior・教会堂内

(3) 'the gallery'として、上記(1)や(2)の場所に集まった信徒たち(the faithful)を集合的に指していう。また、同じ意味で'the gallery folk'とも使う。

44. 2階が gallery（ギャラリー）。北側。
St.Andrew's Ch., Penrith ［E］

45. 1階は身廊（nave）、2階が北側のギャラリー。St.Andrew's Ch., Penrith ［E］

46. west gallery（奥）と身廊（nave）（手前）。パイプオルガン（pipe organ）にも留意。
SS.Andrew & Mary's Ch., Grantchester ［E］

- 48 -

Nave／(2) 身廊

【用例】

'The gallery, too, looked down upon and knew the habits of the nave...whilst the nave knew nothing of the gallery folk'（ギャラリーの人たちも身廊の会衆を上から眺め、その癖までも承知していたが(中略)身廊に集まる人たちはギャラリーの人たちのことは何一つ知らなかった）（Hardy: Greenwood）

47. ウェスト・ギャラリーの上のパイプオルガン。手前が身廊、奥が出入口(west door)。
St.John's Cath., Limerick ［I］

48. ウェスト・ギャラリーへ通ずる階段。
W.H. Huntの画。

❋ tribune（トリビューン）

(1) 上述の側廊(aisle*)の上に設けられたギャラリー(gallery*: 桟敷[回廊])で、身廊(nave*)へはアーチ形の開口部(openings)を複数持つ。敢えて'tribune gallery'ともいう。

　従って、ロマネスク様式(the Romanesque style*)の身廊壁面を構成する要素のひとつで、アーケード(arcade*)とトリフォリウム(triforium*)（あるいはクリアストーリー(clerestory*)）との間にこれが入るのが通例。つまり、アーケードの上にトリビューン、その上にトリフォリウム、さらにその上にクリアストー

- 49 -

第Ⅰ部　Church Interior・教会堂内

① clerestory
② tribune
③ arcade

49. tribune(トリビューン)。

リーがくるわけだが、この4層の揃うのは極めて少なく、トリフォリウムの欠けた3層、もしくはさらにクリアストーリーも欠けた2層、あるいは、トリビューンを欠いた3層、アーケードとクリアストーリーだけの2層になる場合もある。
　このギャラリーの天井の造りは、後述する円筒形天井(vault*)、もしくは傾

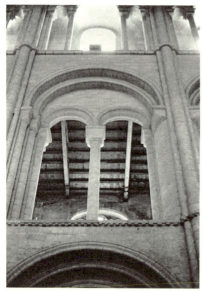

50. トリビューン。上階はクリアストーリー。
　　Ely Cath. [E]

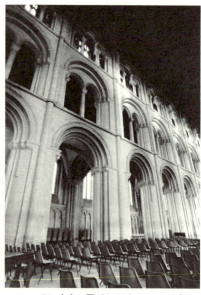

51. 中央の層がトリビューン。
　　Peterborough Cath. [E]

− 50 −

Nave／(2) 身廊

斜するそれ(sloping roof)になる。ゴシック様式(the Gothic style)で飛び控え壁(flying buttress*)が考案されるまでは、このトリビューンによって、身廊の円筒形天井の押圧力に抗する働きもした。つまりこれを設けることにより、身廊を高く幅広くすることが可能であった。

ただし、後述する'triforium*'と誤用されることも少なくない。☞ 図版: 43.

【用例】

'above the arcade is <u>the tribune gallery</u>'（アーケードの上にはトリビューン［桟敷］が来る）（Follett: Pillars）/'Above each arch of the arcade was a row of three small arches, <u>forming the tribune gallery</u>.'（アーケードのアーチひとつひとつの上には、小さなアーチが3つ並び、それがトリビューンを形成していた。）（Follett: Pillars）

(2) 古代ローマの時代(753 BC～AD 476)に、裁判などに用いられた巨大な集会所をバシリカ(basilica)という。全体は長方形を成し、一方の端部あるいは両端部に後陣(apse*)を持ち、中央の身廊(nave*)はその両側の側廊(aisle*)より天井も高く、上述のクリアストーリー(clerestory*)から採光していた。この構造を受け継いだ初期キリスト教の教会を'basilican church'と呼び、そのバシリカやバシリカ式教会の後陣を指して'tribune'という。

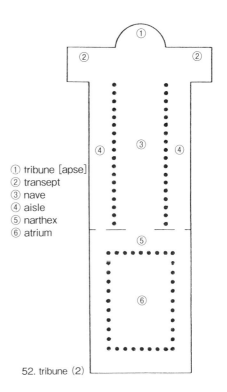

① tribune [apse]
② transept
③ nave
④ aisle
⑤ narthex
⑥ atrium

52. tribune (2)

第Ⅰ部　Church Interior・教会堂内

✸ **triforium**（トリフォリウム）: 発音は［トライフォーリアム］に近く、アクセントは［フォー］にある。複数形は 'triforia' となる。

　上述の身廊アーケード(nave arcade*)とクリアストーリー(clerestory*)との中間に位置する壁廊(wall passage*: 壁の厚みを利用した通路)で、アーケード付きになっていて、身廊へ向かって開かれている。身廊のみならず、後述する内陣(chancel)や翼廊(transept*)の場合のそれも指す。

　ただし、クリアストーリーのような採光用の窓を持たないために 'blind-story' とも呼ばれる。また、ここから大きな旗(banner)が吊されることもある。

　ちなみに、上記のアーケードは 'triforium arcade'、通路は 'triforium passage' と敢えていうこともある。この通路がなく、アーチの装飾のみの場合は「偽トリフォリウム」と呼ぶ。

　'the narrow band of the triforium sandwiched between the clerestory and arcade'（高窓層とアーケードに挟まれた幅の狭い帯状のトリフォリウム)、The lines of the clerestory mullions are continued down to link with the triforium arcade.'（クリアストーリー［高窓］の縦仕切りがそのまま下へ伸びて、トリフォリウム・アーケードに連結してる。)、などと用いる。

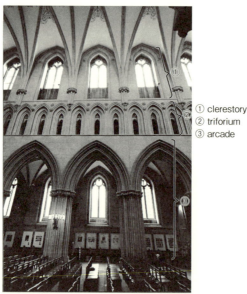

53. triforium（トリフォリウム）。Wells Cath. [E]

Nave／(2) 身廊

① clerestory　② triforium　③ arcade
54. トリフォリウム。York Minster [E]

① clerestory　② triforium　③ arcade
55. トリフォリウム。Carlisle Cath. [E]

56. 偽トリフォリウム。Exeter Cath. [E]

- 53 -

第Ⅰ部　Church Interior・教会堂内

maze

教会迷路図

'labyrinth'ともいう。上述の身廊(nave*)の床に石やレンガをはめ込んで描かれた迷路で、天国へ至る道程が暗示されており、そのゴールへ辿り着くことは神の祝福を受けることと考えられた。いろいろな図柄がある。

イギリスではイーリー大聖堂(Ely Cathedral)のものが知られているが、フランスのシャルトル大聖堂(Chartres Cathedral)のそれはとりわけ有名である。後者の場合、迷路というほど入り組んだ趣向にはなってはいないが、12の同心円状のもののうち、その中心の円内に描かれたバラの花を象った図へ向かって、ひとつの入口から辿って行けばよいようになっており、一番外側の円の直径は約12m、迷路の長さは約300mになる。

57. maze(教会迷路図)。
　　上方に身廊(nave)と内陣
　　(chancel)。
　　Ely Cath. [E]

58. 教会迷路図。
　　右手に身廊の入口。
　　Ely Cath. [E]

Nave／(2) 身廊

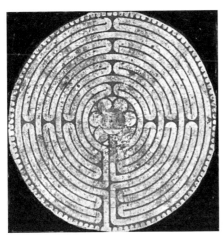

59. 教会迷路図。身廊の中央部。
Chartres Cath., Chartres, France

❋ **black and white diamonds**（白黒市松模様; 白黒菱形模様）：上述の身廊（nave*）や後述する側廊（aisle*）や内陣（chancel*）の床に、石やレンガやタイルなどをはめ込んで、白黒の菱形を交互に並べた模様を出す場合があるが、それを指す。

'chequer-work'というまさにチェッカーやチェス盤を思わせる模様である。

60. black and white diamonds（白黒市松模様）。
身廊（nave）。St.Paul's Cath. [E]

- 55 -

第Ⅰ部　Church Interior・教会堂内

61. 白黒市松模様。側廊(aisle)。Ely Cath. [E]　62. 白黒市松模様。内陣(chancel)。St.John's College Chapel, Cambridge Univ. [E]

【用例】

'I walked over the black and white diamonds of the nave'（私は身廊の床の白と黒の市松模様の上を歩いて行った）（Morton: Dome）

mural; mural painting; wall painting

教会壁画

上述の身廊(nave*)や後述する内陣(chancel*)の壁面に描かれた絵をいう。

例えば、イングランド東南部の州サリー（Surrey）のチョールドン（Chaldon）にある聖ピーター・聖ポール教会(SS. Peter & Paul's Church)には、地獄の業火にあぶられて苦しむ者や、救われて天国にいる者といった、救世(salvation)をテーマにしたものが見られる。☞ chancel archの中のDoom painting

- 56 -

Nave／(2) 身廊

63. mural（教会壁画）。
「聖ジョージの竜退治」(St.George & the Dragon)（15世紀の画)。北側アーケード(north arcade)の上の壁面。
SS.Peter & Paul's Ch., Pickering ［E］

64. 教会壁画。上:「聖トマス・ベケットの殉教」(Martyrdom of St.Thomas Becket of Canterbury) 下:「聖エドマンドの殉教」(Martyrdom of St.Edmund) 北側アーケード。
SS.Peter & Paul's Ch., Pickering ［E］

65. 教会壁画。
'The Agony'（「受難前のゲッセマネ(Gethsemane)でのキリストの苦しみ」)。St.Andrew's Ch., Ponrith ［F］

66. 現代の教会壁画。
「教会献堂記念祭: イグサ(rush)や花を堂内に飾る年中行事」St.Mary the Virgin Ch., Ambleside ［E］

pew

会衆席

上述の身廊(nave*)に置かれるベンチに似た背もたれ(back)のある木製の座席(bench seat)で、会衆(congregation*)が使用できるものを指す。そこから、「会衆」

- 57 -

第Ⅰ部　Church Interior・教会堂内

を集合的に指す場合は'the pews'ともいう。

　中世には、会衆は立ったままで、あるいは、跪(ひざま)いて聖職者(priest)の説教を聞いていたが、病人や老人用には壁際に石造りのベンチが備えてあった。その後、会衆も聖職者席(choir-stall*)の聖職者と同様に座るべきであるという考えから、13世紀の末から採り入れる教会が少なくなく、15世紀以降には広く設けられるようになった。

　また、村の教会(village church*)などでは、地主(squire)、農場経営者(farmer)、その他の労働者(labourer)によって、座る席が定められていたものである。

　オーク材(oak)を用いて彫刻を施してあるものも珍しくない。特にその側板(bench-end)は見事な装飾的造りになるものが少なくない。風変わりな例を挙げると、この座席の肘掛けの部分に一匹の鼠を彫った板を側板に用い、その椅子が自分の製作品であることを示したR.トンプソン(Robert Thompson: ?-1955)がいる。イングランド東北部の州N.ヨークシャー(North Yorkshire)のキルバーン村(Kilburn Village)は、木彫り(wood carving)の製作で知られているが、彼の死後も同工房の彫師ら職人(craftman)たちが、そのマーク(mouse trademark)を受け継いでいる。

　また、C.レン(Christopher Wren: 1632-1723)の設計になるセント・ポール大聖堂(St. Paul's Cathedral)では、従来のものとは画期的に異なる試みがなされ、この座席が説教壇(pulpit*)に立つ聖職者の姿の見られる範囲内、および、その声の聞き取れる範囲内に設けられた。

67. pew(会衆席)。St.Mary's Ch., Bury St. Edmunds [E]

ちなみに、今日では、このベンチ型ではなく、学校の教室で使われるようなひとり用の普通の椅子を並べて置く大聖堂もある。

【用例】

'the high-backed pews'（背もたれの高い会衆席）(Watts–Dunton: Aylwin)／'the pews made of oak'（オーク材で出来ている会衆席）(C. Lamb: Church)／'the infinitely deep brown pews'（実に深みのある茶色の会衆席）(Hardy: Hand)／'we were shewn into a pew'（私たちは会衆席へ案内された）(C. Lamb: Church)／'They always had the same pew.'（その一家は毎回同じ会衆席を使っていた。）(Greene: Drive)／'she...sat in the most forward pew.'（彼女は（中略）最前列の会衆席に座った）(Hardy: Wife)／'Kingshaw walked slowly down between the pews.'（キングショウは会衆席の間の通路をゆっくり歩いて行った。）(Hill: King)／'Dorothy went into the pew behind Miss Mayfill'（ドロスィーはミス・メイフィルの後の会衆席に入った）(Orwell: Daughter)／'A little old grey church with funny pews and a damp smell.'（おかしな格好の会衆席のある、じめじめした匂いのする小さな古い灰色の教会。）(Galsworthy: Swan)／'If you want to say your prayers, you should kneel down in a pew.'（君がお祈りしたければ、会衆席でひざまずかなけりゃ。）(Hill: King)／'the ladies from the Manor-House, who sate in the best pew in the church'（教会で一番いい会衆席に陣取る荘園領主の館の貴婦人方）(M. Lamb: Uncle)

68. 会衆席。All Saints' Ch., Barrington [E]

第Ⅰ部　Church Interior・教会堂内

【文例】

* The Minivers come in, walk along the aisle, and <u>enter their pew</u>. They kneel down for the few seconds of silent individual prayer which is customary in English churches.

　　　　　　　　　　　——J. Hilton & three others: *Mrs. Miniver*（Screenplay）

（ミニヴァー一家が堂内に現れ、側廊を進み、自分たち専用の会衆席に入る。一家は跪いて、各自で数秒間黙祷を捧げるが、そうするのはイングランドの教会では習慣である。）

【参考】

* It was a large church, much too large for its congregation....<u>The three narrow islands of pews</u> stretched barely half way down the nave....

　　　　　　　　　　　——G. Orwell: *A Clergyman's Daughter*

69. ベンチ型の席(bench seat)。
　　右下に祈祷用膝付き台(hassock)。
　　a church in Cambridge [E]

70. ベンチ型ではない個々の椅子(chair)。
　　正面は西側出入口(west door)。
　　St.Mary's Cath., Edinburgh [S]

— 60 —

Nave／(2) 身廊

71. 鼠のトレイドマーク(mouse trademark)。
St.Peter's Ch., Conisbrough [E]

✤ **box pew; box-pew**(箱形会衆席; 折り戸付き会衆席)：上述の'pew'の中でも、家族あるいはグループの専用席は長方形の箱形に四辺を仕切ってあって、折り戸(door)から出入りするようになっている。隙間風が入り、暖房設備のない時代の教会では、普通の席よりもこの中に入る方が、座り心地がよかったわけである。☞ family pew

72. box pew(箱型会衆席)。
Holy Trinity Ch., Goodramgate [E]

- 61 -

第Ⅰ部　Church Interior・教会堂内

【文例】

* The nave was then filled with square <u>box-pews</u>, very high, so that we retired into a little private world....

——H. Read:'The Innocent Eye'

(その頃の身廊は四角い箱形会衆席が所狭しと多数備えられていて、その仕切りの丈がとても高いので、そこに入れば私たちだけの世界に閉じ篭もることが出来た…)

73. 箱型会衆席。SS.Mary & Michael's Ch., Trumpington [E]

74. 箱型会衆席の折り戸。St.Giles' Cath. [S]

- 62 -

✻ family pew（家族専用の会衆席）: 上述の'box pew*'の中でも、荘園領主（the lord of the manor）や地主（squire）など、家柄の高いその土地の人（a local family）は、自分たちの家族専用のものを教会の中にこしらえていたが、それを指す。箱形でなくても、通常の会衆席を使用料を払って借り受けることも出来た。

単に座る席のみならず、肘掛やテーブルを備え付けたり、カーテンや暖炉（fireplace）まで設ける場合もあった。その一家の名前で、例えば、'the Minivers' pew'（Hilton: *Mrs. Miniver*）などと呼ぶ。

【用例】

'the old square family pew'（時代を経た四角い造りの家族専用の会衆席）（Hilton: Miniver）

【文例】

* ...he must hire a pew, in the sun if possible and well forward so as to be out of the draught from the door....And he saw the neat brass-edged card on the corner of the pew——Mr. Stanley Burnell and family....

——K. Mansfield: 'Prelude'

（…彼は家族専用の会衆席を借りて置かねばならないと思った、出来れば日の当たるところで、出入口からの隙間風の届かぬ前の方に（中略）。そして、その席の角の真鍮製のきちんとした枠には、「スタンレー・バーネル氏と御家族」と書かれたカードが入れられている様を、彼は思い浮べるのだった…）

✻ hassock

⑴ **祈祷用クッション**; **祈祷用膝つき台**: 'kneeler'もしくは'kneeling-cushion'ともいう。

上述の'pew*'などに備え付けてあって、跪いて祈祷をする際に膝を載せるために用いるクッションを指す。

会衆席に座ったまま祈祷することも可能だが、その座席から一旦身を前へずらし、床面に跪く時にこれを用いる。木製の台が付いているものもあり、その場合は赤い布地によるものが通例であったが、近年では、カラフルな模様の付

いた小型の座布団状のもの——台の付かない——が一般的になっている。

'reed[rush] hassock'といって、アシ[イグサ]を素材にしたものもある。

ちなみに、上記の'kneeler'には、上述の'pew'の後の下部に取り付けてある板(board for kneeling)を指すこともある。

【用例】

'the little hassocks for the people to kneel on'（お祈りに跪く時の小さなクッション）(C. Lamb: Church) / 'a red kneeling-cushion, placed at about the middle of the altar-railing'（祭壇仕切りの中程に置かれた赤い祈祷用クッション）(Hardy: Hand)

【文例】

* He was too stout to kneel on the hassocks which saved our knees from the cold stone floor....

——H. Read:'The Innocent Eye'

（彼の太った体では祈祷用クッションに跪くのは無理であった。そもそもそのクッションは、教会の冷たい石の床に膝が触れなくて済むようにしたものなのに…）

* Dorothy went into the pew behind Miss Mayfill, and, in penance for some sin of yesterday, pushed away the hassock and knelt on the bare stones.

——G. Orwell: *A Clergyman's Daughter*

75. hassock（祈祷用膝付き台）。St.Paul's Cath. [E]

— 64 —

Nave／(2) 身廊

(ドロスィーはミス・メイフィルの後の会衆席に入ったが、昨日の罪を悔いる余り、祈祷用クッションを脇へ押し退けて、石の床に直に跪いた。)

(2) **足載せ台; 足台**: 一般家庭でも日常用いるもので、厚く詰め物をした足載せ台(footstool)を指す。椅子に腰掛けたまま、足をこの上に載せて置くと楽なのである。

【文例】

* In the dinning-room, by the flicker of a wood fire, Beryl sat on a hassock playing the guitar.

——K. Mansfield: 'Prelude'

(食堂では、薪がちらちら燃えている暖炉のそばで、ベリルが足載せ台に腰を下ろしてギターを弾いていた。)

76. 祈祷用膝付き台。a church in Cambridge [E]

77. 床に置かれた祈祷用クッション。
a church in Cambridge [E]

— 65 —

第Ⅰ部 Church Interior • 教会堂内

78. 大きな祈祷用膝付き台。
Galilee Chapel, Durham Cath. [E]

79. 会衆席(pew)の上に置かれた祈祷用クッション。
着席する際に床に敷く。
St.Etheldreda's Ch.,Bishop's Hatfield [E]

❈ **poppyhead; poppy(-)head**（芥子飾り）: 単に'poppy'とも、あるいは'poppie'ともいう。「人形」の意味のフランス語'poupée'に由来するといわれる。

上述の会衆席(pew*)や聖職者席および聖歌隊席(choir stall*)の側板(bench-end; side panel)の上の頂華(finial)を指す。

これには葉形飾り(foil)や、イチハツ(iris)(もしくはユリ(lily))の花の飾り(fleur-de-lis)や動物の他、滑稽なあるいは奇妙な人面の彫り物が装飾として刻まれている。

ゴシック様式(the Gothic style*)の垂直式(the Perpendicular style*)に用いられて、15世紀にはよく見られるようになっていた。

ちなみに、イングランドの南西部の教会では、側板が長方形(rectangular)で、そこに装飾が彫られたものが多いが、その他の地域ではこの芥子飾りが付けられている場合がまた多い。

【参考】

次の例は、上記の解説でも触れたが、'pew'の側板の'finial'の語を用いてこの「芥子飾り」を指す。

— 66 —

Nave／(2) 身廊

* Stumbling across the market to his death,
  Unpitied; for he groped as blind, and seem'd
  Always about to fall, grasping the pews
  And oaken finials till he touch'd the door;
  　　　　　　　　　——A. Tennyson:'Aylmer's Field', 820-3

80 側板(bench-end)の芥子飾り。
Jesus College Chapel, Cambridge Univ. [E]

81. 芥子飾り。
St.Margaret's Ch., King's Lynn [E]

- 67 -

第Ⅰ部　Church Interior・教会堂内

82. 芥子飾り。Ludlow Ch., Ludlow [E]

83. 芥子飾り。a church in Cambridge [E]

84. 芥子飾り。St.Andrew's Ch., Taunton [E]

85. 側板(イングランド南西部の教会)。
St.Mary Magdalene Ch., Launceston [E]

− 68 −

Nave／(2) 身廊

86. 側板の上の頂華(finial)。
St.Martin's Ch., Liskeard [E]

pulpit

説教壇

説教者(preacher)などが説教(sermon)をする際にそこに上がって立つ壇を指すが、周りが囲まれた造りになり、石造りもあるが木製が通例。

中世には後述する内陣仕切り段(chancel steps*)の上で説教がなされたが、エリザベス朝(1558-1603)までには専用の壇が備えられるようになった。内陣仕切りアーチ(chancel arch*)の近くの身廊の壁面(nave* wall)あるいは柱(pier*)に取り付けられることもあれば、離して身廊の床に据えて置かれる場合もある。どちらの場合も、通例は会衆席(the pews)から見て、左前方の位置に設置される。翼廊(transept*)のある大聖堂(cathedral*)などでは、北側(north transept+)で、東寄りになるのがまた通例。

壇には卓(desk)と座席(stall)も備えられているのが通例で、聖書などを置く本棚(book-board)も見られる。聖職者が熱心さのあまり時間を忘れて説教を行なうこともあったので、砂時計(hour-glass)が置かれたりもした。ちなみに、その卓から垂らす布は'pulpit fall'という。

- 69 -

第Ⅰ部　Church Interior・教会堂内

　この壇は象眼模様その他装飾的彫刻の施されたもの(carved pulpit)も少なくないのだが、G. オーウェル(G. Orwell)の『牧師の娘』(*A Clergyman's Daughter*)の中で、娘ドロスィー(Dorothy)が、収穫祭の時にインゲンで作った花綱(festoon)やトマトで説教壇を飾り立てる案を出して、父の牧師を苛立たせる話がある。

　壇は高い造りになっているため、階段(pulpit steps)が設けられ、それには手摺(pulpit balustrade)が付いている。下記にも引用したが、J. ジョイス(J. Joyce)の「恩寵」('Grace')の中には、この手摺から上に出ている司祭の上体について述べた下りがある。

　説教が上方へ逃げずに会衆(congregation*)へよく聞こえるようにするために、反響板(sound(ing) board)が上の方に付いていることもあり、それが天蓋(canopy*; tester*)になる。C. ラム(C. Lamb)の「初めての教会」('First Going to Church')の中に、主人公の少女が、この反響板の付いた豪華な造りを初めて見て感嘆する描写がある。

　この説教壇の横断面は八角形(octagonal)のものが多く、T. ハーディー(T. Hardy)の「チャンドルお婆さん」('Old Mrs Chundle')の中にも、副牧師(curate)がこの八角形の木造の壇(wooden octagon)へ上っていく場面がある。

　また、時には2層3層の造り(a two-or-three-decker (pulpit))になっていて、一番下が教会書記用席(church clerk's stall)、2番目が聖書朗読台(lectern*; reading desk)で、一番上がこの説教壇になっているものもある。従って、'the reading-desk and pulpit' (Hardy: 'Old Mrs Chundle')というと、「聖書朗読台付き説教壇」のことである。

　ちなみに、中には、大勢の聴衆を対象とするために、教会堂の外壁に取り付けられた説教壇もある。☞ 図版: 225.

【用例】

'he mounted the pulpit' (彼 は 説 教 壇 に 上 が っ た)(Lawrence: Fanny) /'he ascends into the pulpit' (彼は説教壇の中へ上った)(Hilton: Miniver) /'sounding-boards over old pulpits' (時 代 を 経 た 説 教 壇 の 上 の 反 響 板)(Dickens: Travellers)/'Philip stepped down from his pulpit' (フィリップは説教壇の階段を下りた)(Follett: Pillars)/'the face of the parson in the pulpit' (説教壇のその聖職者の顔)(Hardy: Mrs Chundle)/'The minister sat silent and

― 70 ―

inscrutable in his pulpit.'（聖職者は無言のまま、不可解な面持ちで説教壇の席に座っていた。）(Lawrence: Fanny)/'the finely-carved stone pulpit of the fifteenth century'（精巧に彫刻の施された15世紀の石造りの説教壇）(Hissey: Counties)/'the pulpit with the sounding-board over it, gracefully carved in flower work'（上に反響板の付き、優雅に花模様の彫られた説教壇）(C. Lamb: Church)/'the curate mounted the eight steps into the wooden octagon'（副牧師は8段の階段を上って8角形の木造の説教壇へ入った）(Hardy: Mrs Chundle)

次の2例は学校の礼拝堂(chapel)のそれである。

'The oak pulpit standing out by itself above the School seats.'（全校生徒の席の上に孤高然として聳え立つオーク材製の説教壇。）(Hughes: Tom)/'he...roused this consciousness in them(= students)...by every word he spoke in the pulpit'（彼（中略）は説教壇で語る言葉の一語一語を以て（中略）生徒たちにこういう意識を呼び覚ました）(Hughes: Tom)

87. pulpit（説教壇）。左に階段(steps)、
上に反響板(sounding board)。
Canterbury Cath. [E]

88. 北側の身廊アーケード(nave arcade)の
柱(pier)に付けられた説教壇。
Peterborough Cath. [E]

第Ⅰ部　Church Interior・教会堂内

【文例】

* He <u>stands in the pulpit</u> for just a moment and then addresses them (= the congregation) very gravely and quietly....
　　　　　　　　——J. Hilton & three others: *Mrs. Miniver* (Screenplay)

(彼は説教壇にほんの一瞬立ったままでいたが、直ぐに会衆へ向かって厳かに静かに語り始める…)

* I thought it would look so nice if we decorated <u>the pulpit</u> with festoons of runner beans and a few tomatoes hanging in among them.
　　　　　　　　——G. Orwell: *A Clergyman's Daughter*

(ベニバナインゲンで花綱をこしらえて、その間にトマトを吊して説教壇を飾れば、素敵になると思ったまでのこと。)

89. 説教壇。装飾の彫刻にも留意。
Salisbury Cath. [E]

90. 手摺 (pulpit balustrade) 付きの階段。
York Minster [E]

Nave／(2) 身廊

【参考】

* ...the pulpit where the minister delivered unquestioned doctrine, and swayed to and fro, and handled the book in a long accustomed manner....
——G. Eliot: *Silas Marner*

次の例は説教壇とその階段の手摺への言及もある。

* The priest's figure now stood upright in the pulpit, two-thirds of its bulk, crowned by a massive red face, appearing above the balustrade.
—— J. Joyce: 'Grace'

91. 床に据えられ、反響板の付かない説教壇の階段。a church in London [E]

92. 八角形の反響板。St.Paul's Cath. [E]

- 73 -

第Ⅰ部　Church Interior・教会堂内

93. 六角形の反響板。
St.Margaret's Ch., King's Lynn [E]

94. 四角形の反響板。St.David's Ch., Exeter [E]

95. three-decker pulpit(3層造りの説教壇)。
上から順に、教区牧師(rector)、
副牧師(curate)、書記(clerk)。

96. 3層造りの説教壇。
Holy Trinity Ch., Long Melford [E]

- 74 -

Nave／(2) 身廊

✤ ambo; ambon

(1) **福音書朗読台; 書簡朗読台**: 上述の'pulpit*'の前身ともいうべきもので、初期キリスト教会(Early Christian church*; basilican church*)で用いられた。

通例は石造りで、レリーフの装飾が施されたものもある。特にイタリアでは、儀式の時に福音書(Gospel)を朗読するための台——通例は2段、時にそれ以上の台——として、福音書側(gospel side)と呼ばれる教会堂内の北側に置いて用いられた。

時にこれが2台あって、もうひとつは「新約聖書の中の使徒の書簡」(the Epistle)を朗読するためのもので、南側に置かれた。

14世紀以降はこれが'pulpit*'(説教壇)に取って代られて行くのである。

ちなみに、福音書というのは、新約聖書(the New Testament)の中の最初の四書であるマタイ伝(Matthew)、マルコ伝(Mark)、ルカ伝(Luke)、ヨハネ伝(John)を指す。

(2) **エクセドラ**: 'exedra'ともいって、初期キリスト教会の東端部にある後陣(apse*)の中で、祭壇(altar*)の真後ろに並んで設けられた座席で、頂部は半円形の凹所となる。中央の一番高い席は主[司]教(bishop)用で、主教は時にここで説教をした。

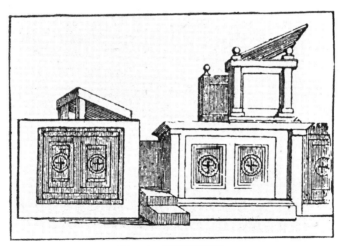

97. ambo（福音書朗読台）。

第Ⅰ部　Church Interior・教会堂内

✱ **lectern; lecturn; lettern**（聖書朗読台; 聖書台）: 'reading desk'といって
これを指すこともある。聖書が置かれる机（desk）あるいは台（stand）で、そこ
でその一節が朗読される。

　聖書を載せる台の部分は、読み易いように手前にやや傾くこしらえ（slanting
top）になる。木製や石造りもあるが、真鍮製（brass）が多く、通例は「翼を広げ
た鷲」（an eagle with outstretched wings）を象ってある。この朗読台の鷲は福
音の伝道（evangelism）を表すものである。上述の'ambo'で説明した'the Epistle'
や'the Gospel'が朗読される。

　ちなみに、鷲が蛇（serpent）と闘う図柄では、原罪（sin）の象徴である後者に
対し、前者は精神的勝利を意味し、福音書記者の聖ヨハネ（St. John）が描かれ
る際には、表象として一緒に付けて描かれるもの（attribute）にもなる。

　また、この台のデザインとして、鷲に代わってペリカン（pelican）も用いら
れる。ペリカンの父鳥が一時の怒りから自分の雛鳥を殺したが、それを知った
母鳥が、自分の嘴で自分の胸を突き刺し、流れ出る血で我が子を生き返らせた
という俗信があり、贖罪（redemption）や自己犠牲（self-sacrifice）の象徴になっ

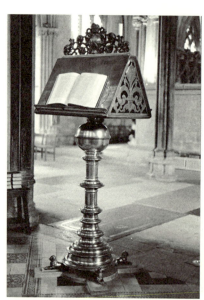

98. lectern（聖書朗読台）。Wells Cath. [E]

99. 聖書朗読台。St.Lawrence's Ch., Rosedale Abbey [E]

ているからである。

　この台の置かれる場所は上述の'pulpit*'（説教壇）と並んだ位置か、もしくは南側の翼廊（south transept）の東寄りになる。☞ pulpit

【用例】

　'One of the monks was reading aloud at a lectern.'（修道士のひとりが聖書台に向かって聖書を朗読していた。）（Follett: Pillars）

100.「翼を広げた鷲」
(an eagle with outstretched wings)を
象った真鍮製の聖書台。Ely Cath. [E]

101. 聖書台。
Moretonhamstead Ch., Dartmoor [E]

第Ⅰ部　Church Interior・教会堂内

102. 聖書台ではないが、ペリカン(pelican)にまつわる図柄のモザイク。SS.Andrew & Mary's Ch., Grantchester [E]

103. 102.と同じ教会の境内(churchyard)にある円柱(column)。

Aisle
側廊
そくろう

　発音は［アイル］に近い。建築物の'wing'（翼部）を意味するラテン語'ala'（'axilla'
の縮約語）に由来。

　上述の身廊（nave*）の両側や、後述する聖歌隊席（choir*）を含めて内陣（chancel*）
の両側に平行して走る区域で、身廊とはアーケード（nave arcade*）で仕切られて
いる。

　ちなみに、アーケードというのは、アーチ（arch）で連結され、一定の間隔に並
ぶ柱（pillar*）の列のことで、行き来が、つまり出入りが可能になる。

　身廊を'centre aisle'というのに対し、こちらは'side aisle'と呼び区別すること
もある。また、身廊に平行するものは'nave aisle'、内陣に平行するのは'chancel
aisle'、その中の聖歌隊席のそれは'choir aisle'という。ただし、'nave aisle'だけの
教会もあり、'aisle'そのものを持たない小さな教会の場合もある。

　通例は南北両側にそれぞれ1面ずつだが、2面ずつ平行して走る場合もあれば、
時に北側に片方のみ設けてあることもある。そして、身廊や内陣の屋根よりは
1段低い造りの屋根（roof*）を持つのがまた通例。

　既存の教会をより広い間取りにするために、身廊に平行して走る空間を付け加
えるという発想から生まれた。会衆（congregation*）の増加を考えてのことのみ
ならず、儀式の時に司祭（priest: 聖職者）が行列を成して通る際にも、ここを利用
出来る。ある意味では、廊下（corridor）に似た機能をも持つ。☞ 図版: 1., 2., 39.,
162., 163.

【用例】

　'the dim aisle'（薄暗い側廊）（O'Faoláin: Sinners）/ 'a nave with side aisles'（2
本の側廊を持つ身廊）（Follett: Pillars）/ 'he strode up the aisle'（彼は側廊を
奥へ大股で歩いて行った）（Buck: Death）/ 'enter by the side-aisle door'（側
廊の入口から堂内へ入る）（C. Brontë: Jane）/ 'the vaulting of the double aisle'
（南北両側廊の円筒形天井の造り）（Follett: Pillars）/ 'pass down the aisle

－ 79 －

第Ⅰ部　Church Interior・教会堂内

with echoing heels'（靴音を響かせながら側廊を戻る）（Hardy: Greenwood）/'traverse the cool aisles of some country church'（どこか田舎の教会のひんやりとした側廊を歩く）（C. Lamb: Blakesmoor）/'the arcade separating the chancel from its side aisles'（内陣をその両側にある側廊から隔てているアーケード）（Follett: Pillars）/'her grave, in the north aisle of the nave'（身廊の北側の側廊にある彼女の墓）（Lucas: Capital）/'she saw three hundred candles filling all the aisle with light'（300本の蝋燭の明かりが側廊全体を満たしているのを彼女は見た）（Dunsany: Kith）/'the worn stones in the aisle where you could still half-read the epitaphs'（側廊の床の石に刻まれ、磨り減っていて半ば読めなくなった幾つかの墓碑銘）（Orwell: Air）

【文例】

＊ I walked down the south aisle, admiring the gold shafts of light striking through the dusk of the church....

——H.V. Morton:'Under the Dome'

（私は、仄暗い教会の中に射し込む金色の光に感動しつつ、南側の側廊を戻って行った…）

＊ Because the church was round-ended, the side aisles curved around to meet at the east end....

——K. Follett: *The Pillars of the Earth*

（その教会の端部は円い造りのために、南北2本の側廊は曲線を描いて東端部で繋がっていた…）

【参考】

'she walked along the southern side aisle'（Follett: Pillars）/'he walked away very quickly down the aisle'（Hill: King）/'the aisle was much lower than the nave'（Follett: Pillars）

＊ She'd been nervous in the church. She'd tripped twice on the walk down the aisle.

——W. Trevor: 'Teresa's Wedding'

* ...from the outside of the church <u>the aisle could be seen to have a lean-to roof</u>....

——K. Follett: *The Pillars of the Earth*

104. 教会模型。
① aisle（側廊）　② nave（身廊）　③ apse（後陣）
④ clerestory（クリアストーリー）　⑤ aisle window（側廊窓）

105. south aisle looking west（南側側廊で、奥が西）。
右手に身廊(nave)。Ely Cath. [E]

第Ⅰ部　Church Interior・教会堂内

106. 南側側廊で、奥が東。Exeter Cath. [E]　　107. 北側側廊で、奥が西。Carlisle Cath. [E]

108. 側廊。Winchester Cath. [E]　　109. 南側側廊。Canterbury Cath. [E]

Aisle／側廊

110. 北側側廊で、奥が東。Salisbury Cath. [E]

111. 中央が身廊、左手が北側側廊で、奥が東。
Bangor Cath. [W]

112. 左端が北側側廊、右端が南側側廊。Swaffham Prior Village Ch. [E]

第Ⅰ部　Church Interior・教会堂内

aisle window

側廊窓

その窓の並びを指して、'windows in the aisle'ともいう。

上述の'aisle'への採光を目的として、その壁面に設けられた窓を指す。

ここには通例ステンドグラス(stained glass)がはめられる。そして、ステンドグラスが教会に取り入れられた初期の段階では、つまり11世紀および12世紀の頃には、「メダリオン窓」(medallion window)がこの窓に多く用いられた。それは、'roundel'という円形を初め、楕円形(oval)、四角形(square)、葉形(foil)、その他さまざまな形の小さなパネル(medallion)から成り、そこに旧約および新約聖書(the Old and New Testaments)の中の場面を題材に、一連の物語が描かれた窓である。

'aisle windows with magnificent tracery'（見事なトレーサリーの側廊窓）などと用いる。☞ 図版: 104.

【用例】

　'the aisle windows line up with the arches of the arcade'（側廊窓は身廊アーケードのアーチと平行して並んでいる）（Follett: Pillars）

【文例】

　＊ Through the archways of the arcade could be seen the round-headed windows

113. south aisle windows（南側側廊窓）。手前が身廊(nave)、アーケード(arcade)の向こう側が側廊。Exeter Cath. [E]

of the aisles. The windows would be neatly lined up with the archways, so that light from outside could fall, unobstructed, into the nave.

——K. Follett: *The Pillars of the Earth*

(身廊アーケードのアーチからは、南北の側廊にある頭部が半円形の窓の並びを見ることが出来る。これらの窓はアーケードのアーチの連なりとぴったり平行して走るように設けられるのだが、それは堂外からの明かりが遮られることなく、身廊内へ射し入るようにするためである。)

apse aisle ☞ ambulatory

114. 南側側廊窓の外観。Canterbury Cath. [E]

115. 北側側廊窓の内部。Canterbury Cath. [上]

116. 南側側廊窓。a church in Cambridge [E]

第Ⅰ部 Church Interior・教会堂内

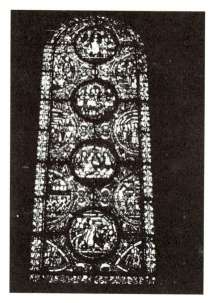

117. medallion window(メダリオン窓)。
Canterbury Cath. [E]

confessional

告解[白]聴聞席[ブース]; 告解場(こっかい)

　カトリックで用いられるもので、通例は電話ボックス(phone box)の2倍ほどの大きさになり、真中は板壁やカーテンなどで仕切られ(separate compartments)てあり、一方には司祭(priest: 聖職者)、他方には告解者(penitent: 悔悛者(かいしゅん))が入る。出入口のドアは通例2枚ないし3枚。司祭は席(seat)に着き、小さな格子窓(lattice)を通して、告解者の告白(confession)を聴くのだが、司祭の姿は隠れて見えないが、告解者の方は、場合によって、人目につくようになっている。このブース(booth)なり小室なりは、通例は側廊(aisle*)に設けられる。

　また、J.ジョイス(J. Joyce)は『ダブリン市民』の「姉妹」('The Sisters')の中で、'confessional'及び'confession-box'の語も用いている。その中では、自分が告白し、それを自分自身が聴聞する司祭が描かれている。

　ちなみに、「告白する者」も、「告白を聴く司祭[聴罪司祭]」のことも、'confessor'という。

Aisle／側廊

【用例】
'sitting up by himself in the dark in his confession-box'（（彼は）告解聴聞ブースの暗がりにひとり座っていて）(Joyce: Sisters) / 'the duties of the priest towards the Eucharist and towards the secrecy of the confessional' (聖餐[体]に対しての、及び告解ブースで聴聞したことの守秘に対しての、司祭の職務) (Joyce: Sisters)

118. confessional（告解聴聞席）。
St.George's RC Ch., York [E]

119. 118.の内側。カーテンの中仕切り。

- 87 -

第Ⅰ部　Church Interior • 教会堂内

Transept
翼廊; 袖廊
<ruby>翼廊<rt>よくろう</rt></ruby>; <ruby>袖廊<rt>そでろう</rt></ruby>

'cross-aisle'ともいう。上述の十字架形教会堂(cruciform church*)の平面図 (ground[floor] plan)を描くと、身廊(nave*)を含む縦[主]軸と直角に交差する横軸の、その左右に突き出した部分を指す。即ち、北側部分(north transept)と南側部分(south transept)のふたつに分かれたところをいう。

比較的重要性の少ない礼拝を行なうための祭壇(side altar*: 脇祭壇)も備えてあることもあり、礼拝室(chapel*)が設けてある場合も少なくない。

この棟が二重に、つまり、縦軸の棟に対し、横に平行して2本になる場合もある。ただし、それはイギリスよりもヨーロッパ大陸の教会に多く見られる。イギリスでは、例えばイングランドの大聖堂(Cathedral)では、南東端の州ケント (Kent)のカンタベリー (Canterbury)とロチェスター (Rochester)、南部の州ウィルトシャー (Wiltshire)のソールズベリー (Salisbury)、東部の州リンカンシャー (Lincolnshire)のリンカン(Lincoln)など。☞ 図版: 1., 2.

【用例】

'There was a door in the north transept.'（北側翼廊には出入口があった。）
(Follett: Pillars) / 'the south transept that led into the cloisters'（修道院回廊へ通ずる南側翼廊）(Follett: Pillars) / 'the transepts——the two arms of the cross-shaped church'（十字架形教会の2本の横木に当たる南北翼廊）(Follett: Pillars) / 'the two transepts which stuck out the north and south either side of the altar'（祭壇の北側にも南側にも突き出した形のふたつの翼廊）(Follett: Pillars)

【文例】

* ...the transepts provided useful space for extra chapels and offices such as the sacristry and the vestry.

——K. Follett: *The Pillars of the Earth*

- 88 -

Transep／翼廊; 袖廊

（…ふたつの翼廊は付加的な礼拝室や、あるいは聖具室とか祭服室のような保管室に充てる有用なスペースを供給した。）

【参考】

＊ *Grim and others.*　　　　　　　　　　　Shut the door!
We will not have him slain before our face.
[*They close the doors of the transept. Knocking.*
Fly, fly, my lord, before they burst the doors!
[*Kmocking.*
——A. Tennyson: *Becket*, V. iii.

＊ The transept of the Jesuit Church in Gardiner Street was almost full; and still at every moment gentlemen entered from the side door....
——J. Joyce: 'Grace'

120. north transept（北側翼廊）。Exeter Cath. [E]

① transept
② nave

121. 南側翼廊。Winchester Cath. [E]

① transept
② nave
③ central tower

— 89 —

第Ⅰ部　Church Interior・教会堂内

122. 北側翼廊。Peterborough Cath. [E]

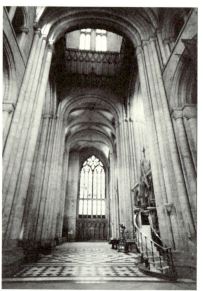
123. 北側翼廊。Durham Cath. [E]

124. 北側翼廊。Salisbury Cath. [E]

125. 北側翼廊。Lincoln Cath. [E]

Transep／翼廊; 袖廊

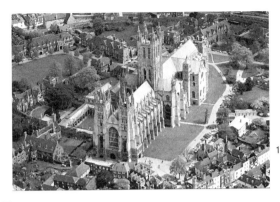

126. 横軸が2本の例。
手前が西側出入口
(west door)。
Canterbury Cath. [E]

crossing, the

十字交差部

上述の'cruciform church'（十字架形教会堂）において、翼廊(transepts*)が身廊(nave*)および内陣(chancel*)と交差する部分を指す。

後述する中央塔(central tower*)がある場合は、それを支えるところとなる。また、そのために'tower crossing'ともいう。☞ central tower

【用例】

'he hurried across the crossing to the north transept'（彼は十字交差部から北側の翼廊へと急いだ）(Follett: Pillars)/'Jack stepped out of the aisle into the crossing'（ジャックは側廊を出て十字交差部へと入った）(Follett: Pillars)/'the crossing, with the transepts sticking out either side and the tower rising above'（十字交差部というのは、その両側に翼廊が突き出していて、上には塔が立っているところ）(Follett: Pillars)

【文例】

* ...the arms of the cross, consisting of the north and south transepts, with the space between them which was called the crossing.

——K. Follett: *The Pillars of the Earth*

((十字架形教会では)十字架の横木は、南北の翼廊と、そのふたつの翼廊との間のスペースである十字交差部とから成っていた。)

- 91 -

第Ⅰ部　Church Interior・教会堂内

127. crossing（十字交差部）。
前方の窓は北側翼廊（north transept）のそれ。
York Minster [E]

128. 十字交差部。前方は北側翼廊。
Peterborough Cath. [E]

129. 128.の中央塔（central tower）の天井。
上下が翼廊（transepts）の天井、左が身廊
（nave）、右が内陣（chancel）の天井。

130. 十字交差部。向こう正面が北側翼廊。床
に柵で八角形に囲んだところの真上が中央塔で、
その上に'octagonal lantern'（= the Octagon）が
載る。祭壇（nave altar）にも留意。Ely Cath. [E]

- 92 -

Chancel
内陣

　後述する‘chancel screen*’（仕切り障壁）に用いられた「格子の仕切り壁」を意味するラテン語‘cancelli’——単数形は‘cancellus’——に由来する。

　キリスト教の教会堂の東寄りの部分で、後述する主祭壇(the high altar*)が設置されている「聖職者たち(the clergy)のためのスペース」を指すが、一般には聖歌隊席(choir*)をも含めてそれより東側の部分をいう。

　身廊(nave*)や翼廊(transepts*)とは、仕切り障壁(chancel screen*)や段々(chancel steps*)や、時には柵(rail)で仕切られてあるのが通例。☞ 図版: 1., 2. 162., 163.

【用例】

　‘the chancel was the most important part of a church’（内陣は教会の中でも最も重要な部分であった）(Follett: Pillars)／‘The chancel was in activity——some choir practice or other.’（内陣では何かが行なわれていた——聖歌隊の合唱の練習か何か。）(Galsworthy: Swan)／‘The east end was called the chancel and it was shorter than the nave.’（(十字架形教会では)東端部が内陣と呼ばれるところで、身廊より短い造りになっていた。）(Follett: Pillars)

【文例】

＊ The eastern arm of the church, the chancel, was divided into two. Nearest the crossing was the quire....Beyond the quire was the sanctuary....

——K. Follett: The Pillars of the Earth

　（十字架形教会の縦軸のうち東側に当たる内陣はふたつの部分に分かれていた。十字交差部に最寄の部分は聖歌隊席で(中略)、その聖歌隊席の奥にあるのは至聖所であった…）

－ 93 －

第Ⅰ部　Church Interior・教会堂内

【参考】
　次は、結婚式を教会で行なう娘に対し、注意を与えている母親の言であるが、新郎新婦は祭壇のそばに立つはずのものを、「内陣の端」と表現したものである。

* ...and when once you get up to the chancel end o' the church, you feel saucy as you please.
　　　　　　　——T. Hardy: *Under the Greenwood Tree*

* Beyond the crossing, the east end of the church was called the chancel, and was mainly reserved for the monks.
　　　　　　　——K. Follett: *The Pillars of the Earth*

* Hearing a cautious step behind me, I glanced over my shoulder: one of the strangers——a gentleman, evidently——was advancing up the chancel.
　　　　　　　——C. Brontë: *Jane Eyre*

131. chancel（内陣）。手前が聖歌隊席（choir）、その先に主祭壇（high altar）。
　　　Canterbury Cath. [E]

① nave　② chancel
132. 内陣。Peterborough Cath. [E]

Chancel／内陣

133. 内陣。手前が聖歌隊席、奥に主祭壇。
St.Paul's Cath. [E]

134. 教区教会の内陣。
St.Mary Magdalene Ch., Launceston [E]

chancel (-) arch

内陣仕切りアーチ

'chancel archway'あるいは'arch of the chancel'といえばこれのことである。

上述の内陣(chancel*)と十字交差部(crossing*)、あるいは翼廊(transepts*)がない場合は、内陣と身廊(nave*)との境界に設けてある「アーチ(arch)の造りになる仕切り」をいう。

教会堂の改築の際でも、この仕切りは神聖な内陣への入口に相当するため、石工は先任者の技術に敬意を払って、そっくりそのまま残すことも珍しいことではなかった。従って、例えばそこに山形繰形装飾(chevron[zigzag] moulding*)が施されていれば、ノルマン様式(the Norman style*)のものであった証拠である。

中世(the Middle Ages: 約500-1500)には、このアーチの上部の壁面には、'Doom painting'(☞ mural)といって、最後の審判の日(the Doomsday; the Day of (the Last) Judgment[Judgement])の絵画——左手にはキリストの待つ天国へ善人が昇って行き、右手には悪魔の支配する地獄へ悪人が落ちて行く図柄——が通例は描かれていたものだが、O.クロムウェル(O. Cromwell: 1599-1658)の時代の聖画像破壊者(iconoclast)によって、白く塗り潰されてしまったのである。

また、このアーチの造りは、14世紀の末には「ルード付き内陣仕切り障壁」(rood

- 95 -

screen*)に取って代られるようになつた。☞ 図版: 140.

【用例】

'our attention was called to the pure Norman arch of the chancel' (紛れもないノルマン様式の内陣仕切りアーチへ、私たちは注意を向けた) (Hissey: Counties) / 'the holly-bough in the chancel archway was hung a liitle out of the centre' (ヒイラギの枝は内陣仕切りアーチの真中から一寸ずれた所に掛けてあった) (Hardy: Greenwood)

【参考】

* The church, as might be expected, is a somewhat rude edifice....Let in the wall, one on either side of the chancel arch, are two stone sculptured figures of angels....

——J.J. Hissey: *Through Ten English Counties*

135. chancel arch (内陣仕切りアーチ)。アーチの下には「仕切り障壁」(screen)。「内陣仕切り段」(steps) にも留意。SS.Peter & Paul's Ch., Pickering [E]

136. 内陣仕切りアーチ。St.Aidan's Ch., Bamburgh [E]

Chancel／内陣

137. Doom painting(最後の審判の日の壁画)。
St.Mary the Virgin Ch., Great Shelford [E]

✺ **chancel (-) step (s)** (内陣仕切り段)：上述の十字交差部(crossing*)から、あるいは翼廊(transepts*)のない場合は身廊(nave*)から、内陣(chancel*)へ至る境界のところには上り段が設けられてある場合があって、それを指す。

　それが1段ならば'step'、数段あれば'steps'となる。つまり、内陣は少し高い位置になるわけである。また、カトリック教会では、ここで堅信の秘跡(sacrament of confirmation)が授けられる。

【用例】

　'he mounted the steps that led up to the chancel' (彼は内陣仕切り段を上った) (Follett: Pillars) / 'the sailor...advanced up the nave till he stood at the chancel-

138. 1段の chancel step (内陣仕切り段)。
St.Thomas of Canterbury Ch., Goring [E]

第 I 部　Church Interior・教会堂内

step'（その船乗りは（中略）身廊を奥へと進み、内陣仕切り段のところで立ち止まった）（Hardy: Wife）/'they all walked slowly across the church and up the steps into the chancel'（全員が教会堂内をゆっくり歩き、仕切り段を上って内陣へ入った）（Follett: Pillars）

139. 2段の chancel steps（内陣仕切り段）。
St.Mary's Ch., Cerne Abbas [E]

140. 内陣仕切り段。内陣仕切りアーチ
（chancel arch）にも留意。
St.Etheldreda's Ch., Bishop's Hatfield [E]

chancel (-) screen

内陣仕切り障壁; 内陣正面仕切り

　上述の内陣（chancel*）と十字交差部（crossing*）との境界に、あるいは翼廊（transepts*）がない場合は、内陣と身廊（nave*）との境界に、設けられてある仕切り（partition）の障壁をいう。また、その内陣に後述する聖歌隊席（choir*）が設けられてある場合は、'choir screen*' といってこれを指す。

　木製、石造り、錬鉄製（wrought iron）とあるが、通例は装飾的なこしらえで、出入口を備えている。特にイングランド南西部のデヴォン州（Devon）は、凝った造りの多いことで知られている。

　ちなみに、後述する 'reredos*' がこの意味で使われることもある。

　☞ choir screen; pulpitum; rood screen

Chancel／内陣

141. 木造のchancel screen（内陣仕切り障壁）。
Launceston Ch., Launceston ［E］

142. 木造の内陣仕切り障壁。
Ely Cath. ［E］

143. 木造の内陣仕切り障壁。Winchester Cath. ［E］

144. 木造の内陣仕切り障壁。
Jesus College Chapel, Cambridge Univ. ［E］

第Ⅰ部　Church Interior・教会堂内

145. 鉄製の内陣仕切り障壁。
a church in Cambridge [E]

146. 石造りの内陣仕切り障壁。
St.Mary's Cath., Limerick [I]

✤ **pulpitum**（パルピタム）: 上述の'chancel screen*'の中でも、石造りのそれ（stone screen）だが、パイプオルガン（organ）などを置く桟敷（gallery*）を支える形になる。従って、大聖堂（cathedral*）など大きな教会に見られることが多い。また、その場合は'organ-screen'といってこれを指すこともある。

ただし、後述する「ルード付き内陣仕切り障壁」（rood screen*）のようなルード（the Rood*）は持たない。

後述する修道院の大聖堂は通例ルード付きではなく、こちらの方を備えていた。

Chancel／内陣

147. pulpitum（パルピタム）とその上の
パイプオルガン（organ）。
York Minster［E］

148. 147.のCU。

149. パルピタム。Canterbury Cath.［E］

150. パルピタム。
パイプオルガンにも留意。
Lincoln Cath.［E］

第Ⅰ部　Church Interior・教会堂内

�֍ **rood (-) screen**（ルード付き内陣仕切り障壁; ルード付き内陣正面仕切り）：
上述の'chancel screen*'の上に'rood'が載っているものを指す。
　その'rood'というのは、極めて大きな十字架上のキリスト像(crucifix)のことで、通例はその両脇に聖母マリア(the Virgin Mary)と、イエスの最愛の弟子といわれる聖ヨハネ(St. John)の像がある。語源を辿れば、'cross'の意味の古語である。
　'rood loft'というと、上述の'chancel screen*'もしくは'chancel arch*'の上部に設けられた桟敷(gallery*)を意味し、この桟敷の上に上記の'rood'が設置されるわけである。また、桟敷は人が通れるほどの幅を持ち、そこへ上るための'rood stairs'と呼ばれる螺旋階段(spiral staircase)が、厚い壁の中に設けてある。それは内陣(chancel*)へ向かって左手、つまり、内陣の北側にあるのが通例である。
　この'rood screen'は木造あるいは石造りで、14世紀の末に従来の'chancel arch*'に取って代るものとして導入されるようになった。しかし、16世紀の宗教改革(the Reformation)以後、'rood'と'rood loft'はローマ・カトリック的(popish)であるとして、大抵の場合は破壊されたが、仕切り障壁の方は'chancel screen*'として存続しているものも少なくない。

151. rood screen（ルード付き内陣仕切り障壁）。St.Mary the Virgin Ch., Swaffham Prior [E]

152. rood（ルード）。a church in Cambridge

- 102 -

Chancel／内陣

　ちなみに、その'rood'はレント（Lent: 四旬節）の期間中は'rood cloth'と呼ばれる布で覆われてしまう。また、同じこの'rood screen'でも、その中に上述の説教壇（pulpit*）をも備えているタイプは'jube'ともいう。発音は［ジュービィ］［ジューベィ］に近く、アクセントは［ジュ］にある。この語はフランス語の'jubé'から来た。

　また、上記の桟敷の上部に水平に張り渡し、そこに'rood'や、その両脇の聖母マリアと聖ヨハネの像が直接に据えられる梁(はり)（beam）のことは、'rood beam'（ルード梁）と呼ばれる。

【用例】

'it(= village) has a little ancient church (twelfth century) with a rood loft built in 1558'（その村の小さな大変古い教会(12世紀)には、1558年に建造されたルード付き桟敷がある）(Seymour: England)

【文例】

＊ As we walked towards the chancel we noticed...and stopped a while to admire the finely-carved and massive oak rood screen.

——J.J. Hissey: *Through Ten English Counties*

153. rood beam（ルード梁）。
St.John's Cath., Limerick [I]

154. ルード。十字交差部のルードと巨大な鋏形アーチ
(the Rood and the great scissor-arches at the crossing)。Wells Cath. [E]

- 103 -

第Ⅰ部　Church Interior・教会堂内

(内陣の方へ歩いて行くうちに、私たちは目を止め(中略)そして一寸立ち止まって、その美しく彫刻の施されたオーク材による重量感のある「ルード付き内陣仕切り障壁」を感嘆して眺めた。)

【参考】

* ...he seemed to think that Mr Prendergast's insistence on the late development of the rood-screen was in some way connected with colour-prejudice.
　　　　　　　　　　　　　　　——E. Waugh: *Decline and Fall*

155. rood stairs(内陣仕切り障壁の桟敷への階段)の出入口。Ely Cath. [E]

156. 155.の螺旋階段(spiral staircase)。

hagioscope

祭壇遥拝窓

'squint'とも呼ばれる。
既述した側廊(aisle*)や翼廊(transept*)の場所からでは、内陣(chancel*)との

− 104 −

Chancel／内陣

境界の仕切り壁(wall)や柱(pillar*)が邪魔になって、中の主祭壇(the high altar*)が見えないことがある。その場合でも、司祭(priest)の行なう「聖体奉挙」(the Elevation of the Host)を見ることが出来るように、柱、あるいは、内陣仕切りアーチ(chancel arch*)のところの壁面(chancel wall)に、斜めに開けた小さな窓のような開口部を指す。

また、2人の司祭によって同時にミサ(Mass)が行なわれる場合、2人同時に聖体奉挙を行なう必要から、礼拝室(chapel*)にいる司祭にとって、主祭壇のもうひとりの司祭の動きが見えるようにしたわけでもある。

ちなみに、上記の'squint'だが、荘園領主の館(manor house)の広間((great) hall)の壁の上方にも、四角い穴が2箇所に設けてあって、広間の様子を隣室から伺えるようになっていたが、その穴のことも'squint'と呼ぶ。☞ low-side window

157. hagioscope(祭壇遥拝窓)。手前の礼拝室(chapel)から、向こうの主祭壇(high altar)の十字架(cross)が見える。
Holy Trinity Ch., Goodramgate [E]

158. 157.のCU。

- 105 -

第Ⅰ部 Church Interior・教会堂内

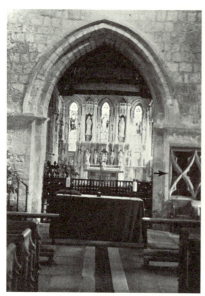
159. 右端に祭壇遥拝窓。
St.Aidan's Ch., Bamburgh [E]

160. 祭壇遥拝窓。Chapel of St.John the Evangelist, Skipton Castle [E]

✤ **low-side window; offertory window**（祭壇遥拝窓）: 単に'squint'（☞ hagioscope）といってこれを指すこともある。

　通例は上述の内陣（chancel*）の西端部（west end）の、その南寄りに他の窓よりは低い位置に設けられた窓で、それを通して堂内の祭壇（altar*）が見られるようにしたもの。つまり、上述の'hagioscope'と同じ目的で、堂外からでも聖体奉挙（the Elevation of the Host）を見ることが出来るような計らいである。ただし、そうはいうものの、必ずしも祭壇が見えるような配置になっているとは限らない。

　何故わざわざ堂外から覗かねばならないかといえば、当時はハンセン氏病患者（leper）は教会堂内に入ることは禁じられていたからである。従って、今日では差別用語ではあるが、この窓は'leper window'もしくは'leper's squint'とも呼ばれた。

　ちなみに、'offertory'は「奉献」ということで、ミサ（Mass）の時に聖別のためにパンとワイン（bread and wine）を奉納することを意味する。

Chancel／内陣

161. low-side window(祭壇遥拝窓)。
St.Martin's Ch., Liskeard [E]

sacristy

聖具室; 聖器具保管室

教会堂に付属する部屋で、上述の内陣(chancel*)の近くにあり、礼拝用聖器具類(sacred vessels)や法衣・祭服類(vestments)を保管してある。

また、聖職者(the clergy)が礼拝のために着替え(vesting)をするところでもあり、教会事務の集会所にもなる。

ただし、後述する教区教会(parish church*)など比較的小さな教会では、同様の部屋を指しても、'vestry*'の語の方を用いるのが通例。☞ 図版: vestry

【用例】

次の例は、ある教会の設備について触れた下りである。

'an excellent heating apparatus which burned coke in a little shed by the sacristy door'（聖具室の出入口のそばの小屋でコークスを燃やす申し分のな

- 107 -

第Ⅰ部　Church Interior • 教会堂内

い暖房装置）（Waugh: Decline）

【文例】

　次は主人公の少年があるパン屋から、聖体拝領（Communion）の時に神父から与えられる聖体(the Host)としてのウェーファー（wafer）を、飲み込まずに残して来るよう頼まれる。この少年が、口に入れてもらったそれを秘かに取り出すために、先ず入った部屋がここであった。

＊ I had the Host lodged under my tongue: it felt like a blister. I got up and made for the curtain to get the cruet that I had purposely left in the sacristy.

———G. Greene:'The Hint of an Explanation'

（私は聖体を舌の下に入れたままだったが、火膨れでも出来た感じでした。私は立ち上がって、前以て聖具室にわざと置いて来た祭瓶（さいびん）を取りに、カーテンの方へ向かった。）

　次の例は、上記の解説でも触れたが、この部屋で司祭の着替えを手伝う場面である。

＊ ...the Priest went back to his sacristy....And the deacons came in and began to unrobe him, and took from him the alb and the girdle, the maniple and the stole.

———O. Wilde: 'The Fisherman and his Soul'

（…その司祭は聖具室へ戻った（中略）。そして、助祭たちも中へ入って来て、司祭が祭服を脱ぐのを手伝い始め、白衣（アルバ）と腰帯（ガードル）、マニプル（左腕飾り布）とストラ（襟垂帯）をはずした。）

【参考】

　次の例は、城の上に不思議な光（a wondrous blaze）が見られ、聖具室の内部まで炎のように赤く染めたという場面である。

＊ Seemed all on fire within, around,

　　Deep sacristy and altar's pale;

———W. Scott: *The Lay of the Last Minstrel*, VI. xxiii. 387-8

Chancel／内陣

* ...the transepts provided useful space for extra chapels and offices such as the sacristy and the vestry.

——K. Follett: *The Pillars of the Earth*

❖ **sacristan; sacrist** （聖具室係; 聖器具管理人）: 上述の'sacristy*'の聖器具類 （sacred vessels）の管理・保管の係の人をいう。ただし、古くは、後述する'sexton' の意味でも使う。

【用例】

'the sacrist brought in his embroidered altar cloths and jeweled candlesticks'（聖 具室係が刺繍の施された祭壇布と宝石の飾りの付いた蝋燭立てを運び入れ た）（Follett: Pillars）

次の例は、上記の解説でも触れたが、'sexton'の意味の方である。

'at dawn the sacristan, Who duly pulls the heavy bell'（夜が明ければ時間通り に鳴鐘係が重い鐘を鳴らす）（Coleridge: Christabel, 339-340）

【文例】

* He saw the sacristan standing on a step-ladder before it（= the high altar） arranging the flower....

——S. O'Faoláin: 'Sinners'

（彼は聖具室係が主祭壇の前の脚立に上って花を活けているのを見た…）

【参考】

* "The treasure must be taken from the chapter house——where's the sacrist?"

"He's gone, Father."

"Go and find him and get the keys, then take the treasure out of the chapter house and carry it to the guesthouse. Run!"

——K. Follett: *The Pillars of the Earth*

❖ **vestry; revestry** （聖具室; 祭服室）: 教会堂に付属する部屋で、法衣・祭服 類（vestments*）や聖器具類（sacred vessels）、さらに教区民（parishioner*）の出

－ 109 －

第Ⅰ部　Church Interior • 教会堂内

生・洗礼・結婚・死亡などに関する記録簿(vestry-book)を保管してある。

　また、聖職者(the clergy)や聖歌隊員(choir*)が礼拝式に出るために着替え(vesting)をする場所でもあり、聖職者が教区(parish*)の事務を執り行う部屋としても用いる。

　ちなみに、この部屋は教会堂内に設けられてある場合もある。

　ただし、大聖堂(cathedral*)など比較的大きな教会では、上述の'sacristy*'の語の方を用いるのが通例。

【用例】

'the vicar was alone in the vestry'（牧師は聖具室にひとりでいた）(Miss Read: Ghost)

　次は、結婚式を済ませた新郎新婦が、この部屋に入って署名することに触れた下りである。

'we got into the vestry, and they begun to sign their names'（私どもが聖具室に入って、そのふたりが署名する段になった）(Eliot: Silas)

　次は、上記の解説でも触れた'vestments'の例である。

'The vicar's black vestments flapped in the breeze of his legs.'（牧師の黒い法衣がそよ風に足のあたりではためいていた。）(Sillitoe: View)

【文例】

次は上記の解説にも述べたが、'vestry-book'のことである。

＊ Two large books were lying before him on the vestry table, one of them being open....The book was the marriage-register.

——T. Hardy: *The Hand of Ethelberta*

（聖具室では彼の前のテーブルに大きな記録簿が2冊置かれてあり、その1冊は開かれていたが(中略)結婚登録簿であった。）

【参考】

＊ Fanny was watching the vestry door. The gallery stairs communicated with the vestry, not with the body of the chapel.

——D.H. Lawrence: 'Fanny and Annie'

Chancel／内陣

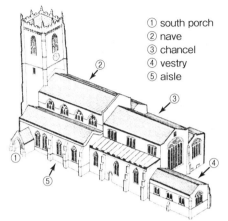

① south porch
② nave
③ chancel
④ vestry
⑤ aisle

162. vestry（祭服室）。Thornhill Ch. [E]

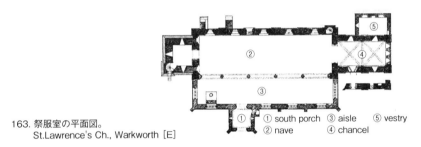

163. 祭服室の平面図。
St.Lawrence's Ch., Warkworth [E]

① south porch ③ aisle ⑤ vestry
② nave ④ chancel

164. 祭服室の出入口。Exeter Cath. [E]

- 111 -

第Ⅰ部　Church Interior・教会堂内

165. 164.の内部。

166. 祭服室の出入口。上の十字架印にも留意。St.Martin's Ch., Liskeard ［E］

167. 166.の内部。

168. 祭服室の収納箱(chest)。
All Saints' Ch., Milton ［E］

Choir

古くは'quire'ともつづる。発音はどちらも［クワィア］に近い。

(1) クワィア; 聖歌隊席

　既述した内陣(chancel*)の中でも西寄りで、祭壇(altar*)より手前の方の位置になるが、聖歌隊(singers)や聖職者(the clergy)のための座席が、南北両側に分かれて、しかも、互いに向き合う形で並べられてあるが、その場所全体を指し、礼拝式の際にはここで聖歌隊が歌うのである。大聖堂(cathedral*)などのそれは、階段教室の場合と同じで、前の席より後の方が少し高い位置に来るようになるのが通例。

　教会堂西端の出入口(west door*)の上部にある桟敷(gallery*)に、その聖歌隊の席が備えられてある場合もあり、'choir gallery'あるいは'singing gallery'と呼ぶ。

　ちなみに、この用語(choir)は、広義で'chancel*'の意味で使われることもある。
☞ 図版: 1., 2.

【用例】

　'nearest the crossing was the quire, with wooden stalls'（十字交差部の最寄にあるのが聖職者席で、木造の座席が備わっていた）（Follett: Pillars)/'most of the services took place in the quire, where the monks sat'（ほとんどの礼拝式は、全修道士が座る聖職者席で行なわれた）（Follett: Pillars)

【文例】

　次の2例は、上記の解説でも触れた'choir[singing] gallery'についてである。

＊ He had even a kind of assurance on his face as he looked down from the choir gallery at her....

──D.H. Lawrence:'Fanny and Annie'

（2階の聖歌隊席から彼女を見下ろす彼の顔には、一種の自信のようなものさ

第Ⅰ部　Church Interior・教会堂内

え伺えた…)

* The light showed them to be close to <u>the singing-gallery stairs</u>, under which lay a heap of lumber of all sorts....

　　　　　　　　　　　　――T. Hardy: 'The Distracted Preacher'

(そのカンテラの明かりで、自分たちが2階の聖歌隊席へ通ずる階段のそばにいることが分かったが、その階段の下にはいろいろながらくたが山と積まれていた…)

【参考】

次は、大司教に殺しの手が迫ったことで、修道士たちが聖職者席へ逃げるように促す場面である。

* *Monks.*　　　Oh, my lord Archbishop,
　　　　　　A score of knights all arm'd with swords and axes――
　　　　　　<u>To the choir, to the choir!</u>

　　　　　　　　　　　　――A. Tennyson: *Becket*, V. iii.

169. choir(1)(聖歌隊席)。北側。
Jesus College Chapel, Cambridge Univ. [E]

170. 169.と向き合う形の南側聖歌隊席。奥が後陣(apse)。

― 114 ―

(2) 聖歌隊

教会の聖歌隊を一般の合唱団と区別して呼ぶ時には、敢えて'church choir'というが、それを指す。

礼拝の時は通例、女声を入れずに声楽曲を歌う。ローマ・カトリック教会(the Roman Cathoric Church)やイングランド教会(the Church of England*)などの儀式を重要視する教会では、聖歌隊の地位も聖職者(clergyman)に次いで高いものに見做されるようになって来ている。

例えば、ケンブリッジ大学(Cambridge Univ.)のキングズ・カレッジ[学寮]礼拝堂(King's College Chapel)の聖歌隊は、学寮付属学校(King's College School)の男子生徒16名と学寮の学生14名から成る。☞ 図版: choirboy

【用例】

'Mr. Annett...travelled the three miles to St Patrick's church for choir practice.'
(アネット氏は(中略)聖歌隊の合唱練習のため、3マイル離れた聖パトリック教会へ行った。) (Miss Read: Ghost)

【文例】

* But at the moment when...the choir, standing behind him, were opening their mouths for the final triumphant outburst....

——D.H. Lawrence: 'Fanny and Annie'

(彼の背後に立つ聖歌隊は、最後の勝鬨(かちどき)の声を発しようとして口を開けた、まさにその時…)

171. 聖歌隊席。前方が内陣仕切り障壁(choir screen)とパイプオルガン(pipe organ)。Exeter Cath. [E]

第Ⅰ部　Church Interior・教会堂内

172. 北側の聖歌隊席。York Minster [E]

173. 手前が聖歌隊席。奥が主祭壇(high altar)。
Canterbury Cath. [E]

choirboy

少年聖歌隊員

上述の'choir'(2)の中でもソプラノを歌う少年を指す。

'chorister'といえば、特にこの'choirboy'のことだが、広義では聖歌隊のメンバー(choir member)であればよい。ちなみに、合唱の際の指揮者は'choirmaster'という。

【用例】

'there was a surpliced choir of perhaps two men and three boys'（サプリス（短白衣）を着た聖歌隊がいたが、ひょっとするとそれは大人の男性2人と少年3人とから成るののであったかも知れない。) (H. Read: Eye)/'one of the

- 116 -

choirboys knocked it (= candle) off during choir practice last night' (昨夜聖歌隊のひとりが合唱練習中に蝋燭に当たって落とした)(Buck: Death)

次の2例はそれぞれ、上記の解説でも触れた'choir member'と'choirmaster'とについて。

'the choir members had been peeping for information'(聖歌隊のメンバーたちが先程から情報を得ようとして覗いていた)(Lawrence: Fanny)/'the vicar...then caught sight of his choirmaster's face'(牧師は(中略)その時聖歌隊の指揮者の顔の表情に気がついた)(Miss Read: Ghost)

【文例】

* Seven agile figures in a clump were observable beyond, which proved to be the choristers waiting....
　　　　　　　　　　　——T. Hardy: *Under the Greenwood Tree*

(7人の元気のよさそうな人影がひとかたまりになって向こうに見えたが、待機している聖歌隊員たちだった…)

174. choirboys(少年聖歌隊員たち)。St.John's College School, Cambridge Univ. [E]

第Ⅰ部　Church Interior • 教会堂内

【参考】

* My brother and I, dressed as <u>choir boys</u>, were his (= artist) models in a big picture he was painting.

——E.H. Shepard: 'Scarlatina'

* At the close of the first verse he...stood regarding the congregation with an air so stony that some of <u>the choirboys</u> faltered and almost broke down.

——G. Orwell: *A Clergyman's Daughter*

❖ **choir school**（聖歌隊学校）: 上述の'choirboy'に一般教育（general education）を施す学校で、大聖堂（cathedral*）など比較的大きな教会で維持される。特に後述するアングリカン・チャーチ（the Anglican Church*）のそれ。また、大学に付属する学校の場合もある。例えば、ケンブリッジ大学（Cambridge Univ.）のキングズ・カレッジ［学寮］付属の'King's College School'の生徒たちは、'King's College Chapel choirboys'（16名）として知られる。また、'choir school choristers'といえば、そういう学校の聖歌隊員たちを指す。

choir (-) screen　　☞ chancel screen

choir stall; choir-stall

聖職者席; 聖歌隊席

単に'stall'といってこれを指すこともある。

上述の'choir*'には聖職者（the clergy）や聖歌隊（singers）のための座席が、南北両側に分かれて、しかも、互いに向き合う形に並べられてあるが、その木造の席のひとつひとつを指す。

座席1脚ずつに、丈の高い背もたれ（back）と前方に突き出した肘掛（arms）が付くのが通例。また、特に中世（the Middle Ages: 約500-1500）には、華麗な木彫による装飾（stallwork）の施されたものが多く、天蓋（canopy）が付く場合もある。

ちなみに、'canon's stall'（聖堂参事会員席）のことも、単に'stall'といって指す場合もある。後述する聖堂参事会堂（chapter house*）に備えられた聖堂参事会員

— 118 —

Choir／(2) 聖歌隊

(canon*)用の座席である。

【用例】

'Sit here in choir stalls, Sir Richard, and tell me...'（この聖歌隊席へお掛け下さい、リチャード卿、それからお話し下さい…）(Buck: Death)／'He led the monks into the quire stalls.'（彼は修道士たちを聖職者席へ案内した。）(Follett: Pillars)／'the fifteenth-century stalls in the wide choir'（幅の広い聖歌隊席のスペースに備えられた15世紀の椅子）(Hissey: Counties)／'Nearest the crossing was the quire, with wooden stalls'（十字交差部の最寄にあるのが聖歌隊席で、木造の座席が備わっていた）(Follett: Pillars)／'in the quire where the monks stood in their stalls'（聖職者席では修道士たちがそれぞれの座席に入って立っていた）(Follett: Pillars)

175. choir stall (聖職者席) の列。
Exeter Cath. [E]

176. 聖職者席と同じタイプの椅子。
a church in York [E]

- 119 -

第Ⅰ部　Church Interior・教会堂内

177. 聖職者席。Jesus College Chapel, Cambridge Univ. [E]

misericord

(1) ミゼリコード; ミゼレーレ

'miserere'あるいは'subsellium'ともいう。三者の発音はそれぞれ[ミゼェリコード]、[ミゼレェァリ]、[サブセェリアム]に近く、アセントは[ゼェ]、[レェァ]、[セェ]にある。

　上述の'choir stall*'は、蝶番(hinge)で止めた「上げ起こし式の座席」(tip-up seat)になるが、その座り板の裏面には腕木(bracket)ともいうべきものがついている。礼拝式の行なわれる間中——長いこと——聖職者たち(the clergy)や聖歌隊員たち(choir singers)は起立していなければならないが、上げ起こした、つまり裏返した席のこの腕木が棚状に——森の大木の「猿の腰掛け」のように——張り出しているので、その際にはこれに半ば腰を掛けた格好でいられ、しかも傍目には、起立している印象をも与えることが出来る工夫になっている。この腕木を指していうわけだが、その名称は「哀れみ」「慈悲」の意味のラテン語'misericordia'に由来する。

　また、ここには装飾的彫刻がさまざまな形で施されている。現世の人間も動物

− 120 −

も彫られているが、伝説上のものまで刻まれている。

　例えば、イングランド西南部の州デヴォン(Devon)のエクセター大聖堂(Exeter Cathedral)には、1頭の像を彫ったもの、東部の州リンカンシャー (Lincolnshire) のリンカン大聖堂(Lincoln Cathedral)には、甲冑に身を包んだひとりの騎士が、背中に矢を受けて、今まさに馬もろとも倒れかけている場面があるかと思うと、ライオンの胴体にワシの頭と翼を持つグリフィン(griffin)を両脇に従え、アレキサンダー大王が空を飛ぶ様子が彫られている。中西部の州シュロップシャー (Shropshire)にあるラドロゥ教会(Ludlow Church)では、居酒屋の女主人がデーモン(demon)の肩に担がれ、地獄へ投げ落とされる様子や、あるいは趣向が変わって、田舎暮らしの者が我が家の火にあたっている日常の姿も彫られている。

　その他、キリストにまつわるテーマ、アーサー王伝説のテーマ、シンボルとしての動物──「善のシンボルのライオン」と「悪のシンボルのワイバン(wyvern)」との闘いのテーマ、贖罪(redemption)や自己犠牲(self-sacrifice)のシンボルのペリカン(pelican: ☞ lectern)、後世では叡知のシンボルであるが、中世では無知のシンボルのフクロウ(owl)、洗礼の秘跡(the Sacrament of Holy Baptism)のシンボルのワシ(eagle: ☞ lectern)──などさまざまである。さらに、諷刺や皮肉を目的としたものまでデザインは多岐にわたるが、中世以来その彫師たちが技量を凝らして来たところでもある。

【文例】

　次の例では、ラドロー教区教会(Ludlow Parish Church)の聖歌隊席(choir stalls)で、これを備えた座席を'miserere seat'といっている。

＊ Then we inspected the fifteenth-century stalls in the wide choir...some of the miserere seats belonging to these are finely carved...many of the carvings are grotesque, and all are interesting.

──J.J. Hissey: *Through Ten English Counties*

(それから、私たちは幅の広い聖歌隊席のスペースに備えられた15世紀の椅子を調べて見た(中略)そのうちミゼレレのある椅子には美しい彫刻が施されたものもあり(中略)その彫刻の多くはグロテスクなものであるが、どれもこれも興味深い。)

第Ⅰ部　Church Interior・教会堂内

(2) 免戒室
めんかい

　修道院の建物(monastic architecture*)の中の特定の部屋(room)を指し、通例は修道士(monk*)の使用する主要な部屋からは離れた別棟になる。そこでは修道院規則［戒律］(monastic rule)が緩和されることになり、例えば、肉食が許されるようになる14世紀以降は、特免を受けた肉料理などをその部屋でなら食べることが出来た。

178. misericord(ミゼリコード)。右側の席が常態、左端が座り板を上げ起こしたところ。Exeter Cath. [E]

179. 座り板を上げ起こした時の棚状の腕木(bracket)。Wells Cath. [E]

180.「善のライオン」対「悪のワイバン(wyvern)」。St.Mary's Cath. [I]

Choir／(2) 聖歌隊

181. 伝説上のグリフィン(griffin)。
Ludlow Ch., Ludlow [E]

182. 貴族モーティマー家(the Mortimers)の紋章のフクロウ(owl)。Ludlow Ch., Ludlow [E]

183. グリーン・マン(Green Man): 夏の擬人化。
St.Margaret's Ch., King's Lynn [E]

- 123 -

第Ⅰ部　Church Interior・教会堂内

184. 火にあたる田舎暮らしの日常。
Ludlow Ch., Ludlow [E]

185. ヘニン(hennin)を頭に載せた女性をからかう図柄。
Ludlow Ch., Ludlow [E]

186. 象(elephant)。Exeter Cath. [E]

Apse; Apsis
後　陣

　キリスト教の教会堂において、上述の内陣(chancel*)の東端部に当たり、後述する祭壇(altar*)を設置する場所をいう。

　通例は、後述する円筒形天井(vault*)の造りで、半円形(semicircular)の、もしくは八角形(octagonal)など多角形(polygonal)の、突出した部分を指す。特に、フランスやドイツの教会の場合は多角形が多く採用されている。イギリスではノルマン様式(the Norman style*)の教会には半円形のものも多く見られるが、初期ゴシック建築(the early Gothic architecture*)以来、端部は四角形(square)になる場合が多かった。

　元来は、主[司]教(bishop*)の席(☞ Cathedra)も通例はここに備えられていた。

　ちなみに、初期キリスト教の教会(Early Christian church)であるバシリカ式教会堂(basilican church)は、東西両端部にこれを持つものもあって、聖職者席がそこに設けられてあった。そして、4世紀には西端部に、5世紀以降は東端部に設けられるのが通例になった。また、'apsidal'は「後陣の」もしくは「後陣状の」という意味の形容詞として用いる。

　ちなみに、教会堂内の礼拝所(chapel in a church)の半円形の端部をも指している。☞ conch; concha　図版: 1., 104., 980.

【用例】

　'one end of the room was polygonal...the apsidal shape of the room' (部屋のひとつの端部は多角形で(中略)後陣を思わせる部屋の形) (Hardy: Hand)

【文例】

　次は、上記の解説にも述べたが、ヨーロッパ大陸の場合、その多くが多角形であることに言及している。

＊ One end of the room was polygonal...in this part the windows were placed as at the east end of continental churches....

第Ⅰ部　Church Interior・教会堂内

　　　　　　　　　　　　　　——T. Hardy: *The Hand of Ethelberta*

（部屋のひとつの端部は多角形で(中略)、ヨーロッパ大陸の教会の東端部のように、ここに窓が設けられていた…）

次は半円形の東端部に触れた下りである。

＊ Because the church was <u>round-ended</u>, the side aisles curved around to meet <u>at the east end</u>....

　　　　　　　　　　　　　　——K. Follett: *The Pillars of the Earth*

（その教会の端部は丸い造りのために、両側廊は曲線を描いて東端部で繋がっていた…）

【参考】

＊ At this minute a carriage and pair of horses became visible through one of the angular windows of <u>the apse</u>....

　　　　　　　　　　　　　　——T. Hardy: *The Hand of Ethelberta*

187. Norman apse(ノルマン様式の後陣)で半円形。主祭壇(high altar)にも留意。Peterborough Cath. [E]

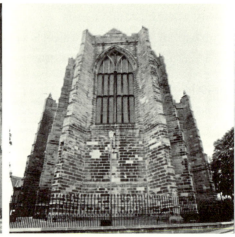

188. 六角形の後陣の正面。
Church of the Holy Rude, Stirling [S]

Apse; Apsis／後陣

* The sight of that astonishing apse, like a Norman knight in chain-mail sitting a war-horse among gravestones, just takes the breath out of a body!
——H.V. Morton: *In Search of Scotland*

次は、この東端部を半円形、それとも四角形にすべきかで、石工の頭領のジャック(Jack)とその娘サリー(Sally)との議論で、サリーの新しい発想により、バラ窓(rose window)を導入するなら、東端部は四角形という提案がなされる場面である。

* "Why do you want the east end to be rounded?" Sally said.
..."If the chancel were square-ended, you would have an enormous flat wall," Sally persisted. "You could put in really big windows."
——K. Follett: *The Pillars of the Earth*

189. 四角形の後陣。St.Peter's Ch., Conisbrough [E]

190. 189.の外観。

第Ⅰ部　Church Interior・教会堂内

191. 後陣。All Saints' Ch., Milton [E]

192. 192.の外観。

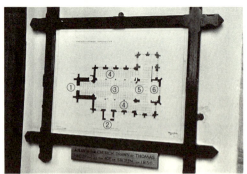

① west door　② south porch　③ nave
④ aisle　⑤ chancel　⑥ apse
193. T. ハーディ(T. Hardy)が16歳(1856)で設計した教会平面図。右端の四角形の後陣に留意。
St.Peter's Ch., Dorchester [E]

ambulatory

(1) 周歩廊

'apse aisle*'ともいう。

上述の後陣(apse*)の背後で、左右の内陣側廊(chancel aisles*)を連結させる側廊になり、換言すれば、後述する主祭壇(the high altar*)と後陣礼拝室(apse

- 128 -

chapel)との間に設けられた通路ということになる。

　後陣に沿って半円形(semicircular)や多角形(polygonal)を描くようになることもあれば、特にイギリスに多く見られるが、東端部が四角形(square east end)の場合は、それが長方形(rectangular)になることもある。ここから後陣へはアーケード(arcade*: ☞ aisle)で出入り可能。

　ノルマン様式(the Norman style*)で導入された。

【文例】

＊ Because the church was round-ended, the side aisles curved around to meet at the east end, forming a semicircular ambulatory or walkway.

―――K. Follett: *The Pillars of the Earth*

（その教会の端部は丸い造りのために、両側廊は曲線を描いて東端部で繋がって、半円形の周歩廊、換言すれば通路となっていた。）

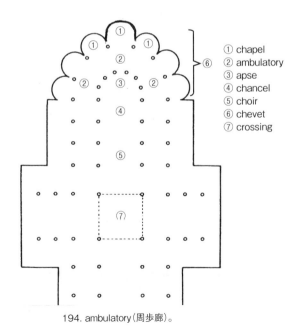

① chapel
② ambulatory
③ apse
④ chancel
⑤ choir
⑥ chevet
⑦ crossing

194. ambulatory(周歩廊)。

第Ⅰ部　Church Interior・教会堂内

195. 主祭壇(high altar)の背後に周歩廊。Exeter Cath. [E]

(2) 後述する修道院(monastery*)などの方庭(quadrangle*)の四辺を囲む形で巡らされている「屋根付きの回廊」(a covered walk of a cloister*)の意味でも使う。

✤ **rondpoint** (後陣奥; 後陣先端): 半円形(semicircular)の後陣(apse*)の一番奥の部分、つまり最先端の部分を指す。ただし、円周に沿って並ぶ柱(pier*)も含めていう。

chevet

シェヴェィ; シェヴェ

前者の発音のアクセントは[ヴェィ]にある。後者の発音はフランス語のそれに近い。

上述の「後陣」(apse*)およびその背後の「周歩廊」(ambulatory*)や「放射状に並ぶ礼拝室」(radiating chapels: apse chapels*)を含めた教会の半円形(semicircular)の東端部を指す。

こうした造りは12世紀以降の教会建築で一般的になった。特にフランス中世の大聖堂(cathedral*)に多く見られるものである。イギリスではカンタベリー大聖堂(Canterbury Cathedral)、グロスター大聖堂(Gloucester Cathedral)、ノリッジ大聖堂(Norwich Cathedral)などにある。☞ 図版: 194.

Apse; Apsis／後陣

conch; concha

(1) 後陣半丸[半円形]屋根[天井]

'shell-fish'（貝）の意味のラテン語'concha'に由来する。前者の発音は[コンク；コンチ]、後者は[コンカ]に近い。

上述の後陣(apse*)の屋根(roof)あるいは天井(ceiling)は、'semicircular vault'、つまり、丸屋根(dome)を半分にした形(semi-dome)、あるいは凹面(concave)の天井になる場合があり、それを指す。

196. conch(後陣半円形天井)。
St.Paul's Cath. [E]

197. 後陣半円形天井。
a church in Cambridge [E]

198. 後陣半円形天井。
St.George's West Ch., Edinburgh [S]

- 131 -

第Ⅰ部　Church Interior・教会堂内

(2) 上述の'apse'全体の意味でも使う。

(3) 全体が半円形(semicircular)の'niche'(壁龕)で、頂部も丸屋根を半分にした形(semi-dome)を持つ。

199. conch(半円形壁龕)。Italy

200. Conch decorated with a shell design (頂部に貝殻のデザインの装飾付き壁龕。Italy

east window, the

東端部窓; 後陣窓

上述の後陣(apse*)の主祭壇(the high altar*)の背後に設けられた窓を指す。

カトリック教会では、中でもひときわ美しく、かつ大きなステンドグラス(stained-glass)をはめてあるのが通例。

【用例】

'dazzling sunlight coming through the east windows'（東端部窓から射し込む眩い日の光）（Follett: Pillars）

次は'east window'の用語は使っていないが、それを指す。

'he looked up at the great painted window above the altar'（彼は祭壇の上の大きなステンドグラスの窓を見上げた）(Hughes: Tom)

【文例】

＊ ...we proceeded to view the glorious east window, which contains much well-preserved fifteenth-century stained glass....

——J.J. Hissey: *Through Ten English Counties*

（…私たちは進み出て、保存状態の大変よい15世紀のステンドグラスの入った絢爛たる後陣窓を眺めた…）

＊ Utter peace. A dim, tinted light filtered through the east windows, and at my feet lay the stone figure....

——H.V. Morton: 'Sword and Cross'

（完全な静寂。そして東端部窓を通して淡い色を帯びた仄かな光が射し入る中で、私の足下には石の墓像が横たわっていた…）

次は、収穫祭（Harvest Festival）の飾りとして内陣に持ち込まれた、燃えるような赤い色の巨大な南瓜のせいで、この東端部窓のステンドグラスまで、色褪せて見えたというのである。

＊ ...a perfect leviathan of a pumpkin, a fiery red thing so enormous that it took two men to lift it. This monstrous object had been placed in the chancel, where it dwarfed the altar and took all the colour out of the east window.

——G. Orwell: *A Clergyman's Daughter*

（…まさしくお化け南瓜、大人がふたり掛かりでなければ持ち上げられないほど、巨大で燃えるような赤い色をしたものだった。この化物は内陣に置かれていたが、そのせいで祭壇も小さく見え、東端部窓のステンドグラスもすっかり色褪せて見えていたのだった。）

第Ⅰ部　Church Interior・教会堂内

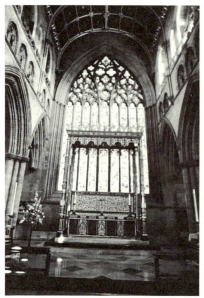

201. east window（東端部窓）。
主祭壇（high altar）にも留意。
Carlisle Cath. [E]

202. 東端部窓。Lincoln Cath. [E]

203. 東端部窓。St.Lawrence's Ch., Warkworth [E]

Apse; Apsis／後陣

204. 東端部窓。Durham Cath. [E]

205. 'the Great East Window'(15世紀)と呼ばれる後陣窓の外観。York Minster [E]

206. 205.の内側。

第Ⅰ部　Church Interior・教会堂内

207. 東端部窓。St.Pancras Ch., Widecombe-in-the-Moor [E]

piscina

聖杯洗盤; 手洗い盤; ピシナ

'fish'（魚）の意味のラテン語'piscis'に由来する。発音は[ピスィーナ]もしくは[ピサァィナ]に近く、アクセントはそれぞれ[スィ][サァィ]にある。

　カトリックでミサ（Mass）の前後に行なわれる洗浄式（ablutions）において、司祭（priest: 聖職者）が手を清めたり、聖器具（holy[sacred] vessels）——ワイン用の聖杯（chalice）やパン用の聖皿（paten）など——を洗ったりするための、排水設備（drain）付きの石造りの盤（washbasin）を指す。

　既述した内陣（chancel*）へ向かって右手、すなわち、内陣の南側の壁面で祭壇（the altar*）の近くにあり、窓形壁龕(へきがん)（fenestella）と呼ぶ壁龕（niche）の中に備えられてある。一対で設けられてある場合もあり、ひとつは手洗い用、もうひとつは容器を洗うのに使われる。

　ミサの後では、用いた「聖別されたワインやウェーファー」（consecrated wine and wafers）の残余の混じった水は、排水口から壁の中の管を通って「境内の聖なる大地」（the holy ground of the churchyard）に吸収されることになる。ちなみに、ウェーファーはパン種を入れずに作った薄焼きパン（unleavened bread）のことである（☞ tabernacle(1)）。

　また、この盤は内陣の壁面ではなく、柱（pillar*）に設けてある場合もあって、'pillar piscina'と呼ばれる。

- 136 -

【文例】

* She had nowhere to go, but happening to pass through the ruins of Elgin Cathedral she found a resting-place in the chapter-house, cradling her baby in the stone piscina in which, in old times, the priest washed his hands before saying Mass.
——H.V. Morton: *In Search of Scotland*

(彼女には行くあてもなかったが、たまたまエルジン大聖堂の廃墟を通り抜けた際、そこの参事会堂の中に一休みする場所を見付けて、自分の赤ん坊を石造りの手洗い盤に置いてあやしたのであった。その盤というのは、往時、司祭がミサを捧げる前に自分の手を洗ったものである。)

【参考】
次の例は、上記の解説でも触れた'wafer'についてである。

* 'the priest bent down and put the wafer in my mouth' (Greene: Hint) / ' "I'd swap this electric train for one of your wafers——consecrated, mind. It's got to be consecrated."' (Greene: Hint)

* Kneeling, with head bent and hands clasped against her knees, she set herself swiftly to pray for forgiveness before her father should reach her with the wafer.
——G. Orwell: *A Clergyman's Daughter*

208. piscina(聖杯洗盤)。祭壇(altar)の右手。祭壇用クッション(altar cushion)にも留意。
chapel in Exeter Cath. [E]

第Ⅰ部　Church Interior・教会堂内

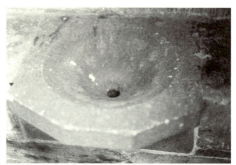

209. ゴシック様式の窓形壁龕
(fenestella)の中の聖杯洗盤。
Wells Cath. [E]

210. 209.の洗盤(washbasin)のCU。

211. 聖器具用の棚付き聖杯洗盤(piscina with
a shelf above for holding the holy vessels)。
chapel in Exeter Cath. [E]

212. 造りの大きな聖杯洗盤
(矢印は'drain'を示す)。
Jesus College Chapel, Cambridge Univ. [E]

213. 聖杯洗盤。
SS.Mary & Michael's Ch., Trumpington [E]

✲ **ambry; aumbry** (**聖戸棚**): 前者の発音は[アムブリィ]、後者は[オームブリィ]に近く、アクセントはそれぞれ[ア]、[オー]にある。'almery'もしくは'almary'もしくは'almarie'も使う。

既述した内陣(chancel*)へ向かって左手、すなわち、内陣の北側の壁面で祭壇(the altar*)の近くに設けられた小さな凹所(recess)を指し、食器戸棚(cupboard)として用いられる。

洗礼(baptism*)や堅信礼[式](confirmation)や臨終の人に施す秘跡(last rites)に用いる聖油(holy oil)を入れた容器(sacred vessels: 聖器具)を保管して置く所で、元来は木製の扉が付き、鍵が掛けてあったものである。時には、ミサ(Mass)に用いる聖体であるパン(the Blessed[Holy] Sacrament)も入れて置かれた。☞ tabernacle(1)

ちなみに、この戸棚の脇には'ambry lamp'と呼ばれるランプが吊してある。

第Ⅰ部　Church Interior・教会堂内

214. ambry（聖戸棚）。祭壇（altar）に向かって左手。'ambry lamp'にも留意。
Moretonhamstead Ch., Dartmoor ［E］

215. 木製の扉付き聖戸棚（アングロ・サクソン様式）。祭壇の左側。
Salisbury Cath. ［E］

216. 聖戸棚とランプ。
St. Andrew's Ch., Taunton ［E］

217. 聖戸棚とランプ。
Little St.Mary's Ch., Cambridge ［E］

Apse; Apsis／後陣

❉ **Easter sepulchre**（聖物置き棚; 聖体安置所）: 発音は［イースター・セェパルカ］に近く、アクセントはそれぞれ［イー］、［セェ］にある。

既述した内陣（chancel*）へ向かって左手、すなわち、内陣の北側の壁面に設けられた凹所（recess）で、天蓋（canopy）を持ち、周囲には装飾的彫刻が施されてある。キリストの墓像（effigy* of Christ）を受ける箱形石棺（tomb chest*）も付いている場合もある。復活祭（Easter）の前の聖金曜日（Good Friday）には、キリストの十字架上の死を記念してミサ（Mass）は行なわれないので、この聖金曜日の後から、あるいはその前日の聖木曜日（Holy Thursday）のミサの後から、復活祭の日の朝（Easter morning）まで、聖体［聖餐］としてのパン（the Host; the consecrated Communion bread）と祭壇用十字架像（the altar crucifix）がここに安置され、当日の朝、キリストの埋葬と復活を象徴して、主祭壇（the high altar*）へ儀式を以て移されるのである。☞ churchyardのsepulchre

218. Easter sepulchre（聖物置き棚）。
Lincoln Cath. ［E］

219. 聖体安置所。
St.John's Ch., Oxford ［E］

❉ **tabernacle**: 発音は［タァバナクル］に近く、アクセントは［タァ］にある。

(1) ［**タバナクル**］: キリストの体を意味する聖体（the Eucharist）には、聖別されたパンとワイン（the consecrated［holy］bread and wine）とが用いられるが、これはパンの方を——時にワインも一緒に——入れた容器を置いておくための壁龕（niche）を指し、彫刻で装飾を施してあるのが通例。あるいは、祭壇（the altar*）の上に置かれたその容器［聖櫃］をも指していう。

- 141 -

第Ⅰ部　Church Interior・教会堂内

　それが壁龕の場合は、祭壇の上方や背後に設置され、聖櫃の場合もそうだが、信徒(the faithful)が一日のうち何時でもキリストを礼拝することを可能にした。

　ちなみに、キリストは磔の刑を受ける前夜に、十二使徒(the Twelve Apostles)と共にした最後の晩餐(the Last Supper)で、パン(bread)とワイン(wine)を自分の体と血であるとして使徒たちに分け与え、この儀式を今後も行なうべしとした。このキリストの教えに従って行なわれる「聖礼典」「聖奠; 秘跡」(Sacrament)を聖餐(式)［聖体拝領］((Holy) Communion)といい、キリスト自身をいただくことにより、信徒全員がひとつに結ばれることを意味する。

　ただし、プロテスタントの教会では、「聖書のみ」を尊重するという思想から、教会内に聖書はあっても、聖体を礼拝することは一般に行なわれない。

　もうひとつちなみに、そのパンは'the Host'と呼ばれ、カトリックでは「ホスチア」と訳されるが、パンの形やサイズなどは教派により異なる。小麦を素材としているが、イースト菌(yeast)で発酵させていないパン(unleavened bread: 種なしパン)や、発酵させているパンもある。昔は通常のパンを使用していたが、信徒の数が増したことにより、現代では、パン種なしで焼いた円形で小さな薄い「ウェイファー」(wafer)を用いるのが通例。☞ ambry; piscina

【文例】

　次の例文中の'monstrance'は'ostensory'ともいい、聖体を入れて置く台付きの容器で、金色の光を象ったもので囲んであり、信者に礼拝させるために透明な造りになっている。

＊ And after that he(= the Priest) had opened the tabernacle, and incensed the monstrance that was in it, and shown the fair wafer to the people...he began to speak to the people....

　　　　　　　　　　　　　　　　——O. Wilde:'The Fisherman and his Soul'

(それが済むと司祭はタバナクルを開き、その中に納めてある顕示台に香を燻らせてから、その白い清らかなウェーファーを信者たちへ見せて(中略)、彼らへ向かって語り始めた…)

－ 142 －

Apse; Apsis／後陣

【参考】
次は上記の解説でも触れた'the Host'についての例。

* It was Waleran, William now realized, who was standing at the altar, lifting the Host above his head so that the entire congregation could see it. Hundreds of people went down on their knees. The bread became Christ at the moment....
　　　　　　　　　　　　――K. Follett: *The Pillars of the Earth*

220. tabernacle(タバナクル: 聖櫃)。
St.John's Cath., Limerick [I]

221. 聖櫃。St.John's Cath., Limerick [I]

(2) [タバナクル]: 聖像や聖画像などイコン(icon)を安置するための「天蓋付き壁龕」(canopied niche)を指す。

上記(1)の場合と同じで、祭壇の上方や背後によく設けられる。

ちなみに、'tabernacle work'もしくは'tabernacling'というと、既述した聖歌隊席(choir stall*)や説教壇(pulpit*)や、飾り棚(reredos*)あるいは壁龕の上部に設けられた、ゴシック様式(the Gothic style*)の天蓋(canopy)を指し、彫刻で装飾が施されてある。また、イコンとは、板(wood)の上に描かれた肖像画(flat

- 143 -

第Ⅰ部 Church Interior・教会堂内

portrayal)で、キリスト(the Lord)や聖母マリア(Virgin Mary)やその他の聖人(saint)が描かれる。

【文例】
次は上記の解説でも触れた 'icon' についての例。

* Their houses are built of logs, dark and smoky within. There will be a crude icon of the Virgin behind a guttering candle....
——A. Carter: 'The Werewolf

(その地方の家々は丸太造りで、室内は暗く煙が立ち篭めている。溶けて垂れた蝋燭の後には聖母の粗雑なイコンが掛けてあるものだ…)

222. tabernacle(タバナクル)。St.George's RC Ch., York [E]

223. タバナクル。トマス・ベケット(Thomas Becket)の殉死の図柄。Exeter Cath. [E]

Apse; Apsis／後陣

224. タバナクル。
St.Mary Magdalene Ch., Taunton [E]

225. tabernacle work（天蓋）。説教壇（pulpit）。
Winchester Cath. [E]

226. 天蓋。寄進礼拝室（chantry）の側壁。
Ely Cath. [E]

227. 天蓋。礼拝室（chapel）。
St.Giles' Cath., Edinburgh [S]

第Ⅰ部　Church Interior・教会堂内

228. 天蓋。聖歌隊席(choir stall)。Winchester Cath. [E]

229. 天蓋。聖歌隊席。Carlisle Cath. [E]

230. icon of Our Lady(聖母マリアのイコン)。
　　 Canterbury Cath. [E]

231. 聖ニコライ(St.Nicholas)のイコン。
東京復活大聖堂［ニコライ堂（お茶の水）］を
建立。

sedilia

司祭席; 牧師席

発音は[セダァィリィァ]もしくは[セディリィァ]に近く、アクセントはそれぞれ[ダァィ]、[ディ]にある。'seat'（座席）を意味するラテン語'sedile'（発音は[セダァィル]に近く、アクセントは[ダァィ]にある。）の複数形で、通例単数扱い。

既述した内陣(chancel*)の南側の壁面で祭壇(the altar*)近くに凹所(recess)を成して設けられた、天蓋(canopy)付きの聖職者(the clergy)の席を指す。

石造りで、通例は「司祭」(priest; celebrant（ミサ執行司祭）)、「執事［助祭］」(deacon)、「副執事［副助祭］」(subdeacon)用の3席から成り、祭壇に最も近い席は司祭用．他の2席は執事・副執事用となる。時に2席あるいは4席のこともあり、長い礼拝式(the long services)の間はここに座っていることが出来るようになっている。そのひとつを指すときは、上記の'sedile'という。

往々にして、例えば3席が横に互いに接続していて、それが段差を設けてあることもある。また、上述の'piscina*'（聖杯洗盤）と並んで造られる場合もある。

ただし、ヨーロッパや今日のイングランドでは、木製の椅子を使う方が通例。

第Ⅰ部　Church Interior・教会堂内

232. sedilia conbined with a piscina（聖杯洗盤と並ぶ司祭席）。段差に留意。聖母礼拝堂(Lady Chapel)、Exeter Cath. [E]

233. three-seated sedilia（3席から成る司祭席）。St.Edmundsbury Cath. [E]

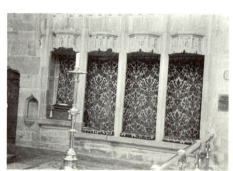

234. 段差のない司祭席。St.Laurence's Ch., Ludlow [E]

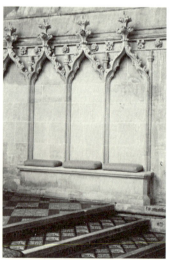

235. 司祭席。聖母マリア礼拝堂。Wells Cath. [E]

Altar
祭壇

　発音は［オールター］に近く、アクセントは［オー］にある。

　「神への供物や生け贄(offerings or sacrifices to a deity)の捧げられた高い場所(high［raised］place)」という意味のラテン語の'altare'に由来する。

　キリスト教の教会では、'orientation'(☞ cruciform church)といって、祭壇は東の方位に合わせた配置になるのが通例。つまり、祭壇の後の窓(east window*)は昇る太陽(the rising sun)の光が祭壇を照らすように設けられたわけである。その場合、ヨーロッパから見て東方にはエルサレム(Jerusalem)があって、祭壇に向かって礼拝することは聖地を遥拝することにもなる。

　旧約聖書(the Old Testament)の時代には、祭壇は平らな石で、その上で生け贄が捧げられていたが、やがて木製になり、A.D. 509年、フランスでの宗教［教会］会議(the Council of Epone)の結果、16世紀の宗教改革(the Reformation)までには石造りが広まるようになった。イギリスでは11世紀に、カンタベリー大聖堂(Canterbury Cathedral)のランフランク大主教(Lanfranc Archbishop)の言で石造りになった。

　祭壇の上面には、キリストの5箇所の傷を象徴して、5つの十字の印(five crosses)を彫り付けてあるのが通例である。また、石造りの祭壇にはローマ・カトリックの聖者(saints)の遺骨や遺物(relics)が入れてあったので、宗教改革の際に多くは破壊されてしまった。つまり、それまでは多くの場合、祭壇は聖者の事実上の墓(tomb*)でもあったのである。例えば、ローマのカタコンベ(catacomb)の中では、殉教者(martyr)の墓をミサ(Mass)を行なう際の祭壇として用いていた。

　宗教改革以後のイングランドでは、'altar'の語には異教徒が生け贄に用いたことの連想が伴うため、この語を避けて'communion［Eucharistic］table'(聖餐［聖体拝領］台)と呼ぶ木製のものに、再び変えられることになった。聖餐［聖体拝領］((Holy) Communion; the Eucharist)のための「聖卓」(holy table: 聖なる食卓)という意味である。

第Ⅰ部　Church Interior • 教会堂内

　カトリック教会(Cathoric church)の方では、この祭壇の最上部に「祭台」(mensa; altar slab; altar stone; altar table)と呼ぶ石板を据える。祭壇の正面を覆うように掛ける掛け物を「祭壇覆い」(altar frontal; antependium; altar front; altar facing)といい、絹(silk)やリンネル(linen: 亜麻布)の布製(textile)のものや貴金属製(precious metal)のもの、あるいは、絵や彫刻の施されたパネル(panel)が使われる。また、その祭壇覆いの上に掛ける布で、さらにそれから数インチ下へ垂れるものは'superfrontal'という。ただし、その他の掛け布も含めての総称としては'altar hangings'も使われる。

　この布製の覆い(altar(-)cloth: 祭壇布)には、異なる色彩(liturgical colour: 典礼用色彩)が用いられ、普段は緑(green)、殉教者(martyr)の祝日には赤(red)、殉教者以外の聖人の祝日(saint's day)や、東方の3博士(Magi)がベツレヘム(Bethlehem)を訪れた顕現日[公現祭](the Epiphany: 1月6日)や、クリスマス(Christmas)や、イースター(Easter)には白(white)もしくは金(gold)、断食や減食あるいは肉食を控える降臨節(Advent)や四旬節(Lent)には青紫(violet)もしくは紫(purple)などである。また、これを含めて、その他の'corporal'（聖餐布)や'pall'(聖体布)などの総称に'altar linen'も使われる。

　ちなみに、祭壇に置かれる十字架(altar cross)だが、プロテスタント教会(Protestant church)では、聖書のみを尊重する立場から、十字架は置いてもそれにキリストの磔像(crucifix)を取り付ける習慣はない。その十字架は、13世紀以降に置かれるようになったもので、それに磔像が付くようになるのは15世紀からである。ただし、祭壇の中央に置かれねばならない。

　また、祭壇を据えて置くための段を成す台(altar step(s))も備えられ、その段が3段であれば「(聖)三位一体」(the (Holy) Trinity)を、7段であれば「聖霊の7つの贈り物」(the (seven) gifts of the Holy Spirit)を意味することになるが、一番上の段を、後述する「祭壇飾り台」の場合と同じ用語の'predella'(祭壇台)と呼び、昔のカトリックの教会では、ミサ(Mass*)の時に司祭(priest)がその上に立っていたものである。

　ちなみに、「三位一体」とは、唯一の神(the One God)には、「父」(the Father)と「子」(the Son(＝Jesus Christ))と「聖霊」(the Holy Spirit)の三つの位格[ペルソナ](Three Persons: the three forms of God)があるが、それを一体として見ることをいい、「聖霊の7つの贈り物」は、「知恵」(wisdom)、「知性」(understanding)、

－ 150 －

「思慮; 賢慮」(counsel)、「勇気; 剛毅」(might)、「知識」(knowledge)、「孝愛」(piety)、「敬畏」(fear of the Lord)で、『旧約聖書』(the Old Testament)の「イザヤ書」(Isaiah)第11章第2節に由来する。

　同じ祭壇でも、大聖堂(cathedral*)など大きな教会では、2箇所以上(☞ high altar; nave altar; side altar)に置いてある場合もある。

【用例】

　'put fresh flowers on the altar'（咲いたばかりの花を祭壇に飾る）(Orwell: Daughter)／'the priest bent down and put the wafer in my mouth where I knelt before the altar'（私が祭壇の前で跪いているところへ、司祭様が身を屈めウェーファー[聖体]を私の口へ入れて下さった）(Greene: Hint)

【文例】

　次は、カンタベリー大聖堂(Canterbury Cath.)の大司教(archbishop)のトーマス・ベケット(Thomas à Becket)が、国王の放つ家来に殺害されようとする場面である。

* Priests:　　My Lord, they are coming. They will break through presently. You will be killed. Come to the altar.
　　　　　　　——T.S. Eliot: *Murder in the Cathedral*, Part II

（司祭たち: 大司教様、彼らが来ます。たちまちのうちに侵入して来ます。殺されますよ。祭壇の方へいらして下さい。）

◉ altar cloth

【用例】

　'embroidered altar cloths'（刺繍の施された祭壇布）(Follett: Pillars)／'she sewed...linen for the altar'（彼女は（中略）祭壇布を縫った）(McGahern: Wine)／'it's possible that the altar cloth caught fire'（（蝋燭から）祭壇布に火が着いたとも考えられる）(Follett: Pillars)／'Three candles of uneven length sputtered on a dirty altar cloth.'（長さの違う蝋燭が3本汚れた祭壇布の上でパチパチ鳴っていた。）(Follett: Pillars)

第Ⅰ部　Church Interior • 教会堂内

【参考】

＊ "A cope, a stole, and an altar-cloth shalt thou also have," continues the King, crossing himself....

——W. Scott: *Ivanhoe*

＊ Then a white thing, soaring like a crazy bird, rose up on the wind as if it had wings, and lodged on a black tree outside, struggling. It was the altar cloth.

——D.H. Lawrence:'The Last Laugh'

◉ altar cross

この用語は、'a cross[crucifix] and altar'とも表現されることがある。

【用例】

'William waited in the chapel, staring at the cross on the altar' （ウィリアムは礼拝堂で待っている間、祭壇上の十字架をじっと見ていた）（Follett: Pillars）

　　次は、教会ではなく私的な礼拝用の祭壇の場合である。

'before a little cross and altar' （祭壇の小さな十字架の前）（Hardy: Veto）

　　次は、修道院長（prior）の部屋のそれである。

'a small altar with a crucifix and a candlestick' （キリスト像のある十字架と蝋燭立ての置かれた小さな祭壇）（Follett: Pillars）

◉ altar step(s)

【用例】

'There, coming up the altar steps, was the vicar.' （牧師は祭壇の段を上って来ていたのだった。）（Buck: Death）

【参考】

＊ ...she...wished that she had bitten her tongue in two rather than utter that deadly blasphemy upon the very altar steps.

——G. Orwell: *A Clergyman's Daughter*

Altar／祭壇

236. stone altar(石造りの祭壇)。
St.George's RC Ch., York [E]

237. 木製の祭壇。Brontë Chapel, Haworth Ch., Haworth [E]

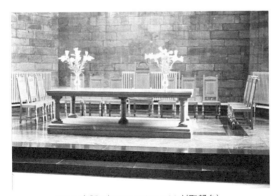

238. 木製の'communion table'(聖餐台)。
the Holy Rude Ch., Stirling [S]

- 153 -

第I部　Church Interior・教会堂内

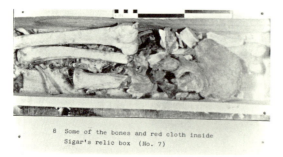

239. relics（遺骨）。Wells Cath. [E]

240. altar frontal（祭壇覆い）。Wells Cath. [E]

241. 布製の祭壇覆い。St.Edmundsbury Cath. [E]

Altar／祭壇

242. 祭壇覆い。手前が身廊の祭壇(nave altar)で、奥が主祭壇(high altar)。Bangor Cath. [W]

243. パネル製の祭壇覆い。a church in Cambridge [E]

244. 祭壇覆い。宗教改革以前の石造りの祭壇。
Chapel of St.James, St.Mary's Cath., Limerick [I]

− 155 −

第Ⅰ部　Church Interior・教会堂内

245. predella(祭壇台)。
St.Lawrence's Ch., Rosedale Abbey [E]

246. 祭壇台。主祭壇(high altar)。Ely Cath. [E]

247. 祭壇台。St.Margaret's Ch., King's Lynn [E]

altar canopy
祭壇の天蓋

上述の'altar*'の上部を覆うようなこしらえで、装飾を施して設けられるのは、その下にある大切な祭壇への注意を喚起するためである。

'altar with canopy'といえば、その祭壇のこと。

248. altar canopy（祭壇の天蓋）。
主祭壇（high altar）。Carlisle Cath. [E]

249. 主祭壇の天蓋。
後陣半丸天井（conch）にも留意。
St.Paul's Cath. [E]

第Ⅰ部　Church Interior・教会堂内

250. 主祭壇の天蓋。Peterborough Cath. [E]

altar curtain

祭壇用カーテン

上述の'altar*'の正面を除いて、背後、左右両側にカーテンを吊す場合もあるが、それを指す。

特に、左右の側のそれは、'riddel'、'riddle'、'ridel'、'riddell'といって、両側を指す場合は複数形も使われる。背後のそれは、'dorsal[dossal]'という。

☞ 図版: 258.

251. altar curtain(祭壇用カーテン)。左右の'riddels'と背後の'dorsal'。祭壇覆い(altar frontal)とその上の'super frontal'にも留意。縦に4本の帯状に垂れ下るものは'altar stole' (祭壇用ストール)と呼ぶ。St.Andrew's Ch., Castle Combe [E]

- 158 -

Altar／祭壇

252. 祭壇用カーテンで、背後の'dorsal'のみ。
a church in Cambridge [E]

altar cushion

祭壇用クッション

上述の'altar*'の上に置かれ、'service book'（祈祷書やミサ典書）などを載せるためのもの。

253. altar cushion（祭壇用クッション）。
Salisbury Cath. [E]

- 159 -

第Ⅰ部　Church Interior・教会堂内

254. 祭壇用クッション。Exeter Cath. [E]

altar lights

祭壇用[上]の蝋燭(ろうそく)

上述の'altar*'の上に置かれた十字架(altar cross*)を、両側から挟むように配置された計2本の蝋燭(ろうそく)(candle)を通例はいう。ただし、6本の場合もある。

ちなみに、祭壇の上ではなく、前方の床に立てて置く燭台(candlestick)で、丈の高いものは'standard'と呼んでいる。☞ 図版: 253., 264.

【用例】

'six candles on the altar' (祭壇の上には6本の蝋燭) (Waugh: Decline) / 'he put candles on the altar' (彼は祭壇に蝋燭を置いた) (Yeats: John)

【文例】

* ...we did leave a candle burning on the altar after the service, as usual.
——K. Follett: *The Pillars of the Earth*

(…我々は確かに祭壇の上の蝋燭は1本燃やしたままにして置いた、いつものように。)

次は上記の解説でも触れた'standard'を思わせる。

* ...the old vicar was standing before the altar, working at one of the tall silver candlesticks.
——P. Buck: *Death in the Castle*

- 160 -

(老牧師が祭壇の前に立って、丈の高い銀製の蝋燭立てのうちの1本を繕っていた。)

255. altar lights（祭壇上の蝋燭）。
St.Pancras Ch., Widecombe-in-the-Moor [E]

256. 6本の祭壇上の蝋燭。
a church in Cambridge [E]

257. standard（丈の高い蝋台）。
a church in London [E]

altarpiece

祭壇飾り

上述の祭台(mensa)の上部後方には、装飾的な絵画や彫刻もしくは衝立が置かれるが、これを指す。

第Ⅰ部　Church Interior・教会堂内

　この衝立は三面鏡のように3枚が蝶番(hinge)で止められていて、中央の部分に対し両脇はその1/2の幅で、折り畳めるのが通例で、この3枚仕立てのタイプを'triptych'（発音は［トリィプティク］に近く、アクセントは［リィ］にある。）と呼び、2枚仕立ては'diptych'、3枚以上（厳密には2枚以上）は'polyptych'という。「祭壇画」と訳されるのは、これが絵画の場合であり、それぞれ「三連祭壇画」、「二連祭壇画」、「多連［翼］祭壇画」という。それが絵画ではなく、彫刻になる場合もあって、同じ'altarpiece'と呼ばれる。

　この祭壇飾りを支える下部の層(bottom tier)——つまり、祭壇飾りの最下部を成す横長の部分——を「祭壇飾り台」(predella)と呼び、祭壇飾りに画家の描いた絵に、さらに関連した物語絵などが、通例はその画家の弟子によって描かれたものである。

258. altarpiece（祭壇飾り）。St.Mary the Virgin Ch., Saffron Walden ［E］

259. 祭壇飾りの'triptych'（三連祭壇画）。Winchester Cath. ［E］

260. 三連祭壇画。展示室にて。
Norwich Castle [E]

261. 彫刻による祭壇飾り。
'predella'(祭壇飾り台)にも留意。
St.Wilfred's Chapel, Carlisle Cath. [E]

262. 祭壇飾り。Holy Trinity Ch., Pitlochry [S]

✾ **reredos (飾り壁; 背障)**: 'altar screen'ともいう。上述の祭壇(altar*)から離れてその背後の壁面――例えば、後陣窓(east window*)の下――を覆う石造り、もしくは木製の、装飾的衝立またはパネルを指す。

12使徒(the Twelve Apostles)など聖人の彫像を入れた、数多くの壁龕(へきがん)(niche)などで飾った豪華な造りのものも少なくない。ただし、本来は後述する'the high altar*' (主祭壇)の背後のそれをいったが、一般に他の祭壇の場合でも用いられる。

263. reredos(背障)。
St.Margaret's Ch., King's Lynn [E]

264. 背障。St.Laurence's Ch., Ludlow [E]

265. 背障。Winchester Cath. [E]

✼ **retable (祭壇背後棚)**: 上述の祭壇(altar*)の上の後部に置かれるか、背後に台付きで独立して置かれるかするもので、十字架(altar cross)や燭台(candlestick)や花瓶(vase)などを置くための、石造りや金属製もしくは木製の棚(shelf; ledge)を指す。

装飾の施された開き戸が付くものもある。あるいは、それが絵画その他の装飾を施されたパネルを嵌(は)めた屏風状になったり、彫像の入った小祠型(しょうしけい)(aedicule)の形になったりするものもある。ただし、上述の'reredos*'もこの'retable'もどちらも祭壇の背後にあるが、前者はあくまで祭壇から離れた位置にあり、後者は祭壇の裏側に付いている。

Altar／祭壇

266. retable(祭壇背後棚)。十字架(cross)やグラスなどが置かれている。秋の収穫祭(harvest festival)の飾りにも留意。
St.Mary's Ch., Goathland [E]

267. 祭壇背後棚。十字架と活花の水盤が置かれている。a church in Cambridge [E]

268. 祭壇背後棚。
the Priory Ch. of the Holy Trinity, Micklegate [E]

第Ⅰ部　Church Interior・教会堂内

▍altar (-) rail

祭壇仕切り; 聖体拝領台

'altar rails'と複数形でも使われ、'altar railing(s)'ともいう。

上述の'altar*'の前にある木製あるいは錬鉄製(wrought iron)の手摺もしくは柵で、至聖所(presbytery*)と会衆席(pew*)との間を仕切る形で設けてある。時に祭壇の三方、あるいは四方を囲むこともある。

また、'altar'には異教徒が生け贄を捧げる時に用いたものという連想が伴うため、宗教改革(the Reformation)以後のイングランドでは、'altar'に代わって'communion table*'（聖餐台）が使われており、同じく'communion (-) rail(s)'の語も用いられている。

聖餐式[ミサ]（(Holy) Communion*[Mass*]）では、聖体拝領者(communicant)がこの前に跪いて、聖体(the Eucharist*)であるパン(bread*)やワイン(wine*)を頂くことになっている(☞ tabernacle(1))。その意味では「聖体拝領台」と訳されもする。

ちなみに、後述する教区民(parishioner*)が教区教会(parish church*)へ納める「十分の一税」(thithe(s)*)は、物納による(in kind)場合も少なくなく、教会では納められた動物などを飼って置く囲い(pen)も備えていたほどであった。従って、犬などが我がもの顔で、上述した内陣(chancel*)へも出入りしていたことや、宗教改革でルード付き内陣仕切り障壁(rood screen*)などが破壊されてしまったこともあって、祭壇を守る必要から、17世紀初頭には、カンタベリー大聖堂(Canterbury Cathedral*)のロード大主教(Laud Archbishop)の命で、祭壇にこの仕切りが設けられるようになったのである。

【用例】

'he came on to the red carpet by the altar rail'（彼は祭壇仕切りのそばの赤い絨毯の上へ進んだ）(Hill: King)／'a red kneeling-cushion, placed at about the middle of the altar-railing'（祭壇仕切りのほぼ中央のところに置かれた祈祷用の赤いクッション）(Hardy: Hand)

次の2例は、教会での結婚式の場面である。ただし、'marriage-service'は原典では単数形のまま。

－ 166 －

Altar／祭壇

'there was a marriage-service <u>at the communion-rails</u>' (祭壇仕切りの前では結婚式が行なわれていた) (Hardy: Veto) / 'Our place was taken <u>at the communion rails</u>.' (私たちふたりは祭壇仕切りの前に立った。) (C. Brontë: Jane)

【文例】
次は、数行前 (用例の第1番目) に 'altar rail' とあっての表現である。

＊ 'You're not supposed to go inside <u>those railings</u>....It's where the parson goes, and you're not the parson.'
　　　　　　　　　　　　　　　　　　　——S. Hill: *I'm the King of the Castle*

(「君はその (祭壇) 仕切りから中へは入れないだよ (中略) そこは牧師さんの場所で、君は牧師さんじゃないだろう。」)

【参考】
次は、日曜日のミサ (Sunday Mass) の場面である。ただし、第1例は 'Penguin Books' から、第2例は 'Bantam Books' から。

＊ My fellow server got briskly up and taking the communion plate preceded Father Carey to <u>the altar rail</u> where the other Communicants knelt.
　　　　　　　　　　　　　　——G. Greene: 'The Hint of an Explanation'

＊ My fellow server got briskly up and, taking the paten, preceded Father Carey to <u>the altar rail</u> where the other communicants knelt.
　　　　　　　　　　　　　　——G. Greene: 'The Hint of an Explanation'

269. 木造の altar rail (祭壇仕切り)。仕切り前のクッション (hassock) にひざまずく。Wells Cath. [E]

第Ⅰ部　Church Interior・教会堂内

270. 木造の祭壇仕切り。All Saints' Ch., Milton [E]

271. 祭壇仕切り。結婚式の時には仕切りの内側に司祭(vicar)が立ち、外側のクッションに新郎新婦(bride and groom)がひざまずく。Holy Trinity Ch., Goodramgate [E]

272. 錬鉄製(wrought iron)の祭壇仕切り。
a church in London [E]

- 168 -

Altar／祭壇

273. 錬鉄製の祭壇仕切り。a church in Cambridge [E]

274. 石造りの祭壇仕切りで出入口が錬鉄製。
a church in Cambridge [E]

censer

吊り香炉; 提げ香炉

'thurible'(発音は[スァリブル; サァーリブル]に近く、アクセントはそれぞれ[スァ][リノ・]にある。)ともいう。

宗教儀式(religious ceremony)やその行進(religious procession)の際に、吊り手の鎖で手に提げ、振って用いる香炉を指す。

'The bishop went down the nave, preceded by the cross and boys swinging cloudy censers.'(主教は十字架と、煙の立ち昇る吊り香炉を振る少年たちに先導されて、身廊を下った。)、などと用いる。

- 169 -

第Ⅰ部　Church Interior・教会堂内

【用例】

'chain-swung censer'（鎖で吊り下げ振られる香炉）(Keats: Psyche) / 'he (= the Priest) went forth with...the candle-bearers and the swingers of censers'（司祭は蝋燭を持つ係の人たちと吊り香炉を振る係の人たち（中略）を伴って（海へ）向かった）(Wilde: Fisherman)

【文例】

＊ So let be they choir, and make a moan
　　　　Upon the midnight hours;
　Thy voice, thy lute, thy pipe, thy insense sweet
　　　　From swinged censer teeming;
　　　　　　　　　　　——J. Keats:'Ode to Psyche',　44-7

（故に我をしてあなたの聖歌隊とし給え、
　そして真夜中に歌わせ給え、
　あなたの声、あなたのリュート、あなたの笛、そして、
　振られる吊り香炉から立ち籠める芳しい香ともし給え。）

275. censer（吊り香炉）。東京復活大聖堂［ニコライ堂］。お茶の水、東京。

276. 吊り香炉を提げて進む場面。

❋ **incense burner**((置き)香炉): 上述の'censer*'に対し、置いて使う香炉を指す。

ちなみに、'incense'は「香」のことで、発音は[インセンス]に近く、アクセントは[イン]にある。また、'incense(-)boat'(舟形香炉)といって、上述の'censer'(吊り香炉)へ移す前に、炊いた香を一時的に入れて置くものもあって、舟の形に模したタイプである。

277. incense boat (舟形香炉)。
Little St.Mary's Ch., Cambridge [E]

credence

祭器卓; 祭器棚

聖餐(式)[聖体拝領]((Holy) Communion)に用いるパン(bread*)やワイン(wine*)や水(water)──聖別(consecration*)される前の──のみならず、その容器(vessels*)なども置くための「台」(stand; side table)あるいは「棚」(shelf)を指す。

台状の場合は'credence table'ともいう。通例は祭壇(altar*)に近く右[南]側に固定されてある。石造りが通例だが、棚状の場合は木製もある。

往々にして、13世紀の聖杯洗盤(piscina*)の一部とも見られる。

☞ tabernacle (1)

第Ⅰ部　Church Interior・教会堂内

278. credence（祭器卓）。

279. 祭器棚。

high altar, the

主祭壇; 中央祭壇

'the main altar'ともいう。

上述の'altar*'が2箇所以上に据えられる場合、最も重要な意味を持つそれ(the principal altar)を指す。

通例は既述した内陣(chancel*)の東端部(east end*)に置かれる。

'the high altar blazed with hundreds of candles'（無数の蝋燭で眩いばかりの主祭壇）、などと用いる。☞ 図版: 248., 249., 250.

【用例】

'red light which was suspended before the high altar'（主祭壇の前に吊された赤い明かり）（Joyce: Grace）/ 'the monks...lowered it (= the body) gently to the ground in front of the high altar'（修道士たちは（中略）その遺体を主祭壇の正面の床に静かに下ろした）（Follett: Pillars）/ 'his (= Thomas à Becket) remains were reburied beneath a shrine behind the high altar'（T. ベケットの遺体は主祭壇の背後の聖堂の床下に改葬された）（Lucas: Mother）

【文例】

*　Silent and slow, like ghosts, they (= pilgrims) glide
　　To the high altar's hallowed side,

－ 172 －

Altar／祭壇

And there they knelt them down.
——W. Scott: *The Lay of the Last Minstrel*, VI. xxix. 505-7

（黙したままゆっくりと、幽霊の如くに、巡礼たちは、
主祭壇の置かれてある聖域まで、音もなく歩いた、
そしてそこに、彼らは跪くのであった。）

280. high altar（主祭壇）。Canterbury Cath. [E]

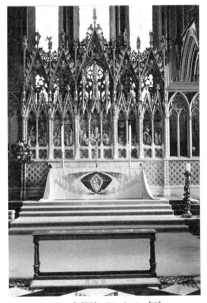

281. 主祭壇。Ely Cath. [E]

第Ⅰ部　Church Interior・教会堂内

282. 主祭壇。東端部窓(east window)にも留意。Salisbury Cath. [E]

283. 主祭壇。Lincoln Cath. [E]

presbytery

発音は［プレズィビテェリー］［プレスィビテェリー］に近く、アクセントは［テェ］にある。'priest'（聖職者）を意味するラテン語の'presbyter'に由来。

(1) 至聖所

'sanctuary'（発音は［サァンクチュアリー］に近く、アクセントは［サァ］にある。）といって、ここを意味する場合もある。

教会堂内でも特に神聖とされる東端部(east end*)で、既述した内陣(chancel*)の中の聖歌隊席(choir*)と、後述する奥内陣(retro-choir*)との間を指し、上述の主祭壇(the high altar*)を設けてある聖職者(the clergy*)のための場所をいう。

ちなみに、その床下には教会区(parish*)の有力者などが埋葬されることも行なわれた。また、祭壇の前に吊してあるランプは'sanctuary lamp(s)'といって、1個のこともあり、複数個のこともある。

【用例】

'the high altar and the holy relics were kept at the far east end, called the presbytery'（主祭壇と聖遺物［骨］は、至聖所と呼ばれる東端部に置かれた）(Follett: Pillars)

Altar／祭壇

【参考】

＊ He turned towards the dark <u>presbytery</u> deep among the darkest lanes.
——S. O'Faoláin: 'Sinners'

＊ The day was favoured suddenly with him October sunlight as he (= the Bishop) crossed the courtyard from <u>the presbytery</u> to the church....
——M. Spark: 'The Black Madonna'

(2) 司祭館(カトリックの場合) ☞ parsonage

284. presbytery (至聖所)。主祭壇 (high altar) にも留意。
Exeter Cath. [E]

285. 至聖所。奥が主祭壇。聖歌隊席 (chair) は手前にあるが写っていない。Carlisle Cath. [E]

- 175 -

第Ⅰ部 Church Interior・教会堂内

286. sanctuary lamp（1個）。
St.Lawrence's Ch., Warkworth ［E］

287. sanctuary lamps（7個）。
St.Andrew's Ch., Taunton ［E］

retrochoir; retro-choir

奥内陣

大聖堂(cathedral*)など大きな教会堂内で、上述の至聖所(presbytery*)の後方、つまり、主祭壇(the high altar*)の背後のスペースを指し、聖母礼拝堂(the Lady Chapel*)がある場合は、その前になる。

既述した周歩廊(ambulatory*)のような機能をも持つ。

ちなみに、'retro'は「後方にある」の意味の接頭辞で、'choir*'（聖歌隊席）の後方にある場所をいう。

288. retrochoir（奥内陣）。
一番の奥が聖母礼拝堂
（Lady Chapel）。
Winchester Cath. ［E］

side altar

副祭壇; 脇祭壇

上述の'the high altar*'に対し、それに次ぐ祭壇をいう。

既述した翼廊(transept*)や側廊(aisle*)には、比較的重要性の少ない礼拝(service)を行なうためのそれが備えてある。なお、大聖堂(cathedral*)など大きな教会では、身廊(nave*)からは内陣仕切り障壁(chancel screen*)などのために、主祭壇が見え難いこともあって、内陣へ至る手前に祭壇を設けて置く場合もあり、これを'nave altar'と呼ぶ。これは近年においては、通例のことになっている。

☞ 図版: 9., 12.

【参考】

* Mr. Toagis...had been kept "Church" solely by the privilege, at Harvest Festival time, of decorating the side altar with a sort of Stonhenge composed of gigantic vegetable marrows.

――G. Orwell: *A Clergyman's Daughter*

289. side altar(副祭壇: nave altar)。
その背後に内陣仕切り障壁(chancel screen)と、
その上のパイプオルガン(organ)。Exeter Cath. [E]

第Ⅰ部　Church Interior・教会堂内

290. nave altar（身廊祭壇）。その後方に内陣仕切り障壁。
　　　Winchester Cath. [E]

291. 身廊祭壇。奥に主祭壇（high altar）。Ely Cath. [E]

292. 脇祭壇。南側側廊（south aisle）。
　　　Moretonhamstead Ch., Dartmoor [E]

Chapel
(1) 礼拝堂; 礼拝室; チャペル

　キリスト教における私的な礼拝所(private place of worship)として設けられた「部屋」、あるいは「小規模の建物」で、いわゆる教会堂(church)の二大要素である「身廊」(nave*)と内陣(chancel*)を持たず、「祭壇」(altar*)のみを有するものである。

　従って、中世(the Middle Ages: 約500-1500)の城(castle)、宮殿(palace)、荘園領主の館(manor)、修道院(monastery*)などにも見られた。☞ chapel royal

【用例】

　次の2例は城塞(fortress)のそれ。

'the lady went into her chapel to pray'（その貴婦人は自分の礼拝室へ入って祈った）(Jennings(ed.): Guigemar)／'The big ballroom, sir, just under this room, was the chapel when the castle was a royal seat."（「この部屋の真下の広い舞踏室は、城がかつて王城だった頃には、礼拝堂だったのです。」）(Buck: Death)

　次の例は宮殿(palace)のそれ。

'they found themselves in a small chapel with a vaulted ceiling'（ふたりは円筒形天井の小さな礼拝堂に入っていた）(Follett: Pillars)

　次の2例は修道院(monastery)のそれ。

' "I'm going to build a little monastery just here, with a chapel" '（私はまさにここに、礼拝堂を備えた小さな修道院を建てるつもりだ）(Follett: Pillars)／'The Abbot alone remained in the Chapel to receive the Nuns of St. Clare.'（大修道院長は礼拝堂にひとり残って、聖クレア女子小修道院の修道女たちが来るのを待っていた。）(Anderson: Monk)

【文例】

　次は、セドリックがリチャード王をコニングスバラ城(Coningsburgh Castle)内の礼拝堂へ案内する場面である。

第Ⅰ部　Church Interior・教会堂内

* ...Cedric arose, and, extending his hand to Richard, conducted him into <u>a small and very rude chapel</u>....

———W. Scott: *Ivanhoe*

(…セドリックは立ち上がって、リチャードへ手を差し伸べて、小さく極めて粗雑な造りの礼拝堂へ案内した…)

【参考】

次は個人の家のそれ。

* A white house with green shutters and a fanlight of stone over each of the three downstairs entrances. A sundial, a well, <u>a little chapel</u>.

———E. O'Brien:'The Mouth of the Cave'

293. chapel(チャペル)。
St.Margaret's Chapel, Edinburgh Castle [E]

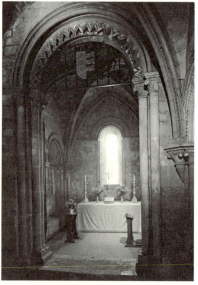

294. チャペル。
'upper chapel'、天守(keep)、Dover Castle [E]

- 180 -

Chapel／(2) 礼拝堂; 礼拝室; チャペル

295. チャペル。Tower of London [E]

296. チャペル。
Abbotsford(W. Scott の旧邸)。Borders [S]

(2) 礼拝堂; 礼拝室; チャペル

　教会堂(church)や大聖堂(cathedral*)では、特定の聖人(saint)を祭るための礼拝所(place of worship)がひとつならずあることもあり、側廊(aisle*)や翼廊(transept*)やクワィア(choir*)や、東端部の後陣(apse*)の背後にも設けられてある。上記(1)と同様に祭壇のみを有する。

　後陣の背後のそれは、'apse chapel'といって、特にフランスのゴシック様式(the Gothic style*)の特色である。側廊や翼廊のそれは'side chapel'と呼ばれる。

　ちなみに、'chapel'の語の由来は、「小さな外套」(a little cloak)の意味のラテン語'cappella[cappa]'にある。元来は聖マルタンの外套(the cloak of St. Martin)が聖遺物(relic)として崇められたことから、やがて、「聖遺物が保存してあるために、そこで祈祷を行なう聖なる場所」の意味へと移行した。☞ Lady Chapel

【文例】

　＊ In the small chapels of the transepts were gold candlesticks and jeweled

第Ⅰ部　Church Interior・教会堂内

crosses.
　　　　　　　　　　　　——K. Follett: *The Pillars of the Earth*

（両翼廊にある小さな礼拝堂には、金製の蝋燭立てと、宝石の飾り付き十字架が置かれていた。）

* The aisles…might also provide space for small side chapels dedicated to particular saints….
　　　　　　　　　　　　——K. Follett: *The Pillars of the Earth*

（両側廊(中略)にはまた、特定の聖人へ献堂された付属の小礼拝堂のスペースも取り得る…）

* …and in 1220 his (= Thomas à Becket) remains were reburied beneath a shrine behind the high altar in what is now called St. Thomas's Chapel….
　　　　　　　　　　　　——E.V. Lucas: 'The Mother of England'

（…そして1220年にT.ベケットの遺体は、主祭壇の背後の聖堂の床下に改葬されて、そこは今では聖トマス礼拝堂と呼ばれている…）

297. 大聖堂(cathedral)内のチャペル。Winchester Cath. [E]

298. 大聖堂内のチャペル。南側翼廊(south transept)。Peterborough Cath. [E]

— 182 —

Chapel／(2) 礼拝堂; 礼拝室; チャペル

＊ It was only being afraid of this empty church, and of the white marble warrior lying on his tombstone in the side chapel, that made him kneel down and tell lies.

——S. Hill: *I'm the King of the Castle*

(彼が(祭壇の前で)跪き、嘘の祈りを捧げたのは、このがらんとした教会が恐かったのと、その付属の礼拝堂にある、戦士の墓石に横たわっている白い大理石の像が、恐かったからに他ならない。)

299. 大聖堂内のチャペル。 Exeter Cath. [E]

300. 299.の祭壇(altar)のCU。

301. 大聖堂内のチャペル。Exeter Cath. [E]

- 183 -

第Ⅰ部　Church Interior・教会堂内

302. 297.と同じ大聖堂内のチャペル。

303. 教区教会のチャペル。
St.Andrew's Ch., Taunton ［E］

(3) 礼拝堂; 礼拝室; チャペル

　上記(1)の場合の城や宮殿や荘園領主の館のそれの影響で、大学の学寮 (college)、学校(school)、病院(hospital)、刑務所(prison)、兵舎(military barracks)などにも設けられた私的な教会堂(private church)や私的な礼拝所 (private place of worship)を指す。ちなみに、大学の場合は学寮ごとにチャペルが備わっていて、例えば、ケンブリッジ大学(Cambridge University)のキングズ学寮のチャペル(King's College Chapel)は、大聖堂を思わせる規模でチューダー朝(1485-1603)の代表作でもあり、セント・ジョン学寮のチャペル(St John's College Chapel)も、教区教会(parish church*)並みの大きさである。

【用例】
　次の例は、パブリック・スクール(public school)で有名なラグビー校(Rugby School)のそれである。
　'the chapel-bell began to ring at a quarter to eleven'（礼拝堂の鐘が10時45分に鳴りだした）(Hughes: Tom)

— 184 —

Chapel／(3) 礼拝堂; 礼拝室; チャペル

【文例】
次は病院の場合の例である。

* At eleven o'clock next morning Miss Valvona and Miss Taylor were wheeled into the hospital chapel.
——M. Spark: *Memento Mori*

(翌朝11時にミス・ヴァルヴォナとミス・テイラーは車椅子に乗せてもらって、病院の礼拝室へ入った。)

次は上記の[用例]で触れたラグビー校の礼拝式の場面である。

* As the hymn after the prayers was being sung and the chapel was getting a little dark, he was beginning to feel that he had been really worshipping.
——T. Hughes: *Tom Brown's Schooldays*

(祈祷が済んで賛美歌が歌われ、礼拝堂がやや暗くなりかけるにつれ、彼は心から礼拝している自分に気が付き始めた。)

304. 大聖堂並みの'King's College Chapel' (キングズ学寮チャペル)。手前が後陣窓(east window)。Cambridge Univ. [E]

305. 304.の側面。正面が北、右側が西。

- 185 -

第Ⅰ部　Church Interior・教会堂内

306. 304.の西側出入口(west door)。

307. Jesus College Chapel（ジーザス学寮チャペル）。
Cambridge Univ. [E]

308. Exeter College Chapel（エクセター学寮チャペル）。
Oxford Univ. [E]

309. 教区教会並みの'St.John's College Chapel'（セント・ジョン学寮チャペル）。左側が西。
Cambridge Univ. [E]

- 186 -

Chapel／(4) ノンコンフォーミスト［ノンアングリカン；非国教派］の教会堂

310. 309.の後陣(apse)。

(4) ノンコンフォーミスト［ノンアングリカン；非国教派］の教会堂

　ノンコンフォーミスト(Nonconformist)——ノンアングリカン(non-Anglican)ともいう——の教会堂(church)や礼拝所(place of worship)を指すが、往々にしてイングランド教会(the Church of England*)と対照的に見て、批判的な意味を含む、つまり、イングランド教会の信者が他のプロテスタント教会(Protestant Church)をやや軽蔑を込めていう語。

　ちなみに、ノンコンフォーミストというのは、イングランド在住のキリスト教徒——ただし、ローマ・カトリック教徒は含まず——のうち、イングランド教会の教義や信仰形態に反対の立場の人、特にイングランド教会を離脱し、他のプロテスタント教会へ移った人(Dissenter)のことで、公定教会(the Established Church*)の信者——国教徒とも訳されるが——を除いて、それ以外の信者全てを指すわけではない。

　従って、「公定教会」と「ノンコンフォーミストの教会」の両方を敢えて指す時は、'church and chapel'という言い回しがとられる。

- 187 -

第Ⅰ部　Church Interior • 教会堂内

【用例】

'on Sundays I went twice to chapel' （日曜日毎に私は（ノンコンフォーミスト
の）教会へ2度行った）(Gaskell: Cousin)／'she was one of the trimmers who
went to church and chapel both' （彼女はイングランド教会へ行くし、ノン
コンフォーミストの教会へも行く、無定見者のひとりであった）(Hardy:
Preacher)／'the bells of London churches and chapels are not soothing to the
ear' （宗派にこだわりなくロンドンの教会の鐘の音は、どれも私の耳には快
いものではない）(Gissing: Papers)／'on Sundays hymns came sounding from
the chapels, Zion, Bethel, Ebenezer, and Bethesda' （日曜日になると、ノンコ
ンフォーミストのシオン、ベテル、エベネゼル、ベテスダの各教会からは賛
美歌が聞こえて来た）(A. Cronin: Worlds)

　次の'chapel'は、「ノンコンフォーミストの」、「プロテスタント派の」の意
味の形容詞的用法の例である。

'Mrs Turner's chapel,' explained Elsie succinctly.' （「ターナー夫人はイングラ
ンド教会の人じゃないのよ」と、エルスィーはずばりといってのけた。）(Miss
Read: Tale)

【文例】

* Mr. Toagis had instantly "gone chapel," and he and his heirs were lost to the
Church for ever.

——G. Orwell: *A Clergyman's Daughter*

（トーギス氏は（そのことがあってから）たちまちノンコンフォーミストの教
　会へ移り、彼とその後継者たちは、二度と再びイングランド教会へは戻ら
　なかった。）

* But soon the steeples called good people all to church and chapel, and away
they came...in their best clothes, and with their gayest faces.

——C. Dickens: 'A Christmas Carol'

（やがて、尖塔という尖塔の鐘が鳴り響いて、善男善女をそれぞれの宗派の
　教会へ招き、人々はよそ行きの服装で、この上もなく晴れやかな顔をして（中

Chapel／(4) ノンコンフォーミスト［ノンアングリカン; 非国教派］の教会堂

略)出て来たのだった。)

【参考】

【用例】

'the mixed race which went to church in the morning and chapel in the evening' (Hardy: Preacher)／'In a town of many chapels, she rarely went to church. Too busy, was her smiling excuse.' (Cronin: Worlds)／'a parish containing fifteen score of strong full-grown Episcopalians, and nearly thirteen score of well-matured Dissenters' (Hardy: Preacher)

【文例】

＊ Dorothy, born and bred in the precincts of the Church, had nounderstanding of the Nonconformist mind.

———G. Orwell: *A Clergyman's Daughter*

＊ ...he keeps a single-horse chaise, and has built and endowed a Methodist chapel. Yet is he the richest man in these parts.

———M.R. Mitford: 'The First Primrose'

＊ Hilda, that's my girl, was just the same about the chapel, but now it seems they've agreed to the worship of God.

———A. Wilson: 'The Wrong Set'

chantry [chauntry] chapel

［寄進礼拝堂; 寄進礼拝室］

単に'chantry[chauntry]'ともいう。

ある富裕な個人が自分の死後の供養を願って、土地(land)や基金(fund)を寄進して、教会堂内(church)に建てた礼拝堂(chapel*)を指す。

特別に依頼された司祭(chantry priest; chaplain)によって、その寄進者(donor)のために毎日ミサ(Mass*)が歌われる。

寄進者が自分以外の他の特定の人のために建てることもある。教会堂内では側

－ 189 －

第Ⅰ部　Church Interior • 教会堂内

廊(aisle*)の東端部に設けられるのが通例。大聖堂(cathedral*)や、場合によっては、教区教会(parish church*)にも、別棟造りで建てられることも少なくない。

　こういう礼拝堂を造ることは、12世紀以降に広まり、特に14世紀と15世紀に増えて行った。

　ちなみに、中世(the Middle Ages: 約500-1500)では、聖職者(the clergy)が架橋(bridge building)に尽力したという事実もあって、橋は「聖なる場所」とみなされ、裕福な個人がそこに礼拝堂を寄進した場合もあり、'chantry bridge'と呼ばれる。それが極めて規模の小さい礼拝堂の場合は、'oratory bridge'などともいわれる。
☞ chapel bridge

【用例】

　'he was buried in the chantry which bears his name'（彼は自分の名前の付いた寄進礼拝堂に埋葬された）(Lucas: Capital)

【文例】

　次は、上記の解説でも触れたが、寄進者が自分以外の特定の人のために建てたものである。ただし、国王が戦の神(God of battles)へ祈っている場面の台詞である。

＊ King Henry.　　　　　　　　　　　　...and I have built

　　　　　　　Tow chantries, where the sad and solemn priests

　　　　　　　Sing still for Richard's soul.

　　　　　　　　　　　　——W. Shakespeare: *King Henry V*, IV. i. 317-9

（ヘンリー王:　　　その上私は、

　　　　　　　ふたつの寄進礼拝堂を建てましたが、そこでは謹厳なる司祭たちが

　　　　　　　亡きリチャード王のみ魂のために絶えずミサを捧げております。)

【参考】

＊ ...I had rejoiced in the little isolated chantry; I had sat in the chapel and let all the rich colours of the great window gladden the eyes.

　　　　　　　　　　　　——E.V. Lucas: 'England's Ancient Capital'

Chapel／(4) ノンコンフォーミスト[ノンアングリカン;非国教派]の教会堂

311. chantry chapel(寄進礼拝室)。
Wells Cath. [E]

312. 寄進礼拝室。
北側の内陣側廊(north chancel aisle)。
Salisbury Cath. [E]

313. クロプトン家(the Clopton family)の寄進
礼拝室。北側の側廊。
Holy Trinity Ch., Long Melford [E]

- 191 -

第Ⅰ部　Church Interior • 教会堂内

❖ **chapel bridge**（礼拝堂橋）: 中世（the Middle Ages: 約500-1500）には、橋、特に大きな造りの橋には悪魔（the Devil）がとりつくとの俗信があり、それを追い払うという意味で建てられた礼拝堂（chapel*）もある。また、架橋（bridging）それ自体が「聖なる行為」（holy activity）とも考えられ、当時の教会は富裕な人たちに勧めて、橋や礼拝堂を寄進させたりもしたのである。そして、寄進によるよらないにかかわらず、総じて礼拝堂のある橋をいう。また、その礼拝堂を指して'bridge chapel'と呼ぶ。☞ chantry bridge; oratory bridge

　ちなみに、こういう橋は、巡礼（pilgrim）など旅人にとっては、旅の途上でも祈り（worship）を捧げることが出来て、大変に便利でもあったことになる。また、礼拝堂の鐘を合図に、橋の上では「布の市」が定期的に開かれ、橋の欄干に広げた布地が売買されてもいた。

　その一方で、この礼拝堂には司祭（chantry priest; chaplain）が1人ないしはそれ以上いて、寄進者や旅人のために祈りを捧げたり、あるいは、通行人から通行料（bridge toll）や寄付金を集めたりしては、橋の維持費の確保に努めていた。従って、規模の大きな礼拝堂の場合、定期的に礼拝式（service）も行なわれていたのである。

　しかし、16世紀〜17世紀の宗教改革（the Reformation*）を通して、こういう礼拝堂の多くは清教徒（Puritans）に破壊され、イングランドに現存するものは4基。

【文例】

　次は、'Wakefield Bridge'のそれについてである。

* Chapels were frequently erected on a bridge, so that the wayfarer could stop awhile to pray for the founder.

　　　　　　　　　　　　　——E.C. Pulbrook: *The English Countryside*

（礼拝堂は往々にして橋の上に建てられたということもあって、旅人はしばし歩みを止めて、その寄進者のために祈りを捧げることも出来たのです。）

　次は、'Bradford-on-Avon Bridge'のそれについてである。

* Then we retraced our steps to the ancient bridge with the "mass chapel" that stands in the centre on one of its piers. This chapel is a curious building; the

— 192 —

Chapel／(4) ノンコンフォーミスト［ノンアングリカン；非国教派］の教会堂

roof is of stone, and it gives a very quaint look to the bridge.

——J.J. Hissey: *Through Ten English Counties*

(それから私たちはもと来た道を古代の橋へと戻りました。橋の中ほどには、橋脚のひとつを土台にして「礼拝堂」が建っています。この礼拝堂は奇妙なこしらえで、石造りの屋根を持ち、橋の外観に奇異な趣を添えているのです。)

314. chapel bridge(礼拝堂橋)。
St.Ives Bridge, St.Ives, Cambridgeshire ［E］

315. 礼拝堂橋。Wakefield Bridge(イギリスで現存する最大級の礼拝堂を有す)。Wakefield, W.Yorkshire ［E］

- 193 -

第Ⅰ部　Church Interior・教会堂内

316. 礼拝堂橋。
Rotherham Bridge, Rotherham, S.Yorkshire［E］

317. 礼拝堂橋。
Bradford-on-Avon Bridge, Bradford-on-Avon,
Wiltshire［E］

Chapel／⑷ ノンコンフォーミスト［ノンアングリカン；非国教派］の教会堂

chapel of ease

支聖堂; 司祭出張聖堂; 分会堂

後述する教区教会(parish church*)から遠い所に住む人や、教区民(parishoner*)の数が増加して、教区教会では収容しきれなくなった人たちのために建てた教区付属の(parochial)礼拝堂を指す。

また、巡礼(pilgrim)など旅人の便宜を図り、小村の路傍や橋の上(☞ chapel bridge)に造られたものもある。

chapel royal; royal chapel

王室(付属)礼拝堂

複数形はそれぞれ'chapels royal'、'royal chapels'となる。

王城(royal castle)や王宮(royal palace)の所有する礼拝堂(chapel*)で、イングランドでは主教区の主教(the bishop* of the diocese*)の管轄権(jurisdiction)の下にはなく、私的な礼拝堂(private chapel)になる。

例えば、イングランド南部の州バークシャー(Berkshire)の都市ウィンザーにあるウィンザー城(Windsor Castle)の中の聖ジョージ礼拝堂(St. George's Chapel)や、ロンドンのバッキンガム宮殿(Buckingham Palace)およびセントジェームズ宮殿(St. James's Palace)にあるそれが知られている。また、ロンドンのウェストミンスター寺院(Westminster Abbey)にあるヘンリーⅦ世礼拝堂(Henry VII's Chapel)もそれで、垂直式(the Perpendicular style*)の建築になり、ガーター叙勲式(the Garter ceremony)の行なわれる所として有名である。

【文例】

＊ 'In this room, you may be woken in the morning by bells from the royal chapel below. It's the ballroom now, but it was once the place where Queen Elizabeth knelt at dawn to play.'

——P. Buck: *Death in the Castle*

(「この部屋で、朝お目覚めになることでしょう、階下の王室礼拝堂の鐘の音で。今でこそそこは舞踏室ですが、かつてはエリザベス女王が夜明けに跪いて、お祈りをした場所なのです。」)

－ 195 －

第Ⅰ部　Church Interior・教会堂内

318. chapel royal（王室礼拝堂）。
Henry VII's Chapel, Westminster Abbey ［E］

319. 王室礼拝堂。St.George's Chapel（左端から右端まで全部）。Windsor Castle ［E］

guild chapel

ギルド礼拝堂［室］; 同業組合礼拝堂［室］

中世（the Middle Ages: 約500-1500）では、鍛冶屋（blacksmith）、大工（carpenter）、石工（mason）、車大工（wheelwright）、その他の職人（craftsman）は同業組合（guild）に所属していた。しかも、徒弟の年季奉公（apprenticeship）を経て、かつ、習い

- 196 -

覚えた技術(craft)は他に漏らさないという誓約の元に初めて仕事にありつけると
いう、縦型の制度になっていた。この組合は次第に発展して財を成し、教会に自
分たち専用の礼拝堂[室]を建てるようになった。この礼拝堂[室]を指していう。

　ちなみに、教会堂そのものも建てる場合があって、'guild church'と呼び、主と
してロンドンに見られた。

Lady Chapel [chapel], the

［聖母礼拝堂］

　聖母マリアに献堂されたもの(chapel dedicated to the Virgin)で、大聖堂
(cathedral*)では、堂内の東端部(east end*)に設けられるか、あるいは北側に別
棟になっていて、礼拝堂の中でも最大級のものである。ただし、その他の大きな
教会堂などでは、内陣(chancel*)の南側に設けられる場合もある。カンタベリー
大聖堂(Canterbury Cathedral)では、聖堂の地下(crypt*)に設けられている。

　イーリー大聖堂(Ely Cathedral)の場合のように、それ自体小さな教会堂
(church)の規模を持つものもある。これはイングランドでは最大の造りになる。

　12世紀のイングランドで建てられたのが最初で、13世紀以降一般に、特にカト
リック教会(Cathoric Church)で見られるようになった。

【用例】

'the altar of the Lady Chapel'（聖母礼拝堂の祭壇）（Lucas: Spire）

【文例】

* It was such an attractive church, not old, but very beautifully decorated, six
candles on the altar, Reservation in the Lady Chapel, and an excellent heating
apparatus....

——E. Waugh: *Decline and Fall*

（その教会は大いに魅力的で、歴史はないが、極めて装飾に富み、祭壇には
蝋燭が6本、聖母マリア礼拝堂での聖餐保存、さらには性能の大変よい暖房
装置…）

－ 197 －

第Ⅰ部　Church Interior・教会堂内

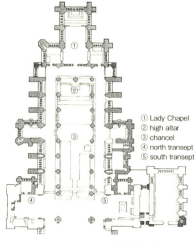

① Lady Chapel
② high altar
③ chancel
④ north transept
⑤ south transept

320. Lady Chapel（聖母礼拝堂）。平面図（Exeter Cath. [E]）

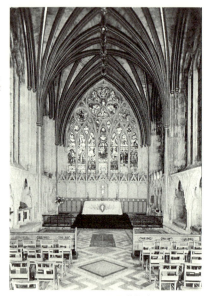

321. 320.の聖母礼拝堂。

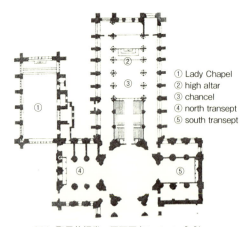

① Lady Chapel
② high altar
③ chancel
④ north transept
⑤ south transept

322. 聖母礼拝堂。平面図（Ely Cath. [E]）

- 198 -

Chapel／(4) ノンコンフォーミスト［ノンアングリカン；非国教派］の教会堂

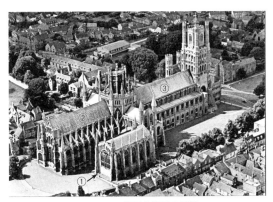

323. 322.の聖母礼拝堂の外観。

324. 322.の聖母礼拝堂の内部。

325. 多角形の聖母礼拝堂。Wells Cath. [E]

第Ⅰ部　Church Interior・教会堂内

326. 325.の祭壇(altar)と背障(reredos)のCU。

327. 聖母礼拝堂。
St.Edmundsbury Cath. [E]

328. 教区教会の聖母礼拝堂。
St.Martin's Ch., Liskeard [E]

329. 地下室(crypt)の聖母礼拝堂。
Canterbury Cath. [E]

mortuary chapel
共同墓地付属礼拝堂[室]

後述する共同墓地(cemetery*)に備えてある礼拝堂[室]で、死体を埋葬する前に一時安置して置くためのもの。

― 200 ―

Chapel／(4) ノンコンフォーミスト[ノンアングリカン;非国教派]の教会堂

parclose; perclose
礼拝室仕切り; 礼拝堂障壁; パークローズ

教会堂(church)内で、上述の礼拝室(chapel*)など専用のスペース(special space)を、教会堂の主要部(main body of the church)から、つまり、他の一般のスペース(general space)から、仕切るための障壁(screen; railings)を指す。

礼拝者でない人たち(non-worshippers)を遠ざけるのが目的である。通例は錬鉄製(wrought iron)で、装飾の施されたものになる。

330. 木造の parclose(パークローズ)。
SS.Peter & Paul's Ch., Lavenham [E]

331. パークローズ。
St.John's College(セント・ジョン学寮),
Cambridge Univ. [E]

332. 錬鉄製(wrought iron)のパークローズ。
Chantry Chapel, Wells Cath. [E]

- 201 -

第Ⅰ部　Church Interior・教会堂内

radiating chapels

放射状礼拝室［堂］

　後述するノルマン様式(the Norman style*)やゴシック様式(the Gothic style*)
の教会堂(church)や大聖堂(cathedral*)では、礼拝室［堂］が周歩廊(ambulatory*)
から外へ張り出す形で、放射状に幾つか連なって設けられてある場合があるが、
それをいう。☞ 図版: 194.

Crypt
クリプト; 教会地下礼拝室; 教会地下納骨室

　教会堂の地下で、通例は既述した内陣(chancel*)の地下に当たる位置に造られた部屋(chamber)を指し、礼拝所(chapel*)——祭壇(altar*)がひとつ、もしくは複数ある——や納骨所(burial[burying]-place)として使われる。後述する円筒形天井(vault*)になる場合が多い。ただし、その一部分だけが地下(semi-subterranean)になる場合もある。

　そもそもは、殉教者(martyr)や聖人(saint)の聖遺骨や聖遺物(relics)が、地下室の主祭壇(the high altar*)の下に安置されていたので、秘密の地下埋葬所、あるいは私的な地下埋葬所の意味もあったが、後には教会堂の地下にある納骨所(charnel*)などを一般に指していうようになった。また、そこに祭られた聖人や殉教者を礼拝しに来る巡礼たち(pilgrims)を収容する目的もあったのである。イングランドの大抵の大聖堂(cathedral*)には設けられている。

　元来は、後述するカタコンベ(catacomb*)を真似て造ったものと考えられている。

【用例】

　'the crypt stairs'（地下礼拝室へ通じる階段）(Follett: Pillars)／'the relics were kept in the crypt'（その聖遺骨は地下納骨室に安置されていた）(Follett: Pillars)／'a couple of skulls down in the crypt'（教会の地下納骨室にある2つの髑髏）(Jerome: Boat)／'there was no sound in the white crypt'（白壁の地下礼拝室には何の物音もなかった）(Morton: Door)／'the body was again interred, this time in the crypt'（遺体は今度は地下埋葬所に納め直された）(Lucas: Mother)／'They went slowly along the nave and down the steps into the crypt.'（彼らは身廊をゆっくりと進み、次に地下納骨室への階段を下りて行った。）(Follett: Pillars)

【文例】

　次は、T. ベケットが、ヘンリー2世(Henry II)の命を受けた刺客に狙われて死の覚悟を述べたのに対する、ヨアンネスの台詞である。

第Ⅰ部　Church Interior・教会堂内

* *John of Salisbury*.　　　　　　　No, to the crypt!
　　　　　　　Twenty steps down. Stumble not in the darkness,
　　　　　　　Lest they should seize thee.
　　　　　　　　　　　　　——A. Tennyson: *Becket*, V. iii.

（ソールズベリーのヨアンネス：いけません、地下礼拝室へお逃げ下さい！
　　　　　　　20段下りるのです。暗いので躓かれないように、
　　　　　　　連中に捕まらないようにするのです。）

* Just behind the altar there was a semi-concealed staircase that led down into the crypt. The crypt itself was beneath the quire.
　　　　　　　　　　　——K. Follett: *The Pillars of the Earth*

（祭壇の真後には、地下礼拝室へ下りる階段が半ば隠されるように通じていた。地下礼拝室自体は聖歌隊席の階下にあった。）

333. crypt(クリプト)。
York Minster [E]

334. クリプト。
St.Nicholas Priory(聖ニコラス小修道院), Exeter [E]

Crypt／クリプト; 教会地下礼拝室; 教会地下納骨室

335. クリプト。
Winchester Cath. [E]

336. クリプトの中のチャペル
(chapel)。
St.Paul's Cath. [E]

catacomb

カタコンベ; 地下墓地; 地下埋葬所

発音は[キャタコウム]もしくは[キャタクーム]に近く、アクセントは[キャ]にある。'catacombs'と複数形で用いるのが通例。

初期キリスト教徒(early Christians)やユダヤ教徒(Jews)により、古代ローマの内外に造られた地下の埋葬所[納骨所](subterranean burial-place)をいう。

天井の高いトンネル状(幅2〜3m, 高さ3〜4m)の通路(passageway)が、迷路(labyrinth)のように伸びて幾つもの部屋(chamber)を繋ぐ形になっていて、通路の両側の壁面には納骨用の窪み(niche)が多数設けてあり、ひとつの窪みに2、3の石棺(sarcophagus)や骨壷(cinerary urn)が納められ、石板(stone slab)や大きなタイル(tile)で蓋をしたものである。

古代ローマの法律では埋葬所は全て至聖所と見做されたので、キリスト教迫害(persecution)の時代に幹線道路沿いに掘られ、定期的に礼拝式も行なわれてい

- 205 -

第Ⅰ部　Church Interior・教会堂内

たが、5世紀から16世紀の後半までは忘れられた存在になっていた。

ローマの他、イタリアの各地、パリなどヨーロッパの他の諸都市にも発見されている。

古代ローマのアッピア街道(Appian Way)に沿った地域で、かつて墓地のあった所の名前'Catacombas'に由来するとも、ギリシャ語で「凹地のほとり」の意味の'kata kumbas'から来たともいわれる。☞ 図版: 349.

【用例】

'I walk in...Wimpole Street, that is as cheerful as the Catacombs' (ウィンポール街を歩くが、そこはカタコンベの通路でも行くようにまるで生気が感じられない) (Thackeray: Snobs)

▌charnel; charnel (-) house

死体安置所; 納骨所 [堂]

一般に後述する教会境内(churchyard*)に建てられた納骨所(bone (-) house)を指す。

古い墓などから掘り起こされた遺骨を幾つも納めて置く場所でもある。

【用例】

'he...began talking of charnel-houses, and dead man' (彼は (中略) 死体安置所のことや死者たちのことを話し出した) (C. Lamb: Gray)

【参考】

* For my part, I should rather suppose that you are taking me to the charnel-house of the dead.

——W. Scott: *Castle Dangerous*

▌undercroft　☞ crypt (とほぼ同義で用いられる)

Crypt／クリプト; 教会地下礼拝室; 教会地下納骨室

vault

地下納骨所［埋葬所］

敢えて'burial vault'ともいう。埋葬［納骨］所(burial-place)だが、教会堂(church)の地下に設けられたものを広く指し、通例は円筒形天井(☞ vault)になっている。上述のクリプト(crypt*)よりは広い場所が連想される。

また、後述する共同墓地(cemetery)に設けられた全部あるいは一部が地下に入る埋葬［納骨］所のこともいうが、その場合も円筒形天井の造りになるのが通例。☞ mortuary chapel; vaulting; vaulted ceiling［roof］

【用例】

'the family vaults' (家族毎の地下納骨所) (Dickens: Pickwick)／'Hinton's vault' (ヒントン家の地下納骨所) (Hardy: Preacher)／'the vaults under the church' (教会堂の地下納骨所) (Hunt: Town)／'my grandfather's vault...is capable of accommodating eight visitors' (私の祖父の地下納骨所(中略)はまだ8人埋葬出来る) (Jerome: Boat)

【文例】

＊ There are twenty of Roslin's barons bold

Lie buried within that proud chapelle;

Each one the holy vault doth hold――

――W. Scott: *The Lay of the Last Minstrel*, VI. xxiii. 396-8

(ロズリン家歴代の勇猛な領主たち20名が

その壮麗なる礼拝堂に埋葬され眠っている。

それぞれが地下の聖なる納骨室を与えられて――)

＊ ...the quantity of human bones collected from St. Paul's Churchyard, and deposited in a vault beneath.

――L. Hunt: *The Town*

(セント・ポール大聖堂の墓地から集められ、地下の納骨所に納められた多くの人骨)

― 207 ―

第Ⅰ部　Church Interior • 教会堂内

Monument; Funeral[Funereal] Monument
モニュメント

(1) 敢えて'sepulchral monument'ともいう。垂直に立てる**墓石**(headstone*)や水平に置く**墓石**(flat tombstone*)や、その他の**墓碑・記念碑**を指す。

　後述する教会境内(churchyard*)に据えられるものも、教会堂内に安置されるものもいう。壁面に垂直に設けられるものは、敢えて'wall monument'ということもある。

'the monument to Admiral Nelson'（ネルソン提督の記念碑）などと用いる。

【用例】

'this quaintly-ghastly monument'（古色蒼然として不気味なこのモニュメント）(Hissey: Counties)／'a pew directly facing the monument'（そのモニュメントの真正面にある会衆席）(Hardy: Hand)／'the blackened monuments of civic pride'（市民自慢の黒く汚れたモニュメント）(Thomas: Childhood)／'monuments are put up for the dead'（死者のためにモニュメントが建てられる）(C. Lamb: Church)／'a family like Squire Cass's, with a monument in the church'（教会堂の中にモニュメントを持っているカス旦那のような家系）(G. Eliot: Silas)

(2)　墓(grave*; tomb*)や地下埋葬所(burial vault*)の意味の文語である'sepulchre*'に同義。

【文例】

＊ *Juliet.*　　O, sweet my mother, cast me not away!

Delay this marriage for a month, a week;

Or, if you do not, make the bridal bed

In that dim monument where Tybalt lies

——W. Shakespeare: *Romeo and Juliet*, III. v. 200-3

－ 208 －

Monument; Funeral[Funereal] Monument／モニュメント

(ジュリエット: どうか、お優しい母上様、私をお見捨てにならないで！
この結婚は延期して下さい、一月、いえ、一週間、
それが叶わぬなら、新床を伸べて下さい
ティボルトが眠るあの薄暗い地下埋葬所に)

(3) 後述する'effigy'に同義。

【文例】

* *Iachimo.*　O Sleep, thou ape of death, lie dull upon her!
　　　　　　And be her sense but as a monument,
　　　　　　Thus in a chapel lying!
　　　　　　　　　　　——W. Shakespeare: *Cymbeline*, II. ii. 31-3

(ヤーキモー: おお眠りよ、汝死の模倣者よ、彼女に重くのしかかれ！
そうして彼女の五感をも奪い取るのだ！
礼拝堂に横たわる墓像のように眠らせるのだ。)

337. monument(1)(モニュメント)。
St.Mary's Cath.,Limerick [I]

338. モニュメント(1)。York Minster [E]

- 209 -

第Ⅰ部 Church Interior・教会堂内

339. モニュメント(1)。tomb of Lady Doderidge, Exeter Cath. [E]

340. モニュメント(1)。'funerary urn'(納骨壺:死と哀悼(death and mourning)のシンボル)。Holy Rude Ch., Stirling [S]

341. 床上のモニュメント(1)。Peterborough Cath. [E]

342. wall monument(壁掛けモニュメント)。a church in London [E]

Monument; Funeral[Funereal] Monument／モニュメント

343. モニュメント(1)。Iona Abbey (アイオーナ大修道院)。Iona [S]

altar tomb; altar-tomb

祭壇形の墓(碑)

既述した祭壇(altar*)の形に擬して造られた墓碑(monument*)を指し、その上には後述する故人の墓像(effigy*)が置かれるのが通例。

中世(the Middle Ages: 約500-1500)以後に用いられ、特に14、15世紀のものには凝ったデザインの造りがある。

以下にも引用したが、T. ハーディの『緑樹の陰で』の中では、聖歌隊員たちがこれの上に腰を下ろして、待ち時間を潰している場面がある。☞ tomb

【用例】

'some interesting altar-tombs with effigies thereon' (上に墓像の載っている興味深い祭壇形の墓碑) (Hissey: Counties) / 'the choristers waiting; sitting on an altar-tomb to pass the time' (祭壇形の墓の上に腰を下ろし、待時間を潰している聖歌隊員たち) (Hardy: Greenwood)

第Ⅰ部　Church Interior ・ 教会堂内

344. altar tomb（祭壇形の墓碑）。
St.Peter's Ch., Berkhamsted ［E］

345. 祭壇形の墓碑。Peterborough Cath. ［E］

346. 祭壇形の墓碑。
SS.Andrew & Mary's Ch., Grantchester ［E］

Monument; Funeral[Funereal] Monument／モニュメント

� table tomb; table-tomb

(1) テーブル形墓(碑): テーブルの形に似て、上面が平らな石造りの墓碑(flat-topped stone tomb*)をいう。

側面には紋章(coat of arms)など装飾的彫刻も施され、教会堂内のみならず、後述する境内(churchyard*)にも見られる。

347. table tomb(テーブル形墓碑)。Bede's Tomb, Galilee Chapel, Durham Cath. [E]

348. テーブル形墓碑。a church in Cambridge [E]

(2) テーブルトゥーム: 既述したカタコンベ(Roman catacombs*)の通路(passageway)などの両側の壁面に設けた直方体の窪み(niche; recess)で、直方体の棺(coffin; burial chest)を納めるところをいう。

第Ⅰ部　Church Interior・教会堂内

349. table tomb（テーブルトゥーム）。
Roman catacombs

【用例】
　'many slabs and table tombstones'（石板形やテーブル形の墓碑の数々）
（Stevenson: Edinburgh）

cenotaph

セノターフ

　遺骸・遺体の埋葬されてある所とは別の場所に、死者——特に戦死した人たち（the fallen）——を悼んで建てた墓碑をいう。

　'the Cenotaph'というと、ロンドンのホワイトホール（Whitehall）にある「**世界大戦戦没者記念碑**」を指す。これは第一次大戦後に建てられたものだが、今日では第二次大戦戦没者も含め、第一次大戦休戦記念日（Armistice Day）の11月11日の前後で、その日に最も近い日曜日（Remembrance Day［Sunday］）に、この碑の前で慰霊祭（Remembrance Day ceremony）が執り行われ、午前11時には2分間の黙祷（two-minute silence）も捧げられる。

　また、'the Guards（Division War）Memorial'（近衛師団戦没者記念碑）もそのひとつで、第一次・第二次世界大戦の犠牲者のための碑で、同じくホワイトホールの'Horse Guards Parade'と呼ばれる広場にある。☞ wreath

− 214 −

Monument; Funeral[Funereal] Monument／モニュメント

【用例】

'the Cenotaph――that mass of national emotion frozen in stone'（世界大戦戦没者記念碑――国民の感情を石に封じ込めたその塊(かたまり)(Morton: Cenotaph)

【文例】

＊ This tomb and <u>the Cenotaph</u> bear witness to the greatest emotion this nation has ever felt.
　　　　　　　　　　　　　　――H.V. Morton: 'Among the Kings'

（この墓(=無名戦士の墓)と世界大戦戦没者記念碑とは、この国がかつてないほどの大きな感情を抱いたことの証人となるのです。）

＊ I look up at <u>the Cenotaph</u>. A parcels delivery boy riding a tricycle van takes off his worn cap. An omnibus goes by. The men lift their hats.
　　　　　　　　　　　　　　――H.V. Morton: 'Cenotaph'

（私は世界大戦戦没者記念碑を仰ぎ見る。三輪の小型トラックに乗った小荷物配達人が、被っている帽子を脱ぐ。1台のバスが通り掛かる。男性の乗客たちは帽子を少し上げる。）

350. cenotaph(セノターフ)。
'the Cenotaph', Whitehall, London [E]

351. セノターフ。'the Guards Memorial',
Horse Guards Parade, Whitehall, London [E]

- 215 -

第Ⅰ部　Church Interior • 教会堂内

effigy; monumental［portrait］effigy; tomb effigy

［墓像］

　教会堂内の礼拝堂(chapel*)などに安置される墓(tomb*)や棺(coffin)の上に据える、墓碑(funeral monument*)としての故人の彫像を指す。

　これは14世紀には珍しいものではなくなっていた。全身像が通例だが、部分だけのこともある。また、後述する'brass memorial*'(真鍮板墓碑)のように、石板(stone slab)や真鍮板(brass sheet)に像の輪郭を刻み込んだ場合もある。ただし、シチュエーションによっては単に'monument*'といって、これを指すこともあるし、敢えて'sculptured effigy'(彫られた墓像)などということもある。

　用いる素材によって、'alabaster effigy'(アラバスター［雪花石膏］製)、'stone effigy'(石造り)、'marble effigy'(大理石製)、'brass effigy'(真鍮製)、'gilt bronze effigy'(金箔を張った青銅製)などという。

　読書をしている日常の姿とか、祈りを捧げている姿とか、眠っている姿、あるいは武具甲冑を纏った姿など、さまざまである。甲冑を身に着けた騎士の場合は、枕代わりに兜(helmet)の上に頭を、小さいライオン像の上に両足を載せているのが通例。貴婦人の場合は、小さな犬の像——犬は貞節(marital fidelity［faithfulness］)の象徴——の上に同様に両足を載せているのがまた通例。夫婦像2体がひとつの墓碑に載る場合もある。

　R.L. スティーヴンスン(R.L. Stevenson)の『エジンバラ』(Edinburgh)の中に描かれた像はこのような描写になる。'a forlorn human effigy, very realistically executed down to the detail of his ribbed stockings, and holding in his hand a ticket with the date of his demise'(孤独な人形の墓像で、リブ編みのストッキングの細部に至るまでリアルに仕上げてあり、手には死亡年月日の入ったカードを携えていた)

【用例】

　'a small wooden effigy'（木造の小さな墓像）(Follett: Pillars)/'the stone profile of William, in effigy on the central tomb, wearing his knight's armour'(中央の墓碑の上の、騎士の鎧を着けた石の墓像としてのウィリアムの横顔)(Buck: Death)/'the marble effigies that kneel and weep around thee'(貴方の

－ 216 －

周辺にあって、跪き嘆き悲しむ大理石の墓像）（C. Lamb: Blakesmoor）/'the white marble warrior lying on his tombstone'（墓石の上に身を横たえた白い大理石製の戦士の像）（Hill: King）

【文例】

次の3例の'figure'ないしは'statue'は'effigy'を指す。

＊ Upon it（= the tomb）lay a bronze statue with hands folded across the breast.

——P. Buck: *Death in the Castle*

（墓碑の上に横たわっていたのは、胸のところで両手を組合せた真鍮^{しんちゅう}製の彫像であった。）

＊ The figure was kneeling, as if it was alive, before a sort of desk, with a book, I suppose the Bible, lying on it.

——C. Lamb:'First Going to Church'

（その墓像は、机と覚しきものの上に、1冊の本——聖書と私には思われますが——を置き、その前に、まるで生きているみたいに、跪いていました。）

＊ ...the stone figure of...Earl of Essex...lies in full chain armour, his shield across his body, his spurs at his heels, and his long sword beside him....

——H.V. Morton: 'Sword and Cross'

（…エセックス伯爵（中略）の石の墓像（中略）は、全身に鎖帷子^{くさりかたびら}を纏^{まと}い、身を盾で覆い、両足の踵には拍車をつけ、長剣を脇に置いて横たわっている…）

【参考】

＊ ...you will probably find in a dim corner not far from the altar a stone effigy of one of an older time; a knight in armour, perhaps a crusader with legs crossed, lying on his back....

——W.H. Hudson: 'The Wylye Valley'

＊ Now I understand why monuments are put up for the dead, and why the figures which are upon them, are described as doing the actions which they

第Ⅰ部　Church Interior・教会堂内

did in their life-times....

——C. Lamb: 'First Going to Church'

352. effigy（墓像）。Ely Cath. [E]

353. 墓像。York Minster [E]

- 218 -

Monument; Funeral[Funereal] Monument／モニュメント

354. 墓像。兜(helmet)を枕に、ライオン像に両足を載せた騎士(knight)。Exeter Cath. [E]

355. 墓像。騎士の足を載せたライオン像。
St.Peter's Ch., Berkhamsted [E]

356. effigy with canopy(天蓋付き墓像)。
York Minster [E]

357. 天蓋付き墓像。Exeter Cath. [E]

- 219 -

第Ⅰ部　Church Interior・教会堂内

358. 墓像。St.Etheldreda's Ch., Bishop's Hatfield [E]

359. 墓像。St.Andrew's Ch., Penrith [E]

✻ funeral [funereal] sculpture （墓碑彫像; 墓碑彫刻）

'monumental sculpture'ともいう。

上述の'effigy'を含めて、墓石 (grave*; tomb*) に施された彫像や彫刻をいう。

【文例】

次の例は、教会墓地 (churchyard) の境界に沿って、下層階級の民家 (houses of a low class) が立ち並ぶ場面の描写である。

* As you walk upon the graves...you hear people singing or washing dishes...the linen on a clothes-pole flaps <u>against funereal sculpture</u>....
——R.L. Stevenson: *Edinburgh*

（墓所を歩めば(中略)、住人の歌声や皿洗いの音が聞こえ(中略)、干し竿の洗濯物が墓碑彫像にはためくといった具合…）

Monument; Funeral[Funereal] Monument／モニュメント

360. funeral sculpture(墓碑彫像)。
Highgate Cemetery, London [E]

361. 墓碑彫像。
Highgate Cemetery, London [E]

362. 墓碑彫像。Peterborough Cath. [E]

- 221 -

第Ⅰ部　Church Interior・教会堂内

memorial slab; tomb(-)slab

石板の墓碑

'ledger stone'、あるいは、シチュエーションによっては、単に'slab'もしくは'stone slab'といって、これを指すこともある。

教会堂内にある1枚の石板による墓碑で、床に水平にはめられた形で置かれる場合と、壁面に垂直に据えられる場合とがある。

後述する教会境内の墓地(graveyard*)では、墓(grave*)の上面に水平に載せて置かれる平らな大きな石板(large flat slab)もいう。

【用例】

'a stone slab to a priest' (ある司祭のための石板の墓碑) (Hissey: Counties) /'his slab, in the floor of Prior Silkstede's chapel' (小修道院長シルクスティード礼拝堂の床にはめ込まれた彼の石板の墓碑) (Lucas: Capital)

次の例は、垂直に据えられたそれの場合。

'she stood with her head against the marble slab just below the bust' (彼女は立ったまま、その胸像の直ぐ下の大理石の石板に、頭をもたせ掛けていた。) (Hardy: Hand)

【文例】

次は、ハムレット(Hamlet)の台詞としても有名な、三語から成る墓碑銘──'Alas, poor YORICK!' (ああ、あわれなヨリック！)──が刻まれたそれである。

* He(= Yorick) lies buried in the corner of his churchyard, in the parish of──, under a plain marble slab....

──L. Sterne: *Tristram Shandy*

(彼ヨリックは某教区にある、自分の管理した教会墓地の片隅にある、平凡な大理石の墓碑板の下に眠っています…)

次は、ウェストミンスター寺院(Westminster Abbey)の身廊(nave)にある「無名戦士の墓」(the Tomb of the Unknown Warrior)と呼ばれる石板の墓碑に関するものである。

- 222 -

Monument; Funeral[Funereal] Monument／モニュメント

* In the centre of the nave...lay the grave of the Unknown Warrior——a large black marble slab, on which a long inscription is inlaid in letters of brass.

——H.V. Morton: 'Among the Kings'

（身廊の床の中央に（中略）無名戦士の墓があるが、大きな黒い大理石の墓碑板で、それには長文の銘が真鍮製の文字で記されてあった。）

363. 床上の memorial slab（石板の墓碑）。
　　　Ely Cath. [E]

364. 床上の石板墓碑。Westminster Cath. [E]

- 223 -

第Ⅰ部 Church Interior・教会堂内

365. 境内の 'ledger stone' (石板の墓碑)。
W. Wordsworth、妹 Dorothy、妻 Mary などの墓。
St.Oswald's Ch., Grasmere [E]

366. 壁面の石板墓碑。
St.Martin's Ch., Liskeard [E]

367. 石板墓碑の文字を刻み直している職人。
Wells Cath. [E]

✻ **brass memorial; monumental brass**(真鍮板墓碑):シチュエーションによっては、単に'brass'といって、これを指すこともあり、また'brasses'としばしば複数形でも使われる。

上述の石板(stone slab*)によるのではなく、薄い真鍮板(brass sheet[panel])

− 224 −

Monument; Funeral[Funereal] Monument／モニュメント

に故人の肖像などと共に銘(memorial inscription)を彫り付けた墓碑を指す。

これを既述した内陣(chancel*)や身廊(nave*)の床面(floor)や壁面(wall)にはめ込んで、埋葬場所を示す(to mark a tomb)のである。また、これはヨーロッパ全体と比較しても、イングランドで用いられている数の方が多い。

13世紀〜16世紀にかけて、特に14世紀の末頃から一般に使われるようになったもので、時にエナメル(enamel)で光沢をつけることもなされる。☞ tablet

【文例】

次は'brass monument'の言い回しを用いてある。

＊ ...what pleasure should we take in their tedious genealogies, or their capitulatory brass monuments?
　　　　　　　　　　　　　——C. Lamb:'Blakesmoor in H——shire'

((由緒ある家柄の)その退屈極まりない系図とか、はたまた、その来歴を刻み付けた真鍮板墓碑を読んだとて、どんな楽しみが得られるというのか？)

368. 壁面にはめ込まれた'brass memorial' (真鍮板墓碑)。Exeter Cath. [E]

- 225 -

第Ⅰ部　Church Interior・教会堂内

369. 床面にはめ込まれた真鍮板墓碑。
Exeter Cath. [E]

370. 真鍮板墓碑からの拓本。
St.Margaret's Ch., King's Lynn [E]

(mural) tablet

(壁掛け)銘板; タブレット

'memorial tablet' ともいう。

教会堂内の通例は壁面(wall)に取り付けられた銘板[刻板]を指す。

その土地の高位者などの死を銘記し、生前を偲ぶ記録とするもので、韻文で書かれることも多い。ただし、1枚につき1人とは限らず、複数の銘記になる場合もある。

素材としては、大理石(marble)などの石や、真鍮(brass)などの金属や、時に木材が用いられる。

また、そのフレーム(frame)に、'scroll'(巻物飾りや渦形装飾)が施されたものは、'cartouche [cartouch]'(発音は[カァートゥーシュ]に近く、アクセントは[トゥー]にある)といい、イングランドには17、18世紀に広く導入された。ただし、その全体のデザイン[模様]をも意味する。

- 226 -

Monument; Funeral[Funereal] Monument／モニュメント

壁面ではなく床面(floor)にはめ込む場合のそれ(**床はめ銘板[刻板]**)も指すことがあるが、敢えて'mural tablet'といえば、壁に掛ける方である。

【用例】

'Between the crusaders...are <u>two brass tablets let into the floor</u>.'(十字軍の騎士の墓碑の間に(中略)2枚の真鍮製の銘板が床にはめ込まれてある。)(Morton: Sword)

【文例】

* On the north wall...we observed a very curious, but a very ghastly, <u>mural tablet</u>...bearing the date....

——J.J. Hissey: *Through Ten English Counties*

(私たちが目を止めたのは(中略)、北側の壁面にあって、とても好奇心をそそられるが、ひどく不気味な(中略)1枚の年月日の入った銘板であった…)

【参考】

次は'mural tablet'を指している場合である。

* Within...the old village church <u>there stands a white marble tablet</u>, which bears as yet but one word: 'AGNES.'

——C. Dickens: *Oliver Twist*

371. mural tablet(壁掛け銘板)。
All Saints' Ch., Barrington [E]

372. 真鍮製壁掛け銘板。
a church in Cambridge [E]

- 227 -

第Ⅰ部　Church Interior・教会堂内

373. 壁掛け銘板。
St.Martin's Ch., Liskeard ［E］

374. 壁掛け銘板の色々。
a church in Cambridge ［E］

375. カルツーシュ。
a church in Cambridge ［E］

376. カルツーシュ。
a church in London ［E］

- 228 -

Monument; Funeral[Funereal] Monument／モニュメント

sarcophagus

サーコファガス棺

発音は[サーカァーファガス]もしくは[サーコォファガス]に近く、アクセントはそれぞれ[カァー][コォ]にある。

重要人物(important personage)の遺体用の棺(coffin)で、素材には、大理石(marble)などの石やテラコッタ(terra-cotta)の他にも、金属や木材が使われる。

その蓋や側面には、彫刻や絵が施されてあるのが通例。例えば、側面には花輪模様(garland)や花綱飾り(festoon)がよく彫られたりする。

古代ギリシャ・ローマや、初期キリスト教徒(early Christians)に用いられたものだが、その棺全体のデザインは、ギリシャ様式復興(the Greek Revival)の時代に再び採用され、同じ形のワイン・クーラー(wine cooler)なども流行したほどである。☞ catacomb

【文例】

次は、降り積もった雪と黒い木々の谷の描写である。

＊ Or I looked down into the white-and-black valley that was utterly motionless and beyond life, a hollow sarcophagus.
———D.H. Lawrence: 'Wintry Peacock'

(あるいはまた、私は白と黒の谷を覗き込んだが、そこは完全に動きの止まった、生気を越えた、空っぽのサーコファガス棺といったものであった。)

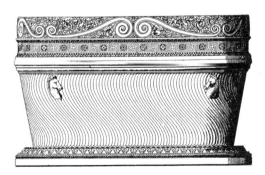

377. ローマ帝国時代の sarcophagus(サーコファガス棺)。

第Ⅰ部 Church Interior・教会堂内

378. サーコファガス棺。
Admiral Lord Nelson(ネルソン提督)の墓碑(tomb)。crypt(クリプト)、St.Paul's Cath. [E]

✤ **tomb chest** (箱形石棺): 時に'chest tomb'といってこれを指すこともある。
　教会堂内に安置される箱形の棺(coffin)を指し、大理石(marble)などの石造りで、彫刻も施されてある(carved tomb chest)のが通例。
　11世紀および12世紀では、一個の石のみで造られ、頭部が幅も広く、足先へ行くにつれ細くなっていた。この蓋(ふた)の上に既述した'effigy'(墓像)が載ることが多い。

379. tomb chest(箱形石棺)。St.Peter's Ch., Berkhamsted [E]

Monument; Funeral[Funereal] Monument／モニュメント

380. 箱形石棺。York Minster [E]

381. 天蓋(canopy)付きの箱形石棺。Memorial to Grace Darling(グレース・ダーリングの記念碑)。St.Aidan's Ch., Bamburgh [E]

✼ **weeper; weeper-figure** (哀悼者像; 遺族の石棺像)：上述の 'tomb chest*' などの側面に並ぶ壁龕(niche)の中に彫られた人物像は、子供たちなど故人の縁者で、その死を悼む人たち(mourners)を表すが、それをいう。

通例は天使(angel)や聖人(saint)の形を取っている。その子供たちの像の中に髑髏(skull)を持つ姿があれば、その子供は故人より先に死んでいることを意味するものである。

'The sides are ornamented with family weepers.'（墓の側面には哀悼する遺族の像が彫られている。）、などと用いる。

- 231 -

第Ⅰ部　Church Interior・教会堂内

382. weeper's teardrop（哀悼者像の涙）。
　　　Ely Cath. [E]

383. 故人の娘たち（名前入り）の哀悼者像。
　　　箱形石棺（tomb chest）の側面。
　　　St.Laurence's Ch., Ludlow [E]

384. 墓像（effigy）に刻まれた哀悼者像。Ely Cath. [E]

Monument; Funeral[Funereal] Monument／モニュメント

385. 哀悼者像。York Minster [E]

386. 故人の息子たち(名前入り)の哀悼者像。
箱形石棺の側面。St.Laurence's Ch., Ludlow [E]

sepulchre

発音は[セェパルカ]に近く、アクセントは[セェ]にある。アメリカ英語では'sepulcher'とつづるが、発音は同じ。'sepulture'ともいい、発音は[セェパルチャー]に近い。

第Ⅰ部　Church Interior・教会堂内

墓(grave*; tomb*)や **地下埋葬所**(burial vault*)の意味の文語。既述した'monument'(2)に同義。

特に、教会堂内の壁面に'sepulchral arch'を持つ壁龕(niche)を設けて、そこに既述した墓像(effigy*)を入れたものが想起されるのが通例。☞ Easter sepulchre

【用例】

'Archbishop...lay in his white sepulchre of marble, facing full to the south-wards'（大司教(中略)は、南を真正面にした大理石の白い墓の下に眠っていた）(Dunsany: Highwayman)

【文例】

＊ She...sought for the door leading to the subterraneous Vaults....By the assistance of its(= lamp) beams, the door of the Sepulchre was soon discovered.

———H. Anderson: *The Monk*

(彼女(中略)は地下納骨所へ通ずるドアを探した(中略)。その(ランプの)光を頼りにして、地下埋葬所のドアは直ぐに見つかった。)

【参考】

＊ Whoever lay there, though, had the best of it...no clammy sepulchre among other hideous graves carved with futilities...just a rough stone, the wide sky, and wayside blessings!

———J. Galsworthy: 'The Apple-Tree'

387. sepulchral arch and effigy
　　(セパルカ壁龕のアーチと墓像)。
　　Exeter Cath. [E]

Monument; Funeral[Funereal] Monument／モニュメント

388. セパルカ壁龕と墓像。Exeter Cath. [E]

✿ Holy Sepulchre, the（聖墓）

キリストが磔の後に復活するまで埋葬されていたとされる、エルサレム (Jerusalem)の市壁(city wall)の外の洞穴をいう。

【文例】

次は、十字軍としての外征から戻ったアイヴァンホーと騎士ボア・ギルベール(Bois-Guilbert)との対話である。

* "A Palmer, just returned from the Holy Land," was the answer.
"You had better have tarried there to fight for the recovery of the Holy Sepulchre," said the Templar.
——W. Scott: *Ivanhoe*

(「一介の巡礼にございます、聖地から戻ったばかりでして、」との返事。
「向こうにとどまって聖墓の奪回のために戦うべきではなかったのか、」と、そのテンプル騎士団員がいった。)

shrine

(1) シュライン; 聖堂; 廟(びょう)

'shrine chapel'といって、これを指すこともある。
聖人(saint)や殉教者(martyr)の墓碑(tomb*)で、天蓋(てんがい)(canopy*)が付き、主祭

- 235 -

第Ⅰ部　Church Interior・教会堂内

壇(the high altar*)の背後に設けられるのが通例。時代を経てから新たに造り直されることもある。

カンタベリー大聖堂(Canterbury Cathedral*)のトマス・ベケット(Thomas à Becket: 1118?-70)のそれ(現在はその跡(site)のみ)、ダラム大聖堂(Durham Cathedral*)の聖カスバート(St. Cuthbert: 634?-687)のそれ、およびウェストミンスター寺院(Westminster Abbey*)の証聖王エドワード(Edward the Confessor: 1042-66)のそれが特に知られている。

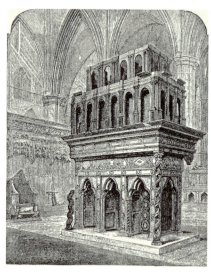

389. shrine of Edward the Confessor（証聖王エドワードのシュライン）。Westminster Abbey ［E］

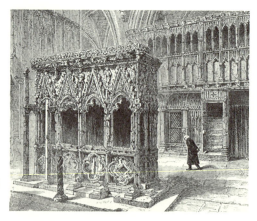

390. St.Alban's shrine （聖オールバンのシュライン）。St.Albans Cath., Hertfordshire ［E］

- 236 -

【用例】

'set up a new shrine for the bones of Saint Adolphus' (聖アドルファスの遺骨のための聖堂を新たに建てる) (Follett: Pillars)

【文例】

＊ ...and in 1220 his (= Thomas à Becket) remains were reburied beneath a shrine behind the high altar in what is now called St. Thomas's Chapel....
　　　　　　　　　　　　　　　――E.V. Lucas: 'The Mother of England'

(…そして1220年にT. ベケットの遺体は主祭壇の背後の聖堂で、今では聖トマス礼拝堂と呼ばれているが、その床下に改葬された…)

(2) 聖遺骨[物]箱

聖人の遺骨・遺物(relics)を納めた箱で、礼拝行進[聖体行列] (procession*) の際に持ち運ばれる。'reliquary' ともいい、発音は[レェラクウェリー]に近く、アクセントは[レェ]にある。

Ely Cathedral.
391. shrine (2) (聖遺骨箱)。Ely Cath. [E]

＊ A golden chain, to which was attached a small reliquary of the same metal, hung round her (= the Lady Rowena) neck.
　　　　　　　　　　　　　　　　　　　――W. Scott: *Ivanhoe*

第Ⅰ部　Church Interior • 教会堂内

（ロウィーナ姫の首には、金製の小さな聖遺物箱を付けた金の鎖が掛けられ
ていた。）

(3) 聖地

歴史や記憶や連想から、神聖視される場所、あるいは記念物などの意味もある。

【参考】

＊ On the south side of the Green were two familiar shrines, each with its sacred
fire.The first was the saddle-room, with its pungent clean smell of saddle-
soap....The blacksmith's shop was a still more magical shrine....In these two
shrines I first experienced the joy of making things.

——H. Read: 'The Innocent Eye'

▌wreath

花輪; リース

そもそもは、古代ギリシャ・ローマで、ゲッケイジュ（laurel）やオーク（oak＊）
やオリーブ（olive）の葉や実の付いた枝を、輪の形にしてリボンなどで止めたもの
が、飾冠（chaplet; garland）として、功績のあった詩人、スポーツ選手、その他の
英雄などの名誉を讃えるために用いられたが、それを指す。

また、花を主にし、葉もあしらった同様の作りのものもいう。

用途はさまざまで、名誉を讃えるゲッケイジュのそれは'laurel wreath'、クリ
スマスに玄関のドアに飾られるものはセイヨウヒイラギ（holly）でこしらえたも
ので、'Christmas wreath'と呼ばれる。死に対する勝利の象徴として葬儀に用いら
れるものは'funeral wreath'で、墓に捧げられたりする。「英霊の日」（Remembrance
Sunday）には、世界大戦戦没者記念碑（the Cenotaph＊）の前で慰霊祭が執り行われ
るが、その時には女王陛下や政党の党首たちによって、'the laying of wreaths'（花
輪を捧げる式）も行なわれる。これは赤いポピー（red poppy）の造花によるもので、
'Poppy Day'ともいわれる。

その他、墓碑彫刻（funeral sculpture）のモチーフにもよく見られる。

ちなみに、W. スコット（W. Scott）の小説『アイヴァンホー』（Ivanhoe）の中で、「愛

Monument; Funeral[Funereal] Monument／モニュメント

と美の女王」(the Queen of Love and Beauty)のロウィーナ姫(the Lady Rowena)から授けられるのが、この'chaplet'である。ただし、これは花や葉でこしらえたものではなく、金板(gold plate)製の宝冠(coronet)の方である。

【用例】

'wreaths for mourners'(弔い用の花輪)(Greene: Man)／'the withered remains of last week's wreath'(前の週の墓参に置かれ、萎れた花輪)(H. Read: Eye)／'Wreaths of garlic on the doors keep out the vampires.'(家々の戸口に取り付けられた大蒜の花輪が吸血鬼を中に入れない。)(Carter: Werewolf)／'he too was setting a holly wreath upon a grassy mound'(彼もまた草に覆われた塚の上にヒイラギの花輪を供えていた)(Miss Read: Tale)／'Jack had seen people come with wreaths and set them down carefully.'(ジャックはこれまでも、花輪を持った遺族たちがそれをそっと下に置くところを見て来た。)(Sillitoe: View)

【文例】

＊ One carries a wreath that he has obviously forgotten to lay on the coffin, until his companion touches his elbow....

———G. Greene: *The Third Man* (Script)

(ひとりの男は花輪を持ってはいたが、明らかにそれを棺の上に載せるのを忘れていて、友人にその肘をつつかれる…)

392. wreath (花輪)。'the Guards Memorial'(近衛師団戦没者記念碑)。Horse Guards Parade, Whitehall, London [E]

第Ⅰ部　Church Interior・教会堂内

Pillar
柱

　建築物の上部構造を支えるための、石(stone)、レンガ(brick)、木材(wood)などで出来た垂直の柱を指し、柱を意味する最も一般的な語。

　横断面の形から、円い柱(circular[round] pillar)、正方形の柱(square pillar)、長方形の柱(oblong[rectangular] pillar)、あるいは、六角形(hexagonal)や八角形(octagonal)の多角形の柱(polygonal pillar)がある。ただし、後述する円柱(column*)と異なり、柱頭(capital*)や柱礎(base*)を必ずしも持つ必要がない。

　また、「柱で支える」の意味の動詞としても使われる。

　教会建築でみると、ノルマン様式の柱(Norman pillar)は、太い円形が通例で、時に正方形、六角形、八角形もあり、また、細い半円形のシャフト(shaft*)が付けられている。

　初期イギリス式の柱(Early English pillar)は、細身のシャフトで周りを囲んだ円柱で、装飾式(Decorated English pillar)は、細身で円形のシャフトの簇柱(a cluster of slender round shafts)ではあるが、それぞれのシャフトは互いに付着し合っていて、全体では1本の菱形(lozenge form)の柱になる。垂直式(Perpendicular pillar)は、ずっと細い柱になり、軽い(light)外観を与える。

【用例】

　'the pillars in the south aisle'（南側の側廊に立つ柱）(Morton: Kings)/'the ranking of its(= St. Paul's) great pillars'（セント・ポール大聖堂の巨大な柱の並び）(Kelly: St. Paul's)/'sturdy pillars stood there(= aisle) in unlit vastnesses'（明かりもない広漠とした側廊に幾本もの頑強な柱が立っていた）(Dunsany: Kith)/'"Here are the pillars of the arcade. They're joined by arches."'（「ここにはアーケードの柱の列が来るのです。柱と柱はアーチによって繋がるのです。」）(Follett: Pillars)/'there were steps leading up to it(= church), and huge pillars resting on the steps'（教会堂の前は上り段になっていて、その段を土台にして幾本もの巨大な柱が立っていた）(Macken: Doves)

－ 240 －

Pillar／柱

【文例】

次の例は、メルローズ寺院 (Melrose Abbey) の回廊 (cloisters) の場面である。

* The pillared arches were over their head,
 And beneath their feet were the bones of the dead.
 ——W. Scott: *The Lay of the Last Minstrel*, II. vii. 78-9

（列柱に支えられたアーチがふたりの頭上高く連なり、
足元には死者たちの遺骨が眠っていた。）

* The light of the lamps of the church fell...on dark mottled pillars of green marble and on lugubrious canvases.
 ——J. Joyce: 'Grace'

（教会のランプの光は(中略)黒ずんだ斑点のある緑色の大理石の柱や、悲しげな油絵に当たっていた。）

393. Norman round pillar (ノルマン様式の円い柱)。スカラップ形の柱頭 (scalloped capital) にも留意。Winchester Cath. [E]

394. ノルマン様式の円い柱。Durham Cath. [E]

- 241 -

第 I 部　Church Interior・教会堂内

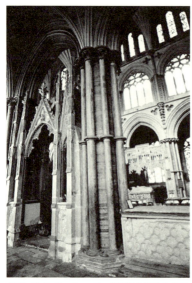

395. Early English pillar (初期イギリス式の柱)。シャフト (shaft) は互いに付着し合っていない。Ely Cath. [E]

396. 1本の円い柱を細身のシャフトで囲む形。a church in London [E]

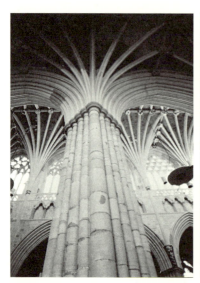

397. Decorated English pillar (装飾式の柱)。シャフトは互いに付着し合って1本の菱形の柱。Exeter Cath. [E]

398. Perpendicular pillar (垂直式の柱)で、縦の長さを強調。Canterbury Cath. [E]

Pillar／柱

clustered［compound］pillar
［束ね柱; 簇柱(ぞくちゅう); 複合柱］

幾本かの'pillar*'を集合させ、1本の柱のような形にしたものを指す。

それぞれが分離している場合も、付着し合っている場合もある。かと思うと、中心となる1本の柱の周囲に、より細身の柱(shaft*)を何本か束ねた形のものもある。

特にゴシック様式(the Gothic style*)に用いられた。

'a clustered pillar with 24 shafts'（その周囲に24本の細身の柱を付け合わせた束ね柱)、などと用いる。

399. clustered pillar（束ね柱)。Ely Cath. [E]

400. 束ね柱。Exeter Cath. [E]

第Ⅰ部　Church Interior・教会堂内

401. 束ね柱。a church in Cambridge [E]　　402. 束ね柱。1本の柱にシャフト(shaft)を束ねた形。a church in Cambridge

column

(1) 円柱

「柱頭」(capital)、「柱身」(shaft)、「柱礎」(base)の3つの部分から成る円柱(cylindrical pillar)を指す。また、その「土台」は'plinth'と呼び、柱礎に含まれる。

先端がやや細くなる(taper)のが通例で、建築物の上部構造を支える働きをする。

'columns of polished granite with Italian Gothic capitals'（艶出しをかけた花崗岩製で、イタリアのゴシック様式の柱頭を戴いた円柱）、などと用いる。

【用例】

'a row of thin columns'（細い円柱の列）(Follett: Pillars) / 'a column rising from a square base'（四角い柱礎から立ち上がっている円柱）(Lucas: Mother) / 'great Doric columns of honey-golden travertine'（トラバーチン[石灰華]製の金色がかった蜂蜜色のドリス式大円柱）(Gissing: Papers) / 'he sat down on

- 244 -

the plinth of a column to wait for the service to end'（彼は円柱の土台に腰を下ろして、礼拝式の済むのを待った）(Follett: Pillars)

【参考】

＊ He pointed to the capital above her head. "I did that."
She looked up. The stone was carved with the figure of a man who appeared to be holding the weight of the arch on his back. His body was twisted as if in pain.

———K. Follett: *The Pillars of the Earth*

① capital ② shaft ③ base ④ plinth
403. column（円柱）。先細りにも留意。
Anglesey Abbey [E]

404. 円柱。Edinburgh [S]

第Ⅰ部　Church Interior・教会堂内

405. acanthus capital（アカンサス葉飾柱頭）。
a church in Cambridge ［E］

406. stiff-leaf capital（スティッフ・リーフ葉飾
柱頭）。St.Mary's Ch., Portchester ［E］

407. naturalistic foliage-capital
（写実葉形柱頭）。
St.John's College Chapel, Cambridge Univ. ［E］

Pillar／柱

408. basket capital(バスケット柱頭)。Italy

409. block [cushion] capital(ブロック柱頭)。
ノルマン様式(the Norman style)。Winchester Cath. [E]

410. scalloped capital(スカラップ[帆立貝の殻]形柱頭)。
ノルマン様式。St.Peter's Ch., Conisbrough [E]

- 247 -

第Ⅰ部　Church Interior・教会堂内

411. sculptured capital(彫刻された柱頭)。
SS.Peter & Paul's Ch., Pickering [E]

(2) 記念柱; 記念像台柱; コラム

　上記(1)と同じ造りではあるが、記念碑(monument*)として、あるいは庭園の装飾として、彫像などを載せる場合に用いられる。

　例えば、ロンドンのトラファルガー広場(Trafalgar Square)の中央には、この柱に載ったネルソン提督(Admiral Nelson: 1758-1805)の像があり、ネルソン記念碑(Nelson's Column)と呼ばれている。また、下記にも引例したが、O. ワイルド(O. Wilde)の「幸福な王子」('The Happy Prince')のその王子は、まさにこの記念柱の上に立っていたのである。

【用例】

　'the thin, black pencil of the Nelson column' (細長い黒い鉛筆のようなネルソン記念碑) (Morton: Cenotaph)

【文例】

＊ High above the city, on a tall column, stood the statue of the Happy Prince.
　　　　　　　　　　　——O. Wilde: 'The Happy Prince'

　(その大きな町を見下ろして、高い円い柱の上に立っているのは、幸福な王子の彫像でありました。)

Pillar／柱

412. column(記念柱)。Nelson's Column(ネルソン記念柱)。Trafalgar Square, London [E]

413. 記念柱。Duke of York(ヨーク公爵)。Waterloo Place, London [E]

414. 大邸宅の庭園のコラム。
Wilton House, Wilton, Wiltshire [E]

第Ⅰ部　Church Interior・教会堂内

�է **banded column**（バンド柱; リング柱）: 'ringed column'もしくは'rusticated column'ともいう。

　上記の'column*'の柱身（shaft*）の上に、石の帯（band）を装飾として、一定の間隔を置いて巻き付けた円柱をいう。

　ルネサンス様式（the Renaissance*）やバロック様式（the Baroque）の建築に多く用いられた。

415. banded column（バンド柱）。バンドは円形。Italy

416. バンド柱。バンドは角形。London [E]

- 250 -

✲ **clustered［compound］column:** 上述の'clustered pillar*'ではあるが、それが'column*'になる場合をいう。

【文例】

次の例は、ソールズベリー大聖堂(Salisbury Cathedral)についてである。

＊ ...and especially am I moved as I first enter and see the miraculous black and white clustered columns mounting upwards to the roof....

——E.V. Lucas: 'The Spire of England'

(...そして特に私が感動を覚えるのは、堂内に最初に入って、その奇跡的とでもいうような黒と白の束ね円柱が、幾本も天井まで伸びているのを見る時なのです…)

417. clustered column(束ね円柱)。
All Saints' Ch., Barrington [E]

418. 束ね円柱。Ely Cath. [E]

第Ⅰ部 Church Interior・教会堂内

419. 束ね円柱。St.Edward the Martyr Ch., Corfe Castle Village [E]

420. 束ね円柱の柱頭(capital)とシャフト(shaft)。a church in Cambridge [E]

421. 束ね円柱の柱礎(base)と土台(plinth)。a church in Cambridge [E]

✤ **colonnade**（列柱; コロネード）: 上述の'column*'を等間隔に立てた列をいい、アーチ（arch）やエンタブラチュア（entablature）を支えている。

'fine colonnade of Ionic pillars'（イオニア式の柱から成る見事なコロネード）、などと用いる。

【用例】

'a great white house with a colonnade'（列柱のある白亜の殿堂）（Orwell: Air）

【文例】

＊ ...great colonnades going away into the gloom where evening and morning, year in year out, they did their work in the dark, holding the cathedral roof aloft.

——L. Dunsany: 'The Kith of the Elf-Folk'

（…薄暗がりの中へ長々と続く柱の列が、暗きその内に、朝な夕な、年々歳々、大聖堂の屋根を高々と支え、その責務を果たして来たのであった。）

422. colonnade（列柱）。
St.Peter's (Basilica),Vatican City, Rome

423. 422.のCU。

第Ⅰ部 Church Interior・教会堂内

❖ **colonette; colonnette**（小円柱; コロネット）: 上述の'column*'の細く小さいものをいう。

既述したクリアストーリー（clearstory*）やトリフォリウム（triforium*）などの窓に、何本か束ねて（clustered column*）用いられることもある。例えば、イタリアの有名な「ピサの斜塔」（the Leaning Tower of Pisa）は6層にわたってその周囲にこの小円柱が並べてある。

'the piers are surrounded by four colonnettes only'（角柱はそれぞれ周囲に4本のみ小円柱を持つ束ね柱になっていた）、などと用いる。

【用例】

'the colonettes were long and thin'（小円柱はいずれも長く細いものであった）
（Follett: Pillars）

424. colonette（小円柱）。
Leaning Tower of Pisa, Italy

425. 小円柱。Cathedral of Pisa, Italy

Pillar／柱

426. 小円柱。a church in Cambridge [E]

427. 小円柱。'blind arcade'(盲目アーケード)。
Ely Cath. [E]

428. 小円柱。
桟敷(gallery)とクリアストーリー(clearstory)。
Ely Cath. [E]

第Ⅰ部　Church Interior・教会堂内

✼ **engaged column**（エンゲージド・コラム）: 'attached column'もしくは'applied column'ともいう。

　上述の'column*'の一部分が壁の中に埋まるか、あるいは、壁面と接する形になっている場合をいう。

　柱の円周の1/2から3/4のみが表に出て見える形になる。☞ pilaster

429. engaged column（エンゲージド・コラム）。
柱頭（capital）は'volute'（渦巻装飾）。
a church in Cambridge ［E］

430. エンゲージド・コラム。柱頭は'acanthus'
（アカンサス葉飾）。Italy

431. エンゲージド・コラム。
柱頭は'block'（ブロック）。
Ely Cath. ［E］

− 256 −

❖ **half column; half-column** (半柱): 'demi-column'ともいう。
　上述の'engaged column*'の一種で、壁面に約半分埋まった形になる円柱を指す。

432. half column(半柱)。'scalloped capital'(スカラップ形柱頭)にも留意。Carlisle Cath. [E]　　433. 半柱。洗礼堂(baptistery)。Pisa, Italy

❖ **twisted column** (捻れ柱; 捩れ柱; 螺旋円柱): 'spiral column'、'torso'ともいう。
　上述の'column*'を複数本、螺旋状に捻り合わせて1本の柱にした形のものを指す。
　バロック様式(the Baroque)に好んで用いられた。
　また、大麦(harley)の煮汁と砂糖を煮詰めて、それを捻り棒状にしてこしらえたイギリスの昔の飴(barley sugar)に形が似ているため、その名を取って'barley-sugar column'（大麦糖柱）とも呼ばれる。あるいは、ソロモン(Solomon)王の神殿の柱はこうであったろうと想像されるところから、'Solomonic column[pillar]'（ソロモン柱）とも、同じ意味でスペイン語の'salomónica'（サロモニカ）も使われる。
　ただし、1本の柱が螺旋状に捻れた形のものも、そう呼ぶ。

第Ⅰ部 Church Interior・教会堂内

434. twisted column（捻れ柱）。
Salisbury Cath. [E]

435. 捻れ柱。

436. 捻れ柱（左側）。St.Edward the Martyr Ch.,
Corfe Castle Village [E]

Pillar／柱

437. 捻れ柱。a church in Dover ［E］

✿ **wreathed column**（葉絡み柱）: 18世紀の用語で、上述の'column'や'twisted clumn*'に、植物(vegetation)、例えば、ぶどうの葉(vine)やその他の木の葉を絡ませたデザインの円柱を特に指す。

438. wreathed column（葉絡み柱）。
主祭壇(high altar)の天蓋(canopy)の柱。
St.Paul's Cath. ［E］

- 259 -

第Ⅰ部　Church Interior・教会堂内

ただし、円柱に石造りの細い帯（band;☞ banded column）を螺旋状に絡ませたものは、上述の'twisted column*'に似たこしらえになるので、その意味で使われることもある。

439. 一対の葉絡み柱。Adare Manor House, Adare ［E］

440. 葉絡み柱。St.Peter's（Basilica）, Vatican City, Rome

- 260 -

Pillar／柱

441. 葉絡み柱。Salisbury Cath. [E]

442. 葉絡みのエンゲージド・コラム (engaged column)。Blair Castle [S]

fluting

縦溝装飾; 溝彫り

上述の'column'や、後述する'pilaster*'(付柱)の柱身(shaft*)に、垂直方向に付けられた溝(groove)による装飾をいい、その溝の1本1本を指して'flute'と呼ぶ。

古代ギリシャ・ローマの建築様式に用いられたもので、溝の先端部は半円形(semicircular)や半楕円形(semielliptical)になるが、19世紀には四角形(square)も使われた。織物の飾り襞にならった装飾と考えられる。

その建築様式のうちのドリス式(Doric order)では、その溝の数は20本で、イオニア式(Ionic order)、コリント式(Corinthian order)、およびコンポジット式(Composite order)では24本である。

また、その溝の全長の1/3に当たる下部に、棒状のものを詰めるタイプもあり、これを'cabled[ribbed; stopped] fluting'(綱形装飾付き溝彫り)という。

この装飾が付けられた円柱や付け柱は、それぞれ、'fluted column'、'fluted pilaster'と呼ぶ。反対に、この装飾の施されていない柱身は'plain shaft'という。

第Ⅰ部　Church Interior・教会堂内

　ちなみに、ロンドンのトラファルガー広場(Trafalgar Square)に立つネルソン記念碑も、このこしらえになるものである。

【用例】

　'shafts, plain or fluted'（溝彫りが施されていると否とに拘らず柱身）(Ruskin: Venice)／'flutes of the massive columns'（どっしりとした円柱の溝彫り）(Follett: Pillars)

443. fluting（縦溝装飾）。主祭壇(high altar)の天蓋(canopy)の柱。St.Paul's Cath. [E]

444. cabled fluting（綱形装飾付き溝彫り）。Italy

pier

(1) 角柱(かくちゅう); ピア

　既述したアーケード(arcade* ☞ nave arcade)の支柱、つまり、アーチ(arch)とアーチとの間の支柱で、この柱からアーチが伸びて出ることになる。その支柱の断面の形には円形(circular[round])を含め色々あるが、特に、ノルマン様式(the Norman style*)やゴシック様式(the Gothic style*)の角柱(noncylindrical pillar*)

の場合をいう。

　断面の形から、'square pier'は正方形の、'polygonal pier'は多角形の、'diamond-shaped pier'は菱形のそれを指す。

　従って、上記のアーケードを成すアーチのひとつを指して、'pier arch'といい、教会堂ではこの柱に蝋燭(candle)が取り付けられたりした。また、そのアーケードの列柱は、例えば、'nave-piers'などという。

　'the north arcade with its polygonal piers'（多角形の柱から成る北側のアーケード）とか、'the south arcade piers rise from low ringed bases'（南側のアーケードを成す角柱は、低い環付きの柱礎の上に立っている）、などと用いる。

【用例】

　'the sallow piers and arches'（冴えない色の角柱とアーチ）(Hardy: Hand) / 'the round arches joining one pier with the next'（角柱と角柱を連結している半円アーチ）(Follett: Pillars)

445. square pier(断面が正方形の角柱)。
　　　'pier arch'にも留意。
　　St. Mary's Cath., Limerick [I]

446. polygonal pier(断面が多角形の角柱)。
　　　a church in Cambridge [E]

第Ⅰ部　Church Interior・教会堂内

【文例】

＊ It (= cathedral) seemed to have no walls, nothing to hold up the roof but <u>a row of willoy piers</u>….

——K. Follett: *The Pillars of the Earth*

（その大聖堂には、すらりとした角柱の列の他には、天井を支える壁も何もないようであった…）

＊ The arcade separating the chancel from its side aisles was not a wall but <u>a row of piers</u> joined by pointed arches….

——K. Follett: *The Pillars of the Earth*

（内陣を左右の側廊から分離しているアーケードは、壁ではなくて、尖頭アーチによって連結された角柱の列であった…）

(2) ピア; 窓間壁(まどあいかべ)

'pier wall' ともいう。

窓(window)と窓、あるいはドア(door)とドアの間の壁面(wall)を指す。

教会とは無関係だが、一般民家の場合に、この壁面に掛けられる鏡を 'pier glass'（窓間鏡）、壁面の前に置かれるテーブルを 'pier table'（窓間テーブル）などという。

447. pier（窓間壁）。a hotel in Leeds ［E］

Pillar／柱

❊ **circular pier** （円形ピア）: 'cylindrical pier'ともいう。上述の'pier*'(1)の場合であるが、柱が必ずしも角柱とは限らずに円柱になることもあり、それを指す言い方。

ただし、同じ円柱でも、上述の'column*'のように柱頭（capital*）や柱礎（base*）を持つ柱には、この語は用いない。

'an arcade supported on large cylindrical piers' （太い円形ピアに支えられたアーケード）、などと用いる。☞ 図版: 450.

❊ **clustered [compound] pier**: 既述した'clustered pillar*'が'pier*'になる場合をいう。

'the fine nave with clustered piers' （束ね角柱による見事な身廊）とか、'the cathedral has a beautiful north arcade with clustered piers' （その大聖堂には束ね角柱から成る北側の美しいアーケードがある）、などと用いる。

【用例】

'the piers with their clustered shafts' （束ねたシャフトを持つ角柱）（Follett:

448. clustered pier（束ね角柱）。Ely Cath. [E]　　449. 束ね角柱。Exeter Cath. [E]

- 265 -

Pillars)/'when Tom built his cathedral each pier would be a cluster of shafts'(トムが大聖堂を建てたなら、アーケードの支柱はどれもシャフトを束ねた角柱になるであろう）(Follett: Pillars)

✼ **nave pier:** 上述の'pier*'(1)の場合に、既述した身廊(nave*)と側廊(aisle*)との仕切りを成すアーケード(arcade*)の支柱を指して、敢えてこう呼ぶ。

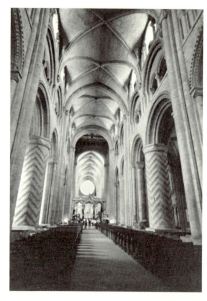

450. circular nave pier
（身廊アーケードの円柱）。
Durham Cath. [E]

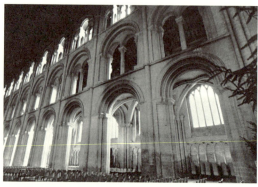

451. clustered nave pier（身廊アーケードの束ね角柱）。
Peterborough Cath. [E]

Pillar／柱

452. polygonal nave pier（身廊アーケードの多角形の柱）。
a church in Cambridge ［E］

✼ **respond** （対応柱）: 'half-pier'ともいう。上述の'pier*'(1)の場合に、アーチ（arch）の一端を支えるが、壁と接合する形になっている柱を指す。
アーケード（arcade*）の端の部分に用いられる。

453. respond（対応柱）。
Magdalene College, Cambridge Univ. ［E］

pilaster
付柱; 柱型

壁面から浅く張り出し（engaged*）て、断面が長方形（rectangular）になる柱で、柱頭（capital*）、柱身（shaft*）、柱礎（base*）の区分がなされる形になっている。

第Ⅰ部　Church Interior・教会堂内

張り出すのは幅の1/6から1/3のみである。外観は支柱の形になるが、装飾性が大である。

【用例】
次の例は、教会建築ではなく、貴族の大邸宅のそれの場合である。
'The dark green columns and pilasters corresponding were brick at the core.'
（その濃い緑色の円柱とそれに対応する付柱とは、芯の部分が実はレンガで出来ていた。）（Hardy: Hand）

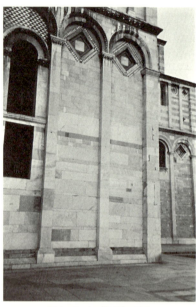
454. pilaster（付柱）。Italy

455. 付柱。Italy

Pillar／柱

456. 付柱。St. Paul's Cath. [E]

✻ **giant order**（大オーダー）: 'colossal order'ともいう。'column'や'pilaster'が、建物の1階からさらに上の階へ伸びる造りを指す。

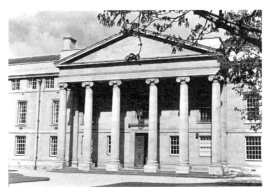

457. giant order（大オーダー）の円柱（column）。
　　 Cambridge [E]

- 269 -

第Ⅰ部 Church Interior・教会堂内

458. 大オーダーの付柱(pilaster)とエンゲージド・コラム(engaged column) Cambridge [E]

✿ **lesene**（レゼーヌ; 扶壁柱）: 'pilaster(-)strip'、あるいは'pilaster mass'ともいう。上述の'pilaster*'の中でも、柱頭(capital*)と柱礎(base*)を持たないものを指す。
　アングロ・サクソン様式(the Anglo-Saxon style*)の建築に見られ、外壁面の装飾としての意味が大である。

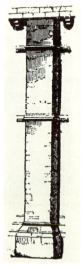

459. lesene(扶壁柱)。

- 270 -

shaft

(1) 柱身(ちゅうしん)

上述の円柱(column*)の中で、柱頭(capital*)と柱礎(base*)にはさまれた部分を指す。

【用例】

'shafts, plain or fluted' (溝彫りが施されていると否とに拘らず柱身) (Ruskin: Venice)

460. shaft(柱身)。
素材の石の種類に留意。Italy

461. 凝った造りの柱身。
Cathedral of Pisa, Italy

(2) シャフト

上述の簇柱(くぞくちゅう)(clustered pillar*)の中には、中心となる1本の柱の周囲に、より細身の円柱(column*)を何本か束ねた形になる場合もあるが、その細い円柱の1本1本を指していう。'shafted column'といえば、そのシャフトから成る束ね円柱である。

13世紀頃から用いられるようになった。'Purbeck marble'といって、イギリス南部のパーベック半島産の暗褐色の大理石が、これによく使われる。

'a clustered pier with 24 shafts' (24本のシャフトを持つ束ね角柱)、'the central pillar enriched with 16 marble shafts' (16本の大理石製のシャフトを周りに束ねたその中心の柱)、'the north arcade piers consist of 8 shafts about a central core' (北側のアーケードの角柱は、中心の1本の柱の周りに8本のシャフトを束ねたもの)、などと用いる。☞ 図版: 399.～402.; 417.～421.

【用例】

'the shafted columns of a cathedral' (大聖堂のシャフトを束ねた円柱)(Hardy: Greenwood)/'the piers with their clustered shafts' (束ねたシャフトを持つ角柱)(Follett: Pillars)/'each pier would be a cluster of shafts' (1本1本の角柱がシャフトを束ねたものになろう)(Follett: Pillars)

462. パーベック大理石(Purbeck marble)のシャフト。北側の側廊(north aisle)。
Salisbury Cath. [E]

(3) シャフト

教会堂の円筒形天井のリブ(vaulting rib*)を支えるために、あるいは装飾の意味で、壁面に取り付けられた細い円柱(column*)を指す。

この場合は、上述のエンゲージド・コラム(engaged column*)の造りになっているので、'engaged shaft'という。

'the vaulting ribs rest on shafts which run unbroken to the floor of the church'(円筒形天井のリブはシャフトで支えられ、そのシャフトは途切れずに教会堂の床まで達している)、などと用いる。☞ vaulting shaft

【用例】

'subsidiary shafts...would rise to become vaulting ribs'(副次的なシャフト(中略)は、上へ伸びて円筒形天井のリブになろう)(Follett: Pillars)

463. シャフト。
Winchester Cath. [E]

464. シャフト。
Westminster Abbey [E]

第Ⅰ部　Church Interior・教会堂内

465. シャフト。
St.Mary's Ch., Bury St.Edmunds [E]

(4) シャフト

窓(window)や戸口(door)の脇柱(jamb)に用いられる細い数本の円柱(column*)のうちの1本を指す。

ちなみに、'shafted window'というと、この柱が付いた豪華なこしらえの窓を指す。

【用例】

'the old mansion, with its shafted windows, brick walls, overgrown with ivy'（窓には脇柱が付き、レンガの外壁は蔦に覆われた古い館）（Scott: Kenilworth）

【文例】

* The moon on the east oriel shone
　Through slender shafts of shapely stone,
　　　　　——W. Scott: *The Lay of the Last Minstrel*, II. xi. 113-4

（月は東側のオリエル窓を照らしていた
　形のよい石で出来た細身の窓柱の間から）

Pillar／柱

466. 窓のシャフト。
Jesus College Chapel, Cambridge Univ. [E]

467. 盲目窓(blind window)のシャフト。
Ely Cath. [E]

468. 出入口のシャフト。
St.Magnus's Cath. [S]

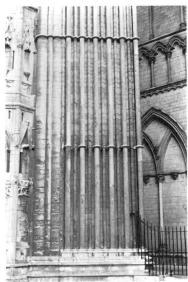

469. 出入口のシャフト。
Peterborough Cath. [E]

第Ⅰ部　Church Interior・教会堂内

shaft ring; shaft-ring
柱身環; 輪縁; 環帯装飾

'annulet'、'cincture'、'corbel ring'、もしくは'girdle'ともいう。

上述の柱身(shaft*)に巻き付けた形の輪状の装飾、あるいは、そういう具合の繰形(moulding)を指すが、柱身の中央部のみならず、頂部や底部にも取り付けられる。

素材には石や金属が使われた。12および13世紀のモチーフで、ノルマン様式(the Norman style*)にも用いられたが、ゴシック様式(the Gothic style*)では、簇柱(clustered column*)に多く見られる。

ちなみに、この装飾を付けた円柱は'annulated column'と呼ばれる。

470. shaft ring(柱身環)。
柱身もパーベック大理石(Purbeck marble)。
Ely Cath. [E]

471. 束ね柱(clustered column)の柱身環。
a church in London [E]

Pillar／柱

472. 柱身環。
Jesus College Chapel, Cambridge Univ. [E]

第Ⅰ部　Church Interior・教会堂内

Vault; Vaulted Ceiling[Roof]
円筒形天井[屋根]; アーチ形天井[屋根]; ヴォールト

　アーチ（arch*）の構造を持つ天井（ceiling）あるいは屋根（roof）を指す。それぞ
れ敢えて 'vaulted ceiling'、'vaulted roof' ともいう。

　特に、中世ゴシック様式（the Gothic style*）および19世紀のゴシック様式復興
（the Gothic Revival*）の建築の特色である。

　石（stone）やレンガ（brick）造りが多いが、18世紀〜19世紀には漆喰（plaster）や
木材（wood）の造りも見られた。通例は既述したピア（pier*）に支えられる。

　'vaulting' もしくは 'vaulted work' は「その造り」をいい、'vault' には動詞の語法も
あって、「円筒形天井[屋根]に造る」の意味である。

【用例】

　'the aisles were stone-vaulted'（両側廊は石造りの円筒形天井になっていた）
（Follett: Pillars）/ 'build a curved stone vault'（石造りの湾曲した円筒形天井に
する）（Follett: Pillars）/ '(you) have the cathedral vaulted'（その大聖堂を円筒
形天井造りにする）（Follett: Pillars）/ 'its(= chapel) rainbow-glass and vaulted
roof'（礼拝堂のステンドグラスと円筒形天井[屋根]）（Lee: Drink）/ 'a rather
dark room, with heavy pillars and a low vaulted ceiling'（かなり暗い部屋で、
どっしりとした柱に低い円筒形天井の造りになっていた）（Follett: Pillars）
/ 'he does not look puny beneath the high vault of the roof'（（セント・ポール
大聖堂の）高い円筒形天井の下でも、彼はちっぽけには見えない）（Kelly: St.
Paul's）/ 'the cathedral nave as we now see it, with its stone-vaulted roof'（現在
と同じ、石造りの円筒形天井を持つ、その大聖堂の身廊）（Lucas: Capital）

【文例】

次の例は、教会建築ではないが、同じ造りの天井である。

＊ The King's Kitchen is indeed a noble Building, vaulted at Top, and about six
　 hundred Foot high.

－ 278 －

Vault; Vaulted Ceiling[Roof]／円筒形天井[屋根]; アーチ形天井[屋根]; ヴォールト

―――J. Swift: 'A Voyage to Brobdingnag'

（王宮の台所は、実に立派な建物で、屋根の造りはアーチ形で、高さはおおよそ600フィートはある。）

* Tom's design called for a wooden ceiling over the centre of the church, and <u>vaulted stone ceilings</u> over the narrower side aisles.
―――K. Follett: *The Pillars of the Earth*

（トムの設計通りになれば、教会の左右両側廊に挟まれた真中の部分は木造の天井で、それより横幅の狭い両側廊は、石造りの円筒形天井のはずであった。）

473. nave vault（身廊のヴォールト）。Canterbury Cath. [E]

474. 身廊のヴォールト。Winchester Cath. [E]

第Ⅰ部　Church Interior・教会堂内

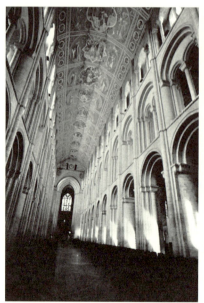 

475. ヴォールトではない板張りの天井 (wooden ceiling)。身廊 (nave) で奥が西側出入口 (nave looking west)。Ely Cath. [E]

476. 木と漆喰 (plaster) とで仕上げた平天井 (flat ceiling)。St.Andrew's Ch., Penrith [E]

barrel vault; tunnel vault

円筒ヴォールト；トンネル形天井[屋根]；蒲鉾形天井[屋根]

'cradle vault'、'semicylindrical vault'、'wagon vault'、'wagonhead vault'、'barrel roof'、'cradle roof' ともいう。

上述の 'vault' の種類の中でも最も単純な形で、円筒 (cylinder) を縦に半分にしたものを天井[屋根]にしたような、いわばトンネル状のタイプをいう。

この天井[屋根]の下に両側に平行して続く壁 (parallel walls) やアーケード (arcades*) によって支えられる場合もある。

古代ローマ建築やノルマン様式 (the Norman style*) に用いられたが、この天井[屋根] を載せた壁に掛かる横圧力は極めて大であるため、アーチの径間 (span) が大きい造りには不向きとなる。

ちなみに、イングランドで最古の 'vault*' (円筒形天井) はこのタイプになり、ロンドン城の天守 (the keep of the Tower of London) のそれで、また、東南部の

Vault; Vaulted Ceiling[Roof]／円筒形天井[屋根]; アーチ形天井[屋根]; ヴォールト

州ケント(Kent)にあるドーヴァー城(Dover Castle)と、西南部の州ドーセット(Dorset)のシャーボン城(Sherborne Castle)にも見られる。

【用例】

'a barrel-shaped vault'（蒲鉾形天井）(Follett: Pillars)／'every vault had been...tunnel-shaped'（(これまで見て来た)どこの(教会の)円筒形天井も(中略)トンネル形であった）(Follett: Pillars)／'the tunnel-vaulted ceiling of the aisle'（その側廊のトンネル形天井）(Follett: Pillars)／'the round barrel of the vault was cracking up'（その蒲鉾形天井にはひび割れが生じていた）(Follett: Pillars)

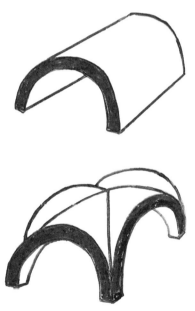

477. 上: barrel vault(円筒ヴォールト)。
 下: cross vault(交差ヴォールト)。

478. 円筒ヴォールト。南の側廊(south aisle)。
St.Mary Magdalene Ch., Launceston [E]

- 281 -

第Ⅰ部　Church Interior・教会堂内

479. 円筒ヴォールト。身廊(nave)。奥が東方。
Carlisle Cath. [E]

480. 木造の円筒ヴォールト。
St. David's Ch., Exeter [E]

❖ **pointed barrel vault**（尖円筒ヴォールト; 尖円筒形天井[屋根]）: 上述の'barrel vault'の中でも、アーチ(arch*)の頂点(crown)が尖った形(pointed arch*)になるのが特色で、ロマネスク様式(the Romanesque style*)に見られる。

【文例】

＊ ...above the nave there was a stone ceiling that could only be described as <u>a pointed barrel vault</u>.

――K. Follett: *The Pillars of the Earth*

(…身廊の天井は石造りであったが、それは尖円筒形[尖頭アーチのトンネル形]天井としか、いいようのないものであった。)

- 282 -

Vault; Vaulted Ceiling[Roof] ／ 円筒形天井[屋根]; アーチ形天井[屋根]; ヴォールト

481. pointed barrel vault(尖円筒ヴォールト)。
Meira Abbey Ch., Spain

✤ **bay** (ベイ; 柱間): 'severy' (発音は[セェヴァリ]に近く、アクセントは[セェ]にある。) ともいう。

上述の円筒形天井造り(vaulting*)において、垂直方向の分割を意味し、4本のピア(pier*)、つまり、向かい合う2組のピアで仕切られる空間を、ひとつひとつ指していう。

'the long narrow nave of seven bays' (7つのベイから成る細長い身廊)、などと用いる。☞ 図版: 514.

【用例】

'the nave with nine bays' (9つのベイから成る身廊) (Follett: Pillars) / 'only three of the four bays of the chancel had been vaulted' (内陣の4つのベイのうち円筒形天井の造りが既に出来ているのは3つだけであった) (Follett: Pillars)

【文例】

* Left and right lie the transepts divided into bays, each bay lit by a window of stained glass....

——H.V. Morton: *In Search of Scotland*

第Ⅰ部　Church Interior・教会堂内

(左右にある翼廊は幾つかのベイに分割されていて、そのベイ毎にステンドグラスの窓から採光されている…)

* The church was therefore divided into twelve sections, called bays. The nave would be six bays long, the chancel four. In between, taking up the space of the seventh and eighth bays, would be the crossing....

——K. Follett: *The Pillars of the Earth*

(従って教会全体(の設計)は12の部分、即ちベイに分割されていた。身廊は縦に6つのベイが続き、内陣は4つ。その間のスペースは十字交差部の7つ目、8つ目のベイが埋めることになる…)

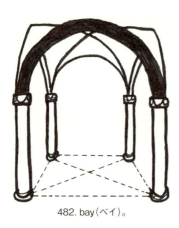

482. bay(ベイ)。

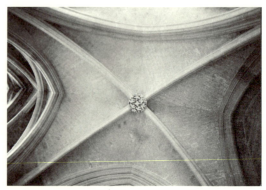

483. ベイひとつの天井。Exeter Cath. [E]

Vault; Vaulted Ceiling[Roof]／円筒形天井[屋根]; アーチ形天井[屋根]; ヴォールト

484. ベイひとつの天井。
Holy Trinity Abbey Ch., Adare [I]

485. ベイ。Ely Cath. [E]

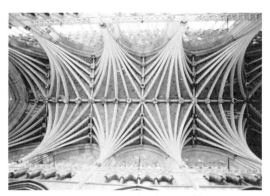

486. 4つのベイから成る身廊の天井 (four bays of the nave ceiling)。Exeter Cath. [E]

第Ⅰ部　Church Interior・教会堂内

cross vault

交差[穹稜]ヴォールト；交差円筒形天井[屋根]

'groin(ed) vault' もしくは 'intersecting vault' ともいう。

既述した 'barrel vault'(蒲鉾形天井)を2つ直角に交差させた場合のそれで、穹稜(groin*)が天井に出る。☞ 図版: 477.

'barrel vault*' の欠点は、天井を支える壁体の受ける横圧力が大であるということ、つまり、壁の構造が弱ければ、天井が壁体を崩壊させる推進力が掛かることにあり、従って、窓(window)を大きく設ければ、壁体の構造を弱める結果になる。

その欠点を補う意味で、'cross vault' はゴシック建築(the Gothic architecture)を大きく進展させた。このタイプの天井は従来のように「壁」で支えるのではなく、「柱」で支えるので、窓を大きく開けることも可能になったし、この天井を連続して複数架けることも出来た。また、これに後述する 'rib'(リブ)を取り入れた天井が、専らゴシック様式(the Gothic style*)では使われた。

【用例】

'every vault had been...groined, like the crossing where two tunnels met'((これまで見て来た)どこの(教会の)円筒形天井も(中略)穹稜ヴォールトで、2本のトンネルがそこで交差しているかのようであった)(Follett: Pillars)/'the groined vaults of the side aisles had pointed arches'(両方の側廊の穹稜ヴォールトは尖頭アーチによるものであった)(Follett: Pillars)

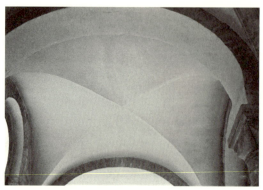

487. cross vault(交差ヴォールト)。
天井に出た穹稜(groin)に留意。Winchester Cath. [E]

Vault; Vaulted Ceiling [Roof] ／円筒形天井 [屋根]; アーチ形天井 [屋根]; ヴォールト

488. 交差ヴォールト。尖頭アーチ (pointed arch) にも留意。Wells Cath. [E]

489. 交差ヴォールト。尖頭アーチ型。Salisbury Cath. [E]

490. 交差ヴォールト。尖頭アーチ型。回廊 (cloister)、Salisbury Cath. [E]

✲ **groin** (**穹稜**; **交会線**): 既述した'vault' (円筒形天井)の交差(intersection)によって生ずる線で、湾曲した稜線となる。

また、それを覆う形で取り付けられた「飾り縁」(fillet)や「リブ」(rib*)をも指していう場合もある。

「円筒形天井の造り」(vaulting*)では、この稜線部分が構造上一番弱い部分(the weakest part)になる。

ちなみに、この語は「穹稜になる」あるいは「穹稜に造る」の意味の動詞にも用いられ、'groining'は「その稜線を出すこと: 稜付け」の意味にも、また、上述の'groined vault'をも指す。

【参考】

＊ ...a few unshaded lights, stuck about in the groining of the vault, consuming their energy in small patches of great brilliancy, dazzled rather than assisted the eye.

——L.P. Hartley: 'Killing Bottle'

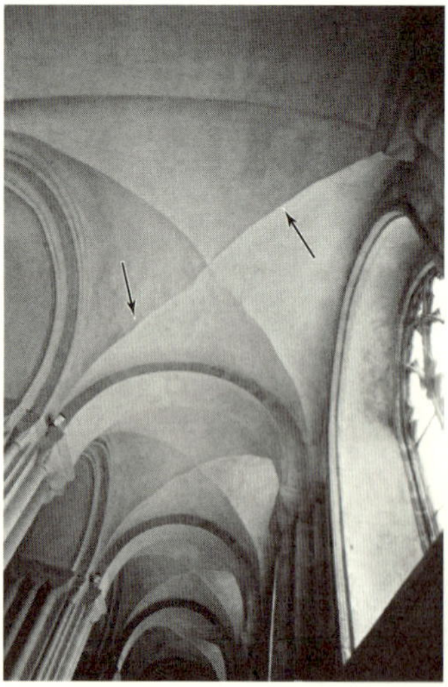

491. groin(穹稜)。Norwich Cath. [E]

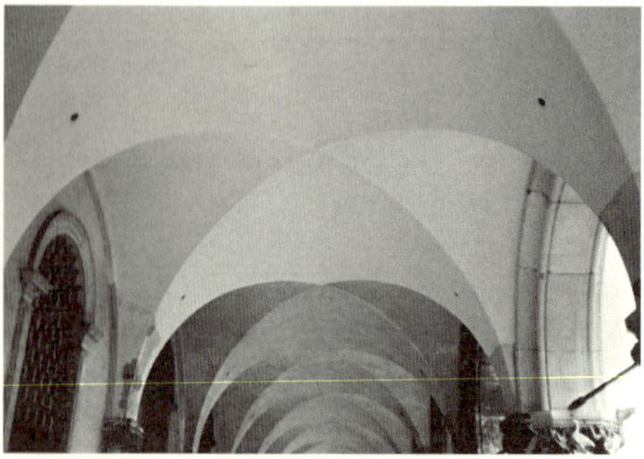

492. 穹稜。Italy

Vault; Vaulted Ceiling[Roof]／円筒形天井[屋根]; アーチ形天井[屋根]; ヴォールト

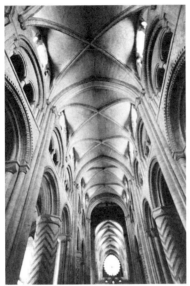

493. リブ(rib)の付いた穹稜。
身廊(nave)、Durham Cath. [E]

fan vault

扇形天井; 扇形ヴォールト

'fan ceiling[roof]' もしくは 'fan-vaulted ceiling[roof]' といって、これを指すこともある。

支柱(vaulting pillar*)を起点にして同一の長さと反りを持つリブ(rib*)が扇形(fan-like shape)を成して伸びている'vault*'で、特に、イングランドのゴシック様式(the Gothic style*)の垂直式(the Perpendicular style*)に特有のものである。

このタイプの天井の出現により、上述の穹稜(groin*)は見られなくなった。ただし、同じ扇形でも、リブに枝肋(lierne*)を組合せてある場合もある。

このタイプの造りそれ自体は、'fan vaulting'、'palm vaulting'、あるいは、'fan-tracery vaulting'という。

これが最初に用いられたのは、イングランド西南部の州グロスタシャー(Gloucestershire)の州都グロスターにあるグロスター大聖堂(Gloucester Cathedral*)の回廊(cloister*)の天井である。特に見事な造りのものは、同じく東部の州ケンブリッジシャー(Cambridgeshire)の州都ケンブリッジにあるケン

- 289 -

第Ⅰ部　Church Interior・教会堂内

ブリッジ大学(Cambridge Univ.)のキング学寮礼拝堂(King's College Chapel)や、ロンドンのウェストミンスター寺院(Westminster Abbey*)のヘンリーⅦ礼拝堂(Henry Ⅶ's Chapel)のそれである。

　ちなみに、ゴシック様式復興(the Gothic Revival*)の時代にも用いられた。

　'The charming fan vault has three fans on each side.'（魅力的なその扇形天井は、片側に扇形面は3面ずつである。）、などと用いる。

494. fan vault(扇形天井)。
Peterborough Cath. [E]

495. 扇形天井。Henry Ⅶ's Chapel,
Westminster Abbey [E]

- 290 -

Vault; Vaulted Ceiling[Roof]／円筒形天井[屋根]; アーチ形天井[屋根]; ヴォールト

❊ **fan** (扇形面): 上述の'fan vault*'のその扇形(fan-like shape)の部分を指す。その模様は'fan tracery'もしくは'fanwork'という。

496. fan(扇形面)。
Peterborough Cath. [E]

497. 扇形面。
a church in Cambridge [E]

rib

リブ; 円筒形天井の肋

　敢えて'groined rib'もしくは'vaulting rib'ともいう。また、'moulded rib'といって、これを指すこともある。
　上述の'vault*'の穹稜(groin*)やその他の部分に、やや張り出す形で取り付けられるレンガ(brick)や石(stone)の造り、あるいは木造の(wooden)繰形(moulding)で、天井を補強するという構造上の働きのみならず、装飾的意味もある。
　ノルマン様式の円筒形天井(Norman vault)の穹稜は必ずしもこのリブを持たず、ゴシック様式(the Gothic style*)の特色である。
　また、リブ付きのアーチは'ribbed arch'といい、'the junction of the ribs'といえば、「リブとリブの交差部」を指す。
　ちなみに、平天井(flat ceiling)の場合も、天井をパネル(panel)に仕切る繰形をリブと呼ぶ。

第Ⅰ部　Church Interior・教会堂内

【用例】

'the spaces between the vaulting ribs were whitewashed'（円筒形天井のリブとリブとの間のスペースは、白漆喰（しっくい）が塗られていた）(Hartley: Bottle)

【文例】

＊ ...this ceiling had ribs which sprang up from the tops of the columns and met at the apex of the roof.
　　　　　　　　　　　　　　　——K. Follett: *The Pillars of the Earth*

（…この天井のリブは円柱の頂部から上へ伸びて、天井の頂点で交差する。）

＊ The clustered shafts of the piers...became the ribs of the vault, curving over to meet in the middle of the ceiling....
　　　　　　　　　　　　　　　——K. Follett: *The Pillars of the Earth*

（角柱の束ねたシャフトの1本1本(中略)が円筒形天井のリブとなって、曲線を描いて伸び、天井の中央で交差する…）

【参考】

＊ The ribs of two of these arches remained, though the roof had fallen down....
　　　　　　　　　　　　　　　——W. Scott: *Ivanhoe*

498. rib（リブ）。元修道院の食堂（fratry）。
Carlisle Cath. [E]

Vault; Vaulted Ceiling[Roof]／円筒形天井[屋根]; アーチ形天井[屋根]; ヴォールト

499. リブ。回廊(cloister)。Wells Cath. [E]

500. リブ。Salisbury Cath. [E]

501. リブ。ボス(boss)にも留意。
Westminster Abbey [E]

502. 凝った造りのリブ。
Bishop West's Chantry, Ely Cath. [E]

第Ⅰ部　Church Interior・教会堂内

503. 木造のリブ。南側翼廊 (south transept)。
St.Pancras Ch., Widecombe-in-the-Moor [E]

✤ **boss**（盛上げ装飾; ボス）: こぶ［突起物］(lump; knob) の意味のフランス語 'bosse' に由来。上述のリブ (rib*) とリブとの交差部 (intersection) を隠すために、張り出した形で取り付ける「止め飾り」を指す。

　素材は木材 (wood) や石 (stone) で、通例は彫刻が施されたり、金メッキされ (gilded) たり、絵が描かれたりしていて円形である。ゴシック様式 (the Gothic style*) から用いられるようになった。特に、装飾式 (the Decorated style*) の時代に、凝った美しいものが作られた。石やレンガ (brick) 造りの円筒形天井 (vault*) のみならず、木造の平天井 (flat ceiling) の梁(はり)(beam) にも使われる。

　'carved boss' というと、奇怪な人面や動物の顔、あるいは、花や葉形 (foil) の模様が彫られたそれを指す。『イソップ物語』(Aesop's Fables) などの寓話に出る場面を彫ったものもある。'heraldic boss' といえば、「紋章」入りのそれを意味する。

'the boss bearing the coat of arms'（盾形紋章の入った盛上げ装飾）、'the junction of the ribs was sometimes ornamented with a carved boss'（リブの交差部は彫刻を施されたボスで飾られる場合もあった）、などと用いる。

☞ 図版: 483., 501.

Vault; Vaulted Ceiling [Roof] ／円筒形天井 [屋根]; アーチ形天井 [屋根]; ヴォールト

【用例】

'the carved head...on a boss in the chapel'（礼拝堂の盛上げ装飾に（中略）彫られた顔）(Lucas: Mother)

【文例】

* ...grotesques, or profane subjects, occur in the interior of churches, in bosses, crockets, capitals....

——J. Ruskin: *The Stones of Venice*

（グロテスクなもの、換言すれば世俗的なテーマは、教会堂のインテリア、例えば、盛上げ装飾や、唐草飾りや、柱頭などに見出される…）

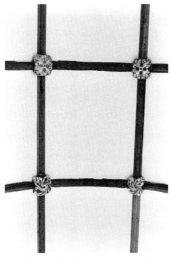

504. boss（ボス）。St.Pancras Ch., Widecombe-in-the-Moor [E]

505. ボス。Salisbury Cath. [E]

506. 紋章入りのボス（heraldic boss）。a church in Cambridge [E]

第Ⅰ部　Church Interior・教会堂内

507. トマス・ベケット(Thomas á Becket)の暗殺(1170)の場面。身廊の天井(nave vault)。Exeter Cath. [E]

508.「最後の審判」(Last Judgement)でラッパを鳴らす天使。回廊(cloister)。Norwich Cath. [E]

509. ボス。回廊。Norwich Cath. [E]

Vault; Vaulted Ceiling[Roof]／円筒形天井[屋根]; アーチ形天井[屋根]; ヴォールト

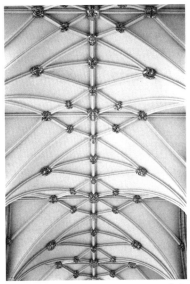

510. 白地に金色のボス。York Minster [E]

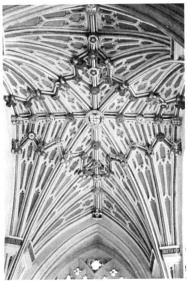

511. 極彩色の施されたボス。
奥内陣の礼拝堂(chapel in the retrochoir)。
Winchester Cath. [E]

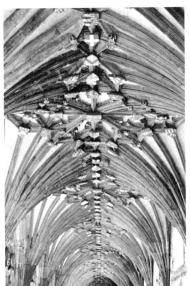

512. 様々な紋章入りのボス。回廊。
Canterbury Cath. [E]

513. 木造の天井のボス。北側翼廊(north transept)。York Minster [E]

第Ⅰ部　Church Interior・教会堂内

✲ **diagonal rib**（対角線リブ）: 上述の'rib*'のうち、ベイ（bay*）のひとつの隅（corner）から、対角線上のもうひとつの隅まで、取り付けられたものをいう。'the diagonal ribs crossing each bay of the vault from angle to angle'（円筒形天井のベイ毎に、ひとつの角から対角へと行き交っている対角線リブ）、などと用いる。

【文例】

＊ Subsidiary shafts...would rise to become vaulting ribs, going diagonally across the nave vault....

——K. Follett: *The Pillars of the Earth*

（副次的なシャフト（中略）は上へ伸びて、身廊の円筒形天井を対角線を成して走るリブとなるだろう…）

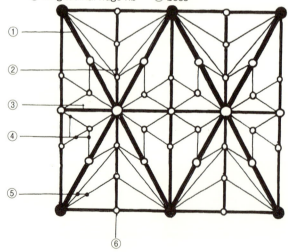

① diagonal rib
② transverse ridge rib
③ longitudinal ridge rib
④ lierne rib
⑤ tierceron
⑥ boss

514. diagonal rib（対角線リブ）。

Vault; Vaulted Ceiling[Roof]／円筒形天井[屋根]; アーチ形天井[屋根]; ヴォールト

515. 対角線リブ。Winchester Cath. [E]

516. 対角線リブ。Salisbury Cath. [E]

✼ **groin rib** (穹稜リブ): 上述の'rib*'のうち、穹稜(groin*)に補強あるいは装飾の意味で用いられるものを特に指していう。

ちなみに、その穹稜リブの使われた円筒形天井は 'ribbed groined vault*' といい、また、天井の穹稜と穹稜との間の平面に取り付けられるリブは、'surface rib'と呼ぶ。

'the groin ribs going diagonally across each bay' (円筒形天井のベイ毎に、対角線を成して走る穹稜リブ)、などと用いる。☞ 図版: 493., 498., 500., 540., 541.

- 299 -

第Ⅰ部　Church Interior・教会堂内

517. groin rib（穹稜リブ）と surface rib（平面リブ）。Ely Cath. [E]

518. 穹稜リブと平面リブの組合せ。ボス（boss）にも留意。Cambridge [E]

✣ **ridge rib（棟リブ）**: 後述する'transverse ridge rib*'（横断棟リブ）に対して、厳密には'longitudinal ridge rib'（長軸棟リブ）という。

　上述の'rib*'のうち、円筒形天井（vault*）の頂部（crown）を端から端まで、縦に走るものを指していう。

　後述する'transverse rib'（横断リブ）や上述の'diagonal rib*'（対角線リブ）は、ヨーロッパ教会建築にも見られるが、この棟リブの方は、特に13世紀の初めからイギリスのゴシック建築（the Gothic architecture*）で多く用いられた。

　'Like most Continental vaults, it has transverse and diagonal ribs; and like most English vaults, it has a ridge rib.'（ヨーロッパの円筒形天井によく見られるように、それは横断リブや対角線リブも用いてはあるが、イギリスで通例見られるような棟リブも使ってある。）、などと用いる。☞ 図版: 514.

- 300 -

Vault; Vaulted Ceiling[Roof]／円筒形天井[屋根]; アーチ形天井[屋根]; ヴォールト

519. ridge rib(棟リブ)と枝リブ(tierceron)。
回廊(cloister)。Westminster Abbey [E]

520. 棟リブと枝リブ。Ely Cath. [E]

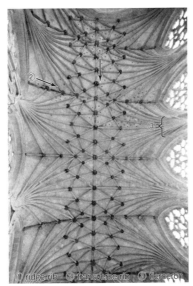

521. 棟リブと横断リブ(transverse rib)と枝
リブ。Lady Chapel, Ely Cath. [E]

522. 棟リブと横断リブと枝リブ。
Winchester Cath. [E]

第Ⅰ部　Church Interior・教会堂内

❊ **tierceron**（枝リブ; 放射状リブ）: 発音は［ティァセロン］に近く、アクセントは［ティァ］にある。

上述の'rib*'のうち、同一点から出て、円筒形天井(vault*)の頂部(crown)に達するものを指していうが、上述の'diagonal rib*'（対角線リブ）でもなく、後述する'transverse rib*'（横断リブ）でもない。

'The vault is of the ridge rib and tierceron construction.'（その円筒形天井は棟リブと枝リブから成るものである。）、などと用いる。

☞ 図版: 514.; 519〜522.; 525.

 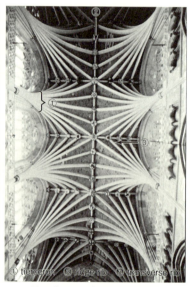

523. tierceron(枝リブ)。回廊(cloister)。Canterbury Cath. [E]

524. 枝リブと棟リブ(ridge rib)と横断リブ(transverse rib)。Exeter Cath. [E]

❊ **transverse rib**（横断リブ; 横リブ）: 上述の'longitudinal ridge rib*'（長軸棟リブ）に対して、厳密には'transverse ridge rib'（横断棟リブ）という。

上述の'vault*'（円筒形天井）の軸線(axis)に対して直角を成すアーチを「横断アーチ」(transverse arch)というが、そのアーチの線のように、円筒形天井を横に走るリブを指す。

'the transverse ribs going across the aisle'（側廊の（円筒形）天井を走る横断リブ）、などと用いる。☞ 図版: 514., 521., 522., 524.

- 302 -

Vault; Vaulted Ceiling[Roof]／円筒形天井[屋根]; アーチ形天井[屋根]; ヴォールト

① transverse rib
② ridge rib
③ tierceron

525. transverse rib(横断リブ)。
Exeter Cath. [E]

rib vault; ribbed vault

リブ・ヴォールト; リブ組み円筒形天井

 上述の'vault*'のタイプのひとつで、これを構築する際には、先ず、迫枠(せりわく)(centering)というアーチ(arch*)状の木製の仮の枠組をこしらえ、それで石造りのリブ(rib*)を支えて、アーチの形を維持して置く。つまり、その迫枠の上に、迫石(せりいし)(voussoir)という楔形(くさび)の石1個1個を連結して積んで、リブをこしらえるのである。

 次に、そのリブとリブとの間の曲面部(cell; web; webbing)に、迫枠板(logging)と呼ばれる板材を張る。つまり、リブとリブとの間に薄いパネル(panel: 羽目板)をはめ込み、その上に石(webbing stone)を敷き詰め、さらにその上から4インチ(約10cm)の厚さにコンクリートを塗る。最後に迫枠および迫枠板を取り外すのであるが、完成すると、自らその重量を支える構造になっていて、上述の'barrel vault*'(蒲鉾形(かまぼこ)円筒形天井)より、重量が軽い上に柔軟性にも富む造りになる。12世紀に導入された。この造りを指して、'rib vaulting'という。

- 303 -

第Ⅰ部　Church Interior・教会堂内

　ちなみに、特に高い天井［屋根］（ceiling［roof］）と大きな窓（window）を必要とする教会建築には、一層適している。この造りが最初に用いられたのは、イングランドの東北部の州ダラムの州都ダラムにあるダラム大聖堂（Durham Cathedral*）である。

　'In some ways a rib vault is actually simpler to construct than a groin vault.'（実際に幾つかの点では、リブ組み円筒形天井の方が、交差円筒形天井より構築が簡単である。）、などと用いる。

【用例】

　'the rounded domes that were the top side of the ribbed vault'（丸屋根はリブ組み円筒形天井の上面に当たるものであった）（Follett: Pillars）/'the builders had used rib-vaulting and pointed arches in combination here'（その教会を建てた者たちは、円筒形天井に、既にリブ組みと尖頭アーチとを組み合せて使っていた）（Follett: Pillars）

【文例】

＊ The principle of rib-vaulting was that a ceiling was made of a few strong ribs, with the gaps between the ribs filled in with light material.

——K. Follett: *The Pillars of the Earth*

（円筒形天井のリブ組みの原理は、一面の天井が数本の頑丈なリブを用いた造りになっていて、そのリブとリブとの間のスペースは、重量の軽い素材でうめられているということにあった。）

　　次は、上記の解説でも触れた'web'についてである。

＊ In between the ribs, instead of the usual web of mortar-and-rubble, this builder had put cut stones, as in a wall.

——K. Follett: *The Pillars of the Earth*

（リブとリブとの間のスペースには、通例の曲面部に見られるモルタルと粗石の代わりに、この石工が用いたものは、壁に使われているような切り石であった。）

Vault; Vaulted Ceiling[Roof]／円筒形天井[屋根]; アーチ形天井[屋根]; ヴォールト

【参考】
次は、上記の解説にも述べた'vault'の構築の仕方についてである。

＊ ...William had thought he could see the round arches joining one pier with the next, but now he realized the arches were not built yet——what he had seen was <u>the wooden falsework, made in the same shape, upon which the stones would rest while the arches were being constructed and the mortar was drying</u>.

——K. Follett: *The Pillars of the Earth*

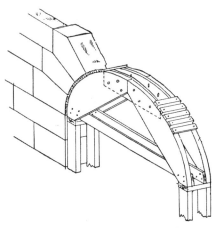

526. アーチ(arch)の迫枠(centering)。

527. アーチ橋(arched bridge)の迫枠。

第Ⅰ部　Church Interior・教会堂内

528. リブ(rib)とリブとの間の曲面部(cell)に敷き詰めた石(webbing stones)。chapter house, Westminster Abbey ［E］

529. 曲面部に敷き詰めた石。Westminster Abbey ［E］

✣ **lierne vault**（枝肋ヴォールト; 枝肋飾り付き円筒形天井）: 発音は［リィアーン］に近く、アクセントは［アー］にある。'lierne'は「結合する」の意味のラテン語'lier'に由来。

　上述の'rib vault*'のタイプのひとつで、比較的長いリブとリブとを繋ぐ形で、枝肋（lierne; lierne rib）と呼ばれる比較的短いリブが使われている円筒形天井をいう。

　編目のような複雑な模様を作ることが出来、構造上の理由より装飾的意味が大である。ゴシック様式（the Gothic style*）の天井に見られる。☞ 図版: 514.

Vault; Vaulted Ceiling[Roof]／円筒形天井[屋根]; アーチ形天井[屋根]; ヴォールト

530. lierne vault（枝肋ヴォールト）（上半分）。四分割ヴォールト（quadripartite vault）（下半分）。Salisbury Cath. [E]

531. 枝肋ヴォールト。Exeter Cath. [E]

532. 枝リブ（tierceron）と枝肋の組合せ。Winchester Cath. [E]

533. 枝リブと枝肋の組合せ。身廊（nave）。Canterbury Cath. [E]

- 307 -

第Ⅰ部　Church Interior・教会堂内

❊ **(ribbed) tierceron vault**（枝リブ・ヴォールト; 枝リブ組み円筒形天井）:
上述の'rib vault*'のタイプのひとつで、枝リブ（tierceron*）の使われているものをいう。☞ 図版: 514., 523., 524.

① tierceron
534. ribbed tierceron vault（枝リブ・ヴォールト）。a church in Cambridge [E]

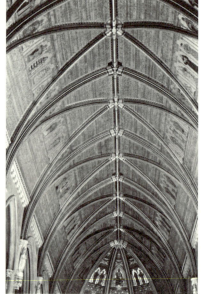

535. 木造の枝リブ・ヴォールト。St.John's College Chapel, Cambridge Univ. [E]

Vault; Vaulted Ceiling[Roof]／円筒形天井[屋根]; アーチ形天井[屋根]; ヴォールト

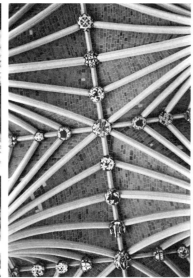

536. 枝リブ・ヴォールト。Norwich Cath. [E]

537. 枝リブ・ヴォールト。ボス(boss)にも留意。Exeter Cath. [E]

✻ **stellar vault; star vault**(星形ヴォールト; 星形枝肋飾り付き円筒形天井):
上述の'lierne vault*'（枝肋ヴォールト）のうちで、その枝肋が星形模様を成すものをいう。

　特に14世紀後半からの円筒形天井の特色である。☞ 図版: 514., 530.

538. stellar vault(星形ヴォールト)。Ely Cath. [E]

- 309 -

第Ⅰ部　Church Interior・教会堂内

sexpartite vault

六分(割)ヴォールト; 六分割円筒形天井

上述の'rib vault*'で、1つのベイ(bay*)の天井(ceiling)が、交差した3本のリブ(rib*)によって6分割されている場合をいう。

つまり、上述の「対角線リブ」(diagonal rib*)2本と、「横断リブ」(transverse rib*)1本が、中央の1点で交わった形になり、曲面部(cell*; web*; webbing*)は6つになる。

'The colour of the interior is as unforgettable as the simply arched forms of the sexpartite vault.' (堂内の色彩も、六分割円筒形天井の簡素なアーチの形と同様に、印象に残る。)、などと用いる。

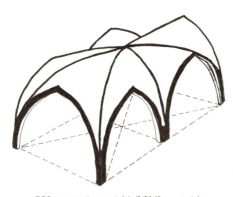

539. sexpartite vault(六分割ヴォールト)。

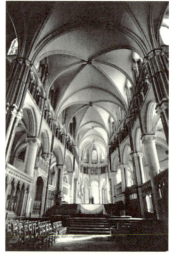

540. 六分割ヴォールト。内陣(chancel)。Canterbury Cath. [E]

Vault; Vaulted Ceiling [Roof] ／円筒形天井 [屋根]; アーチ形天井 [屋根]; ヴォールト

❈ **quadripartite vault**（四分（割）ヴォールト; 四分割円筒形天井）: 上述の '(rib) vault*' で、1つのベイ（bay*）の天井（ceiling）が、穹稜(groin*)あるいはリブ（rib*）の対角線（diagonal）で4分割されている場合をいう。

　つまり、2本の穹稜、もしくはリブが、中央で交差した形になり、曲面部（cell*; web*; webbing*）は4つになる。☞ 図版: 477.; 487.〜493.; 498., 500.

541. quadripartite vault（四分割ヴォールト）。Exeter Cath. [E]

vaulting shaft; vaulting pillar

ヴォールト・シャフト

　上述の 'vault*'（円筒形天井）で、リブ（rib*）がそこから上方へ伸びるための起点となる支柱（pillar*）のことで、壁面（wall）などに取り付けられた細い円柱（column*）や、あるいは、床面（floor）から立ち上げられた柱をいう。

　通例は既述したエンゲージド・コラム（engaged column*）の造りになる。また、その頂部の「柱頭」は 'vaulting capital*' と呼ぶ。☞ shaft(3); 図版: 463.〜465., 523.

- 311 -

第Ⅰ部　Church Interior・教会堂内

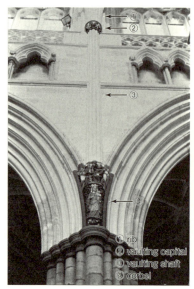

542. vaulting shaft（ヴォールト・シャフト）。
Exeter Cath. [E]

543. ヴォールト・シャフト。
Winchester Cath. [E]

544. ヴォールト・シャフト。
Westminster Abbey [E]

Vault; Vaulted Ceiling［Roof］／円筒形天井［屋根］; アーチ形天井［屋根］; ヴォールト

❈ vault springing（リブ起点; ヴォールト・スプリング）: 上述の'vault*'（円筒形天井）では、リブ（rib*）が円柱（column*）の柱頭（capital*）や、持送り（corbel）や、アーチの迫元（arch impost）から、上方へ伸びて行くが、その起点となる部分を指す。

　また、その起点となる1個の石（single block of stone）を指して、'springer'と呼ぶ。ちなみに、上記の'corbel'は、アーチ（arch）、梁（beam）、彫像（statue）、円筒形天井（vault*）のリブ（rib*）、あるいはそのシャフト（shaft*）などの重みを支えるための、壁面（wall）からの突出し（projecting block）をいい、素材には石（stone）、レンガ（brick）、木材（wood）、鉄（iron）が用いられる。

　この持送りは装飾のみならず、魔除けの意味もあって、人面や獣面、中には奇怪な面などの彫刻が施されたものも多い。'angel corbel'といえば「天使の彫られているそれ」を指し、また、そういう彫刻は'corbel figure'と呼ぶ。ロマネスク様式（the Romanesque style*）やゴシック様式（the Gothic style*）の建築に多く見られるが、特に後者には、円柱（column*）の柱頭（capital*）に似た形や人面が取り入れられた。

　また、この持送りを横1列に幾つも並べて、パラペット（parapet）やコーニス（cornice）を支える形になるものは、'corbel table'と呼ぶ。
'ornate corbels supporting arches'（アーチを支える装飾の施された持送り）、などと用いる。☞ 図版: 542.〜544.

【参考】

＊ ...in a rectangular bay, the narrow arches had to spring from a point higher up the wall than the springing of the wide ones, so that their tops would be at the same level and the ceiling would be even.

——K. Follett: *The Pillars of the Earth*
次は、上記の解説の中でも述べた'corbel'についてである。

【用例】

'the corbels were carved grotesque and grim'（それらの持送りはグロテスクで不気味な彫刻が施されていた）（Scott: Lay）/'he was carving corbels, the jutting-out stones that appeared to support arches'（アーチを支える持送りに

－ 313 －

第Ⅰ部　Church Interior・教会堂内

なるはずの突き出した石に、彼は彫刻をしていた)(Follett: Pillars)

【文例】

* <u>Corbels</u> were often decorated with leaves, but a traditional alternative was to carve a man who appeared to be holding up the arch with his hands or supporting it on his back.

―――K. Follett: *The Pillars of the Earth*

(持送りに彫られる装飾は通例は葉であるが、もうひとつ伝統に叶うものとしては、アーチを両手で支えるか、背中に担いでいるように見える人間であった。)

545. vault springing(リブ起点)の持送り(corbel)。a church in Cambridge [E]

546. 柱頭(capital)がリブ起点。Exeter Cath. [E]

Vault; Vaulted Ceiling[Roof]／円筒形天井[屋根]；アーチ形天井[屋根]；ヴォールト

547. 柱頭がリブ起点。扇形ヴォールト（fan vault）。Peterborough Cath. [E]

548. リブ起点。扇形ヴォールト。a church in Cambridge [E]

549. corbel figure（持送り彫刻）。Holy Sepulchre Ch., Cambridge [E]

550. 持送り彫刻。Holy Sepulchre Ch., Cambridge [E]

第 I 部　Church Interior・教会堂内

551. 持送り彫刻。St.Bene't's Ch., Cambridge [E]

552. corbel table, Italy

第Ⅱ部

Church Exterior

教 会 堂 外

第Ⅱ部　Church Exterior・教会堂外

Church (-) Door; Church (-) Portal
教会堂の出入口

　同じ 'church door' でも、特に堂々とした造りのものを 'church portal' という。

　キリスト教教会堂では、'orientation*' といって、既述した祭壇 (altar*) が東、入口 (church door) が西に位置するような、羅針盤 (compass) の方位に合わせた配置になるのが通例である。イギリスではこの配置は11世紀以降に見られるようになる。☞ cruciform church

　上記のように、出入口は身廊 (nave*) の西端部に西向き (west door*) で設けられるのが通例だが、冬の寒さを考慮して、身廊の横側に南向き (south door*) で付く場合もある。その両方に出入口がある場合が少なくない。その西端部に鐘楼 (belfry*) が載ると、出入口は西側から南側へ移す場合もあった。また、北向き (north door) でも設けられることもある。

　この出入口は奥行があって、しかも凹所を成す造り (recessed doorway) になる場合が多い。また、ドアには彫刻が施されていることもあるが、それは中世 (the Middle Ages: 約500-1500) において、大勢の文盲のキリスト教徒たちに、聖書の物語を教えるのが当初の目的であったからである。その頃にはここにいろいろな掲示 (notice) も出されたものである。

　1170年に、イングランド東部の州ケント (Kent) の都市カンタベリーにあるカンタベリー大聖堂 (Canterbury Cathedral*) で、トマス・ベケット (thomas à Becket) が殺害されて以来、刀剣を持ち込むこともご法度になっていて、また、警察といえども、許可なしには教会へ立ち入ることは許されていない。

　ちなみに、この出入口が西側正面に3つ揃って並ぶ場合は、'triple portal'、翼廊の出入口は 'transept portal' と呼ぶ。

【用例】
　'She...made her appearance <u>at the church door</u> again.'（彼女（中略）は教会の出入口のところに再び姿を見せた。）(Watts-Dunton: Aylwin) /'<u>the doors of the church</u> were naturally open for ventilation'（教会出入口は全て換気のため、

－ 318 －

当然ながら開いていた）（Hardy: Veto）

次の2例は、上記の解説で触れた'triple portal'を指す。

'old-fashioned facade with twin towers and three round-arched doorways'
（一対の塔と半円アーチの出入口3つ付いた古風な（教会の）正面）（Follett:
Pillars)/'He ran the dark nave to the west end....All three doors were locked
with keys.'（彼は暗い身廊を西端部へと走ったが（中略）、3つのドアには全
て鍵が掛けられていた。）（Follett: Pillars)

【文例】

* *Romeo.*　　　Courage, man; the hurt cannot be much.

　Mercutio.　　　No, 'tis not so deep as a well, nor so

　　　　　　　Wide as a church-door;

　　　　　　　　　　　——W. Shakespeare: *Romeo and Juliet*, III. i. 98-100

（ロミオ:　　　　しっかりしろ、君。傷は大したことないぞ。

　マーキューシオ: そうだ、傷は井戸ほど深くはないし、教会の入口ほど大き
　　　　　くはない。）

* The sculpture around the three portals was quite good: lively subjects,
precisely chiseled.

　　　　　　　　　　　　——K. Follett: *The Pillars of the Earth*

（（教会の)3つの出入口の周りにある彫刻は、先ず先ずの出来であった。生き
　生きとしたテーマで、鑿^{のみ}の使い方も正確であった。）

* They (= Beggars of Italy) are a race by themselves, living in the shadows of
church doors.

　　　　　　　　　　　　　　　——R. Lynd: 'Beggars'

（イタリアの乞食というのは、自分たちだけで教会のドア［出入口］に寄り添っ
　て、生きている連中なのです。）

中世では、市の開かれる場所（market place）に充てられるのは、大きな教会
の西側出入口（west door）の前や、城の出入口の前の広い場所が通例で、それ

第Ⅱ部　Church Exterior・教会堂外

が共有の草地((village) green)の場合もあった。次は、教会の例である。

＊ The market still took place here every Sunday, and the green in front of the church door was packed with stalls.
　　　　　　　　　　　　　　　　——K. Follett: *The Pillars of the Earth*

（市は依然として日曜日毎に開かれていて、その時には教会の出入口の前にある広場の草地は露店で一杯になった。）

553. church door(教会堂の出入口)。
St.Mary's Cath., Edinburgh [S]

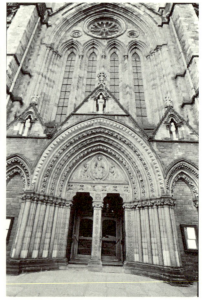

554. 553.のCU。
凹所を成す造り(recessed doorway)に留意。

Church(-)Door; Church(-)Portal／教会堂の出入口

555. 西側の出入口(west door)。
Peterborough Cath. [E]

556. 555.の中央のCU。

557. 出入口が3つ揃う'triple portal'。Wells Cath. [E]

− 321 −

第Ⅱ部　Church Exterior・教会堂外

558. 教会堂の扉。
a church in Cambridge ［E］

559. 彫刻の施された扉。Bath Abbey ［E］

560. 凹所を成す造りの出入口。
Winchester Cath. ［E］

Church(-)Door; Church(-)Portal／教会堂の出入口

561. 堂内から見た出入口。
Canterbury Cath. [E]

church porch; church-porch

教会のポーチ

一般家屋の建築では、玄関のドアから「外の部分で張り出した造りの屋根あるスペース」を指して'porch'、あるいは敢えて'door-porch'というが、教会建築にも同然のこしらえが見られ、それをいう。

教会堂の出入口(church door*)は一般に西端部(west door*)にあるが、ポーチの造りのそれは、通例では南側(south door*)に設けられる。建築構造上は、このこしらえによって、出入口からの隙間風を防ぐ意味もあるが、中世(the Middle Ages: 約500-1500)には、結婚予告(banns [bans] of marriage: 結婚告示)の異義の有無を問われたのもここで、また、出産後の女性がここに跪いて、感謝式(churching: 祝別式)を挙げてもらう時にも、屋根付きの造りのために好都合であったのである。

ちなみに、結婚予告とは、結婚予定者が自分たちの結婚に支障(impediment)があるかないかを問うために、布告ないしは貼り紙で公表するが、3週続けて日曜日に行なわれたもので、産後感謝式は、今日ではこの場所ではなく、祭壇(altar*)

- 323 -

第Ⅱ部　Church Exterior・教会堂外

近くで執り行われる。

　また、イーリー大聖堂(Ely Cathedral)の西端部には、'Galilee Porch'と呼ばれる初期イギリス式(Early English style*)の造りのものがある。☞ narthex; west tower

【用例】

　'they spent the first night in the porch of a village church'（彼らはある村の教会のポーチで第一日目の夜を凌いだ）(Follett: Pillars)／'he opened the heavy door and stepped out of the porch into the sunlight'（彼は重い扉を開けて、教会のポーチから外の日の光の中へ出た）(Hill: King)／'a dozen slugs made from the lead of the old church porch, laid by long since agaist witchcraft'（古い教会のポーチに用いてあった鉛板から造った12発の弾丸で、ずっと以前に魔除けとして取って置いたもの）(Blackmore: Lorna)

【文例】

　次の2例は、ここで行なわれた中世の結婚式(wedding)についてである。

＊ The wedding would take place in the porch, in English; then there would be a Latin mass afterward inside the church.

——K. Follett: *The Pillars of the Earth*

　（結婚式はこの教会のポーチで、英語を使って行なわれるのであろう。そしてその後に堂内で、ラテン語によるミサが捧げられることになろう。）

＊ At weddings, the couple normally exchanged vows in the church porch, then went inside for the mass.

——K. Follett: *The Pillars of the Earth*

　（結婚式では、新郎新婦は教会のポーチで誓いの言葉を交わすのが通例で、その後に堂内へ入ってミサにあずかるのであった。）

【参考】

　次は、中世より後の時代の結婚式(matrimony)で、祭壇(altar)の前で行なわれるのであるが、「結婚異議申し立て」がなされる場面である。

Church(-)Door; Church(-)Portal／教会堂の出入口

＊ ...the clergyman came a step further forward...went on.
　'I require and charge you both...that if either of you know any impediment why ye may not lawfully be joined together in matrimony, ye do now confess it....'
　...when a distinct and near voice said:──'The marriage cannot go on: I declare the existence of an impediment.'

——C. Brontë: *Jane Eyre*

562. church porch(教会のポーチ)。
St.Peter's Ch., Conisbrough [E]

563. 教会のポーチ。
Moretonhamstead Ch., Dartmoor [E]

- 325 -

第Ⅱ部　Church Exterior・教会堂外

564. 教会のポーチ。St.John the Baptist Ch., Widford ［E］

565. 教会のポーチの内部。St.Oswald's Ch., Grasmere ［E］

566. 教会のポーチ。両側の座席にも留意。
St.Lawrence's Ch., Warkworth ［E］

Church(-)Door; Church(-)Portal／教会堂の出入口

567. 教会のポーチ。a church in Cambridge ［E］

✺ **parvis; parvise**（パーヴィス; パルヴィ）: 上述の'church porch*'の上部に設けられた部屋をいう。ただし、これが全ての教会に備えられてあるわけでは

568. parvis(パーヴィス)。
St. Mary Magdalene Ch., Launceston ［E］

569. 568.のCU。

- 327 -

第Ⅱ部　Church Exterior • 教会堂外

ない。

聖職者(priest)が宿泊する以外に、教区民(parishioner*)の子供たちに、通例は授業料を取って、読み書きなどの教育を施す場でもあって、日本の寺子屋に似たところがある。また、書庫(library)としても使用された。

単に上述の'church porch*'の意味でも用いられる。元来は、大聖堂(cathedral*)や比較的大きな教会(church)の西側正面の囲われた庭［地所］(enclosed court [area]; paradise)を指した。

570. パーヴィス。St.Lawrence's Ch., Warkworth [E]

571. パーヴィス。
St.Martin's Ch., Liskeard [E]

� **south door**（教会堂南側出入口）: 教会堂の出入口は既述した身廊(nave*)の西端部に設けられる(☞ west door)のが通例であるが、冬の寒さを考慮して身廊の横側に南向きで付く場合もあり、それを指す。ただし、屋根の張り出したポーチ(porch)の造りになるのが一般で、その場合は'south porch'ともいう。

また、身廊の西端部に鐘楼(belfry*)が載ると、出入口を西側から南側へ移すこともなされた。ここの出入口に近い壁面には、日時計(sundial)が見られる場合もあって、昔は旅人が、次の聖餐式［聖体拝領］(Holy Communion; Mass)の行なわれる時間などを知るのには、便利であったものである。

ちなみに、北側(north door)にも設けられる場合もある。

Church (-) Door; Church (-) Portal／教会堂の出入口

【用例】

'they left the church by the south door' （彼らは南側出口から教会を出た）
（Follett: Pillars）

【文例】

＊ Through the open south door you could see a ragged cypress and the boughs
of a lime-tree....

——G. Orwell: *A Clergyman's Daughter*

（開いている南側出入口からは、ぎざぎざした1本のイトスギと1本のシナノ
キの大きな枝が見えた…）

次の2例は、上記の解説でも触れたが、ここの壁面にある 'sundial' について
である。

＊ Over the porch of the Church is a famous Saxon sundial with an inscription
carved....

——H. Read: 'The Innocent Eye'

（その教会のポーチの上には、銘が刻まれた有名なサクソン時代の日時計が
ある…）

＊ Glancing round the hoary walls we noticed an ancient sun-dial near the south
porch.

——J.J. Hissey: *Through Ten English Counties*

（（その教会の）古さびた外壁を一渡り眺めていて、南側ポーチの近くの古い
日時計に我々は気が付いた。）

－ 329 －

第Ⅱ部　Church Exterior・教会堂外

572. south door(教会堂南側出入口)。
St.Michael & All Angels' Ch., Haworth [E]

573. 南側出入口。
All Saints' Ch., Barrington [E]

574. sundial(日時計)。
St.Andrew's Ch., Penrith [E]

Church(-)Door; Church(-)Portal／教会堂の出入口

575. 日時計。St.Martin's Ch., Liskeard [E]

576. 日時計。Durham Cath. [E]

577. 南側とは反対の'north door' (北側出入口)。St.Edward the Martyr Ch., Corfe Castle Village [E]

578. 北側出入口。St.Bartholomew's Ch., Lostwithiel [E]

- 331 -

第Ⅱ部　Church Exterior・教会堂外

tympanum; tympan

複数形は 'tympana'。

(1) ティンパナム

上述の'church door*'（教会堂の出入口）のアーチ（arch）と楣(まぐさ)（lintel）とで囲まれた「弓形の壁面」（segmental space）――半円形（semicircular）もしくは半楕円形（semielliptic）――を指す。

つまり、方形の戸口（square-headed door）の上に半円アーチ（round arch）がある場合、戸口の上には半円形のスペースが残るがここをいう。

ノルマン様式（the Norman style*）およびゴシック様式（the Gothic style*）の特徴で、彫刻や絵画などで装飾が施されているのが通例である。例えば、「キリストの昇天」（the Ascension）、「荘厳のキリスト」（Christ in Majesty）、「最後の審判」（the Last Judgement）などが、彫られるか、あるいは描かれることが多い。

☞ archivolt

'the tympanum with six seated apostles'（6人の使徒の座像の彫られたティンパナム）、'The centre portal does not possess a tympanum.'（中央の入口にはティン

① typanum　② archivolt　③ lintel
④ trumeau　⑤ jamb figure

579. tympanum（ティンパナム）。

Church (-) Door; Church (-) Portal／教会堂の出入口

パナムがない。)、'A Christ in Majesty is carved in the central tympanum.'（宇宙の支配者たるキリストの像(荘厳のキリスト)が中央のティンパナムに刻まれている。)、'Two carved stone tympana represent the Nativity of Christ and the Death of the Virgin.'（彫刻の施された2つの石造りのティンパナムは、キリストの降誕と聖母マリアの死とを表す。)、などと用いる。

【参考】

＊ In more elaborate doors the cross lintel is of stone, and the filling sometimes of brick, sometimes of stone, very often a grand single stone being used to close the entire sapace: the space thus filled is called the Tympanum.

——J. Ruskin: *The Stones of Venice*

580. sculptured tympanum（彫刻の施されたティンパナム）。北側出入口(north door)。
Westminster Abbey [E]

581. ティンパナム。
St.Mark's Cath., Venice, Italy

- 333 -

第Ⅱ部　Church Exterior・教会堂外

582. ティンパナム。St.Mark's Cath., Venice, Italy

(2) ティンパナム

　三角形や半円形のペディメント(pediment)の場合、凹所となっている内側の壁面を指す。
　やはり、彫刻などで装飾が施されているのが通例。

583. triangular pediment
　　（三角形のペディメント）。
　　Hampton Court, London ［E］

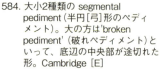

584. 大小2種類の segmental pediment（半円［弓］形のペディメント）。大の方は'broken pediment'（破れペディメント）といって、底辺の中央部が途切れた形。Cambridge ［E］

- 334 -

Church(-)Door; Church(-)Portal／教会堂の出入口

�֍ archivolt

(1) 装飾迫縁(せりぶち); アーキヴォルト: 具体的にいえば、教会堂の出入口(church door*)のアーチ(arch)の周りに、その曲線に沿って付けられた装飾用の迫縁(せりぶち)(the band of mouldings)を指す。ただし、迫縁のひとつひとつもいうが、通例はその集合体のことである。

中世(the Middle Ages: 約500-1500)の建築では、ここに彫刻が施されているものが多い。☞ 図版: tympanum(1)の579.

【参考】

* If, as is sometimes the case, the width of the group of archivolts be twice or three times that of the inner aperture, the inner arch may be distinctly pointed, and the outer one, if drawn with concentric arcs, approximately very nearly to a round arch.

——J. Ruskin: *The Stones of Venice*

585. archivolt(装飾迫縁)。Peterborough Cath. [E]

586. 装飾迫縁。Italy

- 335 -

第Ⅱ部　Church Exterior・教会堂外

587. ノルマン様式の装飾迫縁。
St.Mary's Ch., Portchester [E]

(2) 内弧面: アーチの内側[下側]の輪郭(contour)、すなわち、迫元(impost)から迫元までを指す。

　外側[上側]の輪郭を'extrados'というのに対し、こちらは'intrados'もしくは'soffit'とも呼ぶ。

588. 内弧面。crypt, Canterbury Cath. [E]

① intrados
② extrados
③ impost

- 336 -

Church (-) Door; Church (-) Portal／教会堂の出入口

✽ **embrasure of the door[porch; portal]**（出入口の隅切り）: 教会堂の出入口に見られるこしらえで、外から見て、戸口の奥より手前の方が大きく広い造りになっている場合をいう。☞ 図版: 554., 558., 559.

589. embrasure of the door（出入口の隅切り）。
St.Mary's Cath., Limerick [I]

✽ **jamb figure**（脇柱像）: 教会堂の出入口の両脇の柱(door jamb; portal jamb; jamb shaft*)に施された彫像をいう。

ただし、その柱が既述した円柱(column*)ならば、'column figure'といってこれを指すこともある。

'the portal with column figures'（脇柱像のある入口）、'jamb figures representing the Annunciation'（受胎告知を表現した脇柱像）などと用いる。
☞ 図版: 579.

590. jamb figure（脇柱像）。
西側出入口
(west door)。
Leon Cath., Spain

- 337 -

第Ⅱ部　Church Exterior・教会堂外

�֍ trumeau（トルーモー）: 教会堂の比較的大きな出入口（curch portal*）を、縦に二等分する形で間に立つ石柱を指す。
　上述のティンパナム（tympanum*）の中央を支える形になり、ゴシック様式（the Gothic style*）に多く用いられた。幼子イエス（the Infant Christ）を抱いた聖母マリア像（the Virgin Mary）など、彫刻が施されているのが通例。

591. trumeau（トルーモー）。
北側出入口（north door）、
Westminster Abbey [E]

592. 591.のCU。

- 338 -

Church(-)Door; Church(-)Portal／教会堂の出入口

593. トルーモー。西側出入口(west door)。
St.Giles' Cath., Edinburgh [S]

594. トルーモー。
西側出入口のさらに奥の出入口。Ely Cath. [E]

west door

教会堂正面[西側]出入口

　教会堂の出入口(church door*)は既述した身廊(nave*)の西端部(west end)に西向きで設けられるので、こう呼ばれる。'west end doorway'はその出入口の別の表現。

　キリスト教教会堂では、'orientation*'といって、既述した祭壇(altar*)が東、入口が西に位置するような、羅針盤(compass)の方位に合わせた配置になるのが通例で、イギリスでは11世紀以降に見られるようになる。☞ south door; west tower; 図版: 553.～561.

【用例】

'the footsteps of the clerk going towards the west door to open it'（西側の出入口の扉を開けに行く教会書記の足音）(Hardy: Wife)/'the monument is a little way on the right as you approach the west door of the church'（教会の西側入

- 339 -

第Ⅱ部　Church Exterior・教会堂外

口に近づくと、やや右手にその墓碑はある）(Lucas: Mother)

【文例】

* ...went on Victor, "a procession is such fun! Down the aisle, <u>out through the west door</u> and <u>back through the south door</u>, with the choir carrying candles behind...."

——G. Orwell: *A Clergyman's Daughter*

(…ヴィクターは続けて言った、「礼拝行進はとても面白いものです！　側廊を下り、西側の出入口から外へ、そして戻るのは南側の出入口から、その間は聖歌隊が蝋燭を捧げ持って後からついて来る…」)

595. west door（西側出入口）。
York Minster ［E］

596. 595.の堂内から見た西側出入口。

Church(-)Door; Church(-)Portal／教会堂の出入口

597. 西側出入口。
Bath Abbey [E]

598. 西側出入口。
Norwich Cath. [E]

599. 西側出入口。
St.Mary's Ch., Cerne Abbas [E]

− 341 −

第Ⅱ部　Church Exterior • 教会堂外

✣ **offertory box; offertory chest**（献金箱）: 'alms box'もしくは'alms chest'
ともいう。上述の教会堂の出入口（church door*）の近くに据えてある縦長の献
金箱で、日本の寺社の賽銭箱のようなもの。

　大きな皿状のもの（plate）は'alms basin'ともいって、祭壇（altar*）の前へ捧げ
られる。

　木製の場合はオーク材（oak）が用いられるのが通例。その鍵は大抵の場合
3個付く。

　また、コインを入れる穴［口］のところには、'CHURCH & CHURCHYARD
EXPENSES'（教会および境内の維持費のために）とか、'Your gift for St.
Barnabas Church'（聖バルナバ教会のためにご寄付を）、あるいは、'It costs £1.00
per minute to keep this church open'（当教会の開放を維持するには1分間につ
き1ポンド（150円前後）の経費が掛かります）の後に、'Thank you'もしくは'Please
give generously'（寛大なご寄付を願います）などが来る。

600. offertory box（献金箱）。
Salisbury Cath. [E]

601. 献金箱。Ely Cath. [E]

- 342 -

Church(-)Door; Church(-)Portal／教会堂の出入口

602. 献金箱。St.Martin's Ch., Liskeard ［E］

第Ⅱ部　Church Exterior • 教会堂外

Belfry
鐘楼; 鐘塔

　語源は、「攻城塔」(belfry; siege tower)の意味を経て、「見張りの塔」(watch tower)を意味するようになったフランス古語の'berfrei'および中世英語の'berfrey [berfray]'に由来するもので、英語の'bell'には無関係。

　教会堂の一部を成すか、あるいは、教会堂に接続した鐘楼を指すのが通例だが、教会堂とは別棟造りになっていて、幾分離れて立つ場合(detached building: ☞ campanile)もある。

　また、塔(church tower*)の中の鐘を吊してある部屋(bell-room; ringing chamber)、あるいは、その階(bell floor; bell stage; ringing floor; ringers' floor)だけを意味することもある。

　通例は教会堂の西端部にある出入口(west door*)の上部に建てられる。また、その出入口の上部で一対[左右で2つ]の塔になる場合もある。もっとも、西端部にこれが載ると、その出入口は西側から南側へ移して設けられることも少なくない。G. オーウェル(G. Orwell)の『牧師の娘』(*A Clergyman's Daughter*)の中で、鐘がこの鐘楼の床を抜いて教会の出入口に落下することを心配する描写があるが、そういう事情によるのである。

　鐘塔の建立には莫大な費用が掛かったが、牧羊業の発展によって経済的に余裕が出ると、次第に高い塔が造られるようになった。例えば、イングランド東部の州ノーフォーク(Norfolk)や、西南部の州サマーセット(somerset)には、特に見事なものが見られる。

【用例】

'the church bell tolled as I passed under the belfry'（私が教会の鐘楼の下を通った時に鐘が鳴った）(C. Brontë: Jane)/'the pair...passed the great gate and belfry-tower of Saint George's College'（ふたりは(中略)聖ジョージ学寮の大きな門と鐘塔を通り過ぎた）(Thackeray: History)

－ 344 －

Belfry／鐘楼; 鐘塔

【文例】

＊ ...a belfry rose above the porch on four small pillars, within which hung the green and weather beaten bell....

——W. Scott: Ivanhoe

(…入口の上の鐘楼は4本の細い柱に立ち、その中には古色蒼然たる鐘が吊されていた…)

＊ The belfry of George's Church sent out constant peals, and worshippers, singly or in groups, traversed the little circus before the church....

——J. Joyce: 'The Boarding House'

(ジョージ教会の鐘楼は絶え間なく鐘の音を響かせ、礼拝へ向かう人たちは、ひとりであるいは連れ立って、教会の前の小さな円形広場を横切っていた…)

【参考】

＊ Only one of the bells was now in active use; the other seven had been unswung from their cage and had lain silent these three years past, slowly splintering the floor of the belfry beneath their weight.

——G. Orwell: *A Clergyman's Daughter*

＊ Nether-Moynton church-tower was, as in many villages, without a turret, and the only way to the top was by going up to the singers' gallery, and thence ascending by a ladder to a square trap-door in the floor of the bell-loft....

——T. Hardy: 'The Distracted Preacher

— 345 —

第Ⅱ部　Church Exterior・教会堂外

603. belfry（鐘楼）（向かって左）。
Westminster Abbey [E]

604. 鐘楼。St.John's Ch., Edinburgh [S]

605. 鐘楼。Grosvenor Chapel, London [E]

606. 鐘楼。Jamestown Ch., Jamestown [E]

Belfry／鐘楼; 鐘塔

607. 鐘楼。All Saints' Ch., Swallowfield ［E］

608. 607.のCU。

belfry window

鐘楼窓; 鐘塔窓

上述の'bell-room*'（鐘の吊された部屋）に設けられた窓を指し、響孔(sound hole)とも呼ばれ、通例はそれが鎧窓(louvre［louver］(-window))の造りになるので、'bell louver'ともいう。

'the tall belfry window'（縦長の鐘楼窓）、'The church has a good tower with rich belfry windows.'（その教会の塔は装飾の施された鐘楼窓を備えた立派なものである。）、などと用いる。☞ 図版: 603.〜608.

- 347 -

第Ⅱ部　Church Exterior・教会堂外

609. belfry window(鐘楼窓)。
St.Margaret's Ch., Westminster ［E］

610. 鐘楼窓。
St.Andrew's Ch., Holborn ［E］

bell cot; bellcote; bell cote

釣り鐘被い; ベル・コット

規模の小さい教会堂では、通例は西端部(west end*)の屋根上に小さな小屋組(cot)を設けて、その中に鐘を吊して置くが、その造りを指す。

それ自体が破風(gable)、もしくは差し掛け屋根(lean-to)を持ち、鐘の数はひとつ、あるいは複数で、ひとつひとつの鐘に取り付けた紐(bell rope)が、教会堂内にまで伸ばされていて、それを引いて鳴らす。☞ church bell; bell-ringer; carillon(1)

'a bell in the attractive bell-cote to be seen above the battlemented roof（、胸壁を巡らせた屋根の上に見える魅力的な釣り鐘被いの中の鐘）、などと用いる。

- 348 -

Belfry／鐘楼; 鐘塔

611. bell cot(釣鐘被い)。
St.John the Baptist Ch., Cookham Dean [E]

612. 611.のCU。

613. 釣鐘被い。St.Lawrence's Ch.,
Rosedale Abbey, N.Yorkshire [E]

014. 鐘ふたつの釣鐘被い。
St.George's RC Ch., York [E]

�֍ **bell gable; bell-gable（鐘釣り破風）**: 規模の小さい教会堂によく見られるが、通例は西端部の妻壁(gable end)の屋根上に突き出すもので、結局は上述の'bell cot'に同義だが、それ自体が破風(gable)を持つタイプ。☞ 図版: 611.～614.

- 349 -

第Ⅱ部 Church Exterior・教会堂外

615. bell gable（鐘釣り破風）。
a church in Berkshire ［E］

616. 鐘釣り破風。
a church in Newmarket ［E］

�֍ **bell turret; bell-turret** (小鐘塔)：'turret'はひとつの建物に付属する形で、屋根上へ張り出した小型の塔(small tower)をいい、その中に鐘が吊してあるが、その造りを指す。

その頂部には後述する尖塔屋根 (spire*) や尖塔飾り(pinnacle*) を持ち、鐘の数はひとつ、もしくは複数。

617. bell turret（小鐘塔）。
a church in Dumfries ［S］

- 350 -

campanile

カンパニーレ

教会堂とは通例は別棟造りになっていて、幾分離れて立つ場合の鐘塔 (freestanding bell-tower) をいい、中でもイタリアのそれを指す。

有名な「ピサの斜塔」(the Leaning Tower of Pisa) はこれである。☞ carillon (2)

イングランドでは、ソールズベリー大聖堂 (Salisbury Cathedral) にこれがあったが、1789年に破壊され、現存するのは、チチェスター大聖堂 (Chichester Cathedral) にあるもので、約1410~40に建てられた。

ちなみに、上記のピサの斜塔は、地面からは約180フィート (約55m) の高さ、直立ではさらに約13フィート (約4m) は高くなる。

【用例】

'hard by their inn...stood a church campanile' (彼らがいる居酒屋兼宿屋の直ぐ近くに(中略)教会のカンパニーレが立っていた) (Meredith: Diana)

618. campanile(カンパニーレ)。Leaning Tower of Pisa、左が大聖堂 (cathedral)。Pisa, Italy

619. 618.のCU。

第Ⅱ部　Church Exterior・教会堂外

620. 619.のCU。
傾きが増さぬように重しを掛けてある。

621. カンパニーレ。
右が'Florence Cath.'。Italy

✤ bellhouse; bell house; bell-house

上述の'belfry*'(鐘楼)、あるいは'campanile*'(カンパニーレ)に同義。

【文例】

* ...a campanile, or bell-house; that is to say, a belfry, forming a distinct building from the cathedral, such as it is accustomed to be in Italy.
　　　　　　　　　　　　　　　　　　　——L. Hunt: *The Town*

(…カンパニーレ、換言すれば鐘撞堂(かねつき)、つまり、イタリアによくあるような、大聖堂とは別棟造りになる鐘塔のこと。)

✤ bell tower; bell-tower

上述の'belfry*'(鐘楼)、あるいは'campanile*'(カンパニーレ)に同義。

- 352 -

【用例】

'the piazzas and bell-towers of Verona'（（イタリアの）ヴェローナの広場や鐘塔）
（G. Swift: Tunnel）

【文例】

* ...there is nothing to see in the distance but peak on peak, valley after valley, and near at hand, villas, vineyards, white bell-towers, olive groves.

——E.V. Lucas: 'Footpaths and Walking-Sticks'

（遠景として見えるものといえば、重なり合った峰々、谷また谷、近景では、ヴィラ［別荘］、葡萄園、白い鐘塔、オリーブ園。）

church bell; church-bell

教会の鐘

上述の'belfry*'（鐘楼）、'bell cot*'（釣り鐘被い）、あるいは'campanile*'（カンパニーレ）などに吊されている鐘を指す。'a bronze bell'は「青銅製のそれ」。

鐘の口は'bell-mouth'、中に取り付けられる舌は'clapper'と呼ぶ。その鐘自体に、もしくは鐘の舌に取り付けた紐(bell rope)を引いて鳴らすが、電気仕掛けで鳴るようにしたものは'electric church bell'である。

ちなみに、村の教会(village church*)では、19世紀の末に至ってもなお、村人(villager)の死をこの鐘で報せていた。男性が死んだ場合は3回、女性は2回、子供は1回鳴らしたものである。

【用例】

'the tune of the church bells'（教会の組み鐘の美しい調べ）（Orwell: Animal）/'the soft chiming of church bells'（教会の組み鐘の穏やかな音色）（Gissing: Papers）/'the church bells rang in vain'（教会の組み鐘が空しく響いた）（Kelly: Bell）/'the church-bell struck two'（教会の鐘が2時を打った）（Dickens: Oliver）/'the church bells were ringing a merry peal'（教会の組み鐘が陽気に鳴り響いていた）（Hughes: Tom）/'we heard the church bell tolling for a long time'（私たちは教会の弔いの鐘が長いこと鳴っているのを聞いて

第Ⅱ部　Church Exterior • 教会堂外

いました）(Sewell: Beauty)/'The bell rang to summon the townspeople to mass.'（教会の鐘が鳴って人々をミサへ呼ぶ）(Follett: Pillars)/'the bell of the cathedral...broke out, calling to evensong'（大聖堂の鐘（中略）が突如鳴り出して夕べの祈りへ呼び寄せるのだった）(Dunsany: Kith)/'The bell, or rather the clapper, clanged in the squat tower.'（教会の鐘というよりは、鐘の舌が、ずんぐりした塔の中で鳴った。）(H. Read: Eye)

【文例】

＊ Full knee-deep lies the winter snow,
　And the winter winds are wearily sighing:
　Toll ye the church-bell sad and slow,
　And tread softly and speak low,
　For the old year a-dying.

　　　　　　　　　　　——A. Tennyson: 'The Death of the Old Year', 1-5

（冬の雪は膝が隠れるほど深く降り積もっている、
　冬の風は物憂げにため息をついている。
　教会の鐘を鳴らせ、悲しげにゆっくりと、
　静かに歩み、そっと話すのだ、
　旧年が今死に臨んでいるところだから。）

＊ The bells of the old Raveloe church were ringing the cheerful peal which told that the morning service was ended....

　　　　　　　　　　　——G. Eliot: *Silas Marner*

（古いラヴェロー教会の組み鐘が朝の礼拝式の終わりを告げて、陽気に鳴り響いていた…）

【参考】

＊ The bells of London churches and chapels are not soothing to the ear, but when I remember their sound——even that of the most aggressively pharisaic conventicle, with its one dire clapper——I find it associated with a sense of

－ 354 －

repose, of liberty.

——G. Gissing: *The Private Papers of Henry Ryecroft*

622. church bell（教会の鐘）。Ely Cath. [E]　　623. 境内（churchyard）に設置されている鐘。Salen & Ulba Ch., Isle of Mull [S]

✤ **bellringer; bell-ringer; ringer**（鳴鐘係）: 上述の'church bell*'（教会の鐘）を鳴らす係の者をいう。

　鐘の数が複数ある場合は、鳴らす係も通例は複数いる。

　H. ケリー（H. Kelly）の随筆『ロンドン名物』（*London Cameos*）の中の「鳴鐘係」（'The Ringer'）では、「鐘楼の国の精」（the spirit of belfry land）と呼ばれている。

【参考】

* There is a tremor in his (= the ringer) movements as though the echoes of long-silent chimes had entered into him and still ran, vibrating, through him.

——H. Kelly: 'The Ringer'

第Ⅱ部　Church Exterior・教会堂外

624. bellringer（鳴鐘係）。

✿ carillon

(1) **カリヨン; 組み鐘**: 発音は［キャリロン］に近く、アクセントは［キャ］にあるが、日本語では「カリヨン」と訳されることが多い。

　　ひと組みにセットしてある鐘(a set of bells)で、音階が異なるように鐘の形や大きさを変えてあって、まとまったメロディーを奏でることが出来る。手で鐘の紐(bell rope)を引いて、あるいは機械仕掛けで鳴らすようにしてある。

　　'All 12 bells are operated by the electrical carillon.'（12の鐘から成るカリヨンが電気仕掛けで操作されている。）、などと用いる。

【用例】

　　'carillons in the great steeples of London'（ロンドン中の大きな尖塔全てのカリヨン）（Kelly: Ringer）

　　次の2例は上記の解説でも触れた'bell rope'についてである。

　　'the five holes for the bell-ropes'（鐘を鳴らす紐を通す（天井の）5個の穴）(Hardy: Preacher)／'he was pulling...on a tasselled bell-rope'（彼は房飾りの付いた鐘紐を（中略）引いていた）(Kelly: Bell)

(2) 上述の'campanile*'（カンパニーレ）に同義。

- 356 -

Belfry／鐘楼; 鐘塔

625. carillon(組み鐘)を鳴らすための紐 (bell rope)。紐の数だけ人手もいるのが通例。
St.Peter's Ch., Stourton [E]

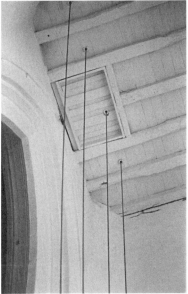

626. 天井を貫いている紐。
a church in Cambridge [E]

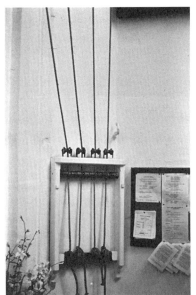

627. 626.の紐の末端のくくりつけ方。

第Ⅱ部　Church Exterior・教会堂外

✻ **change (-) ringing**（転調鳴鐘法）: 上述の'church bell'が複数ある場合の鳴らし方をいい、特にイングランドのアングリカン・チャーチ(the Anglican Church*)のそれを指す。鐘の数にもよるが、通例は6人一組みになり、鐘の紐(bell rope)——鐘1個につき紐1本——を順序正しく、異なる調子の音(change: 転調)——メロディーではなく——を引っ張って鳴らす。

628. 鐘の紐(bell rope)は6本に留意。
All Saints' Ch., Barrington ［E］

✻ **sanctus (-) bell**（祭鈴）: 発音は［サァンクタァス］に近く、アクセントは［サァ］にある。'sacring (-) bell'、'saints' (-) bell'、'sancte (-) bell'、'saunce (-) bell'、'sauncing (-) bell'、'sauncte (-) bell'、'mass-bell'ともいう。

歌ミサ(high mass)で、聖体奉挙(the Elevation of the Host*)の時に鳴らされる鐘で、既述した内陣仕切りアーチ(chancel arch*)の上の屋根に設けられた、上述のベル・コット(bell cot*)に吊してある鐘を指す。

教会堂の外にいる人たちに注意を喚起する目的で鳴らされる。

☞ communion bell

- 358 -

【参考】

* 'I know several songs about bells. Funeral bells, wedding-bells, sacring-bells, sheep-bells, fire-bells, door-bells, dumb-bells, and just plain bells.'
　　　　　　　　　　　　　　　　　　　　——E. Waugh: *Decline and Fall*

629. sanctus bell(祭鈴)。St.George's RC Ch., York [E]

✤ **single bell**(ひとつ鐘): 上述の'carillon*'(カリヨン)に対し、ただひとつだけの鐘をいう。☞ 図版: 612., 613., 615.

【文例】

* ...it is pleasant to think of...the organ music sounding a soft background to the clanging of the single bell.
　　　　　　　　　　　　　　　　　　　　——H. Kelly: 'The Bell'

(…（教会の）ひとつ鐘のガランガランと鳴る音に合わせて、穏やかなバックグランド・ミューズィックを奏でているパイプオルガンの音楽(中略)を想像すると楽しい気分になる。)

第Ⅱ部　Church Exterior • 教会堂外

handbell; hand bell; hand-bell

振鐘; ハンドベル

上述の 'belfry*'（鐘楼）などに吊された鐘ではなく、手に持ち振って鳴らす小さな鐘をいう。

【文例】

　但し、次の例は教会ではなく、'city square'（都市の四角形の広場）の場面である。

＊ It(= the noise) was compounded of stream barrel-organs, the clanging of gongs, the ringing of hand-bells....

——T. Hardy: 'On the Western Circuit'

　（その騒音は、蒸気式バレルオルガン[風琴]、ゴングのガンガン、振鐘のガランガランなどの混じり合った音であった…）

✿ **communion bell** （聖餐式[聖体拝領]用振鐘）: 聖餐式（(Holy) Communion）の時に手に持ち振って鳴らす小さな鐘をいう。

　複数個、例えば、4つの鐘を組合せてひとつにしてあるのが少なくなく、'communion bells'と複数形でも用いられる。

【文例】

＊ Proggett, the sexton...stood patiently by, uncomprehending but reverent, fiddling with the little communion bell which was lost in his huge red hands.

——G. Orwell: *A Clergyman's Daughter*

　（教会管理人のプロギット（中略）は訳の分からないままにうやうやしく、そのそばにじっと立って、小さな聖餐式用振鐘を指でいじくっていたが、それは彼の大きな赤い両手の中に隠れて見えなかった。）

－ 360 －

Belfry／鐘楼; 鐘塔

630. communion bell(聖餐式用の鐘)。
珍しく手に持たずに吊してある点に留意。
a church in Cambridge [E]

第Ⅱ部　Church Exterior • 教会堂外

Buttress
控え壁; 扶壁
ふ へき

　簡単にいえば、アーチ(arch*)を構成する円筒形天井(vault*)は柱(pier*)の上
に載るが、この天井がその柱を外へ向かって押す力に抵抗し、外側からこの柱を
支える目的で構えた、石(stone)あるいはレンガ(brick)による造りを指す。補強
のため外壁面から張り出すこしらえをいう。

　イギリスの古い格言に「アーチは眠らない。」(The arch never sleeps.)というが、
アーチは下の支柱の力が弱いと、常に崩壊の危険をはらむ構造にあるためで、そ
のための補強として考案されたものである。また、この控え壁の働きによって、
支柱自体は高さの割りには細くて済み、その分だけ柱と柱の間の壁面に設ける
窓のスペースは大きく、壁の厚さは薄くすることが可能になり、ゴシック様式
(the Gothic style*)の発達を見たわけである。初期イギリス式(the Early English
style*)の建築に登場し始め、装飾式(the Decorated style*)で、以下のような様々
なタイプが用いられるようになった。

　'buttress pier'ともいわれ、縦に段というか、層(stage)を成す形になるのが通
例で、中には、壁龕(niche*)や天蓋(canopy*)や、あるいは頂部に小尖塔飾り
へきがん　　　　　　てんがい
(pinnacle*)の付けられたものもある。

　ちなみに、ノルマン様式(the Norman style*)にも控え壁(Norman buttress)は
見られるが、それは補強のための造りというよりは、むしろ装飾的なものであっ
たため、堂内の柱は太く、壁は厚いものにならざるを得なかった。もっともその
ために、控え壁自体は付柱(pilaster*)のようで、ゴシック様式に比べると、さほ
つけばしら
ど張り出しもなく平面的で、また、層[段]に分かれてはいない。☞ 図版: 643.

【用例】

　'the great carved saints above the buttresses'（控え壁の上の方にある聖人た
ちの大きな彫像）(Kelly: Roofs)/'an evening sun blazoned the buttresses of
the Cathedral'（大聖堂の外壁に立ち並ぶ控え壁を夕日が鮮やかに染めていた）
(Meredith: Farina)/'the buttresses to take the weight of the roof（天井の重み

－ 362 －

を受け取る控え壁）（Follett: Pillars）/'a massive buttress jutting out from the side of the church'（教会堂の外側面から張り出した重量感のある1基の控え壁）（Follett: Pillars）/'so many swallows' nests among the buttresses of the old Cathedral'（古い大聖堂の控え壁と控え壁との間に掛けられた幾つものツバメの巣）（Stevenson: Edinburgh）

【文例】

* *Banquo.*　　　　　　　　no jutty, frieze

　　　Buttress, nor coign of vantage, but this bird

　　　Hath made his pendent bed and procreant cradle:

　　　　　　　　　——W. Shakespeare: *MacBeth*, I. vi. 6-8

（バンクォー:　　　　　階上の床の突出部も、飾壁も、

　　　　　　　控え壁も、他の見渡すのにいいところはどこであれ、

　　　　　　　この鳥が寝床を吊り、雛鳥のための揺り篭を作らぬところはない。）

* And out of them, buttress by buttress...aspiring tower by tower, rose the cathedral.

　　　　　　　　——L. Dunsany: 'The Kith of the Elf-Folk'

（その中から、控え壁に控え壁を連ね、聳える塔に塔を連ねて、大聖堂がそそり立っていたのだ。）

　次は、後述する'flying buttress'も含めて、'buttress'の建築上の働きについて述べた下りである。

* Buttresses are of many kinds, according to the character and direction of the lateral forces they are intended to resist. But their first broad division is into buttresses which meet and break the force before it arrives at the wall, and buttresses which stand on the lee side of the wall, and prop it against the force.

　　　　　　　　——J. Ruskin: *The Stones of Venice*

（控え壁というものは、それが抵抗することを目的とする横からの力の性質

－ 363 －

第Ⅱ部　Church Exterior・教会堂外

と方向によって、多くの種類に分けられる。しかし、先ず第一段階として大雑把に分類すると、ひとつは、力が壁面に達しないうちにその力を受け止め、弱めてしまうための控え壁と、今ひとつは、壁面の背後に立ち、その力に対抗して壁面を支えるための控え壁になるのである。）

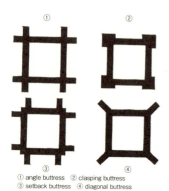

① angle buttress　② clasping buttress
③ setback buttress　④ diagonal buttress

631. buttress(控え壁)の4パターン。

632. 控え壁。側廊(aisle)(手前)と翼廊(transept)(左側)にずらりと並ぶ。Westminster Abbey [E]

633. 632.のCU。
段々になっていることに留意。

634. 控え壁。Ely Cath. [E]

- 364 -

Buttress／控え壁; 扶壁

◉ angle buttress [直交型控え壁; 直角型扶壁]: 建物の外角で、2つの控え壁が互いに90度の角度を保って築かれるタイプを指す。

635. angle buttress(直交型控え壁)。
Holy Trinity Abbey Ch., Adare [I]

636. 直交型控え壁。St.Peter's Ch., Horningsea [E]

◉ clasping buttress [覆蔽型控え壁[扶壁]]: 建物の外角の部分を包み込む形で築かれるタイプを指す。

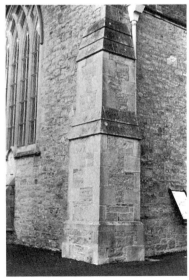

637. clasping buttress(覆蔽型控え壁)。
Holy Trinity Abbey Ch., Adare [I]

- 365 -

第Ⅱ部　Church Exterior・教会堂外

◉ diagonal buttress［対角線型控え壁［扶壁］］：4辺から成る建物の対角線上にあって、しかもその外角に築かれるタイプを指す。

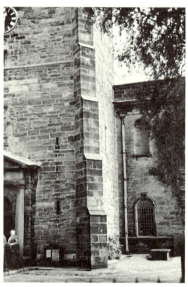

638. diagonal buttress（対角線型控え壁）。
St.Andrew's Ch., Penrith ［E］

639. 対角線型控え壁。
Holy Trinity Abbey Ch., Adare ［I］

◉ setback buttress［後退直交型控え壁; 後退直角型扶壁］：上記の'angle buttress*'において、建物の外角が幾らか露呈する具合に、2つの控え壁の位置をずらして築かれるタイプを指す。

- 366 -

Buttress／控え壁; 扶壁

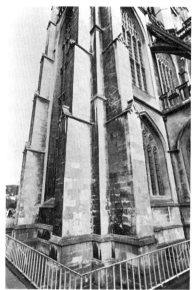

640. setback buttress(後退直交型控え壁)。
Bath Abbey [E]

641. 後退直交型控え壁。
St.Etheldreda's Ch., Bishop's Hatfield [E]

642. 後退直交型控え壁。
SS.Peter & Paul's Ch., Lavenham [E]

- 367 -

第Ⅱ部　Church Exterior • 教会堂外

flying buttress; flying-buttress

飛び控え壁

単に'flyer'とも、'arc-boutant'（発音は［アークブーターン］に近く、アクセント
は［アー］にある。）、'arch(-)buttress'、あるいは古くは'bow'ともいう。

アーチの半分(half-arch*)の形をした'buttress*'をいい、押圧力を外方から下方
へ伝える働きをする。つまり、既述した円筒形天井(vault*)から教会堂内の支柱
(pier*)に掛かる力が、このタイプの控え壁を通して、さらに外側に立つ控え壁
へ伝わり、その控え壁を下って地中の基礎へと伝達される仕組みになる。

外から見ると、既述した側廊(aisle*)から伸びて、側廊の屋根(roof*)を越えて、
クリアストーリー (clearstory*)の壁を支える形になる。

フランス建築で13世紀に考案され、イギリスではゴシック様式(the Gothic
style*)の装飾式(the Decorated style*)に用いられるようになった。このために、
窓の開口部を一層大きく、幅も広くすることが出来るようになったのである。

ちなみに、このタイプの控え壁を造るには、初めに迫枠(centering*)というアー
チ状の木製の仮の枠組みを掛け渡して置いて、それによって石の重みを支え、アー
チの形を維持し、モルタルが乾いた後に取り外すのである。☞ rib vault

【用例】

'he had also seen two churches with flying buttresses'（飛び控え壁を備えた
教会を彼は既に2つ見ていた）(Follett: Pillars)

次の'half-arch'は'flying buttress'を指す。

'the half-arches line up with the buttresses in the aisle wall'（半分アーチ［飛び
控え壁］が側廊外壁の控え壁と連なって並んでいる）(Follett: Pillars)

【文例】

* The immensely tall nave was supported by a row of graceful flying buttresses.
　　　　　　　　　　　　　　　　——K. Follett: *The Pillars of the Earth*

（とてつもなく（天井の）高い身廊は一列に並んだ優美な飛び控え壁によって
支えられているのだった。）

次の'half-arch'は'flying buttress'を指す。

－ 368 －

Buttress／控え壁; 扶壁

* ...the half-arches that would connect the tops of those buttresses with the top of the tribune gallery....
——K. Follett: *The Pillars of the Earth*

(…それらの控え壁の上部とトリビューン・ギャラリー[教会堂桟敷]の上部とを連結することになる半分アーチ[飛び控え壁]…)

【参考】
次の2例の 'half-arch' は 'flying buttress' のことである。

* ...he could visualize the half-arch, under the roof of the aisle, connecting the buttress to the foot of the clerestory.
——K. Follett: *The Pillars of the Earth*

* The half-arches would look like the wings of a flight of birds, all in a line, just about to take off.
——K. Follett: *The Pillars of the Earth*

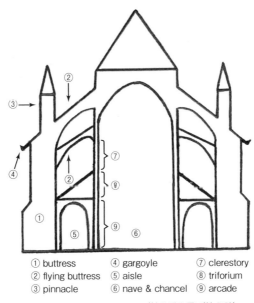

① buttress   ④ gargoyle   ⑦ clerestory
② flying buttress   ⑤ aisle   ⑧ triforium
③ pinnacle   ⑥ nave & chancel   ⑨ arcade

643. buttress & flying buttress (控え壁と飛び控え壁)。

第Ⅱ部　Church Exterior・教会堂外

① buttress　② flying buttress
644. 飛び控え壁。Westminster Abbey [E]

645. 飛び控え壁。
Westminster Abbey [E]

① flying buttress
646. 飛び控え壁。Bath Abbey [E]

① flying buttress
647. 飛び控え壁。Winchester Cath. [E]

pinnacled buttress

小尖塔飾り付き控え壁［扶壁］

上述の'buttress*'（控え壁）の頂部に、後述する小尖塔飾り（pinnacle*）が付けられたものをいう。

小尖塔飾りには、装飾の意味の他に、アーチ（arch*）を構成する支柱（pier*）の上に載る円筒形天井（vault*）が、その支柱を外へ向かって押す力に、控え壁と共に対抗する働き、つまり、アーチの崩壊を上からさらに重しを掛けて防ぐ目的もある。

14世紀のゴシック様式（the Gothic style*）の装飾式（the Decorated style*）では、控え壁はその基部から先端へ向かって次第に細くなり、層［段］（stage）を成し、頂部には小尖塔飾りを戴くようになったのである。

'The main decorative features are the large gables over the windows and the pinnacled buttresses.'（主要な装飾上の特色は、窓の上の大きな破風と小尖塔飾り付き控え壁にある。）、などと用いる。☞ 図版: 634., 644.

648. pinnacled buttress（小尖塔飾り付き控え壁）。Westminster Abbey ［E］
649. 小尖塔飾り付き控え壁。南側側廊（south aisle）。Exeter Cath. ［E］

❋ **pinnacle**（小尖塔飾り）: 控え壁（buttress*）、破風(は ふ)（gable）、欄干(らんかん)（parapet）、

- 371 -

第Ⅱ部　Church Exterior・教会堂外

塔 (tower) などの上に取り付けられた、円錐形 (conical shape) や角錐形 (pyramidal shape) の細長く垂直な尖塔状の装飾をいう。唐草飾り (crocket) その他の葉形装飾 (foil) が施されるのが通例。

　アーチ (arch*) を構成する支柱 (pier*) の上に載る円筒形天井 (vault*) が、その支柱を外へ向かって押す力に、上述の「控え壁」と共に対抗する働き、つまり、アーチの崩壊するのを防ぐ目的で、上から重しを掛けるという重要な意味もある。

　イギリスではゴシック様式 (the Gothic style*) から用いられるようになった。
☞ 図版: 632., 634., 643.

【用例】

'this glorious dominating structure with its four pinnacles' (4つの小尖塔飾りを戴いて、四方に君臨する壮麗な建造物 [大聖堂]) (Lucas: Mother) /'put a decorative pinnacle on top of each column' (どの円柱の頂部にも小尖塔飾りを載せる) (Follett: Pillars) /'a phantom city emerges spire by spire, pinnacle by pinnacle, tower by tower' (尖塔屋根に次ぐ尖塔屋根が、小尖塔飾りに次ぐ小尖塔飾りが、塔に次ぐ塔が、といった具合に、幻の都がその姿を現わす) (Morton: Search)

【文例】

* ...the Height is not above three thousand Foot, reckoning from the Ground to the heighest Pinnacle top....

——J. Swift: 'A Voyage to Brobdingnag'

(…その (塔の) 高さは、概算しても、地面から最も高い小尖塔飾りの天辺まで、3千フィートはないのです…)

　次の 'turret' は 'pinnacle' を指す。

* He put a turret on top of the buttress, to add weight and make it look nicer.

——K. Follett: *The Pillars of the Earth*

(彼はその控え壁の頂部に小尖塔飾り [小塔状のもの] を載せ、重しとし、見栄えもよくした。)

— 372 —

Buttress／控え壁; 扶壁

650. pinnacle(小尖塔飾り)。a church in Cambridge [E]

651. 小尖塔飾り。
a church in Cambridge [E]

652. 凝った造りの小尖塔飾り。
Milan Cath., Italy

第Ⅱ部　Church Exterior・教会堂外

Church Tower
教会の塔

既述した'belfry*'(鐘楼)を含め、広義での教会の塔をいう。

後述する尖塔屋根(spire*)がさらにその上に載ることもある。中世(the Middle Ages: 約500-1500)には見張りの塔としての役もあり、そのため狭間胸壁(battlement)を備えたものもある。

教会堂の西端部(west end*)に立つそれは'west[western] tower'という。ただし、左右両側にある場合は、複数形の'west [western] towers'を使う。

【用例】

'the square unembattled tower of Knollsea Church' (狭間胸壁は備えていないノルスィー教会の四角い塔) (Hardy: Hand)/'the elegant town of B——, with its fine old church-towers and spires' (美しい古い教会の塔と尖塔屋根が望める優美なB町) (Mitford: Pictures)/'The chief landmarks were the church tower and the chimney of the brewery.' (主なランドマークは教会の塔と醸造所の煙突であった。) (Orwell: Air)

【文例】

* Jack walked around to the west end of the cathedral and looked up at the twin towers.

——K. Follett: *The Pillars of the Earth*

(ジャックはぐるりと歩いて大聖堂の西端部まで来たところで、そこの一対の塔を見上げた。)

* ...you hear, at that distance, the bell of the little hidden church tower telling the hour of noon....

——W.H. Hudson:'The Wylye Valley'

(…その距離を隔てて、小さい隠れた教会の塔の鐘が正午の時を告げるのが

— 374 —

Church Tower／教会の塔

聞こえる…)

* So climb he (= Jack) did, and went up and up on the ladderlike beanstalk till everything he had left behind him——...the village and even <u>the tall church tower</u>——looked quite small....

——B.B. Sideman (ed.): 'Jack and the Beanstalk'

(そこでジャックは梯子みたいな豆の木の茎を伝って、上へ上へと登って行きました。とうとう彼の後にして来たもの全て——(中略)村や教会の高い塔でさえもが——本当に小さく見えるようになっていました…)

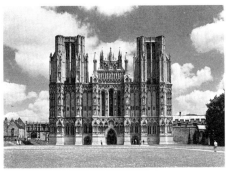

653. 左右両側の west tower (西端部の塔)。Wells Cath. [E]

654. 西端部の両塔。Lincoln Cath. [E]

655. 西端部の両塔。St.Paul's Cath. [E]

第Ⅱ部　Church Exterior・教会堂外

656. 西端部の両塔。York Minster [E]

657. 西端部の塔。その前の低い造りは出入口のポーチ(porch)。Ely Cath. [E]

658. 西端部の塔。St.Mary's Ch., Cerene Abbas [E]

659. 西端部の塔。
St.Andrew's Ch., Penrith [E]

Church Tower／教会の塔

660. 尖塔屋根(spire)を戴き、狭間胸壁を備えた塔
(battlemented church tower)。
St.Mary's Ch., Newmarket [E]

661. 狭間胸壁を備えた塔。
Holy Trinity Abbey Ch., Adare [I]
☞ 677., 678.

central tower

中央塔

既述した十字架形教会堂(cruciform church*)は身廊(nave*)と翼廊(transept*)が直角に交差するが、交差したその中央の部分から立つ塔を指す。

この塔から堂内へ明かりを採り入れることが可能であるため、'lantern tower'(採光塔)とも呼ばれる。

この塔の下に聖歌隊席(choir*)が設けられるのが通例であったが、後の時代にはそれは内陣(chancel*)へ移されるようになった。

同じ中央塔でも、ソールズベリー大聖堂(Salisbury Cathedral*)のそれのように、尖塔屋根(spire*)を持つ塔よりも、カンタベリー大聖堂(Canterbury Cathedral*)のそれのような角塔の方が、同じゴシック様式(the Gothic style*)でも、時代は後期のものに属する。また、イーリー大聖堂(Ely Cathedral*)のそれは'the Octagon'と呼ばれて、横断面が八角形を成している塔(octagonal tower)で知られている。

- 377 -

第Ⅱ部　Church Exterior・教会堂外

【用例】

'the central tower had collapsed'（中央塔はその時は既に崩壊してしまっていた）(Follett: Pillars)

次の例の'tower'はこの中央塔を指す。

'the crossing, with...the tower rising above'（その上に塔(中略)が聳えている十字交差部）(Follett: Pillars)

【文例】

* When the cold light's uncertain shower
　Streams on the ruined central tower;
　　　　　　　　　——W. Scott: *The Lay of the Last Minstrel*, II. i. 7-8

（月の冷たい頼りない光が
　崩壊した中央塔へ差し入る時、）

* ...the sublime central tower of the cathedral is seen rising serenely and majestically over the trees and roofs.
　　　　　　　　　——E.V. Lucas: 'The Mother of England'

（…大聖堂の崇高な中央塔が、木立や家々の屋根の上に、静かにそして威厳を以て聳えているのが見える。）

662. 尖塔屋根(spire)を戴く central tower(中央塔)。
　　 Salisbury Cath. [E]

Church Tower／教会の塔

663. 角塔になる中央塔。Canterbury Cath. [E]

664. 中央塔。St.Mary's Cath., Edinburgh [S]

665. 中央塔。その手前は南側翼廊(south transept)。
York Minster [E]

第Ⅱ部　Church Exterior・教会堂外

666. 中央塔。Rochester Cath. [E]

667. 中央塔。その手前は北側翼廊。Lincoln Cath. [E]

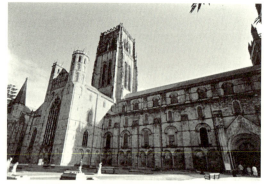

668. 中央塔。その手前は北側翼廊。Durham Cath. [E]

Church Tower／教会の塔

669. 668.の塔のパラペット(parapet)付き屋根。

670. ①通称'the Octagon'の中央塔。②左手前の塔の頂部が鐘楼(belfry)。Ely Cath. [E]

671. 670.の中央塔の真下。

第Ⅱ部　Church Exterior・教会堂外

672. 中央塔の天井 (ceiling)。
　　 リブ (rib) 装飾に留意。
　　 Peterborough Cath. [E]

673. 万華鏡を思わせる中央塔の天井。
　　 扇形ヴォールト (fan vault) に留意。
　　 Canterbury Cath. [E]

674. 中央塔の天井。
　　 リブとボス (boss) の装飾に留意。
　　 York Minster [E]

Church Tower／教会の塔

675. 中央塔。通称'crown-shaped steeple'（王冠型の尖塔）。St.Giles' Cath., Edinburgh [S]

church clock; church-clock

教会の(大)時計

　上述の'church tower*'（教会の塔）に取り付けられた時計を指し、「公衆用の大時計」の意味を持つ。

　地方によっては、それが「その土地で唯一の時計」(the only timepiece in the locality)である時代もあったのである。

　ちなみに、ケンブリッジシャー州(Cambridgeshire)のグランチェスター村(Grantchester Village)の聖アンドリュー・聖メアリー教会(SS.Andrew & Mary's Church)のその時計は、「3時10分前」(ten to three)のままにされている。これは、学生時代にこの地に下宿していた詩人 R. ブルック(Rupert Brooke: 1887-1915)が、ベルリン(Berlin)にて書いた詩'The Old Vicarage, Grantchester'(1912)の最後から2行目'(yet) Stands the Church clock at ten to three?'（あの教会の時計はまだ3時10分前で止まったままなのだろうか?）にちなんだものである。彼は第一次大戦で出征し、帰国せぬまま敗血症で亡くなった。☞ 図版: 725., 734., 737.

第Ⅱ部　Church Exterior • 教会堂外

【用例】

' "Half-past four by the church clock." ' (「教会の時計では4時半になるわ。」)
(Delaney: Taste (Ⅱ. i.))/'he heard a distant church-clock strike ten' (遠 く
の教会の時計が10時を打つのを彼は聞いた)(Collins: Hand)/'the church
clock began to strike the hour' (教会の時計が時を打ち出した)(Pearce:
Shadow-Cage)/'sit down to an excellent dinner before the church clock has
gone eleven' (教会の時計が11時を告げないうちに、昼のご馳走の席に着く)
(Blackmore: Lorna)/'the hands of the church clock, which marked five-and-
twenty minutes to nine' (9時25分前を指す教会の時計の針)(Hardy: Hand)

【文例】

* Minnie bakes oaten cakes,
　　　Minnie brews ale,
　All because her Johnny's coming
　　　　Home from sea.
　And she glows like a rose,
　　　Who was so pale,
　And "Are you sure the church clock goes?"
　　　　Says she.
　　　——C.G. Rossetti: 'Minnie bakes oaten cakes'

(ミニーはオートケーキを焼きます、
　ミニーはエールを醸造します、
　それも全てはジョニーのため、
　彼が航海から帰って来るのです。
　そうしてミニーのほおはバラの色、
　いつもはたいそう青白かった子が、
　そうして「教会の時計ってちゃんと動いていて？」
　と、ひとりごと。)

－ 384 －

Church Tower／教会の塔

【参考】

* There was a little snow on the ground, and the church clock had just struck midnight.
　　　　　　　　　　　　　　——D.H. Lawrence: 'The Last Laugh'

* ...and though it was only four by Lenton church clock the breeze suggested the fall of evening....
　　　　　　　　　　　　　　——A. Sillitoe: 'The Good Women'

* When the church clock struck, the green bus came down and was backed round at the bottom of the road by the sea.
　　　　　　　　　　　　　　——V.S. Pritchett: 'A Spring Morning'

676. church clock(教会の時計)。
St.Oswald's Ch., Grasmere [E]

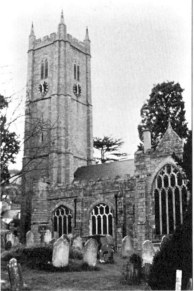

677. 教会の時計。
St.Andrew's Ch., Ashburton [E]

第Ⅱ部　Church Exterior・教会堂外

678. 教会の時計。
「3時10分前」のままにしてある。
SS.Andrew & Mary's Ch., Grantchester [E]

✤ **minster-clock:** 上述の'church clock*'に同義。☞ minster

【文例】

* "　The minster-clock has just struck two,
　　And yonder is the moon."
　　　　　　——W. Wordsworth: 'Lucy Gray, or Solitude', 19-20

（「教会の時計は2時を打ったばかり、
　そして向こうの空にはお月さん。」）

weathercock; weather vane

風見; 風見鶏

単に'vane'としても使う。
後述する教区教会（parish church*）の塔（church tower*）の尖塔屋根（spire*）の頂部には、金属製のプレート（metal plate）による簡単な風向計が取り付けられている場合があるが、それを指す。

- 386 -

中世(the Middle Ages: 約500-1500)には、農夫が小麦を刈り取るべきか否かを判断する際にも利用した。デザインは雄鶏(cock)が通例だが、ロンドンの焼失した方のセント・ポール大聖堂(St. Paul's)のそれは、鷲(eagle)が用いてあった。

また、教会ではなく個人の家の屋根にも、例えば、紋章(armorial bearings)などをバナー旗(banner)の形にデザインしたものが付けられることもある。

ちなみに、上記の雄鶏は聖ペテロ(St.Peter)の表象(emblem)として使われているため、教会の風見にも用いられているが、それは新約聖書(the New Testament)のマタイ伝(Matthew 26: 75)によると、聖ペテロがイエス・キリストに「お前は鶏が鳴く前に、3度私を知らないというであろう。」(Before the cock crow, thou shalt deny me thrice.)と、いわれたという故事に由来している。

【用例】

'a little weathercock-surmounted cupola'（風見の付いている小さなキューポラ）(Dickens: Carol)

【文例】

＊ On the top of the church tower was a large, not to say ostentatious, gilt weather-vane, that glinted in the sun....

——J.J. Hissey: *Through Ten English Counties*

（教会の塔の天辺には、けばけばしいとまではいえないものの、金色の大きな風見鶏が載っていて，太陽の光にきらきら輝いていた…）

＊ It(= the spire) bore upon its summit not only a ball and cross, but a large eagle, which served as a weathercock.

——L. Hunt: *The Town*

（その尖塔屋根の頂部には「十字架に玉」の飾りだけではなく、「大きな鷲」も載っていて、後者は風見としての役も果たしていた。）

第Ⅱ部　Church Exterior・教会堂外

680. 風見鶏。St.John the Baptist Ch., Stokesay [E]

679. weathercock（風見鶏）。民家。
Barrington Village, Cambridgeshire [E]

681. 風見。民家。Near Sawrey Village, Cumbria [E]

682. 風見鶏。St.Mary's Ch.,
Whitchurch-on-Thames [E]

- 388 -

Gargoyle; Gurgoyle
(1) ガーゴイル

　'throat'(喉)を意味するフランス古語の'gargouille'(発音は[ガルグイユ]に近い)に由来する。

　教会堂の屋根の樋(とい)(roof gutter)から突き出している石造りの「雨水の落とし口」(waterspout)で、奇怪な人面や怪奇な獣の姿形に彫られているのが通例。

　その口を通して雨水(rainwater)を遠くへ落とし、堂の壁面を汚さないためのものである。塔(church tower*)などの屋上に設けられたパラペット(parapet: 手摺壁)が、雨水の排水の妨げとなるので、落とし口が必要になるのである。

　あるいはまた、雨水は堂の屋根の基部の樋から、既述した「飛び控え壁」(flying buttress*)の上部に設けた溝を通って、一番外側に立つ「控え壁」(buttress*)に取り付けられた水の落とし口から排出される仕組みである。

　古代ローマ建築のグロテスクな装飾と同様に、その怪異な彫り物には「魔除け」の意味が込められている。以下の(2)の場合も含めて、ゴシック様式(the Gothic style*)および19世紀のゴシック様式復興(the Gothic Revival*)の特色である。

　ちなみに、樋の考案される以前は、屋根が下の塔の外側へ張り出す形になっていて、雨水が壁面を直接に流れ落ちるのを防いではいたが、その場合も、張り出し部分を支える「持送り」(corbel*)にも、奇怪な顔などが彫られていた。

☞ 図版: 643.

683. 塔(tower)の屋根に設けられたparapet(パラペット)。Durham Cath. [E]

第Ⅱ部　Church Exterior・教会堂外

684. waterspout(雨水の落とし口)。
a church in Haverihill [E]

685. gargoyle(ガーゴイル)。
SS.Peter & Paul's Ch., Lavenham [E]

686. ガーゴイル。
a church in Cambridge [E]

687. ガーゴイル。Abbotsford
(W.Scottの旧邸)。the Borders [S]

- 390 -

Gargoyle; Gurgoyle／(1) ガーゴイル

688. ガーゴイル。London [E]

① gargoyle
② buttress
③ flying buttress

689. 控え壁(buttress)のガーゴイル。York Minster [E]

690. ガーゴイルの列。Trinity Lane, Cambridge, Cambridgeshire [E]

第Ⅱ部　Church Exterior • 教会堂外

(2) ガーゴイル

　上記(1)の「雨水の落とし口」ではないが、教会堂の塔などに据えてある面妖な「(装飾的)彫刻物」を指す。

　以下の【用例】【文例】は上記(1)あるいは(2)の意味である。

【用例】

　'gaping gurgoyle' (あんぐりと口を開けたガーゴイル)(Tennyson: Mary)/'the gargoyles leering over the wall-edge' (壁の縁越しに嫌な目付きで見ているガーゴイル)(Kelly: Roofs)/'There were gargoyles on the tower, opening their cold stone mouths at him.' (塔の上にはガーゴイルどもがいて、彼へ向かってどれもこれも冷たい石の口を開けていた。)(Hill: King)

【文例】

＊ All Christian temples worth talking about have gargoyles; but Bruges Belfry is a gargoyle. It is an unnaturally long-necked animal, like a giraffe.

——G.K. Chesterton: 'The Tower'

　(話題にする価値のあるキリスト教の教会はいずれもガーゴイルを備えている。しかし、ブルージュの鐘楼はそれそのものがガーゴイルである。キリンの如く不自然に首の長い動物なのだ。)

＊ High up overhead the snow settled among the tracery of the cathedral towers....The gargoyles had been transformed into great false noses, drooping towards the point.

——R.L. Stevenson: 'A Lodging for the Night'

　(見上げる遥か高みにある大聖堂の塔のトレーサリーには雪が積もっていた(中略)。ガーゴイルも、先の垂れ下った巨大な鼻へと、疾うに姿を変えてしまっていた。)

— 392 —

Gargoyle; Gurgoyle／(2) ガーゴイル

691. ガーゴイル。 Notre Dame, Paris, France

第Ⅱ部　Church Exterior ● 教会堂外

Roof
屋根

　教会堂の屋根をこしらえるには、先ず、トラス(truss)と呼ばれる木製の三角形の枠組を作るが、それは木材を「ほぞ穴接合」(mortice-and-tenon joint)によって、つまり、凹部(mortice)に凸部(tenon)を差し込んで接合し、それに金釘(nail)ではなくオーク材の木釘(oak peg)を用いて仕上げる。

　仕上がったトラスを連続的に並べて組み立て、それに防腐剤(pitch)を塗った上で、その上から鉛版(lead sheet)を張って完成ということになる。ただし、既述した円筒形天井(vault*)は、この屋根の下にこしらえられることになるわけである。

　鉛版は高価だが、錆びないので最も多く用いられたが、亜鉛板(zinc sheet)や銅版(copper sheet)、場合によってはスレート(slate)も使用された。鉛版はゴシック様式(the Gothic style*)の装飾式(the Decorated style*)で用いられるようになったが、それ以前は、オークやニレ(elm)からとった'shingle*'と呼ぶ板材でふいていた。

　ちなみに、後述するヘンリーⅧ世(Henry Ⅷ)による修道院の解体(the Dissolution of the Monasteries*)の際には、その建物の中で最も価値のあるものとして、この鉛版が真っ先に剥がし取られたものであった。また、屋根職人は'roofer'という。

　また、教会以外の一般建築には、15世紀後半になって'flat ceiling'（平天井）が取り入れられ、板材(timber)や、それと組合せて漆喰(plaster)などを用いて、屋根裏を平らに隠すようになり出した。それ以前は、屋根の小屋組みが露出したままだったのである。16世紀の後半からは既述した'rib*'（リブ）が装飾に用いられるようになった。

【文例】

* Above them, the roofers were unrolling great sheets of lead and nailing them to the rafters....

－ 394 －

Roof／屋根

——K. Follett: *The Pillars of the Earth*

（彼らの頭上では、屋根職人たちが大きな鉛板を広げて、それを垂木に釘で打ち付けていた…）

次の例は、上記の解説にも述べた通り、石造りの円筒形天井の上に三角形の屋根が載る構造であることが分かる。

* The new church was peculiar in appearance: <u>the rounded stone ceiling would eventually have a triangular wooden roof over it</u>, but now it looked unprotected, like a bald man without a hat.

——K. Follett: *The Pillars of the Earth*

（新しい教会は外観が独特であった。石造りの円筒形天井の上に最終的には三角形の木造の屋根が載ることになろうが、今の時点では、まるで帽子を被っていない禿頭みたいに、むき出し状態に見えた。）

【参考】

* That was the nave, seen from the end. It would have <u>a flat wooden ceiling</u>, like the old church.

——K. Follett: *The Pillars of the Earth*

① roof ② vaulted ceiling
③ nave ④ aisle ⑤ buttress

692. roof（屋根）。

第Ⅱ部　Church Exterior・教会堂外

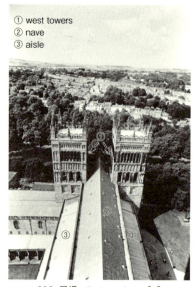

① west towers
② nave
③ aisle

693. 屋根。Durham Cath. [E]

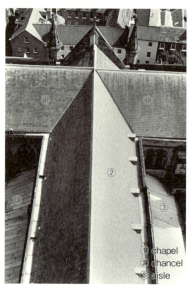

① chapel
② chancel
③ aisle

694. 屋根。三角形の屋根組みに留意。Durham Cath. [E]

695. 小屋組みが露出したままの屋根。
St.Edward the Martyr Ch., Corfe Castle Village [E]

696. 小屋組みが露出したままの屋根。
Holy Trinity Ch., Long Melford [E]

Roof／屋根

697. 平天井ではないが、装飾の施された小屋組み。身廊(nave)。
St.Mary Magdalene Ch., Taunton ［E］

698. 装飾の施された小屋組み。
St.Edmundsbury Cath. ［E］

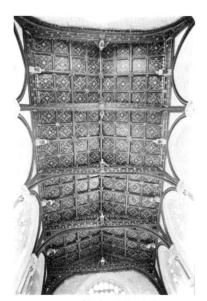

699. リブ(rib)の装飾に留意。
Lady's Chapel, Exeter Cath. ［E］

第Ⅱ部　Church Exterior・教会堂外

Rose; Rose Window; Rose-Window
バラ窓

'rosette'あるいは'rosace'ともいう。

大聖堂(cathedral*)など教会の正面出入口(west door*)の上、あるいは南北にある翼廊(transepts*)の出入口の上などに組み込まれた円形の窓で、バラの花や葉形飾り(foil)を象って、曲線を描くトレーサリー (tracery)を模様としている。通例は、美しいステンドグラス(stained glass*)がはめ込まれている。

そもそも太陽を表す円形は、キリスト教では「永遠」(eternity)の象徴でもある。また、この窓のデザインに用いられる二大テーマは「キリストと聖母マリア(the Virgin Mary)の栄光を讃えること(glorification)」と、「最後の審判(the Last Judgement)の審判官(the Apocalyptic Judge)としてのキリスト」である。

この窓はロマネスク様式(the Romanesque style*)およびゴシック様式(the Gothic style*)の後期の教会建築の特徴のひとつである。その面積は12世紀の中葉から次第に大きなものになり、やがて13世紀の中葉あたりでは身廊(nave*)の横幅ほどの直径を持つようになった。ヨーロッパの教会、とりわけフランス西北部のノルマンディー地方(Normandy)の教会の西側正面には多く見られるが、イングランドの教会の場合、どちらかというと、西側正面よりは翼廊の出入口の上に設けられていることが多い。

'the impressive stained-glass rose window' (心を打たれるステンドグラスのバラ窓)とか、'the famous rose high above the doorway' (教会入口のずうっと上にある有名なバラ窓)などという表現は、ガイドブックや案内パンフレットによく見られる。

ちなみに、キリスト教では、赤いバラは「殉教」(martydom)、白いバラは「純潔」(purity)と「敬虔な信仰」(piety)のシンボルになる。また、バラはエデンの園(the Paradise)に咲いていた時には刺(thorn)はなかった。しかし、人間の始祖であるアダム(Adam)とイヴ(Eve)が堕落して楽園を追放されて以来、地上に咲くようになったこの花は、その犯した罪を思い起こさせるために刺を持つようになったが、楽園の素晴らしさをも忘れさせないように、花の美しさと芳香は変わってい

- 398 -

ないとされる。

「聖母マリア」(the Virgin Mary)が「刺のないバラ」(a rose without thorns)と呼ばれるのは、彼女が原罪(original sin)を免れているからで、バラは彼女のシンボルでもある。キリスト教美術で、バラに囲まれた聖母マリアの図柄が描かれるのもそのためである。

【文例】

* He moved abruptly away from the tomb and to the altar. He stood before it, staring up at the rose window, his back to the vicar.

——P. Buck: *Death in the Castle*

(彼は不意に墓碑を離れて祭壇へ進んだ。彼はその前に立つと、牧師へ背を向けたまま、バラ窓をじっと見上げていた。)

* At the back of the old church was an enormous rose-window, which we may imagine the young poet to have contemplated with delight, in his fondness for ornaments of that cast....

——L. Hunt: *The Town*

(その古い教会の裏側には巨大なバラ窓があるが、当の若き詩人が、その色合の装飾が自分の趣味に適うところから、喜びの気持ちを抱いてその窓に見入っていた、などという想いを馳せて見ることも出来る…)

次は、石工の頭領が描いた大聖堂の内陣の新たな設計図を眺めながら、その娘のサリーが東端部に設ける窓のことで提案したのは、全く新しい発想によるもので、それこそまさにこの窓である。

* Sally said: "Or one big round window like a rose."
That was a stunning idea. To someone standing in the nave, looking down the length of the church toward the east, the round window would seem like a huge sun exploding into innumerable shades of gorgeous colour.

——K. Follett: *The Pillars of the Earth*

(サリーは言った、「そうでなければ、大きなバラのような円い窓をひとつね。」

第Ⅱ部　Church Exterior・教会堂外

それは衝撃的なアイディアだった。身廊に立って聖堂内をずっと奥の東端部まで眺め遣る時、その円形の窓は、あたかも巨大な太陽が爆発を起こし、絢爛たる色彩の無数の破片となって飛び散っているように思えるであろう。)

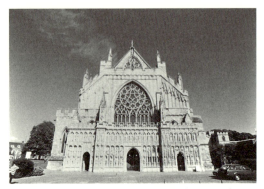

700. rose window(バラ窓)。西側正面(west front)。
Exeter Cath. [E]

701. 700.のCU。

Rose; Rose Window; Rose-Window／バラ窓

702. バラ窓。北側翼廊(north transept)。
Westminster Abbey [E]

703. 702.のCU。

704. バラ窓。南側翼廊(south transept)。York Minster [E]

第Ⅱ部　Church Exterior・教会堂外

705. 704.の内側。

706. 通称「主教の目の窓」(the Bishop's Eye Window)というバラ窓。南側翼廊。Lincoln Cath. [E]

707. 706.の内側。

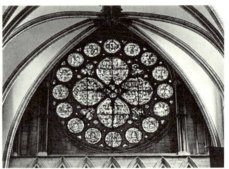

708. 通称「主席司祭の目の窓」(the Dean's Eye Window)というバラ窓。北側翼廊。Lincoln Cath. [E]

709. バラ窓。東端部窓(east window)。Durham Cath. [E]

Rose; Rose Window; Rose-Window／バラ窓

wheel window; wheel-window
車輪窓

'Catherine wheel'、'Catherine-wheel window'、あるいは'marigold window'ともいう。

上述の'rose window'に同義としてもよいが、厳密にいえば、トレーサリー(tracery)の模様が中心から放射状に直線を描いて、「車輪の輻」(spoke)を連想させるような形で、比較的シンプルな装飾になるものを指す。

'rose window*'のモチーフより、こちらの方が時代は古く、11世紀～12世紀のロマネスク様式(the Romanesque style*)に多く用いられた。

'Catherine wheel'の名称の由来は、殉教者の聖カタリナ(St. Catherine of Alexandria: ?-307)にある。彼女が拷問に掛けられた時に使用された刑具が'spiked wheel' (周囲に突起のある車輪)であったことから来ている。ちなみに、彼女はその拷問刑の後に断首された。

また、'marigold' (マリーゴールド)は聖母マリア(the Virgin Mary)へ捧げられた花で、彼女を祭った礼拝堂(the Lady Chapel*)に、この花を象ったトレーサリーの模様を持つ窓を取り入れることが多かったことから、'marigold window' (菊花窓)の名称が使われたのがそもそもで、その後'wheel window'と同義でも用いられるようになった。

710. wheel window(車輪窓)。a church in London [E]

711. 車輪窓。a church in Dumfries [S]

- 403 -

第Ⅱ部　Church Exterior・教会堂外

Spire
尖塔屋根

　教会[大聖堂]のそれは、敢えて'church [cathedral*] spire'ともいう。

　語源は植物の「新芽[若芽]; 草の葉」の意味の'spire'からで、この屋根も先端へ向かって先細りする(tapering)ことにある。

　後述する'steeple*'のような塔(tower)の屋根(roof)の部分を指し、石造りや木造で、円錐形(conical shape)あるいは多角形(polygonal)の角錐形(pyramidal shape)になる。

　木造の場合は、鉛板(lead sheet)か、もしくはオーク(oak)やニレ(elm)から取った'shingle'という板材でふかれた。

　通例は八角錐(octagonal spire)だが、この屋根の載る下の塔自体は、横断面が正方形(square)になる。通例は、十字架(cross*)や風見鶏(weathercock*)がその先端部に取り付けられてある。

　イングランドでは、中部の州ノーサンプトンシャー (Northamptonshire)や東部の州リンカンシャー (Lincolnshire)が良質の石材に恵まれていたので、石造りではこの地方に立派なものが多く見られる。南部の州ウィルトシャー(Wiltshire)にあるソールズベリー大聖堂(Salisbury Cathedral*)のそれは、高さ約123mになり、イギリスで最も高いものとして知られる。

　こういう高く尖った造りの屋根は、ゴシック様式(the Gothic style*)の特色であって、特に装飾式(the Decorated style*)に発達を見た。それ以前のノルマン様式(the Norman style*)の塔には、低くてずんぐりしたピラミッド型の屋根が載っていたのである。

　'crocketed spire'といえば、この屋根の周囲を下から上まで「唐草飾り」(crocket)で飾ってあるものを指し、'lead spire'もしくは'lead-covered spire'となると、鉛板でふいたものを意味する。

　'the octagonal stone spire rising from a square tower'と表現されれば、「四角い塔の上に聳える八角形の石造りの尖塔屋根」のことである。

　また、M. アーノルド(M. Arnold)は「サーシス」('Thyrsis')の中で、オックス

－ 404 －

フォード（Oxford）の町こそ、この尖塔屋根が数多く天を突いていて美しい（And that sweet City with her dreaming spires.）と、歌っている。

　後述するが、この屋根は大別して、「ブローチ尖塔屋根」（broach spire*）と「パラペット付き尖塔屋根」（parapet spire*）の2種になる。

　ちなみに、既述した'pinnacle*'（小尖塔飾り）や'turret'（小塔）の頂部の小さい'spire'は、'spirelet［spire-let］'という。また、'spire light'は尖塔屋根に設けられた小さい窓のことで、内側に明かりを採り入れるよりは、外側を照らす目的のものである。☞ flèche

【用例】

　'the clocks under church spires'（教会の尖塔屋根の下の時計）（Davie: Time）/'a church spire shows itself above the roofs'（家々の屋根の上高く、教会の尖塔屋根が姿を見せる）（Stevenson: Edinburgh）/'the cathedral spire visibly pierces the sky'（大聖堂の尖塔屋根は目の当たり天を貫いている）（Lucas: Capital）/'church spires rising bravely from the sea of roofs'（打ち続く屋根の海から勇ましく聳え立つ幾つもの教会尖塔屋根）（Stevenson: Edinburgh）/'he could see the spires of many churches a long way off（彼には遥か遠くに幾つもの教会の尖塔屋根が見えた）（Summerly（ed.）: Jack）/'the elegant town of B——, with its fine old church-towers and spires'（美しい古い教会の塔と尖塔屋根が望める優美なB町）（Mitford: Pictures）/'far off there appeared a church spire, it grew into a pointed little church'（遠くの方に教会の尖塔屋根が現われ、近づくにつれそれは尖塔のある小さな教会になった）（Sansom: Cat）/'a cloud cracked into flame behind the iron spire of the cathedral'（大聖堂の鉄製の尖塔屋根の背後で、（雷のせいで）ひとつの雲が裂け火炎となった　）（Hardy: Hand）/'the church itself, if it were not for the spire, would be unrecognisable'（教会堂そのものは、もし尖塔屋根がなかったとしたら、それとは識別出来ないであろう）（Stevenson: Edinburgh）/'a ray of the setting sun caught the spire of the church in the village'（西日の光線が村の教会の尖塔屋根に当たった）（Buck: Death）

第Ⅱ部　Church Exterior・教会堂外

【文例】

＊ The spire was of timber. It bore upon its summit not only a ball and cross, but a large eagle, which served as a weathercock.
　　　　　　　　　　　　　　　　　　　　——L. Hunt: *The Town*

（その尖塔屋根は木造であった。頂部には「十字架に玉」の飾りだけではなく、「大きな鷲」も載っていて、後者は風見としての役も果たしていた。）

712. spire（尖塔屋根）。Salisbury Cath. [E]

713. 712.のCU。

714. 尖塔屋根。St.Mary's Ch., Killarney [I]

- 406 -

Spire／尖塔屋根

715. 鉛板でふいた尖塔屋根(lead spire)。その下の塔も八角形に留意。St.Mary the Virgin Ch., Great Shelford [E]

716. 'spire light' (尖塔屋根の小窓)。a church in Cambridge [E]

broach spire; broached spire

ブローチ尖塔屋根

上述の'spire*'のうちで、横断面が正方形(square)でパラペット(parapet: 手摺壁)の付かない塔(tower)の上に載る八角形のそれ(octagonal spire*)をいう。ただし、尖塔屋根に覆われない塔の四隅の三角形の部分には、'broach'と呼ばれるピラミッド(pyramid)の半分の形をした控え壁(buttress)が付く。

しかし、塔の四隅が屋根で覆われる場合は、屋根の末端部のその四隅が削ぎ取られた形に、勾配が付くこともある。

後述する'parapet spire*'(パラペット付き尖塔屋根)より古く、初期の型に属す。

ちなみに、単に'broach'のみで、イングランドの北部の地方によっては、'spire'の意味、特にパラペットの付かない正方形の塔の上の'spire'——八角形とは限らない——を指すこともある。

'The church was given a broach spire.'(その教会堂にはブローチ尖塔屋根が載っ

第Ⅱ部　Church Exterior・教会堂外

ていた。)とか、'The broach spire stands in perfect harmony on the tower.'（そのブローチ尖塔屋根は、完全に調和を保って塔の上に載っている。)、などと用いる。

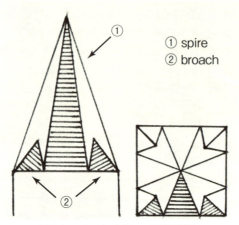

717. broach spire（ブローチ尖塔屋根)。

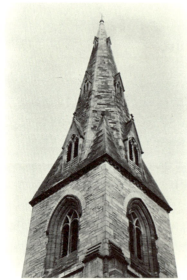

718. ブローチ尖塔屋根。'broach'が付くタイプ。'spire light'（尖塔屋根の小窓)にも留意。
All Saints' Ch., Dorchester [E]

719. ブローチ尖塔屋根。
「ブローチ」が付くタイプ。
St.Ives Free Ch., Cambridgeshire [E]

- 408 -

Spire／尖塔屋根

720. ブローチ尖塔屋根。四隅が削ぎ取られたタイプ。a church in Turnbridge Wells [E]

721. ブローチ尖塔屋根。四隅が削ぎ取られたタイプ。St.Andrew's Ch., Taunton [E]

flèche

細身尖塔屋根; 小尖塔屋根

発音は[フレィッシュ; フレッシュ]に近く、アクセントは[レィッ][レッ]にある。

'rood spire*'もしくは'spirelet[spire-let]*'ともいう。語源は'arrow'(矢)の意味のフランス語'flèche'にある。

上述の'spire*'の一種であるが、ゴシック様式(the Gothic style*)の教会堂の、身廊(nave*)と翼廊(transept*)の交差する屋根の上などから出る、特に細長い(slender)ものを指す。

金属製もあるが、通例は木製で、鉛版(lead sheet)でふいてあり、彫刻その他の装飾が施されてある。また、既述した'sanctus bell*'(祭鈴)を持つのが通例。

特にフランス教会建築に多く見られ、中でもパリのノートルダム寺院(Notre Dame)やアミアンのアミアン大聖堂(Amiens Cathedral)のそれが有名で、後者のそれはそれだけで50mの長さを持つ。

- 409 -

第Ⅱ部　Church Exterior・教会堂外

【文例】
次の例はフランスの大聖堂のそれである。

＊　'The air is clearing already; I fancy I saw a sunbeam or two.'
'It will be lovelier above,' said Ethelberta. 'Let us go to the platform at the base of <u>the flèche</u>, and wait for a view there.'
　　　　　　　　　　　　　——T. Hardy: *The Hand of Ethelberta*

（「空はもう晴れて来ています。確か、僅かながら日光も先程差していました。」「上へ登ればもっと素敵でしょう」とエセルバータは言った。「フレィッシュ［尖塔屋根］の下のところにある壇まで行って、そこで展望が利くのを待ちましょう。」）

722. flèche（細身尖塔屋根）。
Notre Dame, Paris, France

723. 722.のCU。
唐草飾り（crocket）にも留意。

parapet spire

パラペット付き尖塔屋根

上述の'spire*'のうち、その屋根の載る塔(tower)の四辺に沿ってパラペット(parapet: 手摺壁)が設けられたものをいい、上述の'broach spire*'（ブローチ尖塔屋根）より一層細い屋根になる。

ゴシック様式(the Gothic style*)の装飾式(the Decorated style*)にも見られるが、特に垂直式(the Perpendicular style*)の特色である。

その修理を行なう場合、「ブローチ尖塔屋根」では、塔の上は屋根で覆われているため、そこに足場を組むスペースが無く、屋根まで届く足場を地上から築かねばならず高価についたが、この方式の尖塔屋根では、屋根の周囲の外側でパラペットの内側に、足場を組む余地が残されており、安価に済んだのである。

☞ 図版: 715., 716.

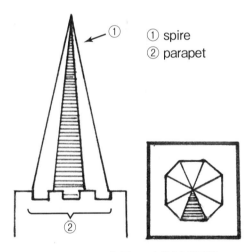

724. parapet spire（パラペット付き尖塔屋根）。

第Ⅱ部　Church Exterior・教会堂外

725. パラペット付き尖塔屋根。
SS.Peter & Paul's Ch., Pickering [E]

726. パラペット付き尖塔屋根。
St.John's Ch., Keswick [E]

727. パラペット付き尖塔屋根。
St.John's Kirk, Perth [S]

❋ **needle spire**(針形尖塔屋根): 上述の'parapet spire*'の一種で、塔(tower)のパラペットよりずっと内側から立つ細いものをいう。

'ball-topped needle spire'といえば、「先端に玉を装飾として持ったもの」を指す。'the cloud-piercing needle'(雲を貫く針)とか、'the skyperched needle of stone'(天を載せる石の針)などと、単に'needle'を比喩的に用いて、これを指すこともある。

728. needle spire(針形尖塔屋根)。
St.Mary's Ch., Newmarket [E]

729. ball-topped needle spire
(先端に玉を戴いたタイプ)。
St.John the Baptist Ch., Widford [E]

❋ **octagonal spire with flying buttresses:**(飛び控え壁付き八角尖塔屋根): 上述の'parapet spire*'の一種で、塔(tower)の四隅の「小尖塔飾り」(pinnacle*)から「飛び控え壁」(flying buttress*)が伸びて、八角錐の屋根(octagonal spire)の下の八角形の塔を支える形になるものを指す。

敢えて丁寧に'octagonal spire (on tower) with pinnacles and flying buttresses'ともいう。

第Ⅱ部　Church Exterior・教会堂外

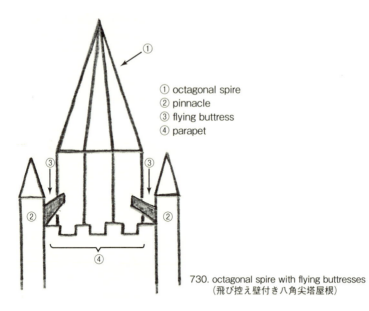

① octagonal spire
② pinnacle
③ flying buttress
④ parapet

730. octagonal spire with flying buttresses
（飛び控え壁付き八角尖塔屋根）

731. 飛び控え壁付き八角尖塔屋根。
St.John's Ch., Bury St.Edmunds [E]

732. 飛び控え壁付き八角尖塔屋根。
St.Swithin's Ch., Lincoln [E]

Spire／尖塔屋根

✱ **octagonal spire with pinnacles**（小尖塔飾り付き八角尖塔屋根）: 上述の'parapet spire*'の一種で、塔(tower)の四隅に既述した「小尖塔飾り」(pinnacle*)が付いた八角錐のそれを指す。

敢えて丁寧に'octagonal spire on tower with pinnacles'ともいう。

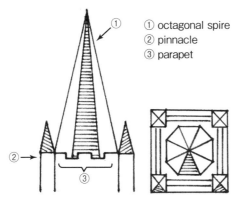

① octagonal spire
② pinnacle
③ parapet

733. octagonal spire with pinnacles
（小尖塔飾り付き八角尖塔屋根）

734. 小尖塔飾り付き八角尖塔屋根。
All Saints' Ch., St.Ives ［E］

735. 小尖塔飾り付き八角尖塔屋根。
St.Mary's Cath., Newcastle upon Tyne ［E］

- 415 -

第Ⅱ部　Church Exterior • 教会堂外

steeple

尖塔

敢えて'church steeple'ともいう。

上述の「尖塔屋根」(spire*)およびその屋根の載る「塔」(tower)とを合わせていう。

教会堂の屋根(roof*)の上にこの'steeple'全体が載る形になる場合もある。通例は、これがそのまま既述した鐘楼(belfry*)でもある。ただし、'spire'を持たない教会の塔だけを指していうこともある。従って、特に'spire'を持つそれを誤解なく伝える時は、敢えて'spire(-)steeple'という。

ちなみに、この中に設けてある階段は'steeple stairs'と呼ばれる。

また、'steeplechase'（障害物競馬）は、'cross-country horse race'［'point-to-point'］（クロスカントリー競馬）の意味の場合もあるが、昔は'church steeple'をゴールの目印にして行なわれたからである。☞ church tower

下記にも引例したが、K. グリーナウェイが『窓の下で』の中で、魔女の箒に乗って天翔た後、一休みする場所として子供たちを誘っているのはこの塔のことであり、O. ワイルドの「幸福な王子」で、燕がエジプトへの旅立ちに胸を膨らませて、暫らくの間、羽をたたんだのもこの塔であった。

C. ラムの「初めての教会訪問」で、生まれて初めて教会を訪ねる主人公の少女の目に最初に飛び込んで来たのも、彼方に聳えて見えるこの高い塔であった。また、L. スターンの『トリストラム・シャンディ』の中に、模型の町づくりの所で、トゥビー (Toby)がこの塔のある教会をこしらえて加え、トリム (Trim)がそれに鐘(bell*)を吊すことを提案する場面がある。

【用例】

'a rook wheeling round the steeple'（教会の尖塔の周りを輪を描いて飛んでいるミヤマガラス）(C. Brontë: Jane)/'climb the winding steeple stairs'（尖塔の中の螺旋階段を上がる）(Kelly: Ringer)/'the squat steeple of the Methodist church'（メソジスト教会のずんぐりした尖塔）(Plunkett: Half-Crown)/'the steeples called good people all to church and chapel'（尖塔という尖塔の鐘が鳴り響いて、善男善女をそれぞれの宗派の教会へ招いた）(Dickens: Carol)

－ 416 －

/'the steeple, which bears a gilded cock on its top, is modern' (その天辺に金色の風見鶏を戴いた尖塔はモダンな造りになっている)(Borrow: Wales) /'The steeple of the church rose clear and gleaming above the tall houses.'(教会の尖塔は高い家並みに抜きん出て聳え、日の光に輝いていた。)(Plunkett: Janey)

【文例】

＊ Little boys and girls, will you come and ride
  With me on my broomstick, ——far and wide?
  First round the sun, then round the moon,
  And we'll light on the steeple, to hear a merry tune.
  ——K. Greenaway: *Under the Window*

(よい子たち、わたしといっしょに乗らないかい？
  魔法のほうきにさ——遠くまで飛んでって、
  まずはお日さまをひと回り、次にお月さまをひと回り、
  そうして、とんがりぼうしの教会の塔におりて、楽しいしらべを聞くのさ。)

＊ ...my uncle Toby thinking a town looked foolishly without a church, added a very fine one with a steeple.——Trim was for having bells in it....
  ——L. Sterne: *Tristram Shandy*

(…私の叔父トッビーは教会のない町など間が抜けて見えると考えて、尖塔を備えた実に見事な教会をひとつ付け加えたのです。——トリム伍長はその中に鐘を吊した方がいいというのでした…)

＊ "To-night I go to Egypt," said the Swallow, and he was in high spirits at the prospect...and sat a long time on top of the church steeple.
  ——O. Wilde: 'The Happy Prince'

(「今夜こそエジプトへ立つのだ」と、ツバメは自分にいいきかせました。そうして、期待に胸ふくらませ(中略)教会の尖塔の天辺にしばらく止っていました。)

－ 417 －

第Ⅱ部　Church Exterior・教会堂外

＊ At length the tall steeple of St. Mary's church came in view. It was pointed out to me by my father, as the place from which that music had come which I had heard over the moor, and fancied to be angels singing.

——C. Lamb: 'First Going to Church'

（ついに聖メアリー教会の高い尖塔が見えて来ました。それを父が指差して教えてくれたのですが、今まで荒野の向こうから聞こえて来た音楽、天使たちが歌っているものと私が空想していたあの音楽の出所とわかったのでした。）

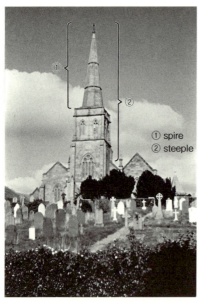

736. steeple（尖塔）。Keswick Cath. [E]

① spire
② steeple

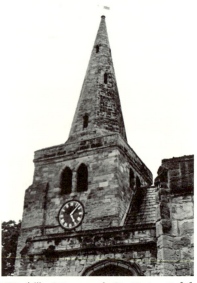

737. 尖塔。St.Lawrence's Ch., Warkworth [E]

- 418 -

Spire／尖塔屋根

738. 尖塔。
a church at Harting Village, E.Sussex [E]

739. crown-shaped steeple（王冠の形の尖塔）。
St.Giles' Cath., Edinburgh [S]

740. 739.に似ている点に留意。St.Leonard's-
in-the-Fields and Trinity Ch., Perth [S]

第Ⅱ部　Church Exterior・教会堂外

✣ **bell floor; bell stage:** 上述の'steeple*'の中で、鐘(bell*)が吊してある部屋(bell chamber)、もしくはその部屋のある階(floor)を指していう。☞ belfry

✣ **steeplejack**（尖塔職人）: 上述の'steeple*'や高い煙突(chimney)の構築や修理や塗装を仕事とする職人をいう。
　　また、「そういう職人として働く」の意味の動詞の用法もある。☞ 図版: 713.

741. steeplejack（尖塔職人）の仕事。Norwich Cath. [E]

742. 741.のCU。唐草飾りの尖塔屋根
　　（crocketed spire）にも留意。

- 420 -

Statues of Angels[Apostles; Saints]
天使[使徒; 聖人]の石・青銅などの彫像群

　教会堂の、例えば外壁に彫られた天使[使徒; 聖人]の石や青銅などの彫像群を
いう。

　通例は壁龕^(へきがん)(niche)の中に置かれて並び、それを表現して例えば、'rows of
niches with an apostle in each'(そのひとつひとつに使徒の石像が入った壁龕の列)
などという。また、'the statues of the saints on the cathedral's west front'といえば、
「大聖堂の西の正面に刻まれた聖人たちの彫像」を指す。

　下記にも引例したが、R.L. スティーヴンスンの「一夜の宿」には、この彫像群が
雪をかぶった場面の描写がある。O. ワイルドの「幸福な王子」の中で、王子の使
いに出された燕が飛びながら見たのも、大聖堂の塔に彫られたこの天使たちの像
であった。また、C. ラムの「初めての教会訪問」の中で、主人公の少女が教会堂
の壁面に見た通り、この彫り物の中には、神聖な感じを与えるもののみならず、
グロテスクなものも少なくない。

　ちなみに、既述した「内陣仕切り障壁」(chancel screen*)にも同様のものが見
られる。

【文例】

＊ High up overhead the snow settled among the tracery of the cathedral towers.
Many a niche was drifted full; many a statue wore a long white bonnet on its
grotesque or sainted head.

　　　　　　　　　　　　　　　　　　——R.L. Stevenson: 'A Lodging for the Night'

（見上げる遥か高みにある大聖堂の塔のトレーサリーには、雪が積もってい
　た。幾つもある壁龕には雪が吹き溜まり、その中の奇怪な顔の、あるいは
　聖者の顔をした彫像の頭には、細長い白い帽子が載っていた。）

＊ Over the door there was stone work, representing saints and bishops, and
here and there, along the sides of the church, there were figures of men's

－ 421 －

第Ⅱ部　Church Exterior・教会堂外

heads, made in a strange grotesque way....

——C. Lamb: 'First Going to Church'

（入口の上の方には聖者と主教様を彫った石像が並んでいるかと思うと、教会堂の側面には、そこかしこに人間の顔、それもグロテスクな感じに彫刻されたものが目につきました…）

*　So the Swallow picked out the great ruby from the Prince's sword, and flew away with it in his beak over the roofs of the town.

　He passed by the cathedral tower, where the white marble angels were sculptured.

——O. Wilde: 'The Happy Prince'

（そこでツバメは王子様の剣から大きなルビーを抜き取ると、それをくちばしにくわえて、町の家々の屋根の上を飛んで行きました。
そうして、ツバメは大聖堂を通り過ぎる時に、その塔には天使たちが白い大理石で彫ってあるのに気がつきました。）

743. statues on [of] the west front （西側正面の外壁の石像群）。
最上列は使徒（apostles）と福音伝道者（evangelists）。
Exeter Cath. [E]

744. 743.のCU。

Statues of Angels[Apostles; Saints]／天使[使徒; 聖人]の石・青銅などの彫像群

745. 西側正面の外壁の石像群。
Salisbury Cath. [E]

746. 聖母マリア(the Virgin Mary)と聖人(saints)。St.Mary Magdalene Ch., Taunton [E]

747. キング主教(Bishop Oliver King)の夢に見た光景を示す。天使たち(angels)が天国への階段を上り下りしている様。西側正面。
Bath Abbey [E]

第Ⅱ部 Church Exterior・教会堂外

748. さまざまな楽器を手にする天使たち。身廊(nave)の'the Minstrels' Gallery'（吟遊詩人用桟敷）。
Exeter Cath. [E]

749. 'statue'ではないが、天使の木彫。
Exeter Cath. [E]

750. 聖人ではないが、歴代のイングランド国王(William I to Edward III)。西側正面。Lincoln Cath. [E]

Statues of Angels[Apostles; Saints]／天使[使徒; 聖人]の石・青銅などの彫像群

751. 像ではないが「雨垂れ石の端点」(label stop)。St.Bene't's Ch., Cambridge [E]

752. 「彫像のないままの壁龕」(blind niche)。a church in Cambridge [E]

753. 「天蓋付き壁龕」(canopied niche)。Westminster Abbey [E]

第Ⅱ部　Church Exterior・教会堂外

consecration cross

聖別十字架印

　教会堂の献堂式（dedication）の際に、石造りの外壁の、約8フィート（約2.43m）の高さのところに付けられた「十字架印」（cross）のひとつを指す。

　新築の教会を悪魔（devil）から護る目的で、元来は外壁に12、内壁に12の十字架印を、彫り込むか、彫り込んで朱色に塗るか、あるいは金属製にして嵌め込むかして、そのひとつひとつに蝋燭（candle）を立てる腕木（bracket）も取り付けられたものである。これは、世の中を照らす十二使徒（the Twelve Apostles）の意味であった。教会堂の建立が完了し、初めてそこでミサ（Mass*）が捧げられる前に行なわれる「聖別式」（consecration）で、主教（bishop）によりそれに聖油（chrism）が塗られ（anointing: 塗油式）た。

　ちなみに、その聖油はオリーブ油（olive oil）に、バル（サ）ム香油（balm; balsam）を混ぜたクリーム状（cream）のもの。

　また、十字架印には、「マルタ十字」（Maltese cross）が彫られることも少なくない。これは、縦横に長さの同じ4本の線が、中心より外へ向かって幅広になり、その先端はそれぞれV字形を成すのが通例。時に、円の中に描かれる。マルタ騎士団（Military Order of Malta）の象徴であることからの名称。

【用例】

'Today the newly completed Kingsbridge Cathedral would be consecrated.'（今日は新しく完成したキングズブリッジ大聖堂の聖別［献堂］式が行なわれる日だ。）（Follett: Pillars）

【文例】

＊ ...I happened to be there when a new church, built under the shadow of the ruins, was consecrated.

——H. Read: 'The Innocent Eye'

（…新しい教会堂が、廃墟のすぐ側に建立され、聖別され［聖別式が行なわれ］た時に、私はたまたまそこに居合わせた。）

　次の例は、大聖堂の建立が完成した際の聖別式の具体的な描写である。

－ 426 －

Statues of Angels[Apostles; Saints]／天使[使徒; 聖人]の石・青銅などの彫像群

＊ The service went on interminably. There was a long interval during which the monks went around the outside of the church sprinkling the walls with holy water.

——K. Follett: *The Pillars of the Earth*

((聖別)式は延々と続いた。しかし長い合間があって、その間に修道士たちは教会堂の外壁に聖水を振りかけながらぐるりと回った。)

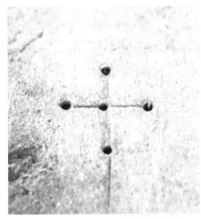

754. consecration cross (聖別十字架印)。
St.Peter's Ch., Conisbrough [E]

755. 聖別十字架印。Holy Trinity Ch.,
Goodramgate [E]

756. マルタ十字(Maltese cross)。
St.Martin's Ch., Liskeard [E]

- 427 -

第Ⅱ部　Church Exterior・教会堂外

757. 円の中に刻まれたマルタ十字。
St.Martin's Ch., Liskeard [E]

758. マルタ十字の下に 'TO THE GLORY OF GOD'。
St.James's Ch., Taunton [E]

第Ⅲ部
Churchyard
教 会 境 内

第Ⅲ部　Churchyard・教会境内

Churchyard; Church-Yard
教会境内; 教会墓地

　キリスト教教会の「**境内**」、あるいは、境内にある「**墓地**」をいい、塀(churchyard wall*)で囲まれている。ただし、この墓地にはその教会に属していた人が埋葬されることになる。つまり、通例は教区教会(parish church*)のそれを指す。

　この境内の形は、アングロ・サクソン時代(Anglo-Saxon times: 5〜11世紀)以来、長方形(rectangular shape)になるのが通例で、一方、初期キリスト教の時代(4〜6世紀)からの修道院(monastery*)の墓地やその他の共同墓地(cemetery*)には、円形(circular shape)や楕円形(oval shape)も見られる。

　今日でこそ霊の眠る聖なる所、あるいは、陰気な場所などと考えられるが、中世(the Middle Ages: 約500-1500)の村の境内(village churchyard)では、村民の懇親会、ゲーム、ダンスなども行なわれ、市(fair)も開かれたのである。

　ちなみに、中世では、法を犯した者(law-breaker)でもこの境内に逃げ込んだ者(fugitive)は、30〜40日の間はそのまま法の適用を免れて居続けることが許されていた。つまりは境内が'sanctuary'(避難所)であったわけである。そして、その恩寵に浴す期間(period of grace)が過ぎると、その者は民事裁判を受けるか、あるいは自ら有罪を認めて国外退去するか、選択出来たのである。

　教会境内は古来文学作品にはさまざまに登場するが、何といっても、T. グレイ(T. Gray)の詩「田舎の墓地にて詠める挽歌」('Elegy Written in a Country Church-yard')に歌われた、イングランド中南部の州バッキンガムシャー(Buckinghamshire)の村のストゥク・ポゥジズ教会(Stoke Poges Church)のそれが有名である。☞ 大聖堂(cathedral*)の場合の close

【用例】

　'the tombstone in the churchyard'（教会境内にあるその墓石）(Lawrence: Daughter)/'wander about the dark churchyard'（暗い境内をうろうろする）(Dickens: Oliver)/'the churchyard in the pale moonlight'（青白い月の光に照らされた教会墓地）(Dickens: Pickwick)/'the placid churchyard with the long

－ 430 －

shadows of the gravestones'（立ち並ぶ墓石の長い影が出来ているひっそりとした境内）(G. Eliot: Silas)／'it is not a story of a haunted house or a haunted churchyard'（それは幽霊屋敷とか、幽霊の出る教会墓地といった物語ではない）(Wells: Player)／'the groups of black figures that were drifting slowly out of the churchyard'（教会境内から出て、三々五々そろりそろりと歩く黒い喪服姿の人たち）(Huxley: Smile)

【文例】

＊ Walking in a country churchyard it is often hard to think of it as a place of death.
　　　　　　　　　　　　　　　　　　　――E. Thomas: 'The Village'

（田舎の教会墓地を歩いていると、そこが死にまつわる場所というのはどうにも考え難い。）

＊ 'Her body lay in its coffin in the cottage, and the parson was going to bury her next day in the churchyard.'
　　　　　　　　　　　　　　　　　　　――P. Pearce: 'The Shadow-Cage'

（「彼女の遺体は自宅に置かれた棺に横たわっていて、翌日には司祭様が教会の墓地に埋葬する手筈になっていた。」）

759. churchyard（教会境内）。
St.Pancras Ch., Widecombe-in-the-Moor [E]

第Ⅲ部　Churchyard・教会境内

760. 教会境内。St.Aidan's Ch., Bamburgh ［E］

761. 教会境内。St.Martin's Ch., Liskeard ［E］

762. 教会境内。St.Mary the Virgin Ch., Ambleside ［E］

Churchyard; Church-Yard／教会境内; 教会墓地

763. 教会境内。St.Peter's Ch., Conisbrough [E]

churchyard gate

上述の'churchyard'の出入口、門を指す。☞ 図版: 774.; 768.〜771.

【用例】

'the little white gate of the churchyard'（教会境内の小さな白い門）(Watts-Dunton: Aylwin)／'the path led a little lower down to the gate of the churchyard'（その径はやや低い坂になって、教会境内の門の方へ通じていた）(H. Read: Eye)

【文例】

* When Chickerel and Mountclere reached the churchyard gate they found it slightly open. The church-door beyond it was also open, but nobody was near the spot.

—— T. Hardy: *The Hand of Ethelberta*

（チッカレルとマウントクレアが教会境内の門に着いた時には、それはやや開いていた。その向こうの教会堂入口の扉も開いていたが、その近くには誰もいなかった。）

第Ⅲ部　Churchyard・教会境内

764. churchyard gate（教会境内の出入口）。
St.Oswald's Ch., Grasmere [E]

765. 教会境内の門。
All Saints' Ch., Barrington [E]

766. 教会境内の門。St.John the
Baptist Ch., Cookham Dean [E]

767. 教会境内の門。St.Michael the
Archangel Ch., Chagford [E]

✽ **church gate; church-gate:** 上述の'churchyard gate*'に同義。
　また、下記にも引例したが、T. ハーディーの『エセルバータのお手並み』の中では、'church-hatch'といって、これを指している下りがある。

- 434 -

Churchyard; Church-Yard／教会境内; 教会墓地

【用例】

'go through the church gate'（教会境内の門を通り抜ける）（McGahern: Wine）／'the path towards the church gate'（教会境内の門へ向かう径）（Sillitoe: View）

【文例】

次は上記の解説でも触れた'church-hatch'の例である。

＊ '...I had no memory of ever seeing her afore——no, no more than the dead inside church-hatch....'

——T. Hardy: *The Hand of Ethelberta*

（「…以前彼女に会った覚えなど金輪際ない、教会墓地の門の向こう側の死人らも同然によ...」）

❊ **lich (-) gate; lych (-) gate** （(教会)墓地門）: 発音はいずれも［リッチ］に近い。'corpse'（遺体・死体）の意味の古英語'lic'に由来する。従って、'corpse-gate'ともいう。

近年は火葬（cremation）も多いが、土葬（earth burial）の場合、葬送式の後に上述した墓地（churchyard＊）へ棺（coffin）を運び入れる時に使う門を指す。ただし、後述する共同墓地（cemetery＊）にも備えてある場合がある。

墓（grave＊）へ向かう行列を先導する聖職者（clergyman［priest］）の到着を待つ間、この門の下に、棺をいったん下ろして置く。その間、雨などから棺およびそれを運ぶ人たちを守るために、屋根付きになっているのが特色で、往々にして左右が吹き放ちの木造の門になる。

聖域と俗域との境界を示すこの門は、境内を囲む塀（churchyard wall＊）に一箇所だけ設けてあるのが通例である。元来はこの門には十字架（lych cross）が付いており、座席まで備えてあって、棺をその上に下ろして置くための石板（lych stone）が敷かれるか、あるいは、棺を載せて置く長方形の台（coffin table［rest］）も据えてある場合もあった。

16世紀の宗教改革（the Reformation＊）以後、多くは破壊されたが、18世紀の中期以降のゴシック様式復興（the Gothic Revival）の時に、再建されたものもま

－ 435 －

第Ⅲ部　Churchyard・教会境内

た多い。埋葬式（burial service）の一部がここで執り行われることもある。

　ちなみに、死体（dead body）そのものであれ、死体を収めた棺であれ、それを載せて運ぶ際に用いられる担架は‘bier’（棺架）（発音は［ビィア］に近い）と呼ばれる。

【用例】

‘Dorothy propped her bicycle against the lychgate’（ドロスィーは自転車を教会墓地門により掛けた）（Orwell: Daughter）/‘the lovely lych-gate leading us through to the quiet resting place of many’（多くの人たちの安らかに眠る場所へと、私たちを導いてくれる美しい墓地門）（Snowden: Two）

【文例】

＊ ...he stood, his top hat in his hand, under the shadow of the lich-gate, wiping his face with his handkerchief.

————A. Huxley: ‘The Gioconda Smile’

（…彼はシルクハットを片手に、教会墓地門のすぐそばに立って、ハンカチで顔をぬぐった。）

　次は、上記の解説でも触れた‘cremation’と‘earth burial’についてであるが、埋葬の方法を聞かれた人物が答える場面である。

＊ ‘I've quite decided to be cremated when my time comes. Cleanest way. Dead bodies under the ground only contaminate our water supplies.’

————M. Spark: *Memento Mori*

（「私の番が来たら、断然火葬にしてもらうつもりです。最も清潔な遣り方ですから。土葬にすると、地下水を汚染するだけですよ。」）

－ 436 －

Churchyard; Church-Yard／教会境内; 教会墓地

768. lich gate (教会墓地門)。左右が吹き放ちの座席付きにも留意。屋根はスレート (slate) ぶき。St.John the Baptist Ch., Stokesay ［E］

769. 墓地門。石造りの壁と「棺置き台」(coffin table) と座席にも留意。St.Martin's Ch., Liskeard ［E］

770. タイル (tile) ぶきの屋根上の十字架と、屋根に組み込まれたマルタ十字 (Maltese cross) にも留意。St.John the Baptist Ch., Cookham Dean ［E］

771. 石造りの墓地門。屋根上の十字架にも留意。St.Gulval's Ch., Gulval ［E］

- 437 -

第Ⅲ部　Churchyard・教会境内

churchyard wall

　上述の'churchyard*'を囲む「塀」を指す。石造りが通例だが、鉄製の'churchyard fence'の場合もある。

　この塀の外で、しかもすぐかたわらには、「さらし枷(かせ)」(stocks)が設置されていたことも少なくなかった。

　ちなみに、この「さらし枷」というのは、2枚の厚板を合わせたところに穴が開けてあって、犯罪人の両手や両足をその穴に差し入れ拘束して置くもので、人前に公然とさらして恥をかかせるのも目的でもあった。罪人は両足を前方へ投げ出す格好で座った形をとることになる。その他にも、村の共有の草地(village green)や市場(market place)などに据えて置かれたものである。☞ 図版: 764., 766

【用例】

'pass along under the churchyard wall' （教会境内の塀の下に沿って歩く）
（Lawrence: Daughter）

【文例】

＊ ...beyond the churchyard wall, a dozen people filed between headstones toward a hole already prepared....

——A. Sillitoe: 'The View'

（…教会境内の塀の向こう側では、10人余りの人たちが既に掘られた墓穴へ
向かって、墓石の間を列になって進んでいた…）

＊ ...she felt immune from the world, reserved within the thick churchyard wall as in another country.

——D.H. Lawrence: 'The Horse Dealer's Daughter'

（…教会境内の厚い塀の内側に入ると、彼女は何か別の国にでもいるかのような、世間の煩わしさとは無縁になったような気がした。）

－ 438 －

Churchyard; Church-Yard／教会境内; 教会墓地

772. churchyard wall(教会境内の塀)。
湖水地方(Lake District)特有の石垣(dry-stone wall)。
St.Oswald's Ch., Grasmere [E]

773. レンガ(brick)造りの塀。St.Mary's Ch., Shinfield [E]

774. churchyard fence(教会境内のフェンス)。
St.Mary the Virgin Ch., Swaffham Prior [E]

- 439 -

第Ⅲ部　Churchyard・教会境内

775. stocks(さらし枷)。St.Mary's Ch., Cerne Abbas [E]

776. さらし枷。a park in Durham [E]

✻ **church wall:** 上述の'churchyard wall*'に同義。ただし、この語は「教会堂内の壁面」を指す場合もある。

【用例】

'I leant against the low stone wall that guarded a little village church'（私は村の小さな教会を囲む低い石垣により掛かっていた）(Jerome: Boat)

【文例】

＊ I was a boy but I remember it all right──I climbed the church wall and threw a handful of petals.

──S. Hill: 'Red and Green Beads'

− 440 −

（私は子供だったが、ちゃんと覚えているよ——私は教会の塀に登って、ひと掴みの花びらを投げつけたっけ。）

次は、武器を手にした無法者が引き起こした惨劇を目撃して逃げる場面であるが、上記の解説でも触れた、「教会堂内部の壁面」の意味の方である。

* As he ran, he watched what was happening, and it was like looking at a picture painted high on a church wall, for he could see it but there was nothing he could do to change it.

——K. Follett: *The Pillars of the Earth*

（彼は走って逃げながら事の次第を見たが、それは教会内部の壁面高くに描かれた絵を見ているみたいだった。というのは自分に見ることは出来ても、その状況を変えることは何ひとつ出来なかったからである。）

church path

教会（境内）の径

上述の'churchyard gate*'から教会堂の出入口（church door*）まで続く細い歩き道を指す。

西側出入口（west door*）へ通じていることもあれば、南側出入口（south door*）への場合も少なくない。

ただし、'church-way'は「教会へ至る［通じている］公道（public way）」の意味である。

【用例】

'he (= the Curé was going up the church path to say mass'（教区司祭はミサ式を行なうため境内の径を教会堂入口へ向かっていた）（Hill: Beads）

【参考】

* 'The next with dirges due in sad array

Slow thro' the church-way path we saw him born.

——T. Gray: 'Elegy Written in a Country Church-yard', 113-4

第Ⅲ部　Churchyard・教会境内

＊ *Puck.*　　Now it is the time of night
　　　　　That the graves all gaping wide,
　　　　　Every one lets forth his sprite,
　　　　　In the church-way paths to glide:
　　　　　　——W. Shakespeare: *A Midsummer Nights' Dream*, V. i. 386-9

777. church path（教会の径）。
St.Lawrence's Ch., Warkworth ［E］

778. 教会の径。南側の出入口（south porch）へ続く。
SS.Peter & Thomas' Ch., Sambourne ［E］

- 442 -

Churchyard; Church-Yard／教会境内; 教会墓地

779. 教会の径。SS.Peter & Paul's Ch., Lavenham [E]

780. 教会の径。墓地門 (lich gate) から続く。
St.John the Baptist Ch., Widford [E]

781. 教会の径。St.Lawrence's Ch., Rosedale Abbey [E]

第Ⅲ部　Churchyard・教会境内

close

大聖堂境内

発音は通例は［クロゥス］、もしくは［クロゥズ］に近い。

大聖堂(cathedral*; abbey*)の境内(precinct*)など、通例は塀(☞ churchyard wall)で囲まれた土地を指し、(大)聖堂参事会長の邸宅((arch)deanery)や、参事会員の邸宅(residences of the cannons)が境界を成すように並んでいたりする。また、囲いの塀には'gate'が設けられている。

敢えて、'the cathedral close'とか、'the priory close'（小修道院境内）の表現もとられる。

ちなみに、ソールズベリー大聖堂のそれ(Salisbury's close)は、イングランドで最大の面積で、上記の塀とエイヴォン川(the River Avon)とに囲まれていて、その中に多数の建物があり、塀には計4基の'gate'がある。☞ 図版: 904., 905.

【用例】

'the Winchester Cathedral Close'（ウィンチェスター大聖堂境内）(Lucas: Capital) /'a roar of sound which entered the Close'（大聖堂の境内にまで入り込んで来た騒音）(Hardy: Circuit)

【文例】

* They were inside the walled cathedral close, which occupied the entire northwest quarter of the circular town.

——K. Follett: *The Pillars of the Earth*

（彼らは塀で囲まれた大聖堂の境内に入っていたが、その境内は円形の町の1/4に当たる西北部をすっかり占めていた。）

* ...the Close of Salisbury Cathedral, where there are great expanses of lawn, ancient trees, houses large and small...and everywhere the stillness generated and diffused by the spire.

——E. V. Lucas: 'The Spire of England'

（…ソールズベリー大聖堂の境内、そこには広大な芝地があり、古木があり、

－ 444 －

Churchyard; Church-Yard／教会境内; 教会墓地

大小の建物があり（中略）尖塔屋根によって生み出され、行き渡らされた静寂が、その隅々にまで満ちている。）

* ...the visitor to the city (= Canterbury) should grasp at every opportunity of being in the building and <u>in the Close</u>, which is one of the quietest in all our cathedral cities....

——E. V. Lucas: 'The Mother of England'

（…カンタベリーを訪れる人は、あらゆる機会をとらえて是非とも大聖堂とその境内に身を置いて見るべきなのです。というのも後者は、大聖堂のある全ての都市の中でも、最も静かなところのひとつでもあるからです…）

782. close（大聖堂境内）。そのほぼ全容。Winchester Cath.〔E〕

783. 782.のその塀（wall）。塀の向こう側が境内。

- 445 -

第Ⅲ部　Churchyard・教会境内

784. 783.の門(gate)。門の向こう側が境内。

785. 784.の内側。

786. 785.の一部。

Churchyard; Church-Yard／教会境内; 教会墓地

787. 782.の聖堂関係者の住居が左右に並び、その間の通路。

788. 境内を仕切る塀と門（St.Ann's Gate）の外側から。
Salisbury Cath.［E］

789. 788.の門の内側。

第Ⅲ部　Churchyard・教会境内

790. 788.の境内の一部。

791. 右手前の幅広の道路(north walk)を含めて、788.の境内の一部。

792. 大聖堂境内。右手奥に門。Norwich Cath. [E]

- 448 -

793. 大聖堂境内の門。Lincoln Cath. [E]

794. 大聖堂境内。Exeter Cath. [E]

✿ **precinct(s)**：上述の'close*'に同義。ただし、そこから'the cathedral clergy'（大聖堂の聖職者たち）の意味でも使われる。

【用例】

'the ordered calm of <u>the church precincts</u>'（教会境内の整然とした静けさ）（Follett: Pillars）

【文例】

＊ Time has wrought its changes most notably around <u>the precinct of St. Giles's Church</u>.

———R.L. Stevenson: *Edinburgh*

第Ⅲ部　Churchyard・教会境内

（時の流れによって、聖ジャイルズ教会の境内の周囲には、この上なく顕著
な変化が引き起こされてしまった。）

* Dorothy, born and bred in the precincts of the Church, had no understanding
of the Nonconformist mind.

——G. Orwell: *A Clergyman's Daughter*

（ドロスィーは、イングランド教会のふところで生まれ育って来たので、ノ
ンコンフォーミストの考え方には全然理解がなかった。）

* The wall...included a large space and many buildings which are not now
considered to be within the precincts of the cathedral.

——L. Hunt: *The Town*

（塀（中略）は、今では大聖堂の境内には含まれていないと考えられる広いス
ペースと数多くの建物も、その内側に囲っていたのである。）

God's acre

神の畑［畠］

上述の'churchyard*'を指すのが通例だが、後述する共同墓地（cemetery*）をも
いう。

新約聖書（the New Testament）のコリント市の信者への第1の手紙（the
Corinthians［15:36-44］）では、死者の復活（the Resurrection of the Dead）について、
例えば次のように語られている。

'...it is sown a natural body; it is raised a spiritual body.'（動物の体として蒔かれ、
霊の体として甦る。）

【用例】

'but now Frau Groschen lies in God's acre'（しかし今やグロシャン夫人は神
の畑に眠っている）（Meredith: Farina）

【文例】

* Besides the frequent yew trees, there were a number of Scotch firs in the

Churchyard; Church-Yard／教会境内; 教会墓地

peaceful God's acre....

——J.J. Hissey: *Through Ten English Counties*

（安らかなその神の畑には、よくあるイチイの木々の他に、かなりの数のア
カマツがあった…)

✿ **God's house; God's holy house; house of God**（神の家）: 'church'（教
会堂）を指していう。

　ちなみに、そもそも'hospital'は、病人のみならず、貧困者、身寄りのない人、
などを世話する慈善施設であって、フランス語で'Maison-Dieu'（神の家）といわ
れ、後に'almshouse'（救貧院）と呼ばれるようになったものである。

【用例】

'sing in God's holy house'（神の家で聖歌を歌う）(Lawrence: Fanny)/'the
grey old house of God rising calm before me'（私の目の前に静かに聳えてい
る灰色の古い神の家）(C. Brontë: Jane)/'the yew-trees crowding round a tiny
House of God'（小さな神の家の周りにひしめき合って生えているイチイの
木々）(Palmer: Lakes)

【文例】

＊ The air outside was cold and bracing, and the night was beautiful. The church
looked very fit for God's house tonight.

——K. Mansfield: 'January 1, 1904'（*Diary*）

（戸外の空気は冷たいがさわやかで、美しい晩であった。教会は神の家と呼
ぶのに今夜は相応しく見えた。）

【参考】

＊ 'Leave your weapons in the stable. When you're ready to act like a humble
sinner in the house of God, you may enter the priory....'

——K. Follett: *The Pillars of the Earth*

－ 451 －

第Ⅲ部　Churchyard・教会境内

kirkyard

教会境内

イングランド北部、および、特にスコットランドでは、'church'の意味で'kirk*'というが、同じく、'churchyard*'に対応して用いる。

【用例】

'her father...walked, at dusk, as far as Gimmerton kirkyard' (彼女の父(中略)は夕暮れになると歩いてギマートン教会墓地へ行った) (E. Brontë: Heights)

【文例】

＊ Afterwards all the men returned from the kirkyard to the house. The women were still there, silent now.

——G.M. Brown: 'A Time to Keep'

(そのあと(埋葬が済んでから)で、男たちは皆教会墓地から家へ戻った。女たちはそのままそこに残っていたが、今やしゃべる者はなかった。)

【参考】

＊ The little kirkyard of Minnigaff stands side by side with the ghost of the old kirk and kirkyard. The old kirk is a riot of tangled briars. Ivy has covered every inch of the roofless building.

——H.V. Morton: *In Scotland Again*

795. kirkyard(教会境内)。
Holy Rude Kirk, Stirling [S]

Cemetery
(1) 共同墓地

　特に教会(church)に隣接しいない広い墓地(a place set apart for the burial of the dead)、つまり、既述した'churchyard*'(教会境内の墓地)ではない「共同墓地」を指していう。

　境内の墓地の形は長方形(rectangular shape)になるのが通例だが、こちらは、特に初期キリスト教の時代(4-6世紀)からのものには、円形(circular shape)や楕円形(oval shape)のものも見られる。

　'cemetery wall'というと、この墓地を囲む塀を指す。

　'clear the undergrowth in[of] the cemetery'（共同墓地の下生えを取り払う）、などと用いる。

　下記にも引例したが、G. ギッシングは『ヘンリー・ライクロフトの手記』の中で、田舎の教会墓地は魅力があるが、都会の共同墓地はどうも好かないと述べている。

　ちなみに、ロンドンの北部にあるハイゲイト共同墓地(Highgate Cemetery)は、ジョージ・エリオット(George Eliot)や、カール・マルクス(Karl Marx)や、ハーバート・スペンサー (Herbert Spencer)などの墓があるのでも知られている。また、ここには日本人にはとりわけ知名度の高いアーネスト・フェノロサ(Ernest F. Fenollosa)の墓もある。三井寺に埋葬される前に、一先ずここに葬られたのである。☞ mortuary chapel; 図版: 807., 821.

【用例】

　'a lane leading to the cemetery'（共同墓地へ通ずる小道）(H. Read: Eye) /'lie in a well-packed cemetery'（ぎっしりと墓を詰め込んである共同墓地に眠る）(Hardy: Veto)/'she had located his grave...in a pauper's cemetery'（彼女は彼の墓の場所(中略)は貧困者用の共同墓地に定めていた）(Follett: Pillars)/'Every new town puts its cemetery on the outskirts.'（どのニュー・タウンも町外れに共同墓地を設けている。）(Orwell: Air)/'He walked over the soddened grass, around the small cemetery.'（彼は小さな共同墓地で、ぐしょ

第Ⅲ部　Churchyard・教会境内

ぐしょに濡れた芝草の上を歩き回った。)(Sillitoe: Snow)/'the cemetery was the boy's last refuge from the world of adults'(共同墓地は男の子にとっては、大人たちの世界からの最後の逃げ場であった)(Nicol: Grave)

次の例は、上記の解説でも触れた'cemetery wall'についてである。
'There was a high stone wall around the cemetery, covered with ivy.'(その共同墓地は、蔦に覆われた高い石塀に囲まれていた。)(Nicol: Grave)

【文例】

＊ I always turn out of my way to walk through a country churchyard; these rural resting-places are as attractive to me as a town ceremoney is repugnant.
　　　　　　　　――G. Gissing: *The Private Papers of Henry Ryecroft*

(私の常として、散策の途上で道を折れて田舎の教会墓地を歩くことにしている。こういう田園にある墓所に私は魅力を覚えるが、町中(まちなか)の共同墓地というのは嫌悪を感じてしまう。)

【参考】

＊ Josephine had had a moment of absolute terror at the cemetery, while the coffin was lowered, to think that she and Constantia had done this thing without asking his (= their father) permission.
　　　　　　　　――K. Mansfield: 'The Daughters of the Late Colonel'

796. cemetery (共同墓地)。Teddington Cemetery, London [E]

Cemetery／(1) 共同墓地

797. 共同墓地。Milton Village Cemetery, Cambridgeshire [E]

798. 共同墓地。Cambridge Cemetery, Cambridge [E]

799. 共同墓地。a cemetery in Newmarket, Suffolk [E]

- 455 -

第Ⅲ部　Churchyard・教会境内

800. 共同墓地。E.F. Fenollosa's tombstone
(E.F.フェノロサの墓石)。
Highgate Cemetery, London [E]

Cemetery／(2) 修道院墓地

(2) 修道院墓地

'cemetery garth'ともいう。

後述する修道院(monastery*)には、付属する教会(monastic church*)があるように、修道院に付属の墓地もあって、それをいう。

大修道院長(abbot*)は、死後に参事会会議室(chapter house)の床の下に埋葬されるのが通例であったが、一般の修道士(monk*)たちの場合は、この墓地に葬られた。☞ 図版: 881.

【文例】

* She unlocked the low Door, and entered <u>the Cemetery</u>. It was a vast and spacious Square planted with yew-trees: Half of it belonged to the Abbey....

——H. Anderson: *The Monk*

(彼女は低い扉の錠を開けて修道院墓地へ入った。そこは大きく広々とした四角い場所で、イチイの木々が植えられてあって、その地所の半分は大修道院の所有になっていた…)

boneyard

共同の墓場

上述の'cemetery*'の俗語。

また、この語には「動物の骨捨て場」の意味もある。

【文例】

* *Ginger*: "Kikle and me skippered in <u>a boneyard</u> one night. Woke up in the morning and found I was lying on a bleeding gravestone."

——G. Orwell: *A Clergyman's Daughter*

(ジンジャー:「ユダちんと俺はある晩のこと墓場に野宿を決め込んだのさ。朝になって目が覚めて分かったんだが、俺の寝ていたのは、いまいましいやね、墓石の上だったんじゃねえか。」)

– 457 –

第Ⅲ部　Churchyard・教会境内

Grave
墓; 墓所; 墓穴; 墓石

　墓穴・墓所をいうが、場合によってはその上の盛り土(mound)や、そこに据える墓石(gravestone*)の意味も含むことがある。

　元来は死体(dead body)を埋める「掘り穴」(excavation)――横穴の場合もある――を指す語であった。

　'tomb'の方は、地面に掘った墓穴のみならず、岩穴のそれや、さらに、墓地に建つ墓石(tombstone*)から、教会堂内に置かれる既述した記念碑(funeral monument*)の類までも意味する。また、'grave'は「単に死体を埋めるための場所」をいうのに対して、'tomb'の方は、「肉体の永眠の場所」の意味を持つのが本来であるが、実際には同義的に用いられることが少なくない。従って、'grave'の場合は、今日でも「犯罪者が地面を掘って死体を隠した所」の意味でも使われる。

　土を盛り上げた墓は'grave[burial] mound'、そこに立てられた十字架は'cross on the grave'であり、掘りたての墓穴は'newly dug grave'、あるいは'open grave'といい、同じ'grave'や'tomb'でも、個人のものではなく一家族全体のためのそれは、'family grave[tomb]'と呼ばれる。また、古代の塚は'barrow'あるいは'tumulus'という。

　'the Tomb of the Unknown Warrior'（無名戦士の墓）といえば、第一次世界大戦にフランスで死んだイギリスの身元不明の多くの兵士(serviceman)の中から、代表として選ばれたひとりの無名の兵士を祭っている墓で、ロンドンのウェストミンスター寺院(Westminster Abbey)にある。

　マザー・グース(Mother Goose)の「誰がコマドリ殺したか?」('Who Killed Cock Robin?')の中では、フクロウ(Owl)が死んだコマドリ(Cock Robin)の墓穴を掘る(dig his grave)役で登場している。

　また、J. ゴールズワーズィ(J. Galsworthy)の「りんごの木」('The Apple-Tree')の、失恋から自殺した少女メガン(Megan)の墓は、田舎道の脇(☞ cross-roads burial)に芝土を盛り上げた低い塚(a thin mound of turf)である。

－ 458 －

Grave／墓; 墓所; 墓穴; 墓石

【用例】

'a newly dug grave'（掘ったばかりの墓）(Saki: Window)/'visits to the grave'
（度々の墓参）(M. Lamb: Uncle)/'sit upon a grassy grave'（草に覆われた墓
の上に腰を下ろす）(Watts-Dunton: Aylwin)/'he stood at the grave'（彼は墓
の前に立った）(Plunkett: Trout)/'erect a tomb over the grave'（墓に墓石
を建てる）(Stevenson: Edinburgh)/'jump over the low graves'（低い墓石を
次々に飛び越える）(M. Lamb: Uncle)/'the digging of the grave'（墓堀り）
(Brown: Return)/'the coffin was in the grave'（棺は墓に納められた）(Synge:
Aran)/'drop thy foolish tears upon my grave'（我が墓に汝の愚かしい涙を
流す）(Tennyson: Come)/'cut the grass on a grave in the churchyard'（教会
墓地で墓の草を刈る）(Lucas: Footpaths)/'a bright-berried cross of holly for
her parents' grave'（彼女の両親の墓に供える真赤な実のなったヒイラギの
十字架）(Miss Read: Tale)/'The paths of glory lead but to the grave.'（栄光の
道も行き着く先は墓。）(Gray: Elegy)/'the grass has long been green on the
grave'（墓の上には草が青々と生い茂って久しい）(Hardy: Strangers)/'the
family graves, at the east end of the Church'（教会の東端部にある家族の墓）
(H. Read: Eye)/'a coffin is on the point of being lowered into a grave'（ひと
つの棺が墓穴に下ろされるところ）(Greene: Man)/'we were taught that it
was wicked to walk over a grave'（墓の上を歩くのはよくないことと教えられ
た）(H. Read: Eye)/'ask for me to-morrow, and you shall find me a grave man.'
（明日俺を訪ねて来てみろ、俺は墓の中だろう。）(Shakespeare: Romeo)
/'walk among the graves, stooping to read the names on the stones'（墓の間
を歩いては、身を屈めて墓石に記された名前を読む）(Spark: Mori)/'Their
graves were dug at the back of the little church, near the wall.'（ふたりの墓は
小さな教会の裏手で、境内の塀のそばに掘られた。）(Hardy: Hussar)/'dogs'
graves...with daffodils and violets growing round them in the spring'（春にな
ればラッパズイセンやスミレが周りに出て来る(中略)犬たちの墓）(Gould:
Thucydides)

【文例】

＊ Who shall dig his grave?

第Ⅲ部　Churchyard・教会境内

I, said the Owl,

With my spade and showl [= shovel],

And I'll dig his grave.

——W. Darton (ed.): *The Death and Burial of Cock Robin*

（だれが掘るの、コマドリのお墓？

わたしが、とフクロウ、

踏鋤 とシャベルを使って、

そして、コマドリのお墓を掘るのはわたし。）

＊ A plain stone was placed over the grave, with their initials carved upon it, for they both occupied one grave.

——C. Lamb: *Rosamund Gray*

（その墓の上には簡素な石が置かれていて、それには両親のイニシャルが刻んであった、というのも、ふたりはひとつの墓に一緒に入っていたからであった。）

＊ My father would tell me how quietly mamma slept there, and that he and his little Betsy would one day sleep beside mamma in the grave....

——M. Lamb: 'The Sailor Uncle'

（お父さまが(幼い)私によく語ってくれたことですが、そのお墓の中でママは安らかに眠っていて、そしていつの日かお父さまとかわいいベッツイもそこでママと並んで眠ることになると…）

◉ 次の例は、上記の解説にも述べた'tomb'についてである。

【用例】

'the new tomb of the martyr' （殉教者の新しい墓［記念碑］）(Follett: Pillars) /'Tom's stone tomb, adorned with a simple marble angel' （大理石の簡素な天使像で飾ったトムの石の墓）(Follett: Pillars) /'many had come to the abbey church to visit his tomb' （多くの人たちが修道院付属の教会にある彼の墓［記念碑］を訪ねて来ていた）(Follett: Pillars) /'the old time-stained marble tomb, where a kneeling angel guarded the remains' （跪いた天使に見守られている

－ 460 －

遺体を納めた古色蒼然たる大理石の墓）（C. Brontë: Jane）/'Inside the tomb was a wooden coffin containing the skeleton of the saint.'（墓の中にはその聖人の骸骨を入れた木製の棺が納めてあった。）（Follett: Pillars）

◉ 以下の例は、上記の解説でも触れた'mound'についてである。

【用例】

'flower strewn <u>mounds</u>'（一面に花を撒いてある塚）（Nicol: Grave）/'the green <u>grave-mounds</u>'（芝草に覆われた塚）（C. Brontë: Jane）/'set a holly wreath upon <u>a grassy mound</u>'（芝草に覆われた塚にヒイラギの花輪を置く）（Miss Read: Tale）/'By the side of the road...was <u>a thin mound of turf</u>, six feet by one'（道の片側に（中略）、縦6フィート横幅1フィートの、芝土の平べったい塚があった）（Galsworthy: Apple-Tree）

【文例】

＊（Oliver）sitting down on one of <u>the green mounds</u>, wept and prayed for her, in silence.

——C. Dickens: *Oliver Twist*

（オリヴァーは芝草に覆われた塚のひとつに腰を下ろして、彼女のために涙を流し、無言の祈りを捧げた。）

＊ While she lived she used to keep <u>their mounds</u> neat; but now they are overgrown with nettles, and sunk nearly flat.

——T. Hardy: 'The Melancholy Hussar of the German Legion'

（彼女が生きている間は、ふたりの塚はいつもきれいに手入れがなされてはいたのですが、今やふたつとも一面にイラクサが生い茂り、ほとんど平らになってしまった。）

【参考】

＊ Resting by <u>the tumulus</u>, the spirit of the man who had been interred there was to me really alive, and very close.

——R. Jefferies: 'Thoughts on the Downs'

第Ⅲ部　Churchyard・教会境内

＊ Without another word, we rose to the level of the moors and mires; neither would Master Carfax speak as I led him across the barrows.
　　　　　　　　　　　　　——R.D. Blackmore: *Lorna Doone*

801. grave mound(土を盛り上げた墓)。
　　All Saints' Ch., Barrington [E]

802. grave boarding(墓枠)。
All Saints' Ch., Barrington [E]

803. grille to protect the grave(墓囲い格子)。
　　SS.Peter & Paul's Ch., Pickering [E]

- 462 -

Grave╱墓; 墓所; 墓穴; 墓石

804. grave(墓)。頂部の十字架に留意。
a church in Cambridge [E]

805. Charles & Mary Lamb's grave (チャールズ・ラムと姉メアリーの墓)(左側)。
All Saints with St.Michael Ch., Edmonton [E]
☞ 図版: 820.

806. 805.のCU。

第Ⅲ部 Churchyard・教会境内

807. George Eliot's grave
(G. エリオットの墓)(右端)。
Highgate Cemetery, London [E]

808. Mary R. Mitford's grave
(M.R. ミットフォードの墓)。
All Saints' Ch., Swallowfield [E]

809. 墓所と墓石。
St.Michael the Archangel Ch., Chagford [E]

- 464 -

Grave／墓; 墓所; 墓穴; 墓石

810. 墓石の頂部の'funerary urn'（納骨壺）。「死と哀悼」(death & mourning)のシンボル。SS.Mary & Michael's Ch., Trumpington ［E］

811. Tomb of the Unknown Warrior（無名戦士の墓）。身廊(nave)。Westminster Abbey ［E］

crossroads[cross-roads] burial
四辻埋葬
　'burial at crossroads[cross-roads]'ともいう。

　自殺者(suicide)や処刑された犯罪者(executed criminal)の場合は、上述の'churchyard*'(教会境内の墓地)での埋葬が許可されない時代もあって、田園の交差する道路(crossroads)の脇に葬られたものであった。この埋葬をいう。

　この風習は1823年の法律(Act of Parliament: 国会制定法)により廃れて行った。ただし、教会墓地に埋葬された場合でも、その墓は日の当たらぬ北側につくられた(☞ gravestone)ものであった。

　古代チュートン民族(Teutonic peoples)は生け贄(sacrifice)を捧げる場所として四辻を選び、その関連から刑場(place of execution)にもなったことに由来すると考えられている。

第Ⅲ部　Churchyard・教会境内

　下記にも引例したが、J. ゴールズワーズィーの「りんごの木」では、主人公の青年アシャースト(Ashurst)に失恋し自殺した少女メガン(Megan)の墓が、まさにこの習慣に従って、四辻にこしらえられたもの(At cross-roads──a suicide's grave!)であった。

【文例】

＊ " 'Twas a poor soul killed 'erself."

　"I see!" said Ashurst. "Cross-roads burial. I didn't know that custom was kept up."

──J. Galsworthy: 'The Apple-Tree'

（「かわいそうに自殺した娘がいたんでさ。」

　「分かった！　四辻埋葬ってやつか。そんな風習がまだ続いていたとは知らなかった。」と、アシャーストがいった。）

graveside

　棺(coffin)を墓へ埋葬する時に会葬者(mourners)は墓のそばに集まるが、その場所をいう。

　また、その時に執り行われる埋葬式(burial service)は'graveside service'と呼ばれる。

　下記にも引例したが、G. オーウェルの『動物農場』の中で、殺された羊の埋葬式の際に、この場所でスノーボール(Snowball)が皆に決死の覚悟を訴える場面がある。

【用例】

'I said a prayer...at the graveside.'（私は墓場で（中略）お祈りをした。）(Brown: Return)/'the cold and damp at the graveside'（墓場の寒気と湿気）(Lavin: Will)/'But here, at the graveside, he had found himself actually sobbing.'（しかしながら、彼は意外にもここ墓場では、むせび泣きをしている自分に気が付いていた。）(Huxley: Smile)

－ 466 －

Grave／墓; 墓所; 墓穴; 墓石

【文例】

＊ At the graveside Snowball made a little speech, emphasizing the need for all
animals to be ready to die for Animal Farm if need be.

——G. Orwell: *Animal Farm*

（墓場でスノーボールはちょっとしたスピーチをしたが、それはいざとなれ
ば動物農場のために、動物たちはすべからく死ぬ覚悟をしておくべき必要
を強く訴えるものだった。）

次は、上記の解説でも触れたが、'graveside service'の一部分の描写である。

＊ ...a coffin is on the point of being lowered into a grave and we hear a passage
of prayer the PRIEST is saying at the grave. One carries a wreath that he has
obviously forgotten to lay on the coffin....The PRIEST put a spoon of earth on
the coffin, and then the two men do the same.

——G. Greene: *The Third Man* （Script）

（…棺は今まさに墓の中へ下ろされようとしていて、司祭が祈祷の一節を唱
えている。ひとりが花輪を持っているが、明らかに棺の上に載せるのを忘
れている(中略)。先ず司祭が棺にスプーンで土をかけ、次にふたりの男た
ちも同じようにする。）

long[last; eternal] home

墓場; あの世

旧約聖書(the Old Testament)の「伝道の書」(Eccles: 12:5)から由来。
'one's long home'などとして使う。また、'go to one's long home'といえば、「死ぬ」
という意味。下記にも引例したが、W. シェイクスピアは 'latest home'(Tit.,I.1.83)
を用いている。

【文例】

＊ *Titus.* 　　Behold the poor remains, alive and dead!
　　　　　　 These that survive let Rome reward with love;

－ 467 －

第Ⅲ部　Churchyard・教会境内

These that I bring unto their latest home,

With burial amongst their ancestors:

——W. Shakespeare: *Titus Andronicus*, I. i. 81-4

（タイタス：　見よ、悲しいことに、生者死者合わせても、残りはこれのみぞ！

生きて帰国したこれらの者にはローマの愛の報償を、

永遠の安らぎの場所へと連れ帰ったこれらの者には

その祖先たちと共に眠る報償を与え給え。）

* 'Also I read an appropriate passage from holy writ, *Man goeth to his long home*.
Death is a great mystery.'

——G.M. Brown: 'The Whaler's Return'

（「また、私は聖書の適切な一節を声に出して読みました、'人間は永遠の眠
りにつく'のですよ。死というものは本当に謎です。」）

resting place; resting-place

墓; 永眠の場所

'one's last resting place'とも使う。

【文例】

* I always turn out of my way to walk through a country churchyard; these rural
resting-places are as attractive to me as a town cemetery is repugnant.

——G. Gissing: *The Private Papers of Henry Ryecroft*

（私の常として、散策の途上で道を折れて田舎の教会墓地を歩くことにして
いる。こういう田園にある墓所に私は魅力を覚えるが、町中の共同墓地と
いうのは嫌悪を感じてしまう。）

- 468 -

Gravestone
墓石

　墓の上に水平に置く石（flat gravestone）のみならず、その頭部に（at the head of the grave）垂直に立てて置く石（headstone*）もいう。

　イングランド東南部の州のケント（Kent）や東サセックス（East Sussex）などのウィールド地方（the Weald）では、鉄の精錬が行なわれている関係で、鋳鉄製（cast iron）のものも見られる。

　墓は既述した教会境内（churchyard*）の南側につくられるのが通例である。それは、北側は一日の大半は教会堂の陰に入る（in the shadow of the church）からで、悪魔（devil）は陰［暗がり］（shadows）を好み、陽光（sunlight）のもとでは動き回ることも容易ならず、教会へ近寄る時には北側から来るといわれているからである。

　そのために、南側に墓を設けるにはそれ相応の金額を支払う必要がある。一方、自殺者（suicide）や、犯罪者（criminal）など社会的に追放された者や、身寄りのない者などは、北側につくられた（☞ cross-roads burial）ものである。中でも教会堂の北側の出入口（north door）の正面が、常に陰になる最も好ましくない墓所とされたわけである。

　また、その土地で最も地位が高く、かつ富裕な者の墓は、教会堂の中、例えば、既述した内陣（chancel*）の中に設けられ、それも祭壇（altar）に近い位置ほど尊ばれた。特に、教会の創立者などは、祭壇を据えて置くための段を成す台（altar steps*）の直ぐ脇に埋葬され、その上に真鍮板（brass*）が置かれた。

　それに準じて、境内に設けられる墓は、教会堂の出入口（church door*）に近い場所ほど好まれたが、それは最後の審判の日（the Day of Judgement）に、審判を待って並ぶ列の順番が前の方になることが、約束されるということを意味していたからである。

　近年は火葬（cremation）も多くなって来ているが、土葬（earth burial）の場合、足は東方へ向けて埋葬された。しかし、聖職者たち（the clergy）の墓は逆向きとされた。死後もその教会の会衆（congregation*）と顔を合わせる向きになるためである。

第Ⅲ部　Churchyard・教会境内

　ちなみに、上記の「水平に置く石」は、昔は'thrughstane'（発音は［スラッフス
テイン］に近い。）、あるいは'through(-stone)'（発音は［スラッフ（ストーン）］に
近い）と呼ばれたが、今日では単に'(flat) slab'といえば、通例はこれのことを指す。
ただし、後者はスコットランドおよびイングランド北部では、方言として残って
いる。

　C. ディッケンズ（C. Dickens）の『ピクウィック・ペーパーズ』の中で、クリスマ
スの晩にゴブリン鬼（goblin）の仲間が、「馬跳びごっこをして遊ぶ」（play at leap-
frog with the gravestones）のは、垂直に立てた墓石の方である。

　'mushrooming gravestones'（茸のようににょきにょき突き出た墓石）、'a forest
of gravestones'（林立する墓石）、'wander among the gravestones'（墓石の間をぶ
らぶら歩く）、などと用いる。

【用例】

　'the worn gravestone'（摩滅した墓石）（Clarke: Curse）/'the long shadows of
　the gravestones'（立ち並ぶ墓石の長い影）（G. Eliot: Silas）

【文例】

＊ The gravestones, rudely sculptured o'er,
　 Half sunk in earth, by time half wore,
　 Were all the pavement of the floor;

　　　　　　　　　　　　　　　　　——W. Scott: *Marmion*, II. xviii. 345-7

（墓石のどれもが一面不細工に彫り刻まれて、
　半ば地に沈み、時を経て半ば摩滅して、
　今や床の敷石となり果ててしまっていた。）

＊ The day had broken when Gabriel Grub awoke, and found himself lying, at full
　length on the flat gravestone in the churchyard....

　　　　　　　　　　　　　　　　　——C. Dickens: *The Pickwick Papers*

（夜がとっくに明けてからガブリエル・グラブは目を覚まし、そして教会墓地
　の水平に置かれた墓石の上に、自分が大の字になって寝ているのに気が付
　いた…）

Gravestone／墓石

812. flat gravestone(水平に置かれた墓石)。
ワーズワース(Wordsworth)夫妻と彼の妹ドロスィー(Dorothy)の名も見える。
St.Oswald's Ch., Grasmere [E]

813. 水平に置かれた墓石。
All Saints' Ch., Barrington [E]

814. ワーズワース夫妻の'headstone'
(頭部に垂直に立てた墓石)。
St.Oswald's Ch., Grasmere [E]

第Ⅲ部　Churchyard・教会境内

815. 垂直に立てられた墓石。
Highgate Cemetery, London ［E］

816. grave cross（墓石の十字架）。
夏目漱石をスコットランドへ招いた
J.H. ディクスン（John H. Dixon）の墓。
Holy Trinity Ch., Pitlochry ［S］

817. cast iron grave（鋳鉄製の墓）。
Holy Trinity Ch., Little Amwell ［E］

Gravestone／墓石

818. 鋳鉄製の墓。
St.Mary the Virgin Ch., Great Shelford [E]

epitaph

墓碑銘

墓碑銘の記し方には幾通りかの形式がある。K. マルクス(K. Marx)や G.エリオット(G.Eliot)や E.フェノロサ(E. Fenollosa)の最初の墓のあることで知られる、ロンドン北部のハイゲイト共同墓地(Highgate Cemetery)に見られるそれをもとに、基本的な型を示して見ると、以下のようになる。

  HERE LIES JOHN SMITH   （ジョン・スミスここに眠る
  BORN AUGUST 23RD 1928   1928年8月23日出生
  DIED SEPTEMBER 24TH 1978   1978年9月24日死亡）

冒頭の1行目は、'HEREIN LIE THE ASHES OF JOHN SMITH'のように、別の表現をとっているものもある。'HEREIN'は'HERE'に同義で、'ASHES'は「遺骨・遺灰」の意味である。

あるいは、

第Ⅲ部　Churchyard・教会境内

```
        IN
LOVING MEMORY
        OF
JOHN      SMITH    （ジョン・スミスの思い出に）

      SACRED
        TO
THE    MEMORY
        OF
JOHN      SMITH    （ジョン・スミスに捧ぐ）
```

　などと、「～の思い出に」、「～に捧ぐ」の意味の言い回しもとられるが、それには他にヴァリエーションもいろいろあって、'In Ever Loving Remembrance of ....'（～の永遠の思い出に）、'In Most Affectionate Memory of....'（～の最も深い愛の思い出に）、あるいは、同じ「～に捧ぐ」でも、'Sacred to the Blessed[Dear] Memory of....'（～の祝福された[大切な]思い出に）などの形容詞が冠せられることもあるかと思えば、その'Sacred'が略されて、'To'で始まる例などもある。

　その次に来る文言として、最初に示した例は最も簡潔な場合だが、他の例を挙げると、姓名の下に'Who Passed Away'（この世を去る）、'Who Fell Asleep'（眠りについた）、'Who Departed This Life'（この世に別れを告げた）、'Entered into Eternal Rest'（永遠の眠りに入った）、'Called to the Higher Life'（高き世に召された）、などという表現が来る場合もある。

　そうしてその後に「生年月日」と「死亡年月日」が入るが、前者は必ずしも記されるとは限らない。その際に、年齢の記述が'Aged 70 Years'（享年70歳）とか、'In His 70TH Year'（70歳にて）などという表現で入れられる場合もある。ただし、死亡年月日などと共に、'OS[O.S.]'や'NS[N.S.]'と記されてあることもある。それは、1582年に、教皇グレゴリウス13世（Pope Gregory XIII）による改暦（イギリスでは1752年――ただし、スコットランドは1600年――に正式に採用）が行なわれたが、そこに印した年月日が旧暦（the Julian calendar）によるという意味の'the Old Style'、新暦（the Gregorian calendar）によるという意味の'the New Style'を敢えて略字で明示したものである。

　また、最後に故人（the deceased[departed]）を偲ぶ言葉が彫られてある場合も

珍しくないが、詩や聖書や賛美歌からの引用のみならず、喪主(chief mourner)の独自の文言も読むことが出来る。以下に示して見る。ただし、上記のハイゲイト共同墓地のそれである。

* Peace. Perfect Peace. (安らぎ。真の安らぎ。)
* She Died for Her Country. (故人は祖国に命を捧げた。)
* He Lived in Close and Constant Fellowship with God. (故人は神と常に変わらぬ親しい交わりのうちに世を送った。)
* She Passed to Her Eternal Rest on Christmas Morning. (故人はクリスマスの朝に永遠の眠りについた。)
* We Loved Thee Well/ But Jesus Loved Thee Best　(我々に愛されし者、そしてイエスに最も愛されし者)
* God's Finger Touched Him and He Slept/ Until the Day Break and the Shadows Flee Away　(神の御手に触れられて故人は眠りについた。日が昇り闇が去り行く時まで。)
* Here Is Relieved from All the Toiles of Life/ A Kind Companion and a Faithful Wife/ In Wasting Sickness Good Heaven Saw Her Grief/ Pitied Her Sighs and Kindly Gave Relief　(今こそこの世の労苦全てから解き放されり。やさしき友にして誠実なる妻。病に衰え増す中に神は彼女の悲しみを受け止められ、その嘆きを哀れと思し召され、休息をばお与え給いけり。)

　次は詩人・作家のそれである。
* Here Lies One Whose Name Was Writ in Water.
(その名水に書かれし者ここに眠る)(J. Keatsの自作: 'in Water'は「水で」ではなく「水に」)

* Good friend for Jesus sake forbeare,
　To digg the dust encloased heare:
　Bleste be ye man yt spares thes stones,
　And curst be he yt moves my bones.
　(親しき友よイエスの名にかけて慎み給え、
　　ここに納められし亡骸を掘り返すことを。

－ 475 －

第Ⅲ部　Churchyard・教会境内

この墓石に触れぬ人こそ幸なるかな、

我が骨を動かす者には呪いあれ。）　（W. Shakespeare自身の文言とされる。）

　時には、英国式ユーモア（English humour）も見られる。1736年に没したカンタ
ベリー大主教（Archbishop of Canterbury）の名前の'Potter'は「陶工」の意味を持つ
が、その墓碑銘は、'Potter himself is turned to clay.'（陶工自身は粘土に帰った。）

　文学作品の中に見ると、L.スターン（L. Sterne）の『トリストラム・シャンディー』
（*Tristram Shandy*）に登場する聖職者（parson）ヨリック（Yorick）の墓碑銘は、
W.シェイクスピア（W. Shakespeare）のハムレット（*Hamlet*: V. i. 202）からの'Alas,
poor YORICK!'（ああ哀れ、ヨリック!）の僅か3語であるが、マザー・グース（Mother
Goose）の「誰がコマドリ殺したか?」（'Who Killed Cock Robin?'）では、死んだコマ
ドリの墓碑銘はノウサギ（Hare）によって書かれたわけだが、'Poor Cock Robin is
no more.'（かわいそうに、コマドリはもういない。）の一文である。
　G.エリオット（G. Eliot）の『フロス河畔の水車小屋』（*The Mill of the Floss*）では、
トム（Tom）とマギー（Maggie）の兄妹が、河の氾濫にボートで逃げるが水没する。
その墓碑銘は、ふたりの名前の下に、'In their death they were not divided.'（ふた
りは死して離れざりき。）である。
　また、T.グレイ（T. Gray）の「田舎の教会境内にて詠める挽歌」（'Elegy Written
in a Country Church-yard'）の最後の「墓碑銘」（'The EPITAPH'）の最初の2行には、
'*Here rests his head upon the lap of Earth/ A Youth to Fortune and to Fame unknown.*'
（ここに、大地の膝を枕に眠るは/ 幸運にも名声にも知られることのなかった若
者）とあり、M. ラム（M. Lamb）の「船乗りの叔父様」（'The Sailor Uncle'）の、幼く
して母親に死別した主人公の少女が、副牧師（curate）の父親から文字を習ってい
たのは、テクストならぬ母親の墓碑銘を用いてであった。最後に、de la メア（de
la Mare）にも'An Epitaph'をタイトルにした詩がある。

【用例】

　'the stone-cut epitaph'（墓石に刻まれた碑銘）（Tennyson: Mary）/'the most
beautiful epitaph ever written on a tomb'（これまで墓に書かれた最も美しい
碑銘）（Lucas: Spire）

　　次は、'epitaph'の代わりに'inscription'が使われている例である。

- 476 -

'I continued in the churchyard, reading the various inscriptions' （私は教会墓地にそのまま居続けて、さまざまな墓碑銘を読んでいた）（C. Lamb: Gray）

【文例】

＊ Who will write his epitaph?
　　　I, said the Hare,
　　　With the utmost care;——
　　"Poor Cock Robin is no more."
　　　　　　　　　　　　——W. Darton（ed.）: *The Death and Burial of Cock Robin*

（だれが書くの、コマドリの墓碑銘？
　　わたしが、とノウサギ、
　　細心の注意を払って、
　「かわいそうに、コマドリはもういない。」）

＊ ...the epitaph on my mother's tomb being my primmer and my spelling-book, I learned to read.
　　　　　　　　　　　　——M. Lamb: 'The Sailor Uncle'

（…ママのお墓の碑銘が私にとって、文字の読み方とつづり方の入門書になって、私は読み方を習ったのでした。）
　次は、イギリス人には見ず知らずの人の墓碑銘を読むという傾向があるが、その辺を伺わせる例である。

＊ I know that the proper thing to do, when you get to a village or town, is to rush off to the churchyard and enjoy the graves....I take no interest in creeping round dim and chilly churches...and reading epitaphs.
　　　　　　　　　　　　——J.K. Jerome: *Three Men in a Boat*

（初めての村や町へ着いたら、早速に教会墓地へ赴いて、そこの墓石［墓碑］を楽しむというのが然るべきことぐらいは心得ているつもりだ(中略)。薄暗い上に薄ら寒い教会堂の中をのそりのそりと歩き回って、墓碑銘を読むことなんかには、私はまるで興味が湧かない。）

第Ⅲ部　Churchyard・教会境内

819. 典型的な'epitaph'(墓碑銘)。
Highgate Cemetery, London [E]

820. 'TO THE MEMORY OF'
(～の思い出に)で始まるラム姉弟
(Charles and Mary Lamb)の墓碑銘。
All Saints with St.Michael Ch., Edmonton [E]

821. 'HERE LIES THE BODY OF'
(～ここに眠る)で始まるG.エリオット
(Geoge Eliot)の墓碑銘。Highgate
Cemetery, London [E] ☞ 図版: 807.

- 478 -

Gravestone／墓石

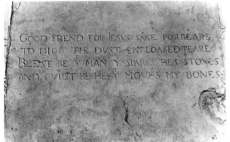

822. J. キーツ (John Keats) の墓碑銘
（自作の文句）（☞ 本文参照）。
Old Protestant Cemetery, Rome, Italy

823. W. シェイクスピア (William Shakespeare)
自身の文言とされる銘文（☞ 本文参照）。
Holy Trinity Ch., Stratford upon Avon ［E］

❊ **hic jacet; Hic Jacet:** 発音は［ヒック・ジェィセット］もしくは［ヒック・ジャケット］に近い。

(1) 略して 'HJ' とも用いる。

上述の 'epitaph*' は通例 'Here lies'（ここに眠る）で始まるが、それと同義のラテン語であるところから、その碑文の出だしの文句をいう。

【用例】

'Here lies a most beautiful lady'（ここにこよなく美しきひと眠る）(de la Mare: Epitaph)

【文例】

＊ ...the end having come, and with it the eternal peace, what matter if it came late or soon? There is no such gratulation as Hic jacet. There is no such dignity as that of death.

——G. Gissing: *The Private Papers of Henry Ryecroft*

- 479 -

第Ⅲ部　Churchyard・教会境内

(…一生の終わりが来たのである、それと共に永遠の安らぎがもたらされたのだ、早い遅いの問題がどこにあるであろうか？「ここに眠る」の墓碑銘の文言以上の頌辞はない。死の尊厳以上の尊厳も他にはないのである。)

(2) 上述の'epitaph*'に同義。ただし、*Brewer's Dictionary of Phrase and Fable*(1981)では、'tombstone'の語義を示してある。

次は、戦いのさなかに敵の手に奪われた軍太鼓(drum)を、取り戻すか否かに関しての会話に於いて、ペーローレスがつい口にした台詞である。

＊ *Parolles.*　It is to be recovered: but that the merit
　　　　　　　of service is seldom attributed to the true and
　　　　　　　exact performer, I would have that drum or
　　　　　　　another, or 'hic jacet.'
　　　　　　　　　——W. Shakespeare: *All's Well that Ends Well*, III. vi. 63-6

(ペーローレス: 奪い返せます。戦での手柄が正真正銘の勲功者へ
　　　　　　　帰せられることは先ずないですが、
　　　　　　　あるとすれば、あの太鼓だろうが何だろうが、
　　　　　　　この私が取り戻してご覧に入れます、
　　　　　　　それが叶わぬなら「ペーローレスここに眠る。」ですよ。)

824. 'HIC JACET'(ここに眠る)で始まる
「壁掛け銘板」(tablet)。Exeter Cayh. [E]

- 480 -

825. 'Hic Jacet'が刻まれる「壁掛け銘板」。All Saints' Ch., Barrington [E]　髑髏(skull)について: ☞ memento mori

headstone; head(-)stone

(垂直)墓石; (垂直)墓標

墓の頭部(at the head of a grave)に垂直に建ててある墓石を指す。これには上述の'epitaph*'も記してあり、石板状になるのが通例。

土葬(earth burial)の場合は、足は東方へ向けて埋葬されたので、この墓石の表も東を向くことになるが、聖職者たち(the clergy)のそれは逆向きに建てられ、死後もその教会の会衆(congregation*)と顔を合わせる向きになる。

ちなみに、足の位置(at the foot of a grave)に垂直に据えてある丈の低い石板のことは、'footstone[foot-stone]'(足石)と呼ぶが、通例は足石なしの墓になる。☞ 図版: 802., 805., 806., 809., 814., 815.

【用例】

'sponge the marble headstone'(大理石の墓石を(水を含ませた)スポンジで洗う)(Lawrence: Daughter)/'their small, plain headstones'(彼らの小さく簡素な造りの墓石)(Hill: Beads)/'the moonlight on the still headstones'(立ち尽くす墓石に射す月の光)(McGahern: Wine)/'the moss-covered dates on headstones'(墓石に刻まれ苔蒸した生没年月日)(Davie: Time)/'Elsie set the cross gently against the headstone'(エルスィーは(ヒイラギの)十字架を墓石にそっと立て掛けた)(Miss Read: Tale)/'a dozen people filed between headstones towards a hole already prepared'(10人余りの人たちが既に掘ら

れた墓穴へ向かって、墓石の間を列になって進んでいた）(Sillitoe: View) /'read the mementoes graven on the few mossy head-stones' （苔に覆われた2、3基の墓石に彫られた碑銘を読む）(C. Brontë: Jane)

【文例】

次の'tombstone'は'headstone'のことである。

＊ The first thing I can remember was my father teaching me the alphabet from the letters on a tombstone that stood at the head of my mother's grave.
　　　　　　　　　　　　　　　　　——M. Lamb: 'The Sailor Uncle'

（先ず最初に思い出されるのは、母のお墓の頭に当たるところに立っている石に書かれた数々の文字から、父がアルファベットを私に教えてくれたことなのです。）

826. headstone（垂直墓石）とfootstone（足石）。
a church in Turnbridge Wells [E]

827. 垂直墓石と足石。St.Peter's Ch., Berkhamsted [E]

- 482 -

Gravestone／墓石

828. Mary Field's headstone（メアリー・フィールドの墓石）。ラム姉弟（C.& M. Lamb）の母方の祖母（maternal grandmother）の墓。
St.John the Baptist Ch., Widford [E]

✣ **family headstone[head-stone]**: 上述の'headstone*'でも、一個人の墓に限定したものではなく、その一家族の者を埋葬する墓に建てたものをいう。

【用例】
* 'the family headstone beside the big yew just inside the gate'（（教会の）門から入ったばかりのところの大きなイチイの木の脇にある一家の墓石）（McGahern: Wine）

✣ **pediment (of a tomb)**（墓石のペディメント飾り）: 上述の'headstone*'の頂部に付けられた装飾のペディメント（pediment）を指す。
　ちなみに、ペディメントは、元来はギリシャ・ローマの古典建築に用いられたもので、柱廊玄関（portico）の上の勾配の緩い破風（gable）を指すものだが、一般建築でも窓や戸口などの上部に付けられるようになり、主として三角形や半円形のそれが用いられる。☞ 図版: 583., 584.

- 483 -

第Ⅲ部　Churchyard・教会境内

【文例】

＊ ...houses of a low class present their backs to the churchyard. Only a few inches separate the living from the dead. Here, a window is partly blocked up by the pediment of a tomb....

——R.L. Stevenson: *Edinburgh*

(…下層階級の人たちが住む家々はその背中を教会墓地へ向けている。僅か数インチほどの距離が生者と死者とを隔てているのだ。ここでは、窓は墓石のペディメント飾りで一部塞がれた格好だ…)

829. triangular pediment of a tomb
(墓石の三角形のペディメント飾り)。
St.Cuthbert's Ch., Edinburgh [S]

memento mori

(1) メメント・モーリィ[モーライ]

'Remember death.'、すなわち、'Remember that you have to die.' (死は不可避

ということを忘れるべからず)を意味するラテン語で、「死」への警告(a warning of death)。

【文例】

次は、題名が'Memento Mori'という小説からだが、誰とも知れぬ者から怪電話が掛かって来る場面である。

＊ 'Is that Mr. Godfrey Colston?' said the man on the telephone.

'Yes, speaking.'

'Remember you must die,' said the man....

'Who is speaking?'

The man had hung up.

——M. Spark: *Memento Mori*

(「ゴドフリー・コルストンさん？」電話の男はいった。

「そうですが。」

「死は避けられないということを忘れなさんなよ、」とその男(中略)

「誰だ？」

向こうでは既に電話を切っていた。)

(2) メメント・モーリィ[モーライ]

死の不可避であることを思い起こさせるもの(a reminder of death)で、頭蓋骨(skull)やその他の死の象徴となるもの(an emblem of mortality)をいう。

その他の例としては、「砂時計」(sandglass)や「水時計」(clepsydra)の'hourglass'、あるいは、特に墓石によく彫られたものに、「交差させた2本の大腿骨に髑髏」(skull and crossbones)などの図柄が知られている。

歴史の古い教会境内の墓地(churchyard＊)には、そういう図柄を刻んだ石板(slab)が、所々に墓石の間に混じって残存しているのが見られる。

ドイツ生まれでイギリスの宮廷画家になったハンス・ホルバイン(Hans Holbein: 1497/8-1543)の『使節たち』(*The Ambassadors*: 1533)の絵は、左右に引き伸ばした状態に描いてあるため、正面から見ると識別が困難だが、右手横に立って眺めると判別可能となる髑髏を、「騙し絵」として入れてあるので知られている

- 485 -

第Ⅲ部　Churchyard・教会境内

が、'memento mori' の意味と考えられる。

　ちなみに、'memento vivere'はこの言葉への反対の意識で生まれたもので、'Remember (that you have) to live.'の意味を持つ。つまり、「生命を思い起こさせるもの」「生の喜びを思い起こさせるもの」をいう。

【文例】

　次の'death's-head'は指輪に彫り付けたもので、「頭蓋骨とその下の交差した2本の大腿骨」(skull and cross bones*)を指す。

> ＊ *Bardolph.*　Why, Sir John, my face does you no
> 　　　　　　harm.
> 　*Falstaff.*　No, I'll be sworn; I make as good use
> 　　　　　　of it as many a man doth of a Death's-head or a
> 　　　　　　memento mori: I never see thy face but I think
> 　　　　　　upon hell-fire....
> 　　　　　　　　——W. Shakespeare: *King Henry IV, Part I*, III. iii. 31-6

　(バードルフ:　　　何だって!サー・ジョン、いつ俺様の顔がお前
　　　　　　　　　　に危害をもたらしたというのだ!
　フォールスタッフ:　全然だ、お前のいう通り。お前の面はわしにはメメント・
　　　　　　　　　　モリィ代わりだ、
　　　　　　　　　　世間の輩が指輪に髑髏を彫り付けて
　　　　　　　　　　死すべき定めを忘れぬようにしているのと同じだ。
　　　　　　　　　　お前のその面を見る度にわしは地獄の業火を
　　　　　　　　　　思い出しているくらいなもんだ…)

　次は、教会墓地(churchyard*)に見られる様々なそれについてである。

> ＊ We seem to love...the emblems of time and the great change; and even
> around country churches you will find a wonderful exhibition of skulls, and
> crossbones, and noseless angels, and trumpets pealing for the Judgment Day.
> Every mason was a pedestrian Holbein: he had a deep consciousness of death,
> and, loved to put its terrors pithily before the churchyard loiterer; he was
> brimful of rough hints upon mortality....You may perhaps look with a smile on

- 486 -

Gravestone／墓石

the profusion of Latin mottoes——some crawling endwise up the shaft of a
pillar, some issuing on a scroll from angels' trumpets——on the emblematic
horrors, the figures rising headless from the grave, and all the traditional
ingenuities in which it pleased our fathers to set forth their sorrow for the dead
and their sense of earthly mutability.

——R.L. Stevenson: *Edinburgh*

(我々スコットランド人は時の流れと無常を象徴するものを好むのであろう。
従って、田舎の教会墓地にすら、頭蓋骨とその下の交差した2本の大腿骨や、
最後の審判の日の到来をトランペットで吹き鳴らす鼻の欠けた天使などの、
不思議な図柄を見ることが出来るであろう。当時の石工たちはいずれもが、
いわば凡庸なホルバインであったのである。彼らは死を深く意識したため、
境内を歩む者にその恐怖を簡潔に的確に示したい気持ちに駆られていたの
である。彼らは死の不可避ということを露骨に暗示したい思いに溢れてい
たのである(中略)。実に様々なラテン語の銘文——柱身の上を縦に這うよ
うに刻まれてあるものもあれば、天使の吹くトランペットの口から紋章巻
物帯へと出る形になっているものもある——及び、恐怖の象徴となるもの、
墓から出た首なしの像といったようなもの、その他、祖先たちが死者を悼み、
現世への無常感を吐露する上で、その役割を果たすために考案された伝統
的なありとあらゆる物が残っているが、そういう物を見ても今日の人たちは、
あるいはほほえましさを覚えるのかも知れない。)

　次の'memento'は、単に'epitaph'（墓碑銘）を意味する例である。

* ...I have not forgotten, either, two figures of strangers...reading the mementoes
graven on the few mossy head-stones.

——C. Brontë: *Jane Eyre*

(…見知らぬふたりの人たちが(中略)苔に覆われた2、3基の墓石に彫られた
碑銘を読んでいたのもまた、私は覚えています。)

第Ⅲ部　Churchyard・教会境内

830. '1701'の数字と'MEMENTO MORI'の
文字も刻まれてある。
Holy Rude Kirk, Stirling [S]

831. 'skull & crossbones'
（交差させた大腿骨に髑髏）。1674年の建立。
Holy Rude Kirk, Stirling [S]

832. メメント・モーリィ。
All Saints' Ch., Barrington [E]

833. メメント・モーリィ。
Holy Rude Kirk, Stirling [S]

- 488 -

Gravestone／墓石

834. メメント・モーリィ。
St.Mary's Ch., Bury St.Edmunds [E]

835. メメント・モーリィ。
St.Laurence's Ch., Ludlow [E]

tombstone

墓石

上述の'gravestone*'に同義で、水平に置かれたもの(flat gravestone*)も、垂直に建てられたもの(headstone*)も、どちらの場合にもいう。ただし、'tomb*'と'grave*'の違いは、'grave'の項を参照。

【用例】

'an upright tombstone' (垂直に立つ墓石) (Dickens: Pickwick)/'many moss grown tombstones' (苔蒸した多数の墓石) (Hissey: Counties)/'he sat himself down on a flat tombstone' (彼は平らな墓石に腰を下ろした) (Dickens: Pickwick)/'Ancient tombstones lean out of the grassy mounds at all angles.'(芝草に覆われた幾つもの古代の塚の墓石は四方八方へ傾いている。) (H. Read: Eye)/'the letters on a tombstone that stood at the head of my mother's grave'

第Ⅲ部　Churchyard・教会境内

（私の母のお墓の頭に当たるところに立っていた石に書かれた数々の文字）

（M. Lamb: Uncle）

【文例】

　次は、主人公の少女が幼くして死別した母親を夢に見るが、その姿はいつも墓石の形であるという描写である。

＊ ...in my childish dreams....I never made out any figure of mamma; but still <u>it was the tombstone</u>....

——M. Lamb: 'The Sailor Uncle'

（…私の幼い夢の中（中略）では、ママのお姿を一度も見て取ることはありませんでした。そうして依然としてママは、お墓の石の形でした…）

Graveyard
(教会)墓地

　広義では、既述した共同墓地(cemetery*)の場合も含めての墓地(burial-ground*)をいうが、狭義では既述した教会境内(churchyard*)の中にあるそれを指す。
　ここに葬ることを'graveyard interment'という。

【用例】
　'At the entrance to the graveyard, he stopped.'（教会墓地の入口のところで、彼は立ち止まった。）(Hill: Beads)/'the graveyard where he expected to be buried some day'（いつの日か自分が埋められるはずの墓地）(Galsworthy: Swan)/'the low church-tower, and the little graveyard about it'（低い教会の塔とそれを囲む狭い墓地）(Gissing: Papers)/'if and when he did die he'd want no christian graveyard interment'（もしも彼が死んだ時には、彼はキリスト教の教会墓地への埋葬は全然望まないであろう）(Sillitoe: View)/'Monks were buried at the east end of the graveyard, villagers at the west end.'（修道士たちが死ねば教会墓地の東端部に埋葬され、村人たちは西端部だった。）(Follett: Pillars)

836. graveyard(教会墓地)。
St.Michael the Archangel Ch., Chagford [E]

第Ⅲ部 Churchyard・教会境内

837. 南に面した教会墓地。St.Martin's Ch., Liskeard [E]

838. 教会墓地。Holy Rude Kirk, Stirling [S]

839. 教会墓地。St.John the Baptist Ch., Cookham Dean [E]

- 492 -

Graveyard／（教会）墓地

burial (-) ground; burying (-) ground

'burial［burying］place'ともいう。

一般的な意味で、「墓地」「埋葬地」をいう。すなわち、「**教会墓地**」（graveyard*）の意味でも、「**共同墓地**」（cemetery*）の意味でも用いる。

【用例】

'here was a burial-ground of the ancient Britons'（ここは古代のブリトン人たちの埋葬地であった）（Hunt: Town）/'the ancient burying-ground of Edinburgh lay behind St. Giles's Church'（エジンバラ市の古代の埋葬地は聖ジャイルズ教会の裏手にあった）（Stevenson: Edinburgh）/'this garden, an exceedingly sombre place, bears a strong resemblance to a burial ground'（この庭は、ひどく陰気なところで、埋葬地にとてもよく似た感じがしている）（Carter: Lady）

graveyard evergreen

教会墓地の常緑樹

後述するイチイ(yew*)を初め、生命の木(the tree of life*)として知られるニオイヒバ(thuja tree（発音は［スゥージャ］に近い。）; arborvitae)の他に、トキワガシ(holm［holly］oak; ilex)（発音はそれぞれ［ホゥム［ホリー］・オゥク; アィレクス］に近い。）や、セイヨウヒイラギ(holly)などを指す。

【用例】

'High on Killeelan Hill the graveyard evergreens rose out of the snow.'（キリーラン山の上に高々と教会墓地の常緑樹が、積もった雪から聳え立っていた。）（McGahern: Wine）

tree of life, the

生命の木

旧約聖書(the Old Testament)の「創世記」(Genesis, 2.9,17; 3.22,24)に記されている木で、アダム(Adam)とイヴ(Eve)が神の命に背いてその実を食べたという、

第Ⅲ部　Churchyard・教会境内

「(善悪の)知識[知恵]の木」(the tree of (the) knowledge (of good and evil))と共に、エデンの園(the Garden of Eden)の中央にあり、その実は永遠の生命(to live for ever)を与える力を持つとされる。

また、新約聖書(the New Testament)の「ヨハネの黙示録」(the Revelation, 22.1,2,14)にも記され、天のエルサレム(the heavenly Jerusalem)を流れる「生命の水の川」(the river of (the) water of life)の両岸にある木で、毎月12種類の実がなり、その葉は諸国の民を癒すといわれる。

本来は上記の意味だが、既述した教会境内(churchyard*)にはこの名をもって呼ばれる針葉樹の一種のニオイヒバ(thuja tree* (発音は[スージャ]に近い。); arborvitae))が植えてあるのが見られる。常緑樹のこの木は真直ぐに伸びて、頑丈な性質であるところから、イギリスでは庭垣としても植えられる。また、1本の幹を中心に枝葉の付いたモチーフ、あるいは、それに天上の楽園を思わせるような花や蝶や小鳥をあしらったものが、'the Tree of Life'として、美術工芸の意匠にも用いられている。

✤ yew; yew tree (イチイ; イチイの木): 発音は[ユゥー]に近い。

既述した教会境内(churchyard*)の南側によくこの木が植えてある理由は、例えば、教会の建てられる以前に、最初にイギリスへ渡来したキリスト教の伝道師たちが、この木の下に雨風を凌いだというような古来の伝説と相俟って、この木が常緑樹(イチイ科イチイ属の針葉樹)であって寿命も長い――1,000年を優に超すものもある――ために、「永遠の生命と復活」(immortality and resurrection)の象徴にされて来たということにあるようである。もっとも、その一方で、墓に植えれば、この木の根は遺体を喰ってしまうという迷信もある。

また、中世(the Middle Ages: 約500-1500)のイングランドで用いられた長弓(longbow)の最上の素材になるので、国王が植樹を勧めたとの説もあり、あるいはまた、この木の葉(foliage)や種子(seed)や樹皮(bark)に含まれる毒(アルカロイド系のタキシン(taxine))のせいで、これを食べた家畜が死ぬのを承知の上で、聖職者(priest)が境内に植えたのは、土地の農夫たちの家畜が境内に迷い込まないように、農夫たちの出費で境内の塀(churchyard wall*)の維持に絶えず気を配らせるためであったとする説もある。尤も、実の赤い部分(flesh covering)には毒はないが。

– 494 –

一方では、「教会の墓地の木」(the graveyard tree)の通念を持つこの木は神聖視され、個人の庭に植えるのもよくなく、これを切ったり傷付けたりするのはなおのこと凶である、との俗信も生まれている。また、クリスマス・ツリーにもこの木だけは決して使わないことになっている。

イングランド中南部の州バッキンガムシャー (Buckinghamshire)のストゥク・ポッジズ教会(Stoke Poges Church)の境内のこの木は、T. グレイ(T. Gray)の「挽歌」('Elegy')に歌われたため、特に有名になった。

【用例】

'the family headstone beside the big yew'（イチイの大木の傍らにある一家の墓石）(McGahern: Wine)/'a dark yew-tree with graves beneath it'（その下に幾つかの墓のある黒々としたイチイの木）(Dickens: Oliver)/'the yew-trees crowding round a tiny House of God'（小さな神の家［教会］の周りにひしめき合って生えているイチイの木々）(Palmer: Lakes)/'the churchyard, in which several enormous yew trees were standing'（数本のイチイの巨木が立っていた教会境内）(Borrow: Wales)/'it(= the Cemetery) was a vast and spacious Square planted with yew-trees'（修道院墓地は広く大きな四角形の場所で、イチイの木々が植えてあった）(Anderson: Monk)

【参考】

* Beneath those rugged elms, that yew-tree's shade,

  Where heaves the turf in many a mold'ring heap,

  Each in his narrow cell for ever laid,

  The rude Forefathers of the hamlet sleep.

  ——T. Gray: 'Elegy Written in a Country Church-yard', 13-6

第Ⅲ部　Churchyard・教会境内

840. yew tree(イチイの木)。
St.Mary's Ch., Whitchurch-on-Thames ［E］

841. イチイの木。樹齢300年以上。
Skipton Castle ［E］

842. イチイの葉と赤い実。
Cambridge ［E］

843. Irish yew(セイヨウイチイ)。
St.Edward the Martyr Ch., Corfe Castle Village ［E］

Graveyard／（教会）墓地

graveyard wall

　既述した‘churchyard wall*’（教会境内の塀）に同義だが、広義では共同墓地
（cemetery*）のそれもいう。

【用例】

‘look over the wall at the graveyard’（境内の塀越しに墓地を伺う）（Spark:
Mori）

【文例】

＊ He tried to climb over the wall, and failed. It was a low wall....He brushed the
dust of the graveyard wall from his trousers.

——M. Spark: *Memento Mori*

　（彼は教会墓地の塀を乗り越えようとしたが失敗した。それは低い塀であっ
　た（中略）。彼はズボンについた塀のほこりを払って落とした。）

－ 497 －

第Ⅲ部　Churchyard・教会境内

Preaching Cross
説教用十字柱; 説教用十字標

教会(church)のまだ建立されていない土地では、修道院付属の教会(minster*; monastery church*)から出向いて来た修道士(monk*)など聖職者(clergyman)によって、この十字形の柱のもとで説教(sermon)が行なわれたが、その柱を指す。

高さ4〜5mほどのものに、葡萄の蔓(つる)や、鳥獣や、もしくは聖書からの場面などが装飾的に彫ってあったりするのが通例。今日では、既述した教会境内(churchyard*)や、あるいは、その外に立っているのが見られることもある。

☞ Celtic cross; churchyard cross

844. preaching cross(説教用十字柱)。
Inveraray, Argyll and Bute ［S］

Celtic cross

ケルト十字標; ケルト墓標

'Celtic headstone*'といって、これを指すこともある。

5世紀にローマ軍の撤退後、6世紀の中葉になって、多数の聖者たちがアイルランド、ブルターニュ(Bretagne)、ウェールズなどから布教のためイングランド西南部へ入って来たが、中世(the Middle Ages: 約500-1500)の初期の頃までに至るその活動の跡には、数百もの十字架形の墓標のようなものが残された。十字に交差した点を輪で囲む型(wheel-headed cross)になり、彫刻が施されているのが特徴である。これを指していう。ただし、この形に擬して造った現今の一般の墓石とは区別される。

初期の頃のそれは木製であったため、補強する目的で輪が付けられたのが始まりともいわれる。これは無論イングランド西南部のみならず、アイルランドやスコットランドなどにも見られるものである。目的は定かではなく、聖地や教会の地や墓地を印すためとも、あるいは、教会建立まで上記の'preaching cross*'として、そこで説教(sermon)を行なうためのものであったとも考えられている。

イングランド西南部の州コーンウォール(Cornwall)では、そこに産出するムーアストーン(moorstone)と呼ばれる花崗岩(granite)が用いられている。アイルランドに見られるものは丈が特に高いので、'Irish high cross'といわれ、大部分がケルト系の修道院(monastery*)の跡に建てられている。

'a 13ft high carved Celtic stone cross dating from the 5th century' (5世紀のもので、彫刻が施され、高さ13フィートもある石造りのケルト十字標)、などと用いる。

第Ⅲ部　Churchyard・教会境内

845. Celtic cross(ケルト十字標)。
'St.John's Cross', Iona Abbey [S]

846. 845.の裏側。

847. ケルト十字標。
'St.Martin's Cross', Iona Abbey [S]

848. 847.の裏側。

- 500 -

Preaching Cross／説教用十字柱; 説教用十字標

849. ケルト十字標に擬した現今の個人の墓石。
Holy Rude Ch., Stirling [S]

churchyard cross

教会境内十字柱; 教会境内十字標

'cross in the churchyard'といって、これを指すこともある。

高い柱(shaft)の頂部に、十字架(cross)や、十字架上のキリスト像(Christ crucified)や、聖母マリア像(the Virgin Mary)や、あるいは他の聖人の像などが取り付けられたものが、既述した教会境内(churchyard*)に立っていることがあるが、それを指す。

特に、柱の頂部がランタン「カンテラ」の形(lantern shape)になるものは、'lantern cross'と呼ばれ、その複数ある側面――例えば東西南北の4面――にそれぞれ彫刻やその他の装飾が施されている。

通例は中世(the Middle Ages: 約500-1500)からのもので、境内を清める(sanctify)意味と同時に、かつては上述の'preaching cross*'として、この柱の下でミサ(the Mass)が行なわれたことを示す。多くは16世紀の宗教改革(the Reformation)で破壊され、柱とその台座のみになっている場合が少なくない。

- 501 -

第Ⅲ部　Churchyard・教会境内

ちなみに、イングランド西南部の州コーンウォール（Cornwall）に特に多い。また、その台座は長方形や、円形や、もしくは多角形の石板をそれぞれ段々に積み上げたもの（rectangular, round or polygonal stepped base）になる。

【用例】

次の 'Paul's Cross' は 'St. Paul's Churchyard Cross' のことである。

'it was around Paul's Cross...that the citizens were wont anciently to assemble' （セント・ポールの十字柱の周りにこそ（中略）大昔の市民は集会を開いたものだった）（Hunt: Town）

【文例】

＊ First he took us outside and pointed out the very beautiful and well-preserved twelfth-century cross in the churchyard; this cross is supported on a tapering Early English shaft rising from some weather-worn steps and has a sculpture of the Crucifixion on one side.

　　　　　　　　　　　　　——J.J. Hissey: *Through Ten English Counties*

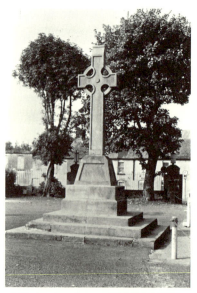

850. churchyard cross （教会境内十字柱）。
St.John's Cath., Limerick [I]

Preaching Cross／説教用十字柱; 説教用十字標

(最初に彼は我々を教会堂の外へ連れ出し、境内に立つとても美しく保存常態のよい12世紀の十字柱を指し示した。この十字柱は、風雨に晒されすり減った幾段の土台から伸びている初期イギリス式の先細りの柱身に支えられ、ひとつの側面にはキリストの磔像の彫刻がある。)

851. 教会境内十字柱。頂部の'crucifix'
(キリストの十字架像)にも留意。
Salisbury Cath. [E]

852. 教会境内十字柱。
Holy Trinity Ch., Long Melford [E]

weeping cross

懺悔(ざんげ)十字柱; 懺悔十字標

上述の'preaching cross*'の1種だが、特に懺悔(penance; penitential devotions)用に道路脇に建てられたものを指す。

- 503 -

第Ⅲ部　Churchyard・教会境内

Sexton
教会(堂)管理人

　教会堂および境内(churchyard)の管理、つまり、掃除(cleaning the church)など、もしくは、聖器具の保管(deposite of sacred vessels)、さらには、墓堀り(digging graves)や鳴鐘(ringing the bell)などの仕事をする人をいう。ただし、古い用語ではこの意味で、既述した'sacristan*'も使われる。☞ bell-ringer; gravedigger; verger

【用例】

　'the sexton had just scythed the grass'（教会管理人が(墓地の)芝草を大鎌で刈ったばかり）(Orwell: Air)/'he is sexton of St Patrick's, a public fugure'（彼は公人としては聖パトリック教会の管理人である）(Miss Read: Sea)

【文例】

＊ "Work!" said the goblin, "what work?"
　"The grave, sir; making the grave," stammered the sexton.
——C. Dickens: The Pickwick Papers

（「仕事だと！」ゴブリン鬼が言った。「何の仕事だ？」
　「墓でさあ、旦那、墓をこさえてるんでさあ、」教会管理人は吃りながら答えた。)

＊ The sexton was a tall thin man, emaciated by years and by privations; his body was bent habitually by his occupation of grave-digging....
——W. Scott: Castle Dangerous

（その教会管理人は背が高く痩せていて、歳と苦労を重ねたことからやつれが見えていた。墓堀りという仕事柄その体はいつも前へ曲がったままだった…)

－ 504 －

＊I found Mother's grave, and Father's beside it. Both of them in pretty good repair. <u>The sexton had kept the grass clipped</u>.
——G. Orwell: *Coming Up for Air*

（母の墓があったし、それと並んで父のもあった。どちらも手入れが行き届いていた。教会管理人が芝草を刈って置いてくれたのだ。）

【参考】

＊At the middle of the eighteenth century <u>the sexton wrote the epitaphs</u>, dealing out eulogy and fact with a generous hand.
——E. Thomas: 'The Village'

＊But wouldst thou know the beauty of holiness?——go alone on some weekday, borrowing <u>the keys of good Master Sexton</u>, traverse the cool aisles of some country church....
——C. Lamb: 'Blakesmoor in H——shire'

853. エリザベス朝の'sexton'（教会管理人）。ベルトに吊した「犬鞭」（dog-whip）と「鍵束」（bunch of keys）が管理人（caretaker）を示す。墓掘り（digging grave）も仕事であることが分かる。Peterborough Cath. [E]

854. ゴブリン鬼（goblin）の王（左）と教会管理人のガブリエル（Gabriel）（右）。

第Ⅲ部　Churchyard・教会境内

gravedigger; grave-digger

墓掘り（人）

初期キリスト教時代には 'fossor'（発音は［フォッサァ］に近く、アクセントは［フォッ］にある。）と呼ばれた。

'burying spade'（埋葬用踏鋤）という日本のスコップに相当するもので地面を掘る。

ちなみに、墓を掘って墓を造ることを 'make a grave' という。W.シェイクスピア（W. Shakespeare）の『ハムレット』（*Hamlet*）の中では、この墓掘り人を指して、'grave-maker'（V.i.66）の語が使われている。☞ 図版: 853.

【用例】

'the grave digger's fee'（その墓掘り代（金））（G.M. Brown: Return）/'the soil now swinging in clods from the spade of the gravedigger'（今まさに墓掘りの振るうスコップから塊のまま飛んで行く土くれ）（Sillitoe: View）

【文例】

＊ ...a long, long while ago...there officiated as sexton and grave-digger in the churchyard, one Gabriel Grub.

——C. Dickens: *The Pickwick Papers*

（…随分と昔の話だが（中略）その教会墓地の管理人兼墓掘り人を務めているガブリエル・グラブという男がいた。）

＊ It was the first frost of the year, and from now until the softening break of spring the grave-digger's life...would be a hard one.

——A. Sillitoe: 'The View'

（その年最初の霜が降りていた。今から温和な春の到来までは、墓掘り人の生活（中略）は厳しいものとなるであろう。）

－ 506 －

855. grave-diggers(墓掘り人たち)。本文では 'two clowns' (2人の道化)として登場。『ハムレット』(Hamlet)の第5幕第1場の教会墓地(churchyard)。

verger

権標捧持者(厳密な意味で); 教会堂守[堂番](広義では)

主として、教会堂内(the inside of a church)の、例えば、備品の管理をしたり、堂内の掃除をしたり、礼拝者(worshipper)を会衆席(pew*)へ案内したりする係の人をいう。また、厳密な意味では、権標(mace; verge)を捧持して、高位の聖職者(dignitary)を先導して歩く係の人を指す。また、'verger's wand'といえば、その権標を指す。

【文例】

* As he(= old verger) moves noiselessly along the chancel his long black cassock enhances his height....
　　　　　　　　　　　　——H. Kelly: 'Old St. Paul's'

(年老いた堂守が内陣を音もなく歩むにつれ、その黒い長いカソックのせいで、彼の身長は高く見えて来る…)

* At the chancel, the verger is quietly approaching the vicar, and on reaching him he whispers something in his ear.
　　　　　　　　　　　——J. Hilton & three others: *Mrs. Miniver* (Screenplay)

第Ⅲ部　Churchyard・教会境内

（内陣を堂守が静かに司祭へ近づいて行き、彼のもとへ行くと、その耳へ何事か囁く。）

856. 正装の'verger'(権標捧持者)。権標(verge)にも留意。Exeter Cath. [E]

857. 普段着の'verger'(教会堂守)。Ely Cath. [E]

第IV部
Supplement
補　遺

第Ⅳ部　Supplement・補遺

1. Parish Church: 教区教会

Parish Church
教区教会; 教会区教会

　連合王国(the Untited Kingdom)に「公定教会」(the Established Church)は2つあり、「イングランド教会」 (the Church of England)と「スコットランド教会」(the Church of Scotland)である。

　ただし、前者は「監督教会」(the Episcopal Church)で、教会員の指導にあたる監督(episcopi)は「主教」 (bishop)であるのに対し、後者は「長老派教会」(the Presbyterian Church)で、その任にあたるのは「長老」 (presbyter)である。

　もっとも、「アイルランド教会」(the Church of Ireland)と「ウェールズ教会」(the Church in Wales)も元は公定教会であったが、それぞれその後に「非公定教会」になった。

　ちなみに、上記の4つの教会は「アングリカン・チャーチ」(the Anglican Church)の通称で呼ばれ、また、イギリスの植民地に設けられた「イングランド教会」の同系統の教会に「聖公会」という訳語が与えられている。

　また、「公定教会」といっても、政府からの特別な財政援助、つまり、国民の税金で護持する建前はとっていない。教会の財産や教会の収入などは、「教会財政委員会」(the Church Commissioners: 1948年創設)に――カンタベリー大主教(the Archbishop of Canterbury)が最高指導者――に管理されている。

　上記の諸事情から、'the Church of England'を「英国国教会」と訳すのは誤解を招く。連合王国全体にあらず、あくまでイングランドだけの公定教会に過ぎないからである。その「イングランド教会」は、そもそもヘンリー8世(Henry VIII: 1509-47)自らの離婚問題によって、1534年にローマ・カトリック教会(the Roman Catholic Church)から分離独立を見た教会で、カトリックとプロテスタント両者の要素を備えたものである。

　そして、国王[女王]を最高指導者として、2つの「管区」(province)、すなわち、東南部の州ケント(Kent)の都市カンタベリー (Canterbury)と、東北部の州ノース・ヨークシャー (North Yorkshire)の州都ヨーク(York)から成り、それぞれに大

－ 510 －

聖堂(cathedral)を持ち、大主教(archbishop)が統括する。ただし、その地位では、歴史的経緯から前者が後者よりは格上になる。

　また、前者の管区は29(ヨーロッパ主教区(the Diocese in Europe)を加えて30)、後者で14、計43[44]の「主教区」(diocese)に分けられ、それぞれに大聖堂を持ち、主教(bishop)がいる。

　その主教区がさらに小教区に分けられたのが「教(会)区」(parish)で、教会行政区分の最小単位となり、そのひとつひとつに設けられたのが「教(会)区教会」(parish church)である。その数13,150(1993年現在)に達し、そこには聖職者(clergyman)の資格所有者として「教区教会司祭[牧師]」(parish priest: vicar)や、その補佐役の「副司祭[牧師]」(curate)がいて、宗教行事を執り行うのである。

　中世(the Middle Ages: 約500-1500)では、その土地の地主(landowner)である領主(local thegn [thane])がこの教区教会を建て、かつ、所有する形になっており、聖職[牧師]推薦権(advowson)を使って上記の教区教会司祭を選び、その上、土地(glebe (land): 聖職領耕地)も与え、そして選ばれた司祭が教会の管理者である「教区教会主管者」(rector)になっていた。

　当時はその主管者の徴収する「十分の一税」(tithe(s): ☞ parishioner)——教区民が教会へ収める税で、各自の年間所得の十分の一に相当——は、彼自身の所得となり、教会維持費の一部はそれから充てていた。彼が牧師の資格を持たない場合は、自分の代理に資格所有者である「教区教会代理司祭」(vicar)を任命した。ちなみに、その税制は1936年に廃止となり、現在の教会の財政は、信者の任意の献金と、「教会財政委員会」(the Church Commissioners)により支えられている。

　また、初期には後述する修道院(monastery*)がその勢力を誇ったが、人々の気持ちは時の流れと共にこの教区教会の方へと傾いて行った。それまでは教区教会も、既述した身廊(nave*)と内陣(chancel*)、および身廊の西端部(west end*)の上の鐘楼(belfry*)だけの簡素な造りであったものも、天井を高く上げたり、柱(pillar*)を豪華にしたり、既述した側廊(aisle*)を付け加えたりして、次第に拡張され立派なものになって行った。特に中世の後期になると、富裕な商人の台頭により、彼ら個人による、あるいは、組織団体による壮麗なものも建てられるようになったのである。

第Ⅳ部　Supplement・補遺

【用例】

'the hoary old parish church' (古さびた教区教会) (Hissey: Counties)/'five villages with their parish churches' (それぞれに教区教会のある5つの村) (Follett: Pillars)

【文例】

＊ I sat among a congregation of shadows, not in the great cathedral, but in a little parish church far from here.
　　　　　　　　　——G. Gissing: *The Private Papers of Henry Ryecroft*

（私は亡くなった人々に混じって会衆席に座っていたが、そこは大聖堂ではなく、ここから遠く離れた小さな教区教会の中であった。）

　次は、上記の解説でも触れたが、'diocese'についてである。

【用例】

'several bishops from neighboring dioceses were here' (近隣の主教区から数名の主教たちがここに集まっていた) (Follett: Pillars)/'My 'Lift up your Hearts' was renowned throughout the diocese.'(わしの唱える「祈りを捧げよ」は主教区中に知れ渡っていたものだ。) (Orwell: Daughter)/'Lincoln was the third most important diocese in the kingdom, after Canterbury and York.' (リンカン市は、カンタベリー市とヨーク市に次いで、この王国で三番目に重要な主教区であった。) (Follett: Pillars)

858. parish church of St.Michael, Alnwick [E]

Parish Church／教区教会; 教会区教会

859. parish church of St.Peter, Great Berkhamsted [E]

860. parish church of St.John the Baptist, Great Amwell [E]

861. parish church of Kentish Town, London [E]

第Ⅳ部　Supplement・補遺

862. parish church of Holy Trinity, Pitlochry [S]

863. 862.の中の銘板(tablet)。'churchwarden*'と
'diocese*'の文字に留意。(☞ 図版: 816)

Cathedra [cathedra], the

主教座; 司教座(カトリック)

'chair'(椅子)ないしは'seat'(座席)を意味するギリシャ語の'kathedra'に由来するラテン語の'cathedra'に語源がある。

英語では、大聖堂(cathedral)の中の主教[司教](bishop; ☞ parish church)のための座席(bishop's throne)を指すようになった。

元来は、その席は既述した主祭壇(the high altar*)の背後に置かれたが、今日では内陣(chancel*)の中の、福音書側(gospel side*)といって聖餐式[聖体拝領]((Holy) Communion*)に福音書を読む側、つまり、既述した会衆席(pew*)から祭壇に向かって左側——北側に当たる——に設けられるのが通例である。ちなみに、ノリッジ大聖堂(Norwich Cathedral)は今も主祭壇の背後にある。

- 514 -

Parish Church／教区教会; 教会区教会

この座席[椅子]のある教会(church)が、大聖堂(cathedral church; 略して cathedral)である。

【用例】

'monastery with a cathedral church' (大聖堂を備えた修道院) (Follett: Pillars) /'the service had begun, with the bishop on his throne' (主教がその座に着いていて、既に礼拝式が始まっていた) (Follett: Pillars)

【文例】

* A cathedral was a church like any other, in principle: it was simply the church where the bishop had his throne. But in practice cathedral churches were the biggest, richest, grandest and most elaborate.

——K. Follett: *The Pillars of the Earth*

(大聖堂は、原理としては、通例の教会と変わるところはなかった。それは主教座を所有する単なる教会に過ぎないものであった。しかし、実際上は、大聖堂と呼ばれる教会は、極めて大きく、この上なく豪華で、比べようもなく壮大かつ精巧な極みの造りになっていた。)

864. Cathedra(主教座)。Carlisle Cath. [E]

- 515 -

第Ⅳ部　Supplement・補遺

865. 主教座。Exeter Cath. [E]

collegiate church

聖堂参事会管理教会

　大聖堂(cathedral)のように主教(bishop: ☞ parish church)ではなく、参事会員(canon)の構成する参事会(chapter)が管理する教会で、中世(the Middle Ages: 約500-1500)には多くあったが、その後に大聖堂に変わったりして、現存するのは、イングランド南部の州バークシャー(Berkshire)にあるウィンザー城(Windsor Castle)の聖ジョージ・チャペル(St. George's Chapel*)や、ロンドンのウェストミンスター寺院(Westminster Abbey)などがある。

【文例】

＊ Then we inspected the fifteenth-century stalls in the wide choir, which indicate

- 516 -

that the church was collegiate....
———J.J. Hissey: *Through Ten English Counties*

(それから私たちは幅の広いクワィアに設けられた15世紀の座席を調べて分かったことだが、その教会は昔は聖堂参事会が管理していたものであった…)

866. collegiate church(聖堂参事会管理教会)。Westminster Abbey [E]

High Church, the

高教会派

時に、小文字で使われることもある。また、形容詞は'High-Church'となる。

17世紀の後期以降に用いられるようになった俗称で、イングランド教会(the Church of England*)の一派を指す。

教会の権威、教会制度、聖職者の権威、それに聖礼典(the sacraments: 秘跡(カトリック))を重視する。つまり、ローマ・カトリックの教義や礼拝儀式など多くの点で、その伝承(historical links with Catholic Christianity)を尊重するが、教皇(the Pope)の支配権は否認するものである。

'high and dry'などと揶揄(やゆ)されもした。この一派の存在そのものは既にエリザベス朝(1558-1603)にあって、その後も勢いを増したが、オックスフォード運動(the Oxford Movement: 1833-45)――この会派の教理を復活させる教会改革運動――でさらに知られるようになった。

この派に属す人は'High(-)Churchman'と呼ばれ、その主義は'High Anglicanism'といわれる。

ちなみに、その礼拝式(service)では、蝋燭(candle)を燃やし、香(sweet-smelling incense*)を焚くが、その事に言及された場面を下記にも引例(☞ spiky)した。

【用例】

'He is a High Church curate.'（彼は高教会派の補助司祭だ。）(Yeats: John)/'the high-church tendencies of...a newly arrived curate'（新任の補助司祭（中略）の高教会派の傾向）(Wells: Player)/'All styles I could do you, High Church, Low Church, Broad Church and No Church.'（私はどの教会派の流儀もこなしたものだ、高教会派、低教会派、広教会派、それに無教会派でもだ。）(Orwell: Daughter)

【参考】

＊ It was a shade "Higher" than St. Athelstan's had been; chairs, not pews, but no incense, and the vicar...wore a plain cassock and surplice except on festival days.

――G. Orwell: *A Clergyman's Daughter*

❇ **Broad Church, the**(**広教会派**): 時に、小文字で使われることもある。また、形容詞は'Broad-Church'となる。

19世紀後半より用いられるようになった俗称で、イングランド教会(the Church of England*)の一派を指す。

聖書を基盤とするが、その自由な解釈に従って(in a broad and liberal sense)、教会制度や儀式や礼拝規定などには拘泥せずに、むしろ、人間の理性尊重の立場から宗教的道徳的生活を重要視した。

'broad and shallow'などと揶揄(やゆ)されもした。ケンブリッジ大学(Cambridge

Univ.)を中心とする人々によって唱導されたもので、プロテスタント的傾向(Protestantism)が強い。T.アーノルド(Thomas Arnold: 1795-1842)やC.キングスレー(Charles Kingsley: 1819-75)なども指導者のひとりであった。

この派に属す人は'Broad(-)Churchman'と呼ばれるが、前時代の'the Latitudinarians'(宗教的自由思想家)と考え方に共通するところが見られ、後代の'the Modernists'(近代主義者)の先駆けともいうべきところもある。

❊ **Free Church [free church], the (自由教会)**: 形容詞は'Free-Church [free-church]'となる。

19世紀後半から出たもので、教区教会(parish church*)のような地域単位の教会ではなくて、同じ信仰を持つ者による自発的な集団で、「ノンコンフォーミストの教会」(nonconformist church*)をいう。

全国的な繋がりはあるが、国家権力などからは自由で、個々の教会の自主性を重んずる。つまり、「公定教会」(the Established Church*)以外のプロテスタント教会(Protestant Church)になる。そのひとつに「メソディスト教会」(the Methodist Church)がある。

❊ **Low Church, the (低教会派)**: 時に、小文字で使われることもある。また、形容詞は'Low-Church'となる。

18世紀以降に用いられるようになった俗称で、イングランド教会(the Church of England*)の一派を指す。

聖職者の権利や、儀式や、聖礼典(the sacraments: 秘跡(カトリック))などにはさほど価値を認めず、むしろ、伝導活動[福音主義](evangelism; Evangelicalism)を重要視した。聖書を逐語的に解釈する傾向が強く、プロテスタント的なノンコンフォーミスト派(Protestant Nonconformists)に近い。

'low and slow'などと揶揄(やゆ)されもした。この派に属す人は'Low(-)Churchman'と呼ばれる。

【用例】

'he himself was low church and Calvinistic'(彼自身は低教会派でカルヴァン派であった)(Wells: Player)/'the God-fearing shopkeeper class, the low

第Ⅳ部　Supplement・補遺

church and high-tea class' （神を恐れる［信心深い］商店経営者階級、つまり、低教会派でハイ・ティーを習慣とする階級）（Orwell: Air）

【参考】

＊ In his purely clerical duties he was scrupulously correct——perhaps a little too correct for a Low Church East Anglian parish.

——G. Orwell: *A Clergyman's Daughter*

✣ spiky

'spike'（大釘）の形容詞であるが、口語では、上述の'High Church*'の教義、つまり、「高教会派主義」（High-Churchism［High-Churchmanship; High-Churchmanism; High-Church Anglicanism］）に極度に拘る考え方をいう。

ちなみに、その派の礼拝式（service）では、蝋燭（candle）を燃やし、香（sweet-smelling incense*）を焚くが、その事に言及された場面を下記にも引用した。

【文例】

＊ "They're absolutely spiky. You can hardly see what's happening at the altar, there are such clouds of incense. I think people like that ought to turn Roman Catholic...."

——G. Orwell: *A Clergyman's Daughter*

（「あそこの（教会の）人たちは極端な高教会派といっても言い過ぎではないわ。あんなに香の煙がもうもうじゃ、祭壇で何が行なわれていようと見えやしない。ああいう人たちはローマ・カトリックへ改宗すべきよ…」）

█ kirk

教会

発音は［カァーク］に近い。

イングランド北部および、特にスコットランドで'church'の意味で用いられる。

ただし、'kirk'といって、スコットランド教会（the Church of Scotland*）を指

－ 520 －

Parish Church／教区教会; 教会区教会

し、イングランド教会(the Church of England*)やスコットランド聖公会(the Episcopal Church in Scotland)とは区別する場合もある。

【用例】

'the village kirk'（村の教会）(Cronin: Worlds)/'The old kirk is a riot of tangled briars.'（その古い教会はイバラが縺れに縺れ生い茂っている。）(Morton: Again) /'a pair of black shoes for the kirk on Sundays'（日曜日に教会へ行く時に履く黒の靴一足）(Brown: Time)/'My walk home was lengthened by a diversion in the direction of the kirk.'（我が家へ帰りがてらに回り道をして教会へ向かった。）(E. Brontë: Heights)

【参考】

* The ship was cheered, the harbour cleared,
  Merrily did we drop
  Below the kirk, below the hill,
  ——S.T. Coleridge: 'The Rime of the Ancient Mariner,' 21-3

* Let the sofa be mountains, the carpet be sea.
  There I'll establish a city for me:
  A kirk and a mill and a palace beside,
  And a harbour as well where my vessels may ride.
  ——R.L. Stevenson: 'Block City', 5-8

minster

元来は、後述する「修道院」(monastery*)、特にその「付属の教会」(monastic church^)を指す語で、イングランドでは起源が修道院にあるような大聖堂(cathedral)や、重要な教会(church)の名称に適用された。

例えば、イングランド東北部のノース・ヨークシャー州(North Yorkshire)の州都ヨークにある大聖堂の'York Minster'や、同じく東北部のハンバーサイド州(Humberside)の都市ビバリーに建つゴシック様式(the Gothic style*)の傑作の教会'Beverley Minster'などである。☞ 図版: 595.

− 521 −

第Ⅳ部　Supplement・補遺

【用例】

'they walked from the bus stop back to the Minster'（ふたりはバス停から大聖堂の方へ歩いて戻った）（Sillitoe: Trip）

【文例】

　次は、カンタベリー大聖堂(Canterbury Cath.)の大司教(archbishop)であるトーマス・ベケット(Thomas à Becket)が国王の放つ家来に殺害される場面である。

＊ Priests. [*severally*]

　　My Lord, you must not stop here. To the minster. Through

　　the cloister. No time to waste. They are coming back, armed.

　　To the altar, to the altar.

　　　　　　　　　　　　——T.S. Eliot: *Murder in the Cathedral*, Part II

（司祭たち。（口々に）

　　大司教様、ここにいらしたらいけません。大聖堂の方へ。回廊を

　　お渡りになって。一刻の猶予もなりません。彼らが引っ返して来ます、

　　武装して。

　　さあ、祭壇の方へ、祭壇の方へ。）

❀ **fane:** 発音は［フェイン］に近い。

'temple'（寺院）を指すが、古語・詩語として 'church' を指しても使われる。

【用例】

'we were conducted inside the tiny fane'（私たちはその小さな教会堂の中を案内された）（Hissey: Counties）

【文例】

＊ ...we noticed a quaint old church half buried in trees...we went up to the ancient gray fane with the intention of making a sketch of it.

　　　　　　　　　　　　——J.J. Hissey: *Through Ten English Counties*

Parish Church／教区教会; 教会区教会

（…私たちは木立に半ば埋もれた古風ながら趣のある教会に気が付いた（中略）私たちはその時代を経た灰色の教会堂へ、スケッチしようとして近づいて行った。）

parish register

教（会）区戸籍簿; 教（会）区記録簿

後述する'parishioner*'（教区民）の出生、洗礼（baptism*）、結婚、死亡などに関する記録簿で、上述の'parish church*'（教区教会）に保存されている。

内容別になっている場合もあって、例えば、結婚に関するそれは'marriage-register'ともいう。

【用例】

'look up their names in the register'（教区記録簿でその人たちの名前を探す）
（Hill: Beads）/'The parish register was full of births and marriages and deaths.'
（その教区戸籍簿は出生と結婚と死亡の記録で埋まっていた。）（Hill: Beads）

【参考】

＊ Mountclere and Chickerel gazed on the same page. The book was the marriage-register.

——T. Hardy: *The Hand of Ethelberta*

village church

村の（教区）教会

通例は村の教区教会（parish church*）をいう。

西端（west end*）に既述した鐘楼（belfry*）が付き、あとは、身廊（nave*）と内陣（chancel*）だけからなる簡素なものが連想されるが、側廊（aisle*）が加えられたりして相当に立派なものもある。初期には木造であったが、後に石造りになった。

出入口（church door*）は村落に最も近い側に付けられるが、通例は冬の寒さを考慮して南面（south door*）にも設けてある。また、西端に塔（church tower*）がある場合には、通例の西側の出入口（west door*）がなくなり、南側の出入口だけ

- 523 -

第Ⅳ部　Supplement・補遺

になることもある。

　中世(the Middle Ages: 約500-1500)には、その建物のうちでも内陣は、地主(landowner)である'thane[thegn]'とか'manorial-lord'とか呼ばれた領主に所属するもので、村民(villagers)のものは身廊と塔(church tower*)のみであった。また荘園裁判(manor-court)は、荘園領主の館(manor house)の広間((great) hall)や、教会の身廊で開かれたものであった。

　ちなみに、教区民(parishioner*)は教会へ「十分の一税」(thithes* ☞ vicarage)を納めるわけだが、自分の税(scot)を納めに来た小作人(tenant)にはエール(ale*)と呼ばれるビール(☞ churchwarden)が供された。これを'scot ale'といい、ここに'scot-free'(ロハ[無料]で)の由来があるとされる。もっとも、その'church ale'は15世紀には当たり前のものとして受け止められていたが、風紀上好ましからざるものと考えられて、次第にその風習は廃れて行き、17世紀には供されなくなった。

　また、村の楽団の楽器類や消火活動の用具類なども、教会の中に収納してあったものである。☞ church bell; churchyard; pew

【用例】

'the day on which the village Church was opened for public worship'（村の教会が村民の礼拝のために開かれた日）(Hughes: Tom)/'the jangle of bells from the village church came down the wind'（ジャンジャン鳴る鐘の音が、村の教会から風に乗って聞こえて来た）(Orwell: Daughter)/'she would sooner be married there, at the village church, than in London'（彼女はロンドンよりもその村の教会で結婚式を挙げたいと思う）(Waugh: Winner)

【文例】

＊ It is twelve o'clock. All the bells in the village churches are pealing. Another year has come.

——K. Mansfield: 'January 1, 1904' (*Diary*)

（12時。村の教会という教会の、鐘という鐘が鳴り響いています。新たな年が来たのです。）

Parish Church／教区教会; 教会区教会

867. village church(村の教会)。SS.Peter & Thomas' Ch., Sambourne Village [E]。塔(church tower)のために、西側出入口(west door)に代わって南側に出入口(south door)。

868. 村の教会。
St.Pancras Ch., Widecombe-in-the-Moor Village [E]

869. 村の教会。St.John the Baptist Ch., Widford Village [E]

第Ⅳ部　Supplement・補遺

wool church

ウール・チャーチ

中世(the Middle Ages: 約500-1500)の後期に入り、牧羊業(sheep farming)の発展によって蓄積された富を基に建てられた教会を指す。

11世紀の中頃から14世紀の中頃まで約300年に互り、ヨーロッパでは村や町が次第に大きく、かつ、豊かになるにつれ、教会建立が盛んに行なわれた。この流れをつくった他の要因のひとつに、それまで流布していた「紀元1000年がこの世の終わりの年」とする考えが、事実ではないことになり、その安堵感からの反動がある。その結果、上述の'minster*' (修道院付属の教会)、'cathedral*' (大聖堂)、'church'が多数造られ、'cathedral'の多くは学問の中心として、付属の'school'を持つようになっていた(これらの'school'から12世紀には大学が生まれる)。

さらに、15世紀になるとヨーロッパは貿易などの成功で繁栄の時代を迎えた。イギリスでも毛織物業(wool trade)が盛んになり、数々の立派な教区教会が建てられ、'wool church'と呼ばれたのである。

特に牧羊で知られる、イングランドの東部の州ノーフォーク(Norfolk)およびサフォーク(Suffolk)、西南部の州グロスタシャー (Gloucestershire)の丘陵コッツウォルズ(the Cotswolds)、東北部の旧州ヨークシャー (Yorkshire)などに多く建てられた。例えば、サフォーク州のロング・メルフォード村(Long Melford Village)にある「ホーリー・トリニティー教会」(Holy Trinity Church)、同州の町ラベナム(Lavenham)にある「聖ピーター・聖ポール教会」(SS. Peter and Paul's Church)、グロスタシャー州のチッピング・キャムデン(Chipping Campden)にある「聖ジェームズ教会」(St. James Church)などである。

ちなみに、ノース・ヨークシャー州のヨーク市(York)は'a great wool centre'で、今日でもその頃に建てられた教区教会が19存在する。また、そういう訳で、ヨーク市はステンドグラスの工房が多かったことでも知られる。

－ 526 －

Parish Church／教区教会; 教会区教会

870. wool church(ウール・チャーチ)。
SS.Peter & Paul's Ch., Lavenham [E]

871. ウール・チャーチ。Holy Trinity Ch., Long Melford [E]

第Ⅳ部　Supplement・補遺

Parishioner
教(会)区民; 教(会)区信徒

　既述した'parish*'(教(会)区)に住む信徒を指す。

　中世(the Middle Ages: 約500-1500)の教区民は、教区教会(parish church*)の教区司祭(parish priest*)のうちの教会主管者司祭(rector*)に、各自の年間所得の十分の一に相当する「十分の一税」(tithe(s))を納める義務があった。初期には任意で行なわれていたが、8世紀の末までには強制的に徴収されるようになった。

　その税は教会主管者司祭が受領し、一部は教会の維持費に充てられた。税には二種類あって、「大十分の一税」(great tithe(s))と呼ばれるものは、小麦(wheat; corn)、大麦(barley)、オート麦(oats: エンバク)、干し草(hay)など、穀物類を主としたもの(main crops)、「小十分の一税」(small tithe(s))と呼ばれるものは、豚(pig)、(子)羊(lamb or sheep)、鶏(chicken)、ガチョウ(goose)、魚(fish)、鉱物(mineral)など地方の特産物に対して掛けられる税であった。例えば、小麦10束につき1束(every tenth bundle of corn)、豚10匹につき1匹(every tenth pig)という具合であった。古くは金納(in cash)もあったが、物納(in kind)が主で、1836年からは金納と定められ、1936年には廃止(the Tithes Redemption Act: 1935)になった。

　ちなみに、「農奴」(villein)の場合は、'church reeve'(後の'churchwarden*': 教区委員)および'sidesman*'(教区委員補佐)という世話役の指導の下に、税額が決められていた。

【用例】

　'the docile parishioner'(従順な教区民)(C. Lamb: Blakesmoor)/'several landed parishioners'(土地を所有する幾人かの教区民)(G. Eliot: Silas)/'the soundest church-going parishioners'(日曜日には教会通いをする最も堅実な教区民)(Hardy: Preacher)

－ 528 －

Parishioner／教(会)区民; 教(会)区信徒

【参考】

＊ Every day of her life, except on Sundays, she made from half a dozen to a dozen visits at parishioners' cottages.

——G. Orwell: *A Clergyman's Daughter*

次は、上記の解説にも述べた'tithes'についてである。

【用例】

'farms which...paid highly-desirable tithes' (大変に望ましい十分の一税を納めている(中略)農園) (G. Eliot: Silas)

【文例】

＊ "It(= priory) owns more land, and collects tithes from more parish churches, than ever before."

——K. Follett: *The Pillars of the Earth*

(「小修道院はこれまで以上に土地を所有し、かつ、これまで以上の数の教区教会から十分の一税を徴収しています。」)

churchwarden

教(会)区委員

既述したイングランド教会(the Church of England＊)において、平信者(layman)としての'parishioner＊' (教区信徒)の代表として教区司祭(parish priest＊)を助け、教区教会(parish church＊)の動産や財務に責任を持ち、その運営、管理、維持の仕事に携わる役の者をいう。

今日では、1名は教区司祭の指名により、1名は教区評議会(parish council)で信徒により選出され、計2名から成る。

この制度は、そもそも12世紀の中葉に設けられたもので、その当時は'church reeve'と呼ばれ、'whipping post'(鞭打ち柱)や'stocks＊'(座り晒し枷)なども管理し、貧しい人たちや難儀している旅人(wayfarer)の救済にも尽力した。また、教区信徒から贈与された大麦(barley)を基にエール(ale)と呼ぶビールを醸造し、教会の維持費を得るためにそれを売ることも行なった。これが'church ale＊' (☞ village

- 529 -

第Ⅳ部　Supplement・補遺

church)の起源になる。

　ちなみに、今日では教区の財務責任は'parish council*'（教区評議会）の自治組織が引受け、'churchwarden'は'vicar*'と呼ばれる教区司祭の補助役という名誉職（honorary officer）になる。☞ 図版: 863.

【用例】

　'stage churchwardens'（演劇によく登場する（太った）教区委員）（Struther: Miniver）/'He is fit to be perpetual churchwarden.'（彼こそ終身教区委員に適任です。）（Mitford: Pictures）

【参考】

　＊ Directed by Shiner, the churchwarden, she proceeded to the small aisle on the north side of the chancel....

——T. Hardy: *Under the Greenwood Tree*

❉ **kirkwarden:** 上述の'churchwarden'に同義。ただし、☞ kirk

❉ **sidesman**（教（会）区委員補佐）: 上述の'churchwarden*'の補佐役を指し、'churchwarden'の脇に立ち、献金（collection）を受け取る仕事などもそのひとつである。

congregation

(1) 会衆

　礼拝・祈祷（worship of God）のために教会に集まった人たちを集合的に指していう。

　そのひとりひとりを指す時は'churchgoer*'という。また、新約聖書(the New Testament)などではキリストを「良き羊飼い」(the Good Shepherd)に見立てて、信者・会衆を「羊の群れ」に喩えて'flock'ともいう。☞ 図版: 6.

【用例】

　'sit among a congregation'（会衆に混じって座る）（Gissing: Papers）/'draw

— 530 —

the attention of the congregation' （会衆の注意を引く）（Hardy: Mrs Chundle）
/'the congregation numbered in all not more than forty'（会衆は全部でせ
いぜい40人）（H. Read: Eye)/'the congregations, old and young, that have
found consolation there (= church)'（教会に慰めを見出した老若の会衆）
（C. Lamb: Blakesmoor)/'a shouting female voice rose up from the body of the
congregation'（大勢の会衆の中から突如女性の叫び声が起こった）（Lawrence:
Fanny）

【文例】

＊ It was Sunday: service had just ended...and the congregation...were rising
from their knees to depart.

——T. Hardy: 'To Please His Wife'

（日曜日のこと、礼拝式が丁度終わって（中略）会衆（中略）は立ち上がって帰
ろうとしていた。）

(2) 全教会員

特定の教会に属す信徒全体を指していう。

1990年の調査では、教会に所属する者はイギリス全体の人口比で、11.8％内に
なっている。

また、会員個人を指す場合は、'churchman*'、もしくは'churchwoman*'を使う。

【文例】

＊ In twenty-three years he had succeeded in reducing the congregation of St.
Athelstan's from six hundred to something under two hundred.

——G. Orwell: *A Clergyman's Daughter*

（23年かかって彼は聖アセルスタン教会の会員数を、600人から200人足らず
にまで減らすことに成功していた。）

＊ On Sundays I went twice to chapel...to hear...long prayers, and a still longer
sermon, preached to a small congregation of which I was, by nearly a score of

第Ⅳ部　Supplement・補遺

years, <u>the youngest member.</u>

——E.C. Gaskell: Cousin Phillis

（日曜日毎に私は（ノンコンフォーミストの）教会へ2度行って（中略）、長々と
した祈祷と、さらに長々と続く説教とを聞いたが（中略）、それは人数の少
ない会員たちへ向けられたもので、その会員の中でも私は最も若く、その
差20才ほどでした。）

✤ churchgoer; church-goer: 規則的に、例えば、日曜日ごとに教会へ礼拝
（worship of God）のために行く信徒ひとりひとりを指す。☞ congregation
また、その「教会通い」を 'churchgoing'、もしくは 'church-going' という。

【用例】

'though <u>a regular churchgoer</u>, her orthodoxy was suspect'（彼女はきちんと
教会通いはするが、その信仰の正統性は疑わしかった）（Orwell: Daughter）
/'parishioners who had chosen this bright Sunday morning as eligible for
<u>church-going</u>'（このよく晴れた日曜の朝を、教会へ行くのには相応しいと思っ
ていた教区民たち）（G. Eliot: Silas）

【文例】

* Lizzy, who was <u>a church-goer</u> on Sunday mornings, frequently attended
Stockdale's chapel in the evening....

——T. Hardy: 'The Distracted Preacher'

（リッジーは、毎週日曜の朝は教会の礼拝へ通ったが、夕方にはストックディ
ルが務めるノンコンフォーミストの教会へもしばしば行った…）

【参考】

* ...the vicar entered, when they suddenly subsided into sober <u>church-goers</u>,
and passed down the aisle with echoing heels.

——T. Hardy: Under the Greenwood Tree

- 532 -

Parishioner／教（会）区民; 教（会）区信徒

✳ churchman

(1) 聖職者（clergyman; priest）

【用例】

'that churchman（= cardinal）bears a bounteous mind indeed'（聖職に就かれ
ているあのお方は、本当に慈悲深いお心の持主です）（Shakespeare: Henry
VIII, I. iii. 55)／'a numerous and gay train, consisting partly of laymen, partly
of churchmen'（俗人と聖職者から成る数多の陽気なお供の者たち）（Scott:
Ivanhoe）

【文例】

＊ Every important churchman in the country was here, even some of the
humble parish priests.

——K. Follett: *The Pillars of the Earth*

（この国の重要な地位を占める聖職者がことごとくここに集まっていた、下
位の教区司祭の幾人かすら含めて。）

【参考】

＊ Philip had heard of the abbey of Saint-Denis, of course, and the famous Abbot
Suger, the most powerful churchman in the kingdom of France....

——K. Follett: *The Pillars of the Earth*

(2) 教会の会員（church member）; 熱心な信者
(3) イングランド教会の信徒［会員］

ちなみに、'churchwoman'は上記の(1)(2)の意味もあるが、特に(3)の意味
で使われることが通例。☞ congregation(2)

✳ parish: 上述の「教（会）区」（☞ parish church）の意味の他に、'the parish'と
用いて、「教（会）区民」（parishioners）を集合的に指す。

ちなみに、この語の形容詞には、'parochial'が通例は用いられる。

— 533 —

第Ⅳ部　Supplement・補遺

【用例】

'Nobody got married in this parish for the last five years.'（ここ5年間という
もの、この教区では結婚した人はいないわ。）(O'Flaherty: Wedding)／'I've
had to live on the parochial poor fund since the funeral.'（私は(父の)葬式を出
してからは、教区の救貧基金に頼って生活してこなければならなかった。）
(Brown: Return)／'he lies buried in the corner of his churchyard, in the parish
of──'（彼は某教区の自分の管理した教会墓地の片隅に埋葬され眠っていて
…）(Sterne: Shandy)

【文例】

＊ The parson looked up from the private little prayer which, after so many for
the parish, he quite fairly took for himself....

──T. Hardy: 'To Please His Wife'

（司祭は教区民のための数々の祈りの後で、今度は自分のための私的なささ
やかな祈りを捧げていたが、その顔を上げた…）

－ 534 －

Vicarage／牧師［司祭］館

Vicarage
牧師［司祭］館

　中世（the Middle Ages: 約500-1500）における'parish church*'（教区教会）の聖職者（parish priest: 教区司祭）のうち、'parson'は教区（parish*）に管理など全責任を負うが、実際には'rector'（教会主管者司祭; 教区牧師）がこの任に当たった。そして、教区民（parishioner*）が教会へ納める「十分の一税」（tithe(s): 年間所得の十分の一に相当: ☞ parishoner）は、「大十分の一税」（great tithe(s)*）と「小十分の一税」（small tithe(s)*）の二種類（☞ parishioner）あるが、'rector'は'parish incumbent'（教区教会を所有する聖職者）として、「大十分の一税」を受領し、その'rector'の代理（deputy; substitute）として、教区の宗務（duty of the parish）を務める'vicar'（教区（代理）司祭［牧師］）は「小十分の一税」を受けた。つまり、'rector'は'vicar'より収入も地位も上で、さらにその下に'curate'（副牧師［補助司祭］）がいた。ただし、上記の'parson'は今日のイングランド教会（the Church of England*）では「聖職者」（clergyman）一般を指して使われる。また、W.シェイクスピア（W.Shakespeare）の *Love's Labour's Lost* や *Twelfth Night* では、'curate'は「聖職者」（ecclesiastic; parish priest (having a cure of souls)）の意味で使われている。

　上記の'vicar'の住居が'vicarage'で、'rector'のそれが'rectory'、'parson'のそれが'parsonage[parson's house]'で、3語共に、日本語では「牧師［司祭］館」と訳され、なおかつ、3語共に、「聖職禄［給］」およびその「禄付き聖職」の意味もある。いずれも、中世では村の中でも、一、二を争うほどの大きな住居であった。

　ちなみに、地主階級（the landed classes）の次男以下が聖職者になり、教区の責任管理を引き受ける場合が通例であったが、長男の死後に、一家の土地財産（the family estate）を引き継ぎ、「地主」（squire）兼牧師（parson）の役をすることも珍しいことではなく、'squarson'と呼ばれた。

　また、スコットランド長老派教会（the Presbyterian Church*）の牧師館は、'manse'といい、発音は［マンス］に近い。

− 535 −

第Ⅳ部　Supplement・補遺

【用例】

'the vicarage garden' （牧師館の庭）（Hardy: Greenwood）/'The vicarage was smothered in creeper.' （牧師館は蔓植物に覆われていた。）（Galsworthy: Swan）/'a boy was seen to leave the vicarage gate' （少年がひとり牧師館の門を出て行くのが見られた）（Hardy: Greenwood）

◉ rectory

【用例】

'the glowing autumn colours of the Rectory trees' （牧師館の木々の燃えるような秋の色）（G. Eliot: Silas）/'a hedge of golden privet between the church and the rectory' （教会堂と牧師館との間にある金色イボタノキの生垣）（Waugh: Decline）/'the Rectory stood half way up the hill, with its face to the church' （牧師館は丘の中腹に、教会へ向かって立っていた）（Orwell: Daughter）

◉ parsonage

【用例】

'parlour-maid in the parson's house' （牧師館での住み込みのお手伝い）（Hardy: Veto）/'a pretty village with its church and parsonage' （教会と牧師館のあるきれいな村）（Hardy: Veto）

次は、敢えて'parsonage-house'が用いられている。

'I was born in the parsonage-house, which joins the churchyard.' （私は教会境内に隣接する牧師館で生まれたのです。）（M. Lamb: Uncle）

◉ manse

【用例】

'he passed the shop and the manse and the schoolhouse' （彼は店、次に牧師館、次に校舎を通り過ぎた）（Brown: Set）

次は、上記の解説でも触れた'parson'、'rector'、'vicar'、それに'curate'について。

◉ parson

【用例】

'we call the Church clergyman here "parson"' （この土地では聖職者を「司祭様」とお呼びします）（Gaskell: Cousin）/'the parson after a moment's pause,

－ 536 －

Vicarage／牧師［司祭］館

said hesitatingly'（司祭は、一寸間を置いて、ためらいがちに言った）(Hardy: Wife)

◉ rector

【用例】

'the rector...who was about to ring the bells for a week-day morning service'（司祭（中略）は、平日の朝の礼拝式を告げる鐘を鳴らそうとしていた）(Hissey: Counties)

【文例】

＊ The Rector, in cassock and short linen surplice, was reciting the prayers in a swift practised voice....

——G. Orwell: *A Clergyman's Daughter*

（カソック［長平服］の上にサープリス［短白衣］を着けた司祭は、熟練した早い口調で祈りの文句を唱えていた…）

◉ vicar

【用例】

'the vicar's black vestments'（司祭の黒い法衣）(Sillitoe: View)/'the Vicar bows his head in reverence and in silent prayer for a moment'（司祭は恭しく頭を垂れて少しの間黙祷する）(Hilton: Miniver)

◉ curate

【用例】

'my father is the curate of a village church'（私の父はある村の教会の副牧師です）(M. Lamb: Uncle)

【文例】

＊ 'Just to get to be a curate——that's all. I should never be worthy of being a vicar or a rector. I don't look so high as that, Mr. Starkey. But a curate is a clergyman....'

——G. Gissing: 'Topham's Chance'

第Ⅳ部　Supplement・補遺

（「補助司祭[副牧師]になりたいだけなのです——それだけなのです。私は代理司祭[代理牧師]とか主管者司祭[教区牧師]の資格は決してありません。そんな高望みはしていません、スターキーさん。しかし、補助司祭[副牧師]といっても聖職者です…」）

872. vicarage（牧師館）とその前庭（front garden）。
St.Mark's Ch., Cambridge [E]

873. 872.の裏庭（back garden）。

Vicarage／牧師[司祭]館

874. 牧師館。St.Mary's Ch., Shinfield [E]

875. 牧師館。St.Mary's Ch., Taunton [E]

876. parsonage(牧師館)。(但し、現今では一般民間人の住居)。
　　　Widford, Hertfordshire [E]

第Ⅳ部 Supplement・補遺

877. 'the Old Rectory'（旧牧師館）。
St.Mary the Virgin Ch., Charlbury ［E］

2. Monastery: 修道院

Monastery
修道院

'monastery'は「ひとり暮らし」の意味のギリシャ語に由来。

一般には「修道士」(monk)あるいは「修道女」(nun)の送る共同生活のための施設を集合的にいうが、中でも特に前者の場合のそれを指し、後者には'nunnery'（女子修道院）——今日では'convent'の方が通例——を用いる。

修道生活(monastic life; monasticism)の起源は、地中海東部やエジプト北部やアフリカ北部の荒地におけるキリスト教徒たちの、「世捨て人」(recluse)的な、「隠者」(hermit: 隠修士)的な、孤独な生活にある。彼らは富を否定し、ひたすら窮乏生活の中で肉欲の罪(the sins of the flesh)を減ずるための努力をしていた。

紀元4世紀に入って、礼拝堂(chapel*)と食堂(refectory)のみを共有し合う「供住修道士」(coenobite; cenobite)（発音は［スィーナバイト］に近く、アクセントは［スィー］にある。）が現われ、あくまで全てに関して独りのみでの生活をする「独住修道士」(anchoret; anchorite)（発音はそれぞれ［アンコレット；アンコライト］に近く、アクセントは共に［ア］にある。）に対し、前者の共同体が次第に組織化され発展して行くことになった。

そしてそれは、修道院の創始者といわれるエジプトの聖アントニウス(St. Anthony: 251頃-356)、および彼の弟子で、その制度化の基を築いたとされる聖パコミウス(St. Pachomius: 292頃-346)の影響であった。聖パコミウスはナイル川の岸に修道院を建て、修道院規則(monastic rule)を定め、修業に努めた。

修道士は俗世間からは隔絶(seclusion)した中で、祈祷(worship of God)を行なう時間以外は沈黙を厳守し、学問を深め、観想(contemplation; meditation)に耽るという自己鍛練のための修行三昧の日々ではあるが、自給自足を原則として農耕にも従事する生活である。

修道士の1日の生活の時間割の1例を示すと——それは、夏と冬とでやや異なるし、会派によっても差が出るが——ベネディクト会派(the Benedictine Order*)の夏の時節は次のようなものであった。

− 541 −

第Ⅳ部　Supplement・補遺

　神への祈り（prayer）の回数は、計8回——数え方によっては7回——教会（church）にて行なわれて、時間を合計すると3時間30分くらいになった。祈りの時刻は、古代ローマの計時法で「日の出」後の「第何時課」と定められていて、それは「聖務日課の時課」（the canonical hour(s)）と呼ばれ、以下の通りである。ただし、英語の用語の複数形は単数形でも用いられ、また小文字でも可とする。

1. Matins（朝課）：　'Mattins'とも綴る。夜半（midnight）あるいは夜明け（daybreak）の祈りで、修道士にとって1日の始まりになり、夏は午前1時頃、冬は午前2時頃。

2. Lauds（賛課）：　早暁（dawn）の祈りで、'Matins'と共に行なわれるのが通例。両方合わせて1時間。

3. Prime（1時課）：　午前6時の祈りで、日の出（sunrise）の祈りになる。30分。

4. Terce（3時課）：　午前9時の祈り。

5. Sext（6時課）：　正午（noon）の祈り。

6. Nones（9時課）：　午後3時の祈り。30分。

7. Vespers（晩課）：　日没時（before nightfall）［夕べ（evening）］の祈り。30分。

8. Complines（終課）：'night song'ともいわれる。1日の最後の祈りで、午後7時。30分。この祈りの後に就寝。

　なお、食事は夏は2回、冬は1回が通例。睡眠時間も午睡（siesta）を含め、8時間30分。

　その他に読書は4時間、労働は6時間30分、観想は30分。

　5世紀における聖パトリック（St. Patrick）の伝導により、東方からゴール（Gaul）を経てアイルランドへ入った修道院は、聖パトリックがラテン語を教会用語と定めたことで、古典研究の中心的存在になり、アイルランドは「聖者と学徒の島」と呼ばれるほど学問の向上にも多大な貢献をした。

　さらに6世紀には、スコットランド、ウェールズ、およびイングランド西南部のコーンウォールの地方（Cornwall）へと、進出するようになった。例えば、スコットランドの西沿岸のインナー・ヘブリデス諸島（the Inner Hebrides）の中の小島アイオゥナ（Iona）や、コーンウォールのティンタジェル（Tintagel）である。このケルト系（Celtic）の修道院は、簡素な造りの教会の周囲に、修道士ひとりひとりの

- 542 -

住む狭苦しい部屋(cell: 独居室; 修道者独房)の集合から成るものであり、後述するベネディクト派に比較して、禁欲面では一段と厳密で、かつ、個人主義的、神秘的な傾向が強く、規律制度は重要視しないという特色があった。

　しかし、イングランドを中心に7世紀後半より一層の進展を見たのは、ローマ教皇グレゴリウス1世(Pope Gregory I)の命を受けた聖オーガスティン(St. Augustine)以下40名の、ベネディクト会の修道士(the Benedictines)の伝導によるローマ・カトリック系(Roman Catholic)の方であった。その聖オーガスティンは597年にイングランド東南部の王国ケント(Kent)に入り、ケント王エセルベルト(Ethelbert)に迎えられた。彼は首都カンタベリー(Canterbury)を中心に活動(601年に大司教(Archbishop)になる)したが、その性格はケルト系に比べ、知的で教義主義的な特色を持つものであった。当時ケントでは、王妃バーサ(Bertha)は既にキリスト教信者であったが、国王エセルバート自身も後に改宗した。

　修道院は、後述するが、16世紀に解散(the Dissolution of monasteries*)させられるまでは、次第に発展しその数を増して行ったが、解散の時には約600はあったとされるほどになっていた。

【用例】

　'brought up in the monastery, he knew no other life'(修道院で育てられたので、彼は他の生活は何も知らなかった)(Follett: Pillars)/'don't rush everywhere: a monastery is a place of peace and quiet'（どこであれ急いではいけない。修道院というところは安息と静穏の場所であるので）(Follett: Pillars)

【文例】

＊ When a boy became a monk, it was normal for the parents to make a generous donation to the monastery.

──K. Follett: *The Pillars of the Earth*

(子供が修道士になった場合、その親が修道院へ多大な寄付をするのが通例のこと。)

　以下は、上記の解説で触れた用語の例である。

第Ⅳ部　Supplement・補遺

◉ nunnery or convent

【用例】

　次は、W. シェイクスピア（W. Shakespeare）の『ハムレット』（*Hamlet*）の第3幕第1場で、ハムレットがオフィーリア（Ophelia）へ語る台詞（「（女の）修道院へ入れ」）の中に再三使われているそれの列挙である。

　・'Get thee to a nunnery:'
　・'Go thy ways to a nunnery.'
　・'Get thee to a nunnery, go: farewell.'
　・'To a nunnery, go, and quickly too.'
　・'To a nunnery, go.'

【文例】

＊ If the afternoon was fine we either went for a walk in the country or a visit to Mother's great friend in the convent, Mother St. Dominic.

　　　　　　　　　　　　　　　　　──F. O'Connor: 'My Oedipus Complex'

　（晴れた午後には、母と僕は田舎を散歩するか、あるいは母の大の仲良しの聖ドミニック女子修道院長を訪問するかした。）

◉ manastic life

【用例】

　'the passions that were the greatest enemy of the monastic life'（修道生活の最大の敵である情欲）（Follett: Pillars）

◉ monk

【用例】

　'a young Novice belonging to the Monastery'（修練士［見習い修道士］）（Anderson: Monk）/'the monks' three vows, of poverty, chastity and obedience'（修道誓願［修道士の立てる誓願］の三つ、即ち、清貧（財産所有権の放棄）、貞潔、従［忠］順）（Follett: Pillars）/'it was obvious that he was a monk, from his robes and his haircut'（彼が修道士であることは、その長服と髪型から明白であった）（Follett: Pillars）

Monastery／修道院

◉ cell

【用例】

'he entered the cell of the ancient priest'（彼は老僧の独居室へ入った）（Scott:
Lay, II. iii. 38)／'Vespers being over, the Monks retired to their respective Cells.'
（晩課（の祈り）が済み、修道士たちは皆各自の独居室へ引き下がった。）
（Anderson: Monk）

◉ canonical hours

○ matins

【用例】

'each matin bell'（朝課を告げる鐘がひとつ鳴る度に）（Coleridge: Christabel,
332)／'it was midnight and time to wake the monks for matins'（修道士たちが
朝課のため目を覚ます夜半）（Follett: Pillars）

【文例】

＊ And when the midnight moon should lave

　Her forehead in the silver wave,

　How solemn on the ear would come

　The holy matins' distant hum,

　　　　　　　　　　　　——W. Scott: *The Lady of the Lake*, I. 290-3

（そして夜半の月が顔を覗かせ

　その額を銀色の波に洗う頃、

　こよなく厳粛に聞こえて来よう

　遠く離れた聖なる朝課（の祈り）の声が、）

○ Lauds

【文例】

＊ When Hawick he passed had curfew rung,

　Now midnight lauds were in Melrose sung.

　　　　　　　　　——W. Scott: *The Lay of the Last Minstrel*, I. xxxi. 337-8

（彼がホーイックを通り過ぎた時には晩鐘が鳴っていたのに、

－ 545 －

第Ⅳ部　Supplement・補遺

今や夜半の賛課（の祈り）がメルローズ（寺院）では詠唱されていた。）

○ Prime

【用例】

'the bells for primes and matins' （1時課（日の出の祈り）や朝課（夜明けの祈り）を告げる鐘の音）（Scott: Ivanhoe）

○ Vespers

【用例】

'Hark! The Bell rings for Vespers!' （ほら! 晩課を告げる鐘が鳴っています!）（Anderson: Monk）／'Vespers being over, the Monks retired to their respective Cells.' （晩課（の祈り）が済み、修道士たちは皆各自の独居室へ引き下がった。）（Anderson: Monk）／'it was time for vespers and most of the monks would be in the chapel' （晩課の時間で修道士のほぼ全員が礼拝堂に集まっていたであろう）（Follett: Pillars）

【文例】

次は、カンタベリー大聖堂（Canterbury Cath.）の大司教（archbishop）であるトーマス・ベケット（Thomas à Becket）が、国王の放つ家来に殺害されようとする場面である。

＊ Priests: My Load, to vespers! You must not be absent from vespers.
You must not be absent from the divine office. To
vespers. Into the cathedral!

——T.S. Eliot: *Murder in the Cathedral*, Part Ⅱ

（司祭たち: 大司教様、晩課へお出で下さい! 晩課を欠いてはいけません。
神へのお祈りを欠いてはいけません。晩課へ
お出で下さい。大聖堂の中へ!）

abbey

大修道院

古くは'abbaye'とも綴られた。

- 546 -

Monastery／修道院

「大修道院長」(abbot)の管轄の下に修道士(monk*)の生活する修道院(monastery*)を指す。あるいは、「女子大修道院長」(abbess)の管轄の下に修道女(nun*)の生活する女子修道院(nunnery*; convent*)を指す。

ただし、今は修道院ではないが、'abbey'に起源がある「大聖堂; 大寺院」(cathedral; large church)の名前に付く場合もある。例えば、'Westminster Abbey*'(ウェストミンスター寺院)など。☞ 図版: 603.

【用例】

'the ancient half-ruined abbey' (時代を経てほとんど廃墟と化した大修道院) (Hissey: Counties)

【文例】

* And far beneath, in lustre wan,
 Old Melros' rose, and fair Tweed ran:
 Like some tall rock with lichens grey,
 Seemed, dimly huge, the dark Abbaye.
  ——W. Scott: *The Lay of the Last Minstrel*, I. xxxi. 333-6

(そして遥か下には、青白い月の光の中に、
 古いメルローズ寺院は聳え立ち、清らかなトゥィード河が流れ、
 灰色の地衣に覆われた高い岩山か何かの如くに、
 ぼうっと巨大で黒々とした大修道院は思われた。)

878. Westminster Abbey, London [E]、ベネディクト会修道院(Benedictine monastery)。

- 547 -

第Ⅳ部　Supplement・補遺

879. Cerne Abbey, Cerne Abbas, Dorset [E]、
ベネディクト会修道院。

880. Iona Abbey, Iona, Strathclyde [S]、
ベネディクト会修道院。

881. Sweetheart Abbey, New Abbey Village, Dumfries &
Galloway [S]、シトー会修道院(Cistercian monastery)。

Monastery／修道院

882. Rievaulx Abbey, N. Yorkshire [E]、シトー会修道院。

883. convent（女子修道院）。Adare [I]
当初は'Our Lady's Abbey'と呼ばれ、その後に学校。

✤ **priory**（小修道院）:「小修道院長」(prior)の管轄の下に修道士(monk*)の生活する小修道院(small monastery*)を指す。あるいは、「女子小修道院長」(prioress)の管轄の下に修道女(nun*)の生活する女子小修道院(small nunnery* [convent*])を指す。ただし、これは上述の'abbey*'の付属になる場合もある。

ただし、'prior'は、上記のように小修道院においては「院長」になるが、大修道院(abbey*)では「副院長」に当たる。

また、'monastery'にしろ、'convent'にしろ、その小規模なものは'cell'ともいい、大きな修道院の付属になる場合が通例。

【用例】

'The priory was a rectangular enclosure with the church in the middle.'（小

- 549 -

第IV部　Supplement・補遺

修道院の敷地は長方形を成して囲まれ、中央には教会があった。)（Follett: Pillars）

【文例】

次は、上記の解説でも触れた「付属修道院」の意味の'cell'についてである。

＊ I'm the prior of the monastery of St-John-in-the-Forest. It's <u>a cell of Kingsbridge Prior.</u>

——K. Follett: *The Pillars of the Earth*

（私はセント・ジョン・イン・ザ・フォレスト修道院の院長です。そこはキングズブリッジ小修道院の付属になるものです。)

884. Michelham Priory, Hailsham [E]

885. 884.の全体。

- 550 -

Monastery／修道院

886. 小修道院長(prior)が客(guest)を迎えた 'guest hall' (15 or 16世紀初頭)。
St.Nicholas Priory [E]、ベネディクト会修道院 (Benedictine monastery) (現在は museum)。

Dissolution of the Monasteries, the

修道院解散

上述の修道院(monastery*)は隆盛の一途を辿り、土地や財産を増やし、修道士(monk*)は安楽な生活に浸り、堕落の面も現れていた。例えば、修道院の数はイングランドだけで、800を越えていて、しかも、イングランドの土地の大部分——全土の1/4——は修道院の所有になっていたほどである。

ヘンリー8世(Henry VIII: 1509-47)は、その修道院の改革という以上に、また、イギリスにおけるカトリック主義の拠点を潰そうという意図以上に、戦争や奢侈からの財産窮乏の立て直しを目的に、1536年の小修道院解散法(Act for the Dissolution of the Lesser Monasteries)、1539年の大修道院解散法(Act for the Dissolution of the Greater Monasteries)を以て——大小の差はその修道院の年収による——修道院の土地財産を没収して寵臣に与え、あるいは売却したのであった。

ただし、修道院長(abbot*)は年金を与えられ、修道士(monk*)は放逐された形だが、中には、既述した教区教会(parish church*)へ移る者もいた。

- 551 -

第Ⅳ部　Supplement・補遺

　また、修道院の建築物は、建材の再利用のため大部分が取り壊され——市民による石材の流用のためや、ピューリタン革命(the Puritan Revolution: 1642-49)の議会軍による破壊なども含め——消滅したが、立派なものの中には、大聖堂(cathedral)や教区教会として存続しているものもある。特にベネディクト会(the Benedictine Order*)のそれは都市に建てられていたことで、それを維持する人口があったために残されたものもある。例えば、イングランド東南部のケントの州都カンタベリーにあるカンタベリー大聖堂(Canterbury Cathedral*)、東北部の州ダーラムの州都ダーラムにあるダーラム大聖堂(Durham Cathedral)、西南部の州グロスタシャーの州都グロスターにあるグロスター大聖堂(Gloucester Cathedral)、同じく西南部の州ドーセットの都市シャーボーンにあるシャーボーン寺院(Sherborne Abbey)、東部の州ノーフォークの州都ノリッジにあるノリッジ大聖堂(Norwich Cathedral)、同じく東部の州ケンブリッジシャーの都市イーリーにあるイーリー大聖堂(Ely Cathedral)、ロンドンのウェストミンスター寺院(Westminster Abbey*)などは、それである。

　一方、シトー会(the Cistercian Order*)の修道院はベネディクト会とは異なる立場から、都市を離れた辺鄙な土地に設けられていたため、再利用に建材を運搬することが困難であった。そのために完全に破壊されてしまうことは免れたが、長い年月を経て廃屋と化して行ったのである。

　ちなみに、屋根(roof*)に張られた鉛板(lead sheet*)は、建物の中で最も高価で、しかも錆びない素材として、破壊の際には真っ先に剥がし取られたものである。
☞ (church) roof

▌monastic buildings

修道院施設

　修道院(monastery*)を構成する建物をいうが、教会(monastic church)の他に、修道士(monk*)や修道女(nun*)の生活のための施設(domestic buildings)があり、それを指す。

　例えば、修道院長宿舎(abbot's lodging)や客舎(guest house)、簡素なベッドを並べた修道士たちの共同寝室(dorter; dormitory)が回廊(cloister*)に隣接する形で、通例は東側にある。その寝室は教会の翼廊(transept*)と連結されていて、夜

– 552 –

Monastery／修道院

間の祈り(prayer)を行なうのに戸外へ一旦出なくても、その夜間用の連絡階段(night stair)を通って、教会へ入ることが出来る工夫になっていた。もっとも、その寝室は1400年以降は、仕切りのなされた個室(cubicle)へと改められた。

その共同寝室の裏手にはトイレ(reredorter; rere-dorter)——'latrines'(トイレ)のある別棟の建物——が付く。ちなみに、このトイレは川など水流の上に設けられたので、水洗トイレの前身ともいえる。

また、食料やワイン類の貯蔵室(cellar)、食堂(frater; refectory)、台所(kitchen)、図書館(library)、病院(farmery; infirmarer; infirmary)、門楼(gatehouse)の近くの施物所(almonry; almonarium: 貧民に施物を供する所)、その他にも、工房(workshop)、穀物製粉所(corn mill)、パン製造所(bakery; bakehouse)、家畜小屋(stables)など全て揃っていた。

【文例】

＊ The monastic buildings were on the north side of the church, which was unusual——they were normally to the south....

——K. Follett: *The Pillars of the Earth*

(そこの修道院施設の建物群は、通例は教会の南側にあるものを、珍しく北側にあった…)

以下は、上記の解説に触れた個々の施設についてである。

○ bakery

【用例】

'he could smell the fragrance of new bread from the bakehouse'（彼はパン製造所から焼きたてのパンの匂いを嗅ぐことが出来た）(Follett: Pillars)

○ dormitory

【文例】

＊ ...what he was seeing was a procession of monks going from the dormitory to the church for the midnight service, singing a hymn as they went.

——K. Follett: *The Pillars of the Earth*

－ 553 －

第Ⅳ部　Supplement・補遺

(…彼が目撃していたものこそ、修道士たちの行進で、共同寝室から教会まで、聖歌を歌いながら夜半の礼拝に向かうところであった。)

○ guest house

【文例】

* They got their supper and took it into the guesthouse. This was a big wooden building like a barn, bare of furniture, dimly lit by rushlights, smelling strongly of many people crowded closely together. They sat on the ground to eat. The floor was covered with rushes that were none too fresh.
——K. Follett: *The Pillars of the Earth*

(ふたりは夕食を手に入れて、それを修道院の客舎へ持ち込んだ。そこは納屋ほどの大きさの木造の建物で、家具類はなく、灯心草蝋燭の明かりで薄暗く、詰め込まれた大勢の人たちのひといきれが強かった。ふたりは土間で食べた。そこには、取り立てにはほど遠いが、イグサが敷かれてあったためである。)

○ refectory

【用例】

'he headed for the refectory, intending to take his breakfast with the others'（彼は他の修道士たちと朝食を取るつもりで、食堂へ向かった）(Follett: *Pillars*) /'it is now wellnigh the fitting time to summon the brethren to breakfast in the refectory'（もう（修道士の）兄弟たちを、食堂へ朝食に呼ぶ頃合だ）(Follett: *Pillars*)

887. monastic buildings（修道院施設）。ベネディクト会派の修道院（Benedictine monastery）の外観（12世紀）。

- 554 -

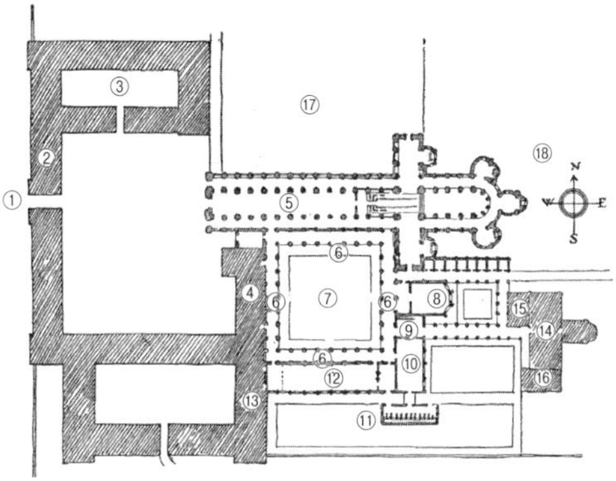

① gatehouse
② almonry
③ stables
④ abbot's or prior's lodging
⑤ church
⑥ cloisters
⑦ cloister garth
⑧ chapter house
⑨ parlour (2階はdormitory)
⑩ cellars
⑪ reredorter
⑫ refectory
⑬ bakery
⑭ infirmary
⑮ misericord
⑯ kitchen
⑰ cemetery (garth)
⑱ vegetable gardens & fish-ponds

888. 887.の平面図。

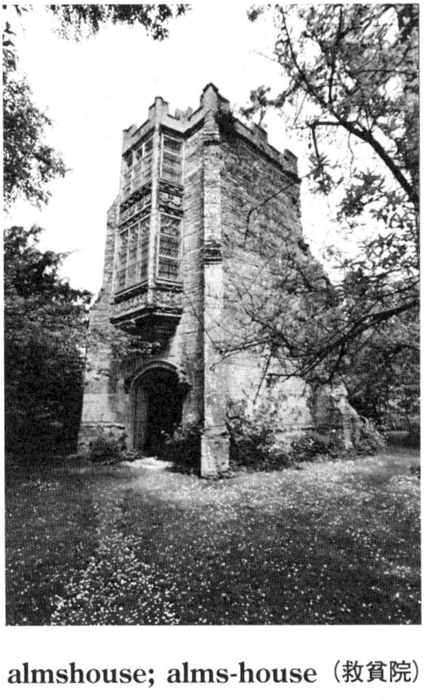

889. Cerne Abbeyの門楼(gatehouse)。
オリエル窓(oriel window)に留意。
Cerne Abbas [E]

✲ **almshouse; alms-house** **(救貧院)**: 今日では通例、貧しい老人を対象として保護収容するために、教会や慈善団体による私的な慈善行為で賄(まかな)われている施設を指すが、16世紀中葉までは修道院(monastery*)に属す施設(almonry* ☞ monastic buildings)であって、そこで貧民救済事業が行なわれていた。

しかし、テューダー朝(1485-1603)には毛織物業の発展で、囲い込み(enclosure)が行なわれ、農業に従事出来ない労働者が増し、貧困と浮浪の人

第Ⅳ部　Supplement・補遺

　たちが増大し、その上、上述したヘンリー8世(Henry VIII: 1509-47)による修道院解散(the Dissolution of the Monasteries*)で、この施設もなくなった。そのためもあって、貧民の深刻化した苦難に対処する目的で、エリザベス朝の1601年(1662年に修正される)には、救貧法(the Poor Law)に基づき救貧院(poorhouse)が設立され、貧民や病人の救済に充てられた。それは小さな台所と寝室から成る家屋が、四角い中庭を囲むように軒を並べ、共有の礼拝堂(chapel*)も備えられていた。

　ちなみに、上記のように、通例は幾軒か家屋が壁を接して連続して建つ「テラス造り」(terrace; terrace houses)になるので、その建物全体を指す時は、'almshouses'と複数形で用いられる。

890. almshouses(救貧院)。G.グリーン(G.Greene)の短篇'The Innocent'に'little greystone boxes'として描かれる。
Berkhamsted, Hertfordshire ［E］

891. St.John's Winchester Charity Almshouses,
Winchester ［E］

Monastery／修道院

【用例】
ただし、次の例は修道院のそれではなく、20世紀のそれである。
* We came up over the little humpbacked bridge and passed the alms-houses. (私たちふたりは小さな反り橋を渡り、救貧院の前を通った。) (Greene: Innocent)

892. 救貧院。Taunton, Somerset [E]

893. 救貧院。Durham [E]

● workhouse [救貧院]: これは修道院に直接は関係ないが、上述のエリザベス朝の立法による最初の救貧法(1563 Actと呼ばれる)、および、つづいて1601年の救貧法(the Poor Law)に基づいて、既述した各教会区(parish*)では教会区民生委員(overseers of the poor)が任命された。彼らは救貧税(the poor rate)を、教会区内の富者や教会区民からその収入に応じて徴収し、それを

第Ⅳ部　Supplement・補遺

老若男女を問わず、労働に携わることの出来ない貧民(pauper)へ分配した。そして、食料や薬を供したり、住む所のない者(houseless pauper)は救貧院(poorhouse)に収容するなど、最低限の生活の保障をした。その一方で、その気になれば働くことの出来る浮浪者(able-bodied vagrant)には、教会区内の共同の仕事場——授産所——に収容して、仕事を与え、生活の保障をしたが、そこを指していう。

　上記の法律はさらに修正され、新救貧法(the New Poor Act)である「修正救貧法」(the Poor Law Amendment Act: PLAA)が1834年に制定され、連合救貧院(Union Workhouse)として、制度も組織も改められるようになった。しかし、貧困は社会的悪と受け止められ、救貧院での生活はその罰と見做されたため、惨めな生活を強要された結果、救貧院への収容を拒否する者が多くなり、本来の成果は上がらなかった。もっとも、この制度(workhouse system)は20世紀までつづいた。

　下記にも引例したが、ディッケンズの『オリヴァー・ツイスト』の主人公オリヴァーが、この世に生まれた所が、この救貧院であった。

【用例】

'worse places than a parish workhouse' (教区の救貧院よりひどい所) (Mitford: Violeting) /'If there were any justice he'd be in the workhouse.' (神の正しい裁きがあるなら、彼は救貧院行きだろう。) (Maugham: Ant) /'the workhouse or death is not more than a few years ahead of him' (彼の場合、救貧院行きか死かは、遅くとも2、3年先に迫っている) (E. Thomas: Earth)

【文例】

＊ ...there is one anciently common to most towns, great or small: to wit, a workhouse, and in this workhouse was born....

——C. Dickens: *Oliver Twist*

（…大きい町であれ小さい町であれ、大抵の場合、昔はお馴染みはずのひとつの公共の建物がある。即ち、救貧院であるが、この救貧院で生まれた者がいた…）

＊ For five-and-twenty years he practised such rigid econmy that...he began to

- 558 -

foresee a possibility of passing his old age elsewhere than in the workhouse.
　　　　　　　　　　　　　——G. Gissing: 'The House of Cobwebs'

（彼の場合、25年間というもの非常に厳しい倹約を行なって来たので（中略）、老後は救貧院に入らないでも済みそうな見込みが立ち始めた。）

【参考】

＊ Then came the time of their extreme poverty, when there was no work at the farm and not one of their own people to help tide them over a season of scarcity, for the old people were dead or in the workhouse or so poor as to want help themselves.
　　　　　　　　　　　　　——W.H. Hudson: 'An Old Thorn'

894. 'workhouse'としても'poorhouse'としても使用された。屋根はわらぶき(thatch)、外壁は花崗岩(granite)で、17世紀の建立。Moretonhampstead [E]

❋ **chapter house**（参事会会議堂; 参事会堂; チャプター・ハウス）：上述の修道院(monastery)の管理行政は、修道院長(abbot*; abbess*)、修道院副院長(prior*; prioress*)、その他の主要な立場にある修道士[女]（monk*; nun*）たちから構成されるグループがその任を負い、毎日会議が開かれていた。その「グループ」（参事会）およびその「会議」は'chapter'と呼ばれ、その「会議の行なわれる部屋のある堂」を指していう。☞ canon（聖堂参事会員）

　この堂の造りは、ヨーロッパでは長方形(rectangular)だが、イギリスでは一

第Ⅳ部　Supplement・補遺

般に多角形(polygonal)で、通例は後述する回廊(cloister*)の東に隣接する形で、天井は既述した円筒形天井(vault*)になり、尖った屋根が載る。堂内の中央にある1本の円柱(column*)でその屋根を支え、天蓋(canopy*)付きの座席が周囲の壁面に円く並んで設けられているのが通例である。

　会議の前には、聖ベネディクトの定めた戒律[規則](the Rule of St. Benedict)の中の1章(chapter)の朗読が必ず行なわれたことに、名前の由来がある。

　会議は午前9時から30分ほど開かれ、その日の打ち合せ、その他の業務の処理(business transactions)などが主になったが、時には戒律に違反者が出た場合の懲罰も議題になった。

　ちなみに、修道院長と副院長がこの堂に入る時には、他のメンバー全員が起立して迎えるのが習わしで、院長は死後にはこの堂内の床の下に埋葬されるのが通例で、副院長は上記の朗読の際にも、先導的役割を演じた。

　また、'chapter house'は修道院のみならず、大聖堂(cathedral)にも設けられていて、その場合は'dean'（大聖堂参事会長: 主[司]教(bishop)のすぐ下位）と'cathedral chapter'（大聖堂参事会）の集会場となる。

　もうひとつちなみに、「大聖堂参事会」に対して「修道院参事会」を区別していう時には'monastic chapter'という。☞ 図版: 904., 905.

【用例】

'the monks <u>went into chapter</u>'（修道士たちは会議に入った）(Follett: Pillars)
/'<u>The chapter house</u> was a small round building attached to the east walk of the cloisters.'（その参事会堂は小さな円形の建物で、回廊の東側の歩廊に隣接してた。）(Follett: Pillars)

【文例】

＊ ...they strolled into <u>the Chapter House</u>....He knew it was a beautiful place, the round room and arched ceiling....

——A. Sillitoe: 'A Trip to Southwell'

（…ふたりはぶらぶら歩くうちに参事会堂の中へ入った(中略)彼はそこは何と美しいところなのだろうと思った、円形の部屋で、円筒形の天井で…)

- 560 -

Monastery／修道院

【参考】

＊ Round the walls of the Chapter-house is a carved frieze representing the earlier incidents of the Old Testament, beginning with the creation of Adam....
　　　　　　　　　　　　　　　　——E.V. Lucas: 'The Spire of England'

895. octagonal chapter house（八角形の参事会堂）。York Minster [E]

896. 895.の内部。

897. rectangular chapter house（長方形の参事会堂）。Canterbury Cath. [E]

第Ⅳ部　Supplement・補遺

898. 参事会堂。
St. Mary's Cath., Edinburgh [S]

899. 参事会堂。
Wells Cath. [E]（14世紀完成）。

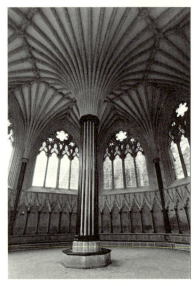

900. 899.の内部。
堂内中央の円柱（column）。

Monastery／修道院

901. 899.の内部。窓の下の席ひとつひとつに、修道士 (monk) がひとりずつ座る。

902. 参事会堂内部。
リブ (rib) の造りに留意。
Westminster Abbey [E]

903. 参事会堂内部。
円筒形天井 (vault) の造りにも留意。
Salisbury Cath. [E]

第Ⅳ部　Supplement・補遺

✿ cloister

(1) (修道院) 回廊: 上述の修道院(monastery*)の庭(cloister-garth)の造りは四角形で、その四辺を囲む形で巡らされている「歩廊・回廊」を指す。四本の歩廊から成るために、通例は'cloisters'と複数形で用いられる。その四辺は東西南北に当たるので、例えば、'the east walk'（東側の歩廊）などといって区別することもある。また、四角形の庭(quadrangle)の周囲に設けられているので、敢えて、'quadrangular cloisters'（方庭の回廊）ともいう。☞ ambulatory

　本来は修道士[女](monk*; nun*)が「俗世間からの隔絶」(seclusion)と「沈黙」(silence)を厳守し、「観想・瞑想」(contemplation; meditation)に耽る「自己鍛練」(self-discipline)のための場である。

　また、上記の庭の四角形の四辺のうち、一辺は教会の身廊(nave*)に、もう一辺は一部をそれと直交する形で翼廊(transept*)に囲まれ、残りの二辺は付属の建物で囲まれ、歩廊は板状の石が敷き詰められた舗道である。石造りのアーケード(arcade*)が庭との仕切りになり、上は差し掛け屋根(lean-to roof)で覆われている。東北の風を避けて、日当たりの良い身廊の南側に設けられるのが通例で、体を動かす運動もここでなされた。

ここには、'carrell [carrel]'という仕切られた席が複数備えられていて、読書や観想や写本を行なうのに利用した。修道士用の席(monks' carrells)と修練士用の席(novices' carrells)と別々に設けられていた。

【用例】

'he went into the cloisters'（彼は回廊へ行った）(Follett: Pillars)/'they were in the cloisters'（彼らは回廊にいた）(Follett: Pillars)/'the east walk of the cloisters'（回廊の東側の歩廊）(Follett: Pillars)/'walk in the cloisters at the monastery'（修道院の回廊を歩く）(Follett: Pillars)/'she...passed through the Cloisters, and reached the Western side of the Garden'（彼女（中略）は回廊を通って、その庭の西側へやって来た）(Anderson: Monk)

【文例】

　次は、カンタベリー大聖堂(Canterbury Cath.)の大司教(archbishop)であるトーマス・ベケット(Thomas à Becket)が、国王の放つ家来たちに殺害されようとする場面である。

― 564 ―

* *Monks.* The murderers, hark!
　　　　　　Let us hide! let us hide!
　Becket. What do these people fear?
　Monks. Those arm'd men <u>in the cloister</u>.

　　　　　　　　　　　　——A. Tennyson: *Becket*, V. iii.

（修道士たち：　　　刺客たちが来たぞ！
　　　　　　　　隠れよう！　隠れよう！
　ベケット：　何を恐れている？
　修道士たち：　回廊に武装した者たちが。）

* <u>The arched cloister</u>, far and wide,
　Rang to the warrior's clanking stride,

　　　　　　——W. Scott: *The Lay of the Last Minstrel*, II. iii. 36-7

（アーケード［列拱］仕切りで、長く幅広の回廊に、
　武人の歩きがガチャリガチャリと響き渡った、）

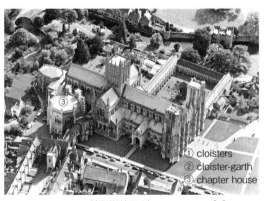

904. cloisters（(修道院)回廊）。Wells Cath. [E]

第Ⅳ部　Supplement・補遺

① cloisters
② cloister-garth
③ chapter house

905. 回廊。Salisbury Cath. [E]

906. 回廊(外側から)と
その庭(cloister-garth)。
Canterbury Cath. [E]

907. 906.の回廊(内側)。
円筒形天井(vault)のリブ(rib)に留意。

908. 回廊と庭。Durham Cath. [E]

- 566 -

Monastery／修道院

909. 908.の回廊。木造の平天井(flat ceiling)に留意。

910. 回廊と庭。Norwich Cath. [E]

911. 回廊。Lincoln Cath. [E]

第Ⅳ部　Supplement・補遺

912. 回廊。Iona Abbey [S]

913. 回廊。Salisbury Cath. [E]

914. 回廊。天井のリブに留意。
Wells Cath. [E]

915. cloister library（回廊に仕切ら
れた席で読書: carrell）。
Gloucester Cath. [E]

- 568 -

(2)（大学）回廊: 修道院や大聖堂以外で、大学などに同様のこしらえが見られることがあるが、それを指す。上記(1)に同様、複数形で用いるのが通例。また、当然その場合も 'quadrangle'（方庭）はある。

【文例】

次は 'public school' の 'Winchester College' のそれである。

* ...in the midst of the school cloisters, that gem, the chantry, one of the most exquisite little buildings I have ever seen....

——E.V. Lucas: 'England's Ancient Capital'

(…ウィンチェスター校の回廊で囲まれた中央には、私のこれまで見た中で最も美しい小さな建造物のひとつである、あの至宝といってもいいような、寄進礼拝堂があるのです…)

916. cloisters & court((大学)回廊と中庭)。Cambridge Univ. [E]

917. 回廊と中庭。Queen's College, Cambridge Univ. [E]

第Ⅳ部　Supplement・補遺

918. 回廊。
St.John's College, Cambridge Univ. [E]

(3) 上述の「修道院」(monastery*; convent*)の意味で用いられることもある。

【用例】

'the cloister at Winchester'（ウィンチェスター修道院）(Jennings(ed.): Merlin)/'high Whitby's cloistered pile'（回廊を巡らせ、聳え立つウィットビーの大建築［修道院］）(Scott: Marmion,II.i.9)/'The turrets of a cloister gray'（灰色の修道院の小塔）(Scott: Lady,I.xv.285)/'his years in the cloister'（修道院で彼が過ごした数年間）(Jennings(ed.): Merlin)

【文例】

* Her hopes, her fears, her joys, were all
  Bounded within the cloister wall;
  　　　　　　　　　——W. Scott: Marmion, II. iii. 55-6

（彼女の希望、彼女の恐れ、彼女の喜び、は全て
　修道院の外にはあり得ぬものであった。）
　　次は、上記の解説でも触れたが、「四辺の回廊に囲まれた庭」(quadrangle)

- 570 -

Monastery／修道院

について。ただし、第3、第4例は大学のそれの場合である。

【用例】

'the moonlit quardrangle'（月光に照らされた方庭）(Follett: Pillars)／'the arcaded quadrangle adjacent to the south side of the nave'（身廊の南側に隣接して、アーケード［列拱］に囲まれた方庭）(Follett: Pillars)／'a queer old tower at the corner of the quadrangle'（方庭の角に立つ奇妙な古い塔）(Thackeray: History)／'stand motionless for hours on end in the exact centre of the quadrangle'（方庭の真ん真ん中に何時間もぶっ続けで、身動きひとつせずに立つ）(Wain: Hurry)

❖ **parlour**（パーラー）: フランス語の'parler'（話をする）の意味の古語に由来。上述の'cloisters'へ外部から入る通路を指す。

修道士［女］(monk*; nun*)に用事のある者はこの場所で連絡を取った。例えば、商人が商品を売ることでの連絡や、修道士の身内の者の訪問にはここが当てられた。

修道士の生活では、祈祷(prayer)以外は沈黙(silence)の厳守が規律であるが、ここでは話をすることも許されていたのである。☞ 図版: 888.

❖ **monastic church**（**修道院内教会**; **修道院付属教会**）: 上述の修道院(monastery*)の教会を指す。

イングランドの大修道院(abbey)は、ノルマン・コンケスト(the Norman Conquest: 1066)以前にも既に建てられてはいたが、その大修道院の教会(abbey church)は既述した十字架形教会(cruciform church)で、中央塔(central tower*)付きのものであった。

修道院長(abbot*)は死後に上述の'chapter house*'（参事会堂）の床の下に埋葬されたのが通例だが、修道士(monk*)たちはこの教会の付属の墓地(cemetery*: 修道院墓地)に葬られた。

これらの教会の中には、ヘンリー8世(Henry VIII: 1509-1547)による修道院解散(the Dissolution of the Monasteries*)の際にも破壊を免れ、今日も大聖堂(cathedral*)や教区教会(parish church*)として存続しているものもある。

− 571 −

第Ⅳ部　Supplement・補遺

☞ the Dissolution of the Monasteries; minster

下記にも引例したが、C. ラムの「初めての教会」の中で語られる聖メアリー教会(St. Mary's church)は、元は修道院付属のそれであったという下りがある。

【用例】

'there was <u>a monastery with a church</u> at the top of the hill'（丘の頂きには教会を備えた修道院が立っていた）(Follett: Pillars)/'many had come to <u>the abbey church</u> to visit his tomb'（大勢の人々が彼の墓を詣でるために、その大修道院の教会へ既に来ていた）(Follett: Pillars)

【文例】

＊ <u>St. Mary's Church</u> is a great church for such a small village as it stands in. My father said <u>it was a cathedral</u>, and that <u>it had once belonged to a monastery</u>, but the monks were all gone.

——C. Lamb: 'First Going to Church'

（聖メアリー教会は小さな村に立っている割りには、大きな教会なのです。父によりますと、それはかつては大聖堂で、しかも修道院に付属するものでしたが、修道士たちは皆いなくなってしまったとのことでした。）

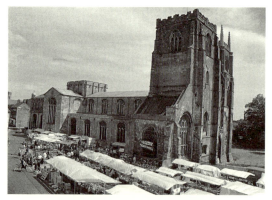

919. monastic church（修道院内教会）。
St.Margaret Priory Ch., King's Lynn [E]

— 572 —

Monastery／修道院

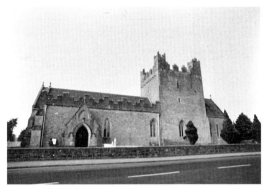

920. 修道院内教会。Holy Trinity Abbey Ch., Adare [I]

921. 修道院内教会。Bath Abbey Ch., Bath [E]

922. 修道院内教会。Iona Abbey Ch., Iona [S]

- 573 -

第Ⅳ部　Supplement・補遺

923. 922.の堂内。手前が身廊(nave)、奥が後陣(apse)。

monastic orders

修道会

　上述の修道院(monastery*)はさまざまな「会」あるいは「派」と称される団体に分かれるが、それをいう。

　「ベネディクト会[派]」(the Benedictine Order; the Benedictines)は、イタリア生まれの聖ベネディクト(St.Benedict: 480?-547?)によって、529年頃にローマとナポリの中間の山モンテ・カシーノ(Monte Cassino)の頂に設立された。73章から成る規律[戒律](the Rule of St. Benedict)も定められた団体で、最大の規模を誇るまでに発展した。その規律は、後にヨーロッパの修道院の統一的規則(the monastic Rule)にすらなった。清貧(poverty)・貞潔(chastity)・従[忠]順(obedience)を誓いとし、午前2時〜3時には起床し、1日7時間の肉体労働をも規則としている。学問の深いことでも知られるが、彼らの着る会服の色から「黒衣の修道士」(Black Monk; black monk)の通称がある。ちなみに、'the Black Monks[black monks]'はベネディクト会を指す。

　イギリスでは、特にイングランドにノルマン・コンケスト(the Norman

- 574 -

Conquest: 1066）後も——征服王ウィリアム（William the Conqueror: 1066-87）の
ノルマンディーはこの会派の勢力が大であったため——広まった。例えば、東
部の州ケンブリッジシャー（Cambridgeshire）の都市ピータバラ（Peterborough）
やサフォーク（Suffolk）のベリー・セント・エドマンズ（Bury St. Edmunds）、西
部の州チェシャー（Cheshire）のチェスター（Chester）、南部の州ハンプシャー
（Hampshire）のウィンチェスター（Winchester）、東北部の州ダーラム（Durham）
のダーラム（Durham）、東南部の州ケント（Kent）のカンタベリー（Canterbury）お
よびロチェスター（Rochester）などである。

　この一派に「アウグスティノ修道会」（the Augustinian Order; the Augustinians）
がある。

　「シトー会」（the Cistercian Order; the Cistercians）は、1098年にベネディクト
会のフランス人でモレームの修道院長ロベール（Robert de Molesme: 1028-1111）
が、フランスのディジョン（Dijon）の南方のシトー（Citeaux）で、他の修道士た
ちと共に、新しい規律の下に出発した。モレームでのベネディクト会とは異な
り、都市からはほど遠い辺鄙な土地で、学問よりはむしろ開墾・牧羊への従事の
方を重視する生活が営まれた。もっとも、原点であるベネディクトの厳しい規
則を尊守した。修道士は染めない白衣を着用したので、「白衣の修道士」（White
Monk; white monk）と呼ばれている。1115年に聖ベルナルドゥス［ベルナール］（St.
Bernard of Clairvaux: 1090-1153）がフランスの東北部に創立したクレルヴォー修
道院の影響もあって、この会は次第に発展を見た。ちなみに、'the White Monks
［white monks］'はシトー会を指す。

　イギリスでは、12世紀に入ってこの会による改革運動が起こり、ベネディク
ト会が進出しなかった、ウェールズやスコットランドやイングランド北部を
中心に広まった。例えば、イングランド東北部のノース・ヨークシャー（North
Yorkshire）のファウンテンズ大修道院（Fountains Abbey*）やリーヴォウ大修
道院（Rievaulx Abbey）、あるいは、ウェールズの東南部の州モンマスシャー
（Monmouthshire）のティンターン大修道院（Tinntern Abbey*）などが、この会の
ものとして知られている。

　この他に、托鉢による生活を通して社会奉仕を行なった「托鉢修道会」（the
Order of Friars; the Friars）、同じ托鉢修道会でも、1215年にスペインの聖ドミニ
クス（St. Dominic）を創立者とし、特に市井に積極的に出て行って説教をするこ

第Ⅳ部　Supplement・補遺

を任務とし、'the Friars Major'とも、またその会服の色から'the Black Friars [black friars]'とも呼ばれた「ドミニコ会」(the Dominican Order; the Dominicans)や、1209年にイタリアのアッシジの聖フランチェスコ(St. Francis of Assisi)を創始者とし、所有の放棄、即ち、特定の住居を持たず、貧困に徹し、説教をし、病人と起臥を共にして看護と祈祷を行なうなど、勤労と奉仕をその特色とする「フランシスコ会」(the Franciscan Order; the Franciscans)がある。こちらは'the Friars Minor'とも、またその会服の色から'the Grey Friars [grey fraiars]'とも呼ばれた。ただし、両者とも、その会の修道士を指す時は'Black Friar [black friar]'、'Grey Friar [grey friar]'という。また、後者の'grey'は'gray'も使われる。

　ちなみに、会服の色から、'the White Friars [white friars]'と呼ばれた、「カルメル会」(the Carmelites)および「アウグスティノ会」(Augustinians)もある。両者とも13世紀の創設になる。また、'friar'の修道院は'friary'という。

　以上の他にも、本部がフランスのクリュニーにある「クリュニー会」(the Cluniac Order; the Cluniacs)や、その会から分離した「カルトジオ会」(the Carthusian Order; the Carthusians)などがある。前者は、リヨン(Lyons)の北にある町クリュニーにあった修道会が基になったもので、元来はベネディクト派であったが、教会での礼拝を中心にし、学問や労働は重要視されない会で、10世紀初頭の創設。後者は規則の厳格なことで知られる。

　また、第1回十字軍(the Crusaders: 1096-99)の頃に結成されたもので、修道士の誓いをした騎士(knight)の組織もある。例えば、主に聖地(the Holy Land)の防衛と、聖地での巡礼たち(pilgrims)の病気や怪我の治療を目的とした「ホスピタル騎士修道会」(the Knights Hospitallers)——「聖ヨハネ騎士修道会」(the Knights of (the Hospital of) St. John of Jerusalem)ともいう——や、聖地の防衛と巡礼団体の護衛を目的にした「テンプル騎士修道会」(the Knights Templars; the Knights of the Temple of Solomon: 1118年創設)などである。

【用例】

'the monastery of the Black Friars'（ドミニコ会の修道院）(Hunt: Town)/'a Benedictine monk with a full-sleeved robe, the tonsure clearly showing on his head'（長袖のローブ[長服]を着て、頭頂部を一目瞭然の剃髪にしたベネディクト会の修道士）(Hissey: Counties)/'the sins of my green cloak to my greyfriar's frock'（フ

－ 576 －

ランシスコ会の灰色の僧衣を着るべきところ緑色の外套を着けている私の罪）
（Scott: Ivanhoe）

【文例】

* The deadliest sin her mind could reach
Was of <u>monastic rule</u> the breach,

——W. Scott: *Marmion*, II. iii. 57-8

（彼女の考え及ぶ最大の罪は
修道院戒律を破ることであった。）

* <u>Black was her garb</u>, her rigid rule
Reformed on <u>Benedictine school</u>;

——W. Scott: *Marmion*, II. iv. 69-70

（彼女の僧衣は黒であったが
ベネディクト会の厳しい戒律に従ったまで。）

* "I have disobeyed <u>the Rule of Saint Benedict</u>, which says that monks must not
eat meat nor drink wine."

——K. Follett: *The Pillars of the Earth*

（「私は＜修道士は肉を食べてはならず、ワインも飲むはならず＞という聖ベ
ネディクトの戒律には従って来ませんでした。」）

第Ⅳ部　Supplement・補遺

3. Church Architectural Style: 教会の建築様式

Gothic style, the
ゴシック様式

　ノルマン・コンケスト（the Norman Conquest: 1066）の約400年前から、イング
ランドには「アングロ・サクソン様式」（the Anglo-Saxon style）の教会（☞ Saxon
church）が建てられていて、石造りも見られたが、木造によるものが多かっ
た。それに対して、ノルマン・コンケスト以後に征服王ウィリアム（William the
Conqueror: 1066-87）によりイギリスへ移入され、アングロ・サクソン人の石工に
より、12世紀の中葉まで用いられた様式が「ノルマン様式」（the Norman style）
で、ヨーロッパでは「ロマネスク様式」（the Romanesque style）——ローマ帝国（the
Roman Empire）の終わりから紀元1000年までの間に発達し、12～13世紀に行な
われた——といわれるものである。つまりは、'the English[Saxon] Romanesque
style'とでも呼ぶべきものである。

　ノルマン様式では、例えば、半円形のアーチ（round[semicircular] arch*）、太
い円筒状の柱（massive round pillar*）、厚い壁（thick wall）、角塔（square tower）、
ジグザグ繰形（zigzag[chevron] moulding*）や動物（animal form）を象った彫り物
の装飾（carved ornament）、円筒ヴォールト[蒲鉾形天井]（barrel vault*）、ある
いは、大きな石造りのリブ（massive stone arched rib*）などが特色で、ダーラム
大聖堂（Durham Cathedral）、ノリッジ大聖堂（Norwich Cathedral）、ウスター大
聖堂（Worcester Cathedral）などにその良い例が見られる。

　また、'blind[blank] arcade'（アーケード飾り: arcature）もノルマン様式の特
色のひとつである。'arcade*'は、円柱（column*）や角柱（pier*）によるアーチの
連なりを指すが、それを建築物の外壁面に装飾として用いたもので、開口部を
持たないので'blind'（盲目）を冠していう。そのアーチが交差し合う形の場合は
'interlacing-arch blind arcade'（交差（アーチの）アーケード飾り）、もしくは、単
に'interlacing[intersecting] arcade'という。

　古典ギリシャ建築では、アーチ（arch）よりはむしろ「石の柱」と「リンテル」
（lintel: 楣: 開口部の上部に水平に渡す梁）を用いたこしらえ、つまり、垂直と

− 578 −

Gothic style, the／ゴシック様式

水平方向による構成が採られたが、反して、ローマ建築ではアーチが多用された。もっとも、アーチの発明は古代ローマ人のものではない——バビロニア(Babylonia)の原住民であるシュメール人(the Sumerians)によるものとされ、ローマ人はその技術を、小アジアからイタリアの中西部へ移住したエトルリア人(the Etrurians)を通して受け継いだ——が、それをさらに応用発展させたのである。このアーチは建築技術の発達の上で極めて重要な発明といえるため、アーチのみならず建築全体に関して、ヨーロッパではそれに敬意を表して、「ロマネスク様式」と呼び、イギリスでは、サクソン人(the Saxons)がそのアーチ(the Roman arch)を用いてはいたが、それを凌ぐアーチの技術が伝達されたのは、ノルマン・コンケスト以後のことであるため、「ノルマン様式」というのである。

その後の12世紀から16世紀にかけて発達を見たのが、「ゴシック様式」と呼ばれるもので、イングランドへは12世紀の中葉に、上述のシトー派修道会(the Cistercian Order)により伝えられた。特色は、要するに尖頭アーチ(pointed arch)、細身の柱、既述したリブ・ヴォールト(ribbed vault*)であり、また、既述した控え壁(buttress*)、特に、飛び控え壁(flying buttress*)の発達によって、窓や戸口の開口部を大きくすることが出来るようになり、その分、他の壁面は小さく、壁は薄く、建物全体は大きく高くなったのである。

ノルマン様式の半円形アーチでは、その高さは横幅によって決まるが、ゴシック様式の尖頭アーチは高低を横幅によらず、比較的自由に設定出来るので、天井の高い教会建築には一層適している。また、アーチや穹稜(groin*)に当たる部分を、リブ(rib*)を組合せることによりその枠組のみを先ず最初にこしらえて、そのリブとリブとの間に薄いパネルを嵌め込む技法が採られるようになり、従来よりも高い天井と大きな窓を要する教会が建築可能になった。

ゴシック様式の起源はサン・ドニ修道院(Saint-Denis)にあるとされ、1150年～1400年の間に北フランスで発達し、他のヨーロッパ諸国へ伝わったと考えられている。特にイギリスにおいて、著しい発達を遂げることになったのである。

例えば、イングランドのウィンチェスター大聖堂(Winchester Cathedral)は、縦の長さ約170mで、ローマのサン・ピエトロ大聖堂(St. Peter's)を別にすれば、ヨーロッパ最長のものであり、ソールズベリー大聖堂(Salisbury Cathedral)の尖塔屋根(spire*)の高さは、イギリスで最も高く123mもあるほどである。

ただし、イギリスでは、上記のダーラム大聖堂の中に、リブ・ヴォールトや尖

- 579 -

第Ⅳ部　Supplement・補遺

頭アーチなど既にその萌芽が見られるので、12世紀の中頃から13世紀に至る間で、半円形アーチと尖頭アーチの両方が同一の建物に取り入れられている場合は、「ノルマン様式からゴシック様式への過度期の様式」(the Transitional style)とも呼ぶ。

　もっとも、「ゴシック」の呼び名は、16世紀のイタリアの美術史家・建築家にして画家でもあるG.ヴァザーリ(Giorgio Vasari: 1511-74)によるもので、古代ローマ建築に比較して、「ゴート族(the Goths)のように野蛮な建築」という侮蔑の意味の篭められたものであった。

　この様式は、イギリスにおける場合、以下の3つの時期に分類されることになる。概略すれば、1200〜1500年に互り、13世紀、14世紀、15世紀の区分だが、これは既述した教区教会(parish church*)の建築には当てはまるが、大聖堂の場合では、それより半世紀前にその特徴が現れることも少なくない。

　従って、その区切りの時期に関しては一定していないので、4通りを示してある。

　次は、上記の解説で述べた'arch'及び'blind arcade'についてである。

【用例】

　'the groined vaults of the side aisles had pointed arches'（両方の側廊の穹稜ヴォールトは尖頭アーチによるものであった）(Follett: Pillars)/'our attention was called to the pure Norman arch of the chancel'（私たちの注意を引いたのは、内陣のまぎれもないノルマン様式の半円アーチであった）(Hissey: Counties)/'in the aisles, under the windows, the wall was decorated with blind arcading'（側廊窓の下の壁面は、アーケード飾りが施されてあった）(Follett: Pillars)

【文例】

＊ "The pointed arch is stronger. That is what will enable me to build the church so high."

——K. Follett: *The Pillars of the Earth*

（「尖頭アーチの方が堅固なのです。そのアーチを使ってこそ教会をそこまで高く築くことが出来るのです。」）

次の'interlocked'は'interlacing'と同義である。

－ 580 －

Gothic style, the／ゴシック様式

* The interlocked blind arcading in the side aisles would have seven arches per bay....

——K. Follett: *The Pillars of the Earth*

（両方の側廊の交差アーケード飾りは、ベイ毎に7つのアーチになるであろう）

924. Anglo-Saxon arch（アングロ・サクソン様式のアーチ）。St.Bene't's Ch., Cambridge [E]

925. 中央の窓の頭部が半円形のアングロ・サクソン様式の一対窓（round-headed Anglo-Saxon double window）。鐘塔（belfry）。St.Bene't's Ch., Cambridge [E]

- 581 -

第Ⅳ部　Supplement・補遺

926. アングロ・サクソン様式の三角形アーチ（triangular arch）。
Barnack Ch., Northamptonshire ［E］

927. Norman massive round pillar（ノルマン様式の太い円筒状の柱）。Carlisle Cath. ［E］

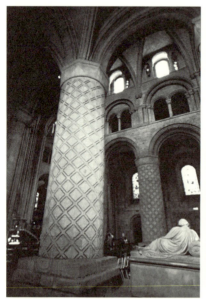

928. ノルマン様式の太い円筒状の柱。
Durham Cath. ［E］

929. ノルマン様式の太い円筒状の柱。
スカラップ形柱頭（scalloped capital）にも留意。
St.Peter's Ch., Conisbrough ［E］

- 582 -

Gothic style, the／ゴシック様式

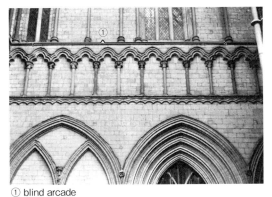

① blind arcade
930. blind arcade (アーケード飾り)。Peterborough Cath. [E]

931. interlacing-arch blind arcade (交差アーケード飾り)。
Edinburgh [E]

932. 交差アーケード飾り。Ely Cath. [E]

- 583 -

第Ⅳ部　Supplement・補遺

933. 交差アーケード飾り。
Ely Cath.［E］

934. 窓頭部が半円形のノルマン様式
の窓（round-headed Norman
window）。Ely Cath.［E］

935. ノルマン様式の身廊(nave)。
奥が西側出入口。板張りの天井にも留意。
Ely Cath.［E］

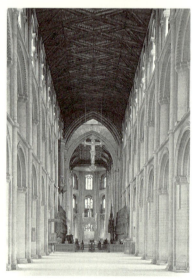

936. ノルマン様式の身廊。
Peterborough Cath.［E］

Gothic style, the／ゴシック様式

937. ノルマン様式の穹稜(groin)。
Norwich Cath. [E]

938. ゴシック様式(Gothic style)のリブ(rib)。
回廊(cloister)。Westminster Abbey [E]

939. ゴシック様式の典型の大聖堂。
Salisbury Cath. [E]

1. **the Early English style (初期イギリス式)**: (1180-1250) (1190-1250) (1190-1300) (1200-1300)

ヨーロッパの他の国々に比べて、イギリスに独特な様式を備えているのでこう呼ばれる。

下記の理由で、'the Lancet style'(尖頭アーチ様式)とも呼ばれる。

既述した「リブ」(rib*)を用いた「4分割ヴォールト」(quadripartite vault*)、「尖

- 585 -

第Ⅳ部　Supplement・補遺

塔屋根」(spire*)を戴いた細い「中央塔」(central tower*)、尖頭アーチ(lancet [pointed] arch)を用いた縦長で幅の狭い「尖頭窓」(lancet window*)、中心の柱の周囲に何本もの細い「シャフト」(shaft*)を用いた「束ね柱」(clustered pier*)などを特色とする。全体としては、「簡素と均整」の美に富むものである。また、既述した「控え壁」(buttress*)が用いられ始めたのもその特色のひとつである。

　この様式が見られるものは、例えば、上記のソールズベリー大聖堂の身廊(nave*)を初め、ウェルズ大聖堂(Wells Cathedral)の身廊(nave*)および正面の造り(facade; west front)、ヨーク大聖堂(York Minster)の翼廊(transepts*)、リンカン大聖堂(Lincoln Cathedral)の身廊と参事会堂(chapter house*)、ロチェスター大聖堂(Rochester Cathedral)の聖歌隊席(choir*)と翼廊、イーリー大聖堂(Ely Cathedral)の聖歌隊席、翼廊、それに西側正面のポーチ(porch*)、ウスター大聖堂(Worcester Cathedral)の聖歌隊席、ブリストル大聖堂(Bristol Cathedral)の聖母礼拝堂(the Lady Chapel*)、サザック大聖堂(Southwark Cathedral)の聖歌隊席と奥内陣(retrochoir*)、などだが、その他にも、ピータバラ大聖堂(Peterborough Cathedral)、ファウンテンズ大修道院(Fountains Abbey*)、ティンターン大修道院(Tintern Abbey)、および、ウェストミンスター寺院(Westminster Abbey)やリッチフィールド大聖堂(Lichfield Cathedral)などにも見られる。☞ 図版: 594.

【用例】

　'the west facade would have nine <u>lancet windows</u>'((教会の)西側の正面には9つの尖頭窓が付くことになるであろう)(Follett: Pillars)

940. Early English style(初期イギリス式)の西側正面(west front)。Peterborough Cath. [E]

Gothic style, the／ゴシック様式

941. 初期イギリス式の西側ポーチ（west porch）。
Ely Cath. [E]

942. 初期イギリス式の身廊で奥が西方
（nave looking west）。
Lincoln Cath. [E]

943. 初期イギリス式の身廊で奥が東方
（nave looking east）。
Salisbury Cath. [E]

第Ⅳ部　Supplement・補遺

944. 3つで一組みの尖頭窓(lancet window)。
St.Lawrence's Ch., Rosedale Abbey ［E］

945. 「五人姉妹の窓」(The Five Sisters' Window)と
呼ばれる尖頭窓。(下段の方：丈は約16m、幅は
約1.5m)。北側翼廊(north transept)。
York Minster ［E］

2. the Decorated style(装飾式)：(1250-1340)(1250-1360)(1250-1380)(1300-1350)

'the Perfect Gothic style'(完璧なゴシック様式)といってこれを指すこともある。「窓のトレーサリー」(window tracery: 窓の上部を分割する装飾)が複雑な幾何学的模様を描き、そこに「オジー・アーチ」(ogee arch)による装飾が採り入れられたことに、名称の起こりがある。オジー・アーチとは、線の凹凸を組合せたS字形曲線を左右対称に持つ尖頭アーチ(pointed arch*)をいい、それを用いたトレーサリーが出現したのである。

従って、この時代も前期・後期のふたつに分けられ、前期は'Geometric[Geometrical] Period' (幾何学式トレーサリーの時期)、後期は'Curvilinear Period'(流紋［曲線］トレーサリーの時期)とそれぞれ呼ばれる。流紋トレーサリーというのは、上記のオジーの曲線を基にした、流れるような美しい線によるトレーサリー——時に火炎の形を思わせる模様(flamboyant tracery: 火炎式トレーサリー)——をいう。

その窓も、石の縦仕切り(stone mullion)によって、幅の狭い「窓面」(light)に分割され、ひとつの窓面の幅は1ないし2フィート(約30ないし60cm)が通例。

ステンド・グラス(stained glass)も一層豊富に用いられ、既述した「控え壁」(buttress*)もさらに工夫され、特に「飛び控え壁」(flying buttress*)の利用によって、窓の開口部もさらに大きく、その幅も広くすることが出来るようになった。

- 588 -

既述した円筒形天井(vault*)の造りにおいても、「リブ」(rib*)の用い方が一段と複雑になり、また、その「止め飾り」(boss*)の数も多くなったのが特色で、フランスの火炎式(flamboyant)に近似する点も見られる時期である。

　装飾式が見られる例としては、ヨーク大聖堂(York Minster)の正面の造り(façade; west front)、および、身廊(nave*)と参事会堂(chapter house*)、イーリー大聖堂(Ely Cathedral)の八角形の中央塔(central tower*)と聖母礼拝堂(the Lady Chapel*)、エクセター大聖堂(Exeter Cathedral)の身廊、リッチフィールド大聖堂(Richfield Cathedral)の身廊と正面の造り、セントオールバンズ大聖堂(St. Albans Cathedral)の聖歌隊席(choir*)、ソールズベリー大聖堂(Salisbury Cathedral)とサウスウェル大聖堂(Southwell Minster)およびウェルズ大聖堂(Wells Cathedral)のそれぞれの参事会堂、その他、リポン大聖堂(Ripon Cathedral)、ブリストル大聖堂(Bristol Cathedral)、グロスター大聖堂(Gloucester Cathedral)などがある。☞ pinnacled buttress

946. Decorated style(装飾式)。Exeter Cath. [E]

947. Geometrical tracery
(幾何学式トレーサリー)。
York Minster [E]

- 589 -

第Ⅳ部　Supplement・補遺

948. 幾何学式トレーサリー。London [E]

949. curvilinear tracery（流紋トレーサリー）。
St.Giles' Cath., Edinburgh [S]

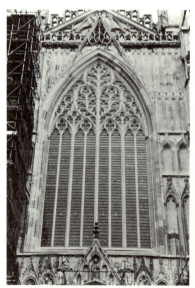

950. 流紋トレーサリー。
'The Great West Window'と呼ばれ、西側出
入口（west door）の上。York Minster [E]

951. 装飾式。
身廊で奥は東方（nave looking east）。
Exeter Cath. [E]

952. 装飾式。'The Octagon'(八角塔)と呼ばれる中央塔(central tower)。Ely Cath. [E]

3. the Perpendicular style(垂直式)：(1330-1540)(1335-1530)(1350-1530)(1350-1550)
'the Rectilinear style'(直線トレーサリー式)ともいう。直線トレーサリー(rectilinear tracery)とは、窓の縦仕切り(mullion)を多用し、それに横仕切り(transom)を組合せたトレーサリーをいい、パネルトレーサリー (panel tracery)ともいう。

1348年にイングランドへ上陸した黒死病(the Black Death: ペスト)の流行で、装飾式の技法を身に付けた石工(mason)や彫刻師(carver)も多数死亡したことによって——イングランドはその人口の約1/3に相当する65万人を失う——従来のように、彫刻を施した装飾的石材を使ったり、曲線を装飾に用いるといった様式によらず、直線、特に「垂直方向の線(vertical lines)を強調する様式」へ進展して行くことになった。

その縦の線を強調する点(vertical emphasis in structure)に名称の起こりがあるが、水平方向においても、従来とは異なる新しい強調の仕方が見られる。

具体的には、高く細い角柱(tall and thin pier*)、床面から天井まで一気に上昇するリブ(rib*)、扇形天井(fan vault*)、尖頭アーチ(pointed arch*)ではあるが扁平な形、小尖塔飾り(pinnacle*)の付いた高い角塔、カスプ(cusp)を用いたパネル装飾を窓のみならず壁面にも適用したこと、などが特色である。最盛期の大聖堂の内部は「宝石をちりばめた箱」(bejewelled box)の印象を持つともいわれる。

例えば、グロスター大聖堂(Gloucester Cathedral*)の回廊(cloisters*)と聖母礼拝堂(the Lady Chapel*)、ケンブリッジ大学(Cambridge University)のキング学寮

第Ⅳ部　Supplement・補遺

礼拝堂(King's College Chapel)、ウィンザー城(Windsor Castle)の聖ジョージ礼拝堂(St. George's Chapel)、カンタベリー大聖堂(Canterbury Cathedral*)の身廊(nave*)、翼廊(transepts*)、聖母礼拝堂(the Lady Chapel*)、それに中央塔(central tower*)、ウィンチェスター大聖堂(Winchester Cathedral*)の身廊、ウェストミンスター寺院(Westminster Abbey*)のヘンリー7世礼拝堂(Henry Ⅶ's Chapel)、オックスフォード大学(Oxford University)のクライスト・チャーチ学寮(Christ Church)の聖歌隊席(choir*)、ピータバラ大聖堂(Peterborough Cathedral)の周歩廊(ambulatory*)、などに、この様式を見ることが出来る。☞ 図版: 319.

【文例】

＊ But Bath Abbey is not therefore to be treated too lightly...and as a building in the Late Perpendicular style it ranks high.

——E.V. Lucas: 'England's Spa'

（しかし、バース大修道院はそれ故に余り軽々に扱うべきではない(中略)また、後期垂直式様式の建築物としては、それは高い位置を占めている。）

　一口に「ゴシック様式」とはいえ、中世(the Middle Ages: 約500-1500)からの教会建築などは、異なる時代時代の様式をそのつど採り入れ、造り直されて来ているものが少なくなく、例えば、上記のカンタベリー大聖堂のように数百年を要して完成したものは、初期の頃のノルマン様式の残存する部分もまだ見られ、ウェストミンスター寺院などは、証聖王エドワード(Edward the Confessor: 1004?-66)が1065年にノルマン様式で建て始めたが、ヘンリー3世(Henry Ⅲ: 1216-72)によって1267年にゴシック様式で改築されたものである。また、13世紀初頭までは、ヨーロッパの建築で一頭地を抜いていたフランスも、対英百年戦争により経済面で力を失い、14世紀以後は代わってイギリスがゴシック様式の推進役になって来た。しかし、その様式も16世紀の宗教改革(the Reformation: 1534年に始まる)を通して廃れて行き、その後には古代ローマ建築を範とする様式が続くことになったのである。

　また、「ノルマン様式」と「ゴシック様式」の特色となる建築上の装飾について、その主要な項目を以下に示す。

— 592 —

Gothic style, the／ゴシック様式

953. rectilinear tracery（直線トレーサリー）。
西側出入口（west door）。
Canterbury Cath. [E]

954. 直線トレーサリー。
St.Laurence's Ch., Ludlow [E]

955. Perpendicular style（垂直式）。
身廊（nave）。Canterbury Cath. [E]

956. 垂直式。リブ・ヴォールト（rib vault）。
身廊。Canterbury Cath. [E]

- 593 -

第Ⅳ部　Supplement・補遺

957. 垂直式。扇形天井(fan vault)。南側側廊で奥は西方(south aisle looking west)。Peterborough Cath. [E]

958. 垂直式。中央塔(central tower)と翼廊(transepts)に留意。Canterbury Cath. [E]

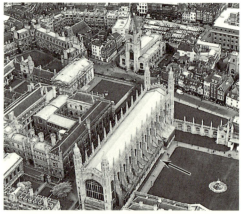

959. 垂直式。
King's College Chapel, Cambridge Univ. [E]

960. 959.のCU。

ゴシック様式

● ballflower; ball-flower ［玉花飾り; 花球］

1個の球を3枚の花弁が包む形に様式化した「球形の花」(globular flower) の装飾で、ゴシック様式の装飾式 (the Decorated style*) に用いられるようになった。つまり、14世紀の建築の特色であるが、それ以前の13世紀や初期イギリス式 (the Early English style*) にもまれに見ることが出来た。

ノルマン様式 (the Norman style*) の特色である 'dog-tooth moulding(s)' (犬歯飾り) に取って代るもので、小尖塔飾り (pinnacle*) や尖塔屋根 (spire*)、その他、窓やアーチ (arch) や教会堂内の墓碑 (tomb*) などに取り付けられる。

961. ballflower (玉花飾り)。a church in Cambridge [E]

第Ⅳ部　Supplement・補遺

● crocket; crochet［唐草飾り］

巻いた葉(curled leaf)や芽(bud)の形に彫刻された装飾で、ゴシック様式の建築物の小尖塔飾り(pinnacle*)、尖塔屋根(spire*)、天蓋(canopy*)、その他、破風(gable)や頂華(finial)に、一定の間隔を置いて並べて用いる。

下記にも引例したが、R.L.スティーヴンソンの「一夜の宿」の冒頭の描写に、パリのノートル・ダム寺院(Notre Dame)のこの唐草飾りが、積もった雪にふくらんで、まるで枕を立てたようだとある。

【用例】

'The crockets were like upright pillows swollen on one side.'（唐草飾りが積もった雪に膨らんで、まるで枕を立てたように片側に並んでいた。）(Stevenson: Lodging)

962. 破風(gable)についた'crocket'（唐草飾り）。
St.John's Cath., Limerick [I]

963. 小尖塔(pinnacle)についた唐草飾り。
a church in Cambridge [E]

964. 唐草飾り。Exeter Cath. [E]

− 596 −

Gothic style, the／ゴシック様式

◉ cusp［いばら］
　ゴシック様式のトレーサリー(tracery)——窓の上部を分割する装飾——などに見られるもので、2つの円弧(arc)が出会って生ずる突起点を指し、アーチの内側の輪郭に葉形の装飾(foil: 葉形飾り)を付けることになる。
　換言すれば、その「葉形飾り」のふたつが出会って生ずる突起点ともいえる。ただし、その突起点に、さらに装飾が付けられる場合もある。

965. cusp(いばら)。回廊(cloister)。
Norwich Cath. [E]

966. いばら。墓碑(tomb)。
Lady Chapel, Exeter Cath. [E]

967. 突起点に装飾の付いた「いばら」。
Little St.Mary's Ch., Cambridge [E]

第Ⅳ部　Supplement・補遺

ノルマン様式

● chevron[zigzag; zig-zag] moulding(s) [山形繰形; ジグザグ[雁木]繰形]

V字形模様を、段を成して重なるように、しかも連続して用いた繰形で、その模様は'dancette'とも呼ばれる。

【用例】

'the incised chevrons that decorated the arches'（アーチを飾っている彫り刻まれた山形繰形模様）(Follett: Pillars)

【文例】

＊ He was beginning to feel that the decorative carving...was too easy. Zigzags, lozenges, dogtooth, spirals and plain roll mouldings bored him....
　　　　　　　　　　　　　　　——K. Follett: *The Pillars of the Earth*

（彼は装飾を彫刻（中略）するのはいともたやすい仕事と思い始めていた。ジグザグ繰形、菱形繰形、犬歯飾り、渦形繰形、ただの丸繰形を彫るのは、彼には退屈なほどであった…）

次の例は、犬歯飾りが'shark's teeth'に喩えてあり、それが後述する「サクソン建築」(Anglo-Saxon style*)にも往々に見られるとあるが、これはW.スコットの誤記である。

＊ The entrance to this ancient place of devotion was under a very low round arch, ornamented by several courses of that zig-zag moulding, resembling shark's teeth, which appears so often in the more ancient Saxon architecture.
　　　　　　　　　　　　　　　——W. Scott: *Ivanhoe*

968. chevron mouldings
　　（山形繰形装飾）。
　　Ely Cath. [E]

- 598 -

Gothic style, the／ゴシック様式

（この古い礼拝堂の入口は極めて低い半円アーチの下に付いていて、サメの歯にも似た幾列かのジグザグ繰形——それはさらに古いサクソン建築に往々にして見られるものだが——で装飾が施されていた。）

969. 山形繰形装飾。
Galilee Chapel, Durham Cath. [E]

970. 山形繰形装飾。
Holy Sepulchre Ch., Cambridge [E]

◉ crenelated [crenellated; embattled; indented] moulding(s) [銃眼模様繰形]
中世の城廓の胸壁（battlement）に用いられた凹部（crenel; crenelle: 銃眼）と凸部（merlon; cop: 凸壁）を連想する模様の繰形。

971. crenellated moulding（銃眼模様繰形）。
山形繰形装飾（chevron mouldings）にも留意。
Lincoln Cath. [E]

第Ⅳ部　Supplement・補遺

● dogtooth [dog-tooth] moulding (s) [犬歯繰形; 犬歯飾り]
犬歯を思わせる星形模様を連続して用いた繰形で、ノルマン様式以外にも初期イギリス式にも行なわれたものである。

'a north door with dog-tooth mouldings'（犬歯飾りの施された北側の出入口）、などと用いる。

【用例】

'a line of large dogtooth carving'（1列に彫ってある大きな犬歯繰形）（Follett: Pillars）

972. dog-tooth moulding（犬歯繰形）。
Jesus College Chapel, Cambridge Univ. [E]

973. 犬歯繰形。
All Saints' Ch., Barrington [E]

— 600 —

Gothic style, the／ゴシック様式

hall church; hall-church

ホール型教会

既述した「身廊」(nave*)と「側廊」(aisle*)の高さが全く同一か、あるいは、ほぼ同一になる教会を指す。

既述したクリアストーリー(clearstory*)やトリフォリウム(triforium*)を持たないので、身廊への採光はクリアストーリーからというわけにはいかず、側廊に設けられた窓(aisle window*)に依存することになる。

また、既述した「翼廊」(transepts*)も無く、内陣(chancel*)も明確には設けられてはいない。特に、ドイツおよびスカンディナヴィアのゴシック様式(the Gothic style*)の特色である。

round church

円形教会

'circular church'といってこれを指すこともある。

既述した身廊(nave*)が円形になり、その周囲に側廊(aisle*)が同心円を描き、アーケード(arcade*)はトリフォリウム(triforium*)を支え、クリアストーリー窓(clearstory window*)の上には、円錐形(conical shape)の屋根が載る造りの教会をいう。

初期キリスト教の教会堂(Early Christian church)の多くはこの型で、イギリスでは主としてノルマンの時代(the Norman dynasty: 1066-1154)の建築になり、既述したテンプル騎士修道会(the Knights Templars*)やホスピタル騎士修道会(the Knights Hospitallers*)が、エルサレル(Jerusalem)の円形の教会——the Rotunda of Constantine's Church of the Holy Sepulchre——にならって建てたものである。

現存するものの中には、例えば、ロンドンのテンプル教会(the Temple Church: 1185年)、イングランド東部の州ケンブリッジシャー(Cambridgeshire)の州都ケンブリッジにある聖墓教会(the Church of the Holy Sepulchre: 約1130年)などがある。また、イングランド中西部の州シュロップシャー(Shropshire)のラドロウ城(Ludlow Castle)の礼拝堂(the Chapel of St. Mary Magdalene: 12世紀初頭)も、同じ型のものとして知られている。

－ 601 －

第Ⅳ部　Supplement・補遺

【文例】
次の例は、上記の解説でも触れた 'the Temple Church' についてである。

* It was after they returned from the First Crusade that the Templars built this church to remind them of the round church that guarded the grave of Christ.
　　　　　　　　　　　　　　——H.V. Morton: 'Sword and Cross'

（第一次十字軍の遠征から帰国して初めて、テンプル騎士団は、キリストの墓を守護する（エルサレムの）円形教会を思い起すために、この教会を建立した。）

【参考】

* ...my thoughts raced across Europe, across the Mediterranean, over that sandy yellow waste known as the Desert of Sinai, and on to that city standing high on terraced rock——Jerusalem. Of what else can one think here in the Round Church?
　　　　　　　　　　　　　　——H.V. Morton: 'Sword and Cross'

974. round church（円形教会）。
　　 Holy Sepulchre Ch.（約1130年に建立、19世紀に修復）。
　　 Cambridge ［E］

Gothic style, the／ゴシック様式

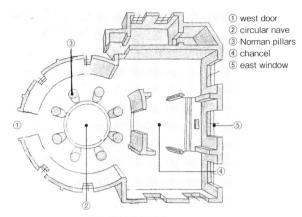

① west door
② circular nave
③ Norman pillars
④ chancel
⑤ east window

975. 974.の平面図。

976. 974.の西側出入口（west door）。

977. 974.の内部。
ノルマン様式の柱（Norman pillars）のアーケード（arcade）の上にトリフォリウム（triforium）、最上階がクリアストーリー（clerestory）。

第Ⅳ部　Supplement・補遺

978. 974.の内部。
円柱(column)に囲まれたスペースが身廊(nave)。

979. 974.の内部。手前が内陣(chancel)、
正面奥に祭壇(altar)と東端部窓(east window)。

Anglo-Saxson church; Saxon church

(アングロ・)サクソン様式教会

　アングロ・サクソン時代(Anglo-Saxon times: 約600-1066)の教会で、イングランドの南部では、古代ローマの「バシリカ会堂」(basilica)———裁判・集会などに使われた長方形の公会堂で世俗用———の建築を基にした様式で、既述した翼廊(transepts*)のない長方形で、縦割りに身廊(nave*)の両側に側廊(aisle*)が来るもので、身廊は側廊より屋根が高いので段差が出来るタイプになる。

　ただし、イングランド北部の州ノーサンバーランド(Northumberland)や東北

- 604 -

部の州ダーラム(Durham)のようなイギリス北部のそれは、側廊を持たない身廊(aisleless nave)と長方形の内陣(rectangular chancel*)と出入口(porch*)のみから成るケルト(Celtic)型である。

【文例】

* ...we discovered that there was an ancient Saxon stone-built church in the very heart of the town, built about A.D.700....
　　　　　　　　　　　——J.J. Hissey: *Through Ten English Counties*

(…私たちは町のまさに中心部に、古代のサクソン様式になる石造りの教会を見付けたが、それは紀元700年頃に建てられたものであった…)

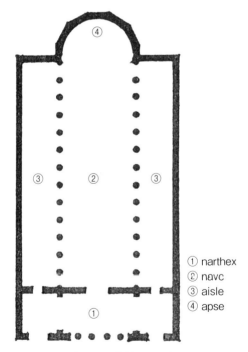

980. basilica(バシリカ会堂)の平面図。

第Ⅳ部　Supplement・補遺

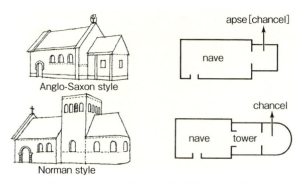

981. Saxon church(サクソン様式教会: ケルト型)と
Norman church(ノルマン様式教会)。

付 録

● 本事典に引用した作家と作品の一覧
A List of Authors Quoted in the Encyclopaedia

● 本事典で言及した主な大聖堂・修道院・（教区）教会・礼拝堂・その他の所在地
Gazetteer

● 参考書目
Select Bibliography

● 索引
Index

本事典に引用した作家と作品の一覧
(A List of Authors Quoted in the Encyclopaedia)

＊作品末尾の（　）内の数字は、引用のある本書のページ数を示す。

1. Anderson, Howard
   Monk, The　（179, 234, 457, 495, 544, 545, 546, 564）

2. Arnold, Matthew
   New Poems
   　'Thyrsis'　（404）

3. Blackmore, Richard Doddridge
   Lorna Doone　（324, 384, 462）

4. Borrow, George
   Wild Wales　（417, 495）

5. Brontë, Charlotte
   Jane Eyre　（79, 94, 167, 325, 344, 416, 451, 461, 482, 487）

6. Brontë, Emily
   Wuthering Heights　（452, 521）

7. Brown, George Mackay
   Time to Keep, A
   　'Time to Keep, A'　（452, 521）
   　'Whaler's Return, The'　（459, 466, 468, 506, 534）
   　'Wireless Set, The'　（536）

8. Buck, Pearl
   Death in the Castle　（30, 79, 117, 119, 152, 160, 179, 195, 216, 217, 399, 405）

9. Carter, Angela
   Bloody Chamber and Other Stories, The
   　'Lady of the House of Love, The'　（493）
   　'Werewolf, The'　（144, 239）

- 608 -

A List of Authors Quoted in the Encyclopaedia

10. Chesterton, Gilbert Keith
    Tremendous Trifles
    'Tower, The' (392)

11. Clarke, Arthur Charles
    British Short Stories of Today
    'Curse, The' (470)

12. Coleridge, Samuel Taylor
    Christabel (109, 545)
    Poems
    'Rime of the Ancient Mariner, The' (521)

13. Collins, Wilkie
    Queen of Hearts, The
    'Dead Hand, The' (384)

14. Cronin, Archibald Joseph
    Adventures in Two Worlds (188, 189, 521)

15. Darton, William (ed.)
    Death and Burial of Cock Robin, The (460, 477)

16. Davie, Elspeth
    Panther Book of Scottish Short Stories, The
    'Time Keeper, The' (405, 481)

17. Delaney, Shelagh
    Taste of Honey, A (384)

18. de la Mare, Walter John
    Listeners and Other Poems, The
    'Epitaph, An' (479)

19. Dickens, Charles
    Christmas Stories
    'Christmas Carol, A' (188, 387, 416)
    'Seven Poor Travellers, The' (70)

— 609 —

Old Curiosity Shop, The (244)

Oliver Twist (227, 353, 430, 461, 495, 558)

Pickwick Papers, The (207, 430, 470, 489, 504, 506)

20. Dunsany, Lord (Edward J.M. Plunkett)

Sword of Welleran and Other Stories, The
'Highwayman, The' (234)
'Kith of the Elf-Folk, The' (80, 240, 253, 354, 363)

21. Eliot, George

Silas Marner (73, 110, 208, 354, 431, 470, 528, 529, 532, 536)

22. Eliot, Thomas Stearns

Murder in the Cathedral (151, 522, 546)

23. Follett, Ken

Pillars of the Earth, The (26, 29, 30, 31, 33, 41, 42, 43, 44, 46, 47, 51, 70, 77, 79, 80, 81, 84, 85, 88, 91, 93, 94, 97, 98, 109, 113, 119, 126, 127, 129, 132, 143, 151, 152, 160, 172, 174, 179, 182, 203, 204, 216, 237, 240, 244, 245, 254, 262, 263, 264, 265, 266, 272, 273, 278, 279, 281, 282, 283, 284, 286, 292, 298, 304, 305, 313, 314, 319, 320, 324, 329, 354, 363, 368, 369, 372, 374, 378, 395, 399, 426, 427, 441, 444, 449, 451, 453, 460, 461, 491, 512, 515, 529, 533, 543, 544, 545, 546, 550, 553, 554, 560, 564, 571, 572, 577, 580, 581, 586, 598, 600)

24. Galsworthy, John

Caravan: Assembled Tales of John Galsworthy, The
'Apple-Tree, The' (234, 461, 466)

Modern Comedy, A
'Swan Song' (59, 93, 491, 536)

25. Gaskell, Elizabeth Cleghorn

Cousin Phillis, and Other Tales
'Cousin Phillis' (188, 532, 536)

26. Gissing, George

House of Cobwebs, The
'House of Cobwebs, The' (559)

A List of Authors Quoted in the Encyclopaedia

'Topham's Chance' (537)

Private Papers of Henry Ryecroft, The (188, 244, 353, 355, 454, 468, 479, 491, 512, 530)

27. Gould, Rachel

British Short Stories of Today
'Thucydides' (459)

28. Gray, Thomas

Poems, Select Letters & Essays of Thomas Gray
'Elegy Written in a Country Churchyard' (441, 459, 495)

29. Greenaway, Kate

Under the Window (417)

30. Greene, Graham

Third Man, The (*Script*) (239, 459, 467)

Twenty-One Stories
'Drive in the Country, A' (59)
'Hint of an Explanation, The' (108, 151, 167)
'Innocent, The' (557)

31. Hardy, Thomas

Hand of Ethelberta, The (59, 64, 110, 125, 126, 166, 208, 222, 263, 268, 374, 384, 405, 410, 433, 435, 523)

Life's Little Ironies
'On the Western Circuit' (360, 444)
'Son's Veto, The' (152, 166, 319, 453, 536)
'To Please His Wife' (29, 59, 98, 339, 531, 534, 537)

New Wessex Edition of The Stories of Thomas Hardy, The
'Old Mrs Chundle' (70, 71, 531)

Under the Greenwood Tree (29, 49, 79, 94, 96, 117, 211, 272, 530, 532, 536)

Wessex Tales
'Distracted Preacher, The' (114, 188, 189, 207, 345, 356, 528, 532)
'Melancholy Hussar of the German Legion' (459, 461)
'Three Strangers, The' (459)

– 611 –

32. Hartly, Leslie Poles

Traveling Grave and Other Stories, The
'Killing Bottle' (288, 292)

33. Hill, Susan

Bit of Singing and Dancing, A
'Red and Green Beads' (440, 441, 481, 491, 523)
I'm the King of the Castle (59, 80, 166, 167, 183, 217, 324, 392)

34. Hilton, J., Froeschel, G., West, C. and Wimperis, A.

Mrs. Miniver (*screenplay based on the novel by Jan Struther*) (60, 63, 70, 72, 507, 537)

35. Hissey, James John

Through Ten English Counties (71, 96, 103, 119, 121, 133, 193, 208, 211, 222, 227, 329, 387, 451, 489, 502, 512, 517, 522, 537, 547, 576, 580, 605)

36. Hudson, William Henry

Dead Man's Plack
'Old Thorn, An' (559)
Shepherd's Life, A
'Wylye Valley, The' (217, 374)

37. Hughes, Thomas

Tom Brown's Schooldays (71, 133, 184, 185, 353, 524)

38. Hunt, Leigh

Town, The (207, 352, 387, 399, 406, 450, 493, 502, 576)

39. Huxley, Aldous

Mortal Coils
'Gioconda Smile, The' (431, 436, 466)

40. Jefferies, Richard

Story of My Heart, The
'Thoughts on the Downs' (461)

41. Jennings, Philip S. (ed.)

A List of Authors Quoted in the Encyclopaedia

Medieval Legends
　'Guigemar'　(179)
　'Story of Merlin, The'　(570)

42. Jerome, Jerome Klapka

Three Men in a Boat　(203, 207, 440, 477)

43. Joyce, James

Dubliners
　'Boarding House, The'　(345)
　'Grace'　(73, 89, 172, 241)
　'Sisters, The'　(87)

44. Keats, John

Poetical Works
　'Ode to Psyche'　(170)

45. Kelly, Harold

London Cameos
　'Bell, The'　(353, 356, 359)
　'Old St. Paul's'　(240, 278, 507)
　'On the Roof'　(362, 392)
　'Ringer, The'　(355, 356, 416)

46. Lamb, Charles

Essays of Elia, The
　'Blakesmoor in H——shire'　(80, 217, 225, 505, 528, 531)

Mrs. Leicester's School
　'First Going to Church'　(59, 64, 71, 208, 217, 218, 418, 422, 572)

Tale of Rosamund Gray and Old Blind Margaret　(206, 460, 477)

47. Lamb, Mary Ann

Mrs. Leicester's School
　'Sailor Uncle, The'　(59, 459, 460, 477, 482, 490, 536, 537)

48. Lavin, Mary

Stories of Mary Lavin, The
　'Will, The'　(466)

— 613 —

49. Lawrence, David Herbert

Complete Short Stories of D.H. Lawrence, The
'Last Laugh, The' (152, 385)

England, My England
'Fanny and Annie' (47, 70, 71, 110, 113, 115, 117, 451, 531)
'Horse Dealer's Daughter, The' (430, 438, 481)
'Wintry Peacock' (229)

50. Lee, Laurie

I Can't Stay Long
'Drink with a Witch' (278)

51. Lucas, Edward Verrall

English Leaves
'England's Ancient Capital' (29, 36, 80, 190, 222, 278, 405, 444, 569)
'England's Spa' (592)
'Mother of England, The' (172, 182, 203, 237, 295, 340, 372, 378, 445)
'Spire of England, The' (197, 251, 444, 476, 561)

Fireside and Sunshine
'Footpaths and Walking-Sticks' (353, 459)

52. Lynd, Robert

Solomon in All His Glory
'Beggars' (319)

53. Macken, Walter

Flight of the Doves, The (37, 41, 240)

54. Mansfield, Katherine

Diary
'January 1, 1904' (451, 524)

34 Short Stories
'Daughters of the Late Colonel, The' (454)
'Prelude' (63, 65)

55. Maugham, William Somerset

Cosmopolitans

A List of Authors Quoted in the Encyclopaedia

'Ant and the Grasshopper, The' (558)

56. McGahern, John

Getting Through
'Wine Breath, The' (151, 435, 481, 483, 493, 495)

57. Meredith, George

Diana of the Crossways (351)

Short Stories
'Farina' (362, 450)

58. Mitford, Mary Russell

Our Village
'Country Pictures' (374, 405, 530)
'First Primrose, The' (189)
'Violeting' (558)

59. Morton, H.V.

Heart of London, The
'Cenotaph' (215, 248)
'Open Door, An' (203)
'Sword and Cross' (133, 217, 227, 602)
'Under the Dome' (56, 80)

In Scotland Again (452, 521)

In Search of Scotland (127, 137, 283, 372)

Spell of London, The
'Among the Kings' (215, 223, 240)

60. Nicol, C.W.

People, from a Boyhood Wales
'Grave Digger, The' (454, 461)

61. O'Brien, Edna

Fanatic Heart, A
'Mouth of the Cave, The' (180)

62. O'Connor, Frank

– 615 –

Short Story Masterpieces
'My Oedipus Complex' (544)

63. O'Faoláin, Seán

Collected Stories of Seán O'Faoláin, The (Vol I)
'Sinners' (79, 109, 175)

64. O'Flaherty, Liam

Wounded Cormorant and Other Stories, The
'Wedding, The' (534)

65. Orwell, George

Animal Farm (353, 467)

Clergyman's Daughter, A (59, 60, 64, 72, 118, 133, 137, 151, 152, 177, 188, 189, 329, 340, 345, 360, 436, 450, 457, 512, 518, 520, 524, 529, 531, 532, 536, 537)

Coming Up for Air (80, 253, 374, 453, 504, 505, 520)

66. Palmer, W.T.

English Lakes, The (451, 495)

67. Pearce, Philippa

Shadow-Cage and Other Tales of the Supernatural, The
'Shadow-Cage, The' (384, 431)

68. Plunkett, James

Collected Short Stories
'Half-Crown, The' (416)
'Janey Mary' (417)
'Trout, The' (459)

69. Pritchett, Victor Sawdon

Collected Stories
'Spring Morning, A' (385)

70. Pulbrook, Ernest C.

English Countryside, The (192)

A List of Authors Quoted in the Encyclopaedia

71. Read, Herbert

   Contrary Experience, The
      'Innocent Eye, The' (62, 64, 116, 238, 239, 329, 354, 426, 433, 453, 459, 489, 531)

72. Read, Miss

   Over the Gate
      'Fairacre Ghost, The' (110, 115, 117)
      'Old Man of the Sea, The' (504)
      'Tale of Love, A' (188, 239, 459, 461, 481)

73. Rossetti, Christina Georgina

   Sing-Song (*Nursery Rhyme Book, A*)
      'Minnie bakes oaten cakes' (384)

74. Ruskin, John

   Stones of Venice, The (262, 271, 295, 333, 335, 363)

75. Saki [Hector H. Munro]

   Short Stories of Saki, The
      'Open Window, The' (459)

76. Sansom, William

   Among the Dahlias and Other Stories
      'Cat up a Tree' (405)

77. Scott, Walter

   Castle Dangerous (206, 504)

   Ivanhoe (152, 180, 235, 237, 292, 345, 533, 546, 576, 598)

   Kenilworth (274)

   Lady of the Lake, The (545, 570)

   Lay of the Last Minstrel, The (108, 173, 207, 241, 274, 313, 378, 545, 547, 565)

   Marmion (470, 570, 577)

78. Sewell, Anna

   Black Beauty (354)

79. Seymour, John

   England Revisited　(103)

80. Shakespeare, William

   All's Well that Ends Well　(480)

   Cymbeline　(209)

   Hamlet　(544)

   King Henry IV, Part I　(486)

   King Henry V　(190)

   King Henry VIII　(533)

   MacBeth　(363)

   Midsummer Night's Dream, A　(442)

   Romeo and Juliet　(208, 319, 459)

   Titus Andronicus　(468)

   Twelfth Night　(44)

81. Shepard, Ernest H.

   Drawn from Memory
   'Scarlatina'　(118)

82. Sideman, Belle B. (ed.)

   World's Best Fairy Tales, The
   'Jack and the Beanstalk'　(375)

83. Sillitoe, Alan

   Men, Women and Children
   'Before Snow Comes'　(454)
   'Trip to Southwell, A'　(31, 522, 560)
   'View, The'　(110, 239, 435, 438, 482, 491, 506, 537)

   Ragman's Daughter, The
   'Good Women, The'　(385)

84. Snowden, Rita F.

   When We Two Walked　(436)

85. Spark, Muriel

A List of Authors Quoted in the Encyclopaedia

Collected Stories 1
'Black Madonna, The' (175)
Memento Mori (185, 436, 459, 485, 497)

86. Sterne, Laurence

Life and Opinions of Tristram Shandy, Gentleman, The (222, 417, 534)

87. Stevenson, Robert Louis

Child's Garden of Verses, A
'Block City' (521)

Edinburgh (214, 220, 363, 405, 449, 459, 484, 487, 493)

New Arabian Nights
'Lodging for the Night, A' (392, 421, 596)

88. Struther, Jan

Mrs. Miniver (530)

89. Summerly, Felix (ed.)

Traditional Faery Tales, The
'Jack and the Beanstalk' (405)

90. Swift, Graham

Learning to Swim and Other Stories
'Tunnel, The' (353)

91. Swift, Jonathan

Gulliver's Travels
'Voyage to Brobdingnag, A' (279, 372)

92. Synge, John Millington

Aran Islands, The (459)

93. Tennyson, Alfred

Becket (89, 114, 204, 565)

Poems of Tennyson
'Aylmer's Field' (67)
'Come Not, When I Am Dead' (459)
'Death of the Old Year, The' (354)

– 619 –

Queen Mary (31, 392, 476)

94. Thackeray, William Makepeace

History of Pendennis, The (344, 571)

Snobs of England, The (206)

95. Thomas, Dylan

Quite Early One Morning
'Reminiscences of Childhood' (208)

96. Thomas, Edward

Heart of England, The
'Earth Children' (558)
'Village, The' (431, 505)

97. Thoms, William J. (ed.)

Gallant History of Bevis of Southampton, The (37)

98. Trevor, William

Angels at the Ritz and Other Stories
'Teresa's Wedding' (81)

99. Wain, John

Hurry on Down (571)

100. Watts-Dunton, Walter Theodore

Aylwin (59, 318, 433, 459)

101. Waugh, Evelyn

Decline and Fall (104, 107, 160, 197, 359, 536)

Mr. Loveday's Little Outing and Other Stories
'Winner Takes All' (524)

102. Wells, Herbert George

Croquet Player, The (431, 518, 519)

103. Wilde, Oscar

Happy Prince, The

A List of Authors Quoted in the Encyclopaedia

'Happy Prince, The' (248, 417, 422)

House of Pomegranates, A
'Fisherman and his Soul, The' (108, 142, 170)

104. Wilson, Angus

Wrong Set and Other Stories, The
'Wrong Set, The' (189)

105. Wordsworth, William

Wordsworth's Poetical Works (Vol I)
'Lucy Gray, or Solitude' (386)

106. Yeats, William Butler

John Sherman and Dhoya
'John Sherman' (160, 518)

本事典で言及した主な大聖堂・修道院・(教区)教会・礼拝堂・ その他の所在地
(Gazetteer)

* 教会の名称は同名が多く、所在地で識別するが、ただし、末尾の [E] [I] [S] [W] の記号は、それぞれ 'England' 'Ireland' 'Scotland' 'Wales' の略である。

* 名称には 'Cath.' (= Cathedral)、'Ch.' (= Church) を用いてある。

* 末尾の ( ) 内の数字は、解説文あるいは写真・図版に言及のある本書のページ 数を示す。

大聖堂

Amiens Cath., Amiens, Somme, France (409)

Bangor Cath., Gwynedd[W] (83, 155)

Beverley Minster, Beverley, Humberside[E] (521)

Bristol Cath., Bristol, Avon[E] (586, 589)

Canterbury Cath., Canterbury, Kent[E] (27, 29, 36, 38, 71, 82, 85, 86, 88, 91, 94, 101, 116, 130, 146, 151, 166, 173, 197, 200, 236, 242, 279, 297, 302, 307, 310, 318, 323, 336, 377, 379, 382, 522, 546, 552, 561, 564, 566, 592, 593, 594)

Carlisle Cath., Carlisle, Cumbria[E] (53, 82, 134, 146, 157, 163, 175, 257, 282, 292, 515, 582)

Chartres Cath., Chartres, Eure et Loir, France (54, 55)

Chichester Cath., Chichester, W. Sussex[E] (351)

Durham Cath., Durham, Durham[E] (66, 90, 135, 213, 236, 241, 266, 289, 304, 331, 380, 381, 389, 396, 402, 552, 566, 567, 578, 579, 582, 599)

Ely Cath., Ely, Cambridgeshire[E] (32, 33, 34, 35, 42, 45, 50, 54, 56, 77, 81, 92, 99, 104, 145, 156, 173, 178, 197, 198, 199, 218, 223, 232, 237, 242, 243, 251, 255, 256, 265, 275, 276, 280, 285, 293, 300, 301, 309, 324, 339, 342, 355, 364, 376, 377, 381, 508, 552, 583, 584, 586, 587, 589, 591, 598)

Exeter Cath., Exeter, Devon[E] (30, 53, 82, 84, 89, 111, 112, 115, 119, 121, 122, 124, 130, 137, 138, 144, 148, 160, 175, 177, 183, 198, 210, 219, 225, 226, 234, 235, 242, 243, 265, 284, 285, 296, 302, 303, 307, 309, 311, 312, 314, 371, 397, 400, 422, 424, 449, 480, 508, 516, 589, 590, 596, 597)

Gazetteer

Florence Cath., Florence, Tuscany, Italy (39, 352)

Gloucester Cath., Gloucester, Gloucestershire[E] (130, 289, 552, 568, 589, 591)

Keswick Cath., Keswick, Cumbria[E] (418)

Lichfield Cath., Lichfield, Staffordshire[E] (586, 589)

Lincoln Cath., Lincoln, Lincolnshire[E] (32, 88, 90, 101, 121, 134, 141, 174, 375, 380, 402, 424, 449, 567, 586, 587, 599)

Milan Cath., Milan, Lombardy, Italy (373)

Norwich Cath., Norwich, Norfolk[E] (130, 288, 296, 309, 341, 420, 448, 514, 552, 567, 578, 585, 597)

Notre Dame, Paris, France (393, 409, 410, 596)

Peterborough Cath., Peterborough, Cambridgeshire[E] (26, 29, 42, 46, 50, 71, 90, 92, 94, 126, 158, 182, 210, 212, 221, 266, 275, 290, 291, 315, 321, 335, 382, 505, 583, 584, 586, 592, 594)

Pisa Cath., Pisa, Tuscany, Italy (38, 254, 257, 271, 351, 352)

Ripon Cath., Ripon, N. Yorkshire[E] (589)

Rochester Cath., Rochester, Kent[E] (88, 380, 586)

Salisbury Cath., Salisbury, Wiltshire[E] (28, 30, 43, 45, 72, 83, 88, 90, 140, 159, 174, 191, 251, 258, 261, 272, 287, 293, 295, 299, 307, 342, 351, 377, 378, 404, 406, 423, 444, 447, 448, 503, 563, 566, 568, 579, 585, 586, 587, 589)

Southwark Cath., Southwark, London[E] (586)

Southwell Minster, Southwell, Nottinghamshire[E] (589)

St. Albans Cath., St. Albans, Hertfordshire[E] (28, 236, 589)

St. Edmundsbury Cath., Bury St. Edmunds, Suffolk[E] (148, 154, 200, 397)

St. Giles' Cath., Edinburgh[S] (40, 62, 145, 339, 383, 419, 590)

St. John's Cath., Limerick, Limerick[I] (49, 103, 143, 502, 596)

St. Magnus's Cath., Kirkwall, Mainland, Orkney Islands[S] (275)

St. Mark's Cath., Venice, Veneto, Italy (333, 334)

St. Mary's Cath., Edinburgh[S] (32, 60, 320, 379, 562)

St. Mary's Cath., Newcastle upon Tyne[E] (415)

St. Mary's (the Virgin) Cath., Limerick, Limerick[I] (100, 122, 155, 209, 263, 337)

St. Paul's Cath., London[E] (55, 58, 64, 73, 95, 131, 157, 205, 230, 259, 262, 269, 375,

387)

Wells Cath., Wells, Somerset[E] (33, 52, 76, 103, 122, 138, 148, 154, 167, 191, 199, 200, 201, 224, 287, 293, 321, 375, 562, 563, 565, 568, 586, 589)

Westminster Cath., Westminster, London[E] (223)

Winchester Cath., Winchester, Hampshire[E] (27, 31, 34, 45, 82, 89, 99, 145, 146, 162, 164, 176, 178, 182, 184, 205, 241, 247, 273, 279, 286, 297, 299, 301, 307, 312, 322, 370, 445, 446, 447, 579, 592)

Worcester Cath., Worcester, Worcestershire[E] (578, 586)

York Minster, York, N. Yorkshire[E] (31, 53, 72, 92, 101, 116, 135, 204, 209, 218, 219, 231, 233, 297, 340, 376, 379, 382, 391, 401, 402, 521, 561, 586, 588, 589, 590)

修道院・(教区)教会・礼拝堂・その他

All Saints' Ch., Barrington, Cambridgeshire[E] (59, 227, 251, 330, 358, 434, 462, 471, 481, 488, 600)

All Saints' Ch., Dorchester, Dorset[E] (408)

All Saints' Ch., Milton, Cambridgeshire[E] (112, 128, 168)

All Saints' Ch., St. Ives, Cambridgeshire[E] (415)

All Saints' Ch., Swallowfield, Berkshire[E] (347, 464)

All Saints with St. Michael Ch., Edmonton, London[E] (463, 478)

Bath Abbey, Bath, Avon[E] (322, 341, 367, 370, 423)

Bath Abbey Ch., Bath, Avon[E] (573)

Barnack Ch., Barnack, Northamtonshire[E] (582)

Cambridge Cemetery, Cambridge, Cambridgeshire[E] (455)

Cerne Abbey, Cerne Abbas, Dorset[E] (548, 555)

Chapel of St. John the Evangelist, Skipton Castle, N. Yorkshire[E] (106)

Fountains Abbey, N. Yorkshire[E] (575, 586)

Grosvenor Chapel, London[E] (346)

Jamestown Ch., Jamestown, Argyll and Bute[S] (346)

Jesus College Chapel, Cambridge Univ., Cambridgeshire[E] (67, 99, 114, 120, 138, 186, 275, 277, 600)

Haworth Ch., Haworth, W. Yorkshire[E] (153)

Highgate Cemetery, London[E]（221, 456, 464, 472, 478）

Holy Rude Ch.[Kirk], Stirling, Central[S]（126, 153, 210, 452, 488, 492, 501）

Holy Sepulchre Ch., Cambridge, Cambridgeshire[E]（315, 599, 601, 602, 603, 604）

Holy Trinity Abbey Ch., Adare, Limerick[I]（285, 365, 366, 377, 573）

Holy Trinity Ch., Goodramgate, York, N. Yorkshire[E]（61, 105, 168, 427）

Holy Trinity Ch., Little Amwell. Hertfordshire[E]（472）

Holy Trinity Ch., Long Melford, Suffolk[E]（45, 74, 191, 396, 503, 526, 527）

Holy Trinity Ch., Pitlochry, Perthshire[S]（163, 472, 514）

Holy Trinity Ch., Stratford upon Avon, Warwickshire[E]（479）

Holy Trinity Priory Ch., Micklegate, York, N. Yorkshire[E]（165）

Iona Abbey, Iona, Strathclyde[S]（211, 500, 548, 568, 573, 574）

Kentish Town Ch., London[E]（513）

King's College Chapel, Cambridge Univ., Cambridgeshire[E]（115, 118, 184, 185, 186, 290, 591, 594, 595）

Launceston Ch., Launceston, Cornwall[E]（99）

Little St. Mary's Ch., Cambridge, Cambridgeshire[E]（37, 140, 171, 597）

Ludlow Ch., Ludlow, Shropshire[E]（68, 121, 123, 124）

Meira Abbey Ch., Spain（283）

Melrose Abbey, Melrose, the Borders[S]（241）

Michelham Priory, Hailsham, E. Sussex[E]（550）

Milton Village Cemetery, Milton, Cambridgeshire[E]（455）

Moretonhamstead Ch., Dartmoor, Devon[E]（77, 140, 178, 325）

Old Protestant Cemetery, Rome, Italy（479）

Rievaulx Abbey, Helmsleyの近く, N. Yorkshire[E]（549, 575）

Salen & Ulba Ch., Isle of Mull, Strathclyde[S]（355）

SS. Andrew & Mary's Ch., Grantchester, Cambridgeshire[E]（48, 78, 212, 383, 386）

SS. Mary & Michael's Ch., Trumpington, Cambridgeshire[E]（62, 139, 465）

SS. Peter & Paul's Ch., Lavenham, Suffolk[E]（36, 201, 367, 390, 443, 526, 527）

SS. Peter & Paul's Ch., Pickering, N. Yorkshire[E]（56, 57, 96, 248, 412, 462）

SS. Peter & Thomas' Ch., Sambourne,Essex[E]（442, 525）

St. Aidan's Ch., Bamburgh, Northumberland[E] (96, 106, 231, 432)

St. Andrew's Ch., Ashburton, Dartmoor, Devon[E] (385)

St. Andrew's Ch., Castle Combe, Wiltshire[E] (158)

St. Andrew's Ch., Fort William, Highland[S] (39)

St. Andrew's Ch., Holborn, London[E] (348)

St. Andrew's Ch., Penrith, Cumbria[E] (48, 57, 220, 280, 330, 366, 376)

St. Andrew's Ch., Taunton, Somerset[E] (68, 140, 176, 184, 409)

St. Bartholomew's Ch., Lostwithiel, Cornwall[E] (37, 331)

St. Bene't's Ch., Cambridge, Cambridgeshire[E] (316, 425, 581)

St. Cuthbert's Ch., Edinburgh[S] (484)

St. David's Ch., Exeter, Devon[E] (74, 282)

St. Edward the Martyr Ch., Corfe Castle Village, Dorset[E] (252, 258, 331, 396, 496)

St. Etheldreda's Ch., Bishop's Hatfield, Hertfordshire[E] (66, 98, 220, 367)

St. George's Chapel, Windsor Castle, Berkshire[E] (195, 516, 592)

St. George's RC Ch., York, N. Yorkshire[E] (87, 144, 153, 349, 359)

St. George's West Ch., Edinburgh[S] (131)

St. Gulval's Ch., Gulval, Penzance, Cornwall[E] (437)

St. Ives Free Ch., St. Ives, Cambridgeshire[E] (408)

St. James's Ch., Chipping Campden, Gloucestershire[E] (526)

St. James's Ch., Taunton, Somerset[E] (428)

St. John's Ch., Bury St. Edmunds, Suffolk[E] (414)

St. John's Ch., Edinburgh[S] (346)

St. John's Ch., Keswick, Cumbria[E] (412)

St. John's Ch., Oxford, Oxfordshire[E] (141)

St. John's College Chapel, Cambridge Univ., Cambridgeshire[E] (56, 184, 186, 187, 246, 308, 569)

St. John's Kirk, Perth, Perth and Kinross[S] (412)

St. John the Baptist Ch., Cookham Dean, Berkshire[E] (349, 434, 437, 492)

St. John the Baptist Ch., Great Amwell, Hertfordshire[E] (513)

St. John the Baptist Ch., Stokesay, Shropshire[E] (388, 437)

St. John the Baptist Ch., Widford, Hertfordshire[E]（326, 413, 443, 483, 525）

St. Laurence's Ch., Ludlow, Shropshire[E]（148, 164, 232, 233, 489, 593）

St. Lawrence's Ch., Rosedale Abbey（の近く）, N. Yorkshire[E]（76, 156, 349, 443, 588）

St. Lawrence's Ch., Warkworth, Northumberland[E]（111, 134, 176, 326, 328, 418, 442）

St. Leonard's-in-the-Fields and Trinity Ch., Perth, Perth and Kinross[S]（419）

St. Margaret's[Margaret Priory] Ch., King's Lynn, Norfolk[E]（67, 74, 123, 156, 164, 226, 572）

St. Margaret's Ch., Westminster, London[E]（348）

St. Mark's Ch., Cambridge, Cambridgeshire[E]（538）

St. Martin's Ch., Liskeard, Cornwall[E]（69, 107, 112, 200, 224, 228, 328, 331, 343, 427, 428, 432, 437, 492）

St. Mary Ancient Priory Ch., Portchester, Hampshire[E]（36）

St. Mary's Ch., Bury St. Edmunds, Suffolk[E]（58, 274, 489）

St. Mary's Ch., Cerne Abbas, Dorset[E]（98, 341, 376, 440）

St. Mary's Ch., Goathland, N.Yorkshire[E]（165）

St. Mary's Ch., Killarney, Kerry[I]（406）

St. Mary's Ch., Newmarket, Suffolk[E]（377, 413）

St. Mary's Ch., Portchester, Hampshire[E]（246, 336）

St. Mary's Ch., Shinfield, Berkshire[E]（439, 539）

St. Mary's Ch., Whitchurch-on-Thames, Pangbourne, Berkshire[E]（388, 496）

St. Mary Magdalene Ch., Launceston, Cornwall[E]（40, 68, 95, 281, 327）

St. Mary Magdalene Ch., Taunton, Somerset[E]（145, 397, 423, 539）

St. Mary the Virgin Ch., Ambleside, Cumbria[E]（57, 432）

St. Mary the Virgin Ch., Charlbury, Cotswolds, Oxfordshire[E]（540）

St. Mary the Virgin Ch., Great Shelford, Cambridgeshire[E]（97, 407, 473）

St. Mary the Virgin Ch., Saffron Walden, Essex[E]（162）

St. Mary the Virgin Ch., Swaffham Prior, Cambridgeshire[E]（83, 102, 439）

St. Michael & All Angels' Ch., Haworth, W. Yorkshire[E]（330）

St. Michael's Ch., Alnwick, Northumberland[E]（512）

St. Michael the Archangel Ch., Chagford, Devon[E] (434, 464, 491)

St. Nicholas Priory, Exeter, Devon[E] (204, 551)

Stoke Poges Ch., Stoke Poges, Buckinghamshire[E] (430, 495)

St. Oswald's Ch., Grasmere, Cumbria[E] (224, 326, 385, 434, 439, 471)

St. Pancras Ch., Widecombe-in-the-Moor, Devon[E] (136, 161, 294, 295, 431, 525)

St. Peter's Ch., Conisbrough, S. Yorkshire[E] (61, 127, 247, 325, 427, 433, 582)

St. Peter's Ch., Dorchester, Dorset[E] (128)

St. Peter's Ch., (Great) Berkhamsted, Hertfordshire[E] (212, 219, 230, 482, 513)

St. Peter's Ch., Horningsea, Cambridgeshire[E] (365)

St. Peter's Ch., Stourton, Wiltshire[E] (357)

St. Peter's (Basilica), Vatican City, Rome, Italy (253, 260, 579)

St. Swithin's Ch., Lincoln, Lincolnshire[E] (414)

St. Thomas of Canterbury Ch., Goring, Oxfordshire[E] (97)

Sweetheart Abbey, New Abbey, Dumfries & Galloway[S] (548)

Teddington Cemetery, London[E] (454)

Thornhill Ch., Thornhill, W. Yorkshire[E] (111)

Tintern Abbey, Gwent[W] (575, 586)

Westminster Abbey, Westminster, London[E] (195, 196, 222, 236, 273, 290, 293, 301, 306, 312, 333, 338, 346, 364, 370, 371, 401, 425, 465, 516, 517, 547, 552, 563, 585, 586, 592)

参 考 書 目 (Select Bibliography)

1. 洋 書

Anderson, M.D. *The Choir Stalls of Lincoln Minster.* Lincoln: The Friends of Doragon's Lincoln Cathedral,1967.

Aslet, Clive & Powers, Alan. *The National Trust Book of The English House.* New York: Viking 1985.

Aston, Michael. *Monasteries.* London: B.T. Batsford,1993.

Ayres, James. *The Shell Book of the Home in Britain.* London: Faber & Faber,1981.

Bailey, Brian. *English Manor Houses.* London: Robert Hale,1983.

Bartram, Alan. *Tombstone Lettering.* London: Lund Humphries,1978.

Bonney, T.G. (ed.) *Cathedrals, Abbeys, and Churches of England and Wales.* London: Cassell,1891.

Boyd, Anne. *Life in a Medieval Monastery.* Cambridge: CUP,1987.

Braun, Hugh. *A Short History of English Architecture.* London: Faber & Faber,1978.

Breffny, Brian. *Castles of Ireland.* London: Thames and Hudson,1977.

Brewer's Dictionary of Phrase & Fable, London: Cassell,1981.

Brunskill, R.W. *Traditional Buildings of Britain: An Introduction to Vernacular Architecture.* London: Victor Gollancz,1988.

Burke, John. *An Illustrated History of England.* London: Collins,1980.

Burnett, John. *A Social History of Housing 1815-1970.* London: Methuen,1980.

Burton, Nell. *English Heritage from The Air.* London: Sidgwick & Jackson,1989.

Calloway, Stephen. (general ed.) *The Elements of Style: An Encyclopedia of Domestic Architectural Details.* London: Reed International Books,1991.

Camp, John. *Discovering Bells and Bellringing.* Buckinghamshire: Shire,1988.

Carpenter, Edward and Gentleman, David. *Westminster Abbey.* London: Weidenfeld and Nicolson,1987.

Chapman, Leigh. *Church Memorial Brasses.* Aylesbury: Shire,1987.

Child, Mark. *Discovering Church Architecture: A glossary of terms.* Haverfordwest: Shire,1976.

– 629 –

Clayton-Payne, Andrew. *Victorian Cottages*. London: Cassell,1993.

Clout, Hugh.(ed.) *The Times London History Atlas*. London: Times Books,1991.

Cook, Olive & Smith, Edwin. *The English House through Seven Centuries*. Harmondsworth: Penguin Books,1984.

Cope, Anne.(ed.) *Ireland Past and Present*. London: Multimedia Books,1992.

Crawford, P. *The Living Isles*. New York: Charles Scribner's Sons,1987.

Crowder, Freda & Greene, Dorothy. *Rotherham, Its History, Church and Chapel on the Bridge*. Yorkshire: S.R. Publishers,1971.

Davies, D.W. *Dutch Influences on English Culture, 1558-1625*. Folgen Books,1964.

Ditchfield, P.H. *The Manor Houses*. London: Studio Editions,1994.

Dixon, Roger. & Muthesius, Stefan. *Victorian Architecture*. London: Thames & Hudson,1978.

Durant, David N. *The Handbook of British Architectural Styles*. London: Barrie & Jenkins,1922.

Edwards, David L. *The Cathedrals of Britain*. Andover: Pitkin Pictorials,1989.

Ferguson, George. *Signs & Symbols in Christian Art*. Oxford: OUP,1961.

Fitzgerald, P. *Victoria's London*. The Leadenhall Press,1893.

FitzGerald, Roger. *Buildings of Britain*. London: Bloomsbury,1995.

Fleming, John & Honour, Hugh & Pevsner, Nikolaus. *The Penguin Dictionary of Architecture*. London: Penguin Books,1966.

Fry, Somerset. *The Kings & Queens of England & Scotland*. London: Dorling Kindersley,1992.

Girouard, Mark. *The English Town: A History of Urban Life*. New Haven & London: Yale U.P.,1990.

——————. *Life in the English Country House: A Social and Architectural History*. New York: Penguin Books,1980.

Godfrey, Walter H. *The English Almshouse*. London: Faber and Faber.

Gotch, J.A. *The Growth of the English House*. London: Batsford,1928.

Griesbach, C.B. *Historic Ornament: A Pictorial Archive*. New York: 1975.

Haydn, J.A. *Misericords in St. Mary's Cathedral*. Limerick: The Treaty Press,1994.

Hoar, Frank. *An Introduction to English Architecture*. London: Evans Brothers,1963.

Select Bibliography

Hogg, Garry. *A guide to English Country Houses.* London: Hamlyn,1969.

Howitt, W. *The Rural Life of England.* Shannon: Irish UP,1971.

Hyams, E. *English Heritage.* London: B.T. Batsford,1963.

Jackson, Peter. *Walks in Old London.* London: Collins & Brown,1993.

James, John. *Chartres: The Masons Who Built a Legend.* London: Routledge & Kegan Paul,1985.

Jones, Edward & Woodward, Christopher. *A Guide to the Architecture of London.* London: Phoenix Illustrated,1983.

Lee, Lawrence.,Seddon, George. & Stephens, Francis. *Stained Glass.* New Jersey: Chartwell Books,1989.

Lewis, Philippa. *Details: A Guide to House Design in Britain.* London: Prestel,2003.

Lewis, Philippa. & Darley, Gillian. *Dictionary of Ornament.* New York: Pantheon Books,1986.

Livingstone, E.A.(ed.) *The Concise Oxford Dictionary of the Christian Church.* Oxford: OUP,1977.

Lockhart, Ann.(ed.) *Cathedral Architecture.* Andover: Pitkin Pictorials,1993.

Macaulay, David. *Cathedral: The Story of Its Construction.* London: Collins,1974.

Mackenzie, D.M. & Westwood, L. J. *Background to Britain.* London: Macmillan,1974.

Maré, Eric de. *The Bridges of Britain.* London: B.T. Batsford, 1954.

Martindale, Andrew. *Gothic Art.* Norwich: Thames and Hudson,1967.

Marwick, Arthur.(ed.) *Britain Discovered: A pictorial atlas of our land and heritage.* London: Mitchell Beazley, 1982.

Mitchell, R. J. & Leys, M.D.R. *A History of London Life.* London: Longmans Green,1958.

Muir, Richard. *The Countryside Encyclopaedia.* London: Macmillan,1988.

Nellist, John B. *British Architecture and Its Background.* London: Macmillan,1967.

Parker, John Henry. *A Glossary of Terms. Part I & Part II.* Oxford: Charles Tilt,1836.

Panati, Charles. *The Browser's Book of Beginnings: Origins of Everything Under (and Including) the Sun.* Boston: Houghton Mifflin,1984.

Platt, Colin. *The Abbeys and Priories of Medieval England.* New York: Fordham Univ. Press,1984.

Quennell, C.H.B. & Marjorie. *A History of Everyday Things in England.* 4 vols. London: B.T. Batsford,1931.

Quiney, Anthony. *The Traditional Buildings of England.* London: Thames & Hudson,1990.

Richardson, C. J. *The Englishman's House.* London: John Camden Hotten.

Room, Adrian. *Dictionary of Britain.* Oxford: OUP,1986.

Rouse, E. Clive. *Medieval Wall Paintings.* Princes Risborough: Shire,1980.

Rowley, Trevor & Cyprien, Michael. *Traveller's Guide to Norman Britain.* London: Routledge & Kegan Paul,1986.

Sancha, Sheila. *The Castle Story.* London: Collins,1993.

Sheehy, Terence. *Ireland in Colour.* London: Batsford,1975.

Sinden, Donald. *The English Country Church.* London: Sidgwick & Jackson,1988.

Small, Herbert. *The Library of Congress.——Its Architecture and Decoration.* London: W.W. Norton & Co.,1982.

Smith, Edwin & Cook, Olive & Hutton, Graham. *English Parish Churches.* London: Thames and Hudson,1976.

Souden, David. *The Victorian Village.* London: Collins & Brown,1991.

Stanley, Arthur Penrhyn. *Historical Memorials of Westminster Abbey. Vol. I. & II.* New York: Anson D.F. Randolph & Co.,1882.

Swaan, Wim. *Art & Architecture of the Late Middle Ages.* Ware: Omega Books,1982.

————. *The Gothic Cathedral.* New York: Park Lane,1984.

Tasker, Edward G. *Encyclopedia of Medieval Church Art.* London: B.T. Batsford,1993.

Thompson, Craig R. *The English Church in the Sixteenth Century.* Folger Books,1979.

Timpson, John. *Timpson's England: a look beyond the obvious.* Norwich: Jarrold Colour,1987.

Trevelyan, George M. *English Social History.* London: Longmans,1944.

Vale, Edmund. *Curiosities of Town and Countryside.* London: B.T. Batsford,1940.

Vince, John. *Discovering Saints in Britain.* Princes Risborough: Shire,1979.

Warner, G.T. & Marten, C.H.K. *The Groundwork of British History.* London:

Blackie,1932.

Watkin, David. *English Architecture: A concise history.* Norwich: Thames and Hudson,1979.

White, John T. *Country London.* London: Routledge & Kegan Paul,1984.

Winter, Gordon. *The Country Life Picture Book of Britain.* London: Country Life Books,1978.

Yarwood, Doreen. *Encyclopaedia of Architecture.* London: B.T. Batsford,1985.

─────────. *The Architecture of Europe.* London: Spring Books,1987.

Young, Elizabeth & Wayland. *London's Churches.* London: Grafton Books,1986.

2. 和書

石原孝哉・市川　仁・内田武彦　『イギリス大聖堂・歴史の旅』　丸善ブックス　2005。

今橋　朗・竹内謙太郎・越川弘英 監修　『キリスト教礼拝・礼拝学事典』　日本キリスト教団出版局　2006。

遠藤周作 編　『キリスト教ハンドブック』　三省堂　2006。

小笠原政敏　『教会史』(下)　日本基督教団出版局　1987。

岡田五作他キリスト教大事典編集委員会　『キリスト教大事典』　教文館　1981。

大野真弓　『イギリス史』山川出版　1965。

加藤憲市　『英米文学植物民俗誌』　冨山房　1984。

小嶋　潤　『イギリス教会史』(人間科学叢書　13)　刀水書房　1988。

小林珍雄 編　『キリスト教用語辞典』東京堂　1954。

定松　正・虎岩正純・蛭川久康・松村賢一 編　『イギリス文学地名事典』　研究社　1992。

茂泉昭男　『教会史』(上)　日本基督教団出版局　1988。

志子田光雄・富壽子　『イギリスの修道院──廃墟の美への招待』　研究社　2002。

芹沢　栄　『イギリスの表情』　開拓社　1972。

辻本敬子・ダーリング益代　『図説　ロマネスクの教会堂』　河出書房新社　2003。

土居光知・福原麟太郎・山本健吉 監修　『英語歳時記』I.～VI.巻　研究社　1970。

徳善義和・百瀬文晃 編　『カトリックとプロテスタント──どこが同じで、どこが違うか』教文館　2004。

飛田茂雄　『探検する英和辞典』　草思社　1994。

――――編　『現代英米情報辞典』　研究社出版　2000。

中川芳太郎　『英文學風物誌』　研究社　1977。

半田元夫・今野国雄　『キリスト教史』　山川出版　1977。

宮越俊光　『早わかりキリスト教』　日本実業出版社　2005。

八代　崇 編　『英国の心棒』　聖公会出版　1988。

山我哲雄 編著　『図解　これだけは知っておきたいキリスト教』　洋泉社　2008。

山形孝夫　『図説　聖書物語　旧約篇』　河出書房新社　2001。

F. ジェイムズ（山本七平 訳）　『旧約聖書の人々』I.　山本書店　1935。

G. ハインツ・モーア（野村太郎・小林頼子 監訳）　『西洋シンボル事典――キリスト
　教美術の記号とイメージ』　八坂書房　2007。

サムエル・テリエン（小林 宏・船本弘毅 訳）　『聖書の歴史』　創元社　2005。

ジョアン・コメイ（関谷定夫 監訳）　『旧約聖書人名事典』　東洋書林　1996。

ジョン・A. ハードン編著（浜 寛五郎 訳）　『カトリック小事典』　エンデルレ書店
　　1986。

ジョン・ボウカー編著（荒井献・池田裕・井谷嘉男 監訳）　『聖書百科全書』　三省堂
　　2000。

ニコラス・ペヴスナー他（鈴木博之 監訳）　『世界建築事典』　鹿島出版会　1984。

ニコル・ルメートル・マリー＝テレーズ・カンソン・ヴェロニク・ソ（蔵持不三也 訳）
　　『キリスト教文化事典』　原書房　1998。

ノーバート・ショウナワー（三村浩史 監訳）　『世界のすまい6000年』③「西洋の都
　市住居」　彰国社　1985。

バリー・J. バイツェル 監修（船本弘毅 日本語版監修）　『地図と絵画で読む聖書大
　百科』　創元社　2008。

ハンス・ヤンツェン（前川道郎 訳）　『ゴシックの芸術―大聖堂の形と空間―』　中
　央公論美術出版　1999。

ヒュー・ブラウン（小野悦子 訳）　『英国建築物語』　昌文社　1983。

ピーター・カルヴォコレッシ（佐柳文男 訳）　『聖書人名事典』　教文館　2005。

P. ディンツェルバッハー・J.L. ホッグ 編（朝倉文市 監訳）　『修道院文化史事典』
　　八坂書房　2008。

Select Bibliography

ビル・ライズベロ（下村純一・村田 宏 共訳）『図説西洋建築物語』 グラフ社
　　1982。

ペトロ・ネメシェギ 『増訂　父と子と聖霊――三位一体論』 南窓社　1993。

ホセ・ヨンパルト 『カトリックとプロテスタント――どのように違うか――』
　　中央出版社　1988。

マーガレット＆アレクサンダー・ポーター（宮内 惣 訳）『絵で見るイギリス人の
　　住まい』（1－ハウス、2－インテリア）　相模書房　1984。

M. H. ヴィケール（朝倉文市 監訳）『中世修道院の世界――使徒の摸倣者たち』
　　八坂書房　2004。

ロナルド・ブラウンリッグ（別宮貞徳 監訳）『新約聖書人名事典』 東洋書林
　　1995。

『日本の窓』 淡交社　1997。

『まど―日本のかたち―』 板硝子協会　1997。

『旅の世界史』（1. 教会と寺院の見方） 朝日新聞社　1991。
　　　　　　　（6. 城郭都市） 朝日新聞社　1992。
　　　　　　　（8. 広場物語） 朝日新聞社　1992。

『ヨーロッパの文様事典』 視覚デザイン研究所 編　2000。

3. ガイドブック類

Cambridge: The City and the Colleges. London: Pitkin Pictorials,1974.

A Jarrold Guide to the University City of Cambridge. Norwich: Jarrold,1992.

4. 案内図典類

Book of British Villages. London: Drive,1980.

Book of Country Walks. London: Drive,1979.

Book of the British Countryside. London: Drive,1973.

Hand-Picked Tours in Britain. London: Drive,1977.

Illustrated Guide to Britain. London: Drive,1977.

Illustrated Guide to Country Towns and Villages of Britain. London: Drive,1985.

Treasures of Britain. London: Drive,1968.

5. 写真やイラストを掲載している辞事典類

The American Heritage Dictionary of the English Language. American Heritage,1973.

Dictionary of Britain. OUP,1976.

Dictionary of Ornament. (by Lewis, Philippa & Darley, Gillian) Pantheon Books,1986.

The English Duden: A Pictorial Dictionary. Bibliographisches Institute,1960.

A Glossary of Architecture. (by John Henry Parker. 2 vols.) Charles Tilt. 1840.

The Golden Book Illustrated Dictionary. 6 vols. Golden Press,1961.

Illustrated Dictionary of Historic Architecture. (Cyril M. Harris(ed.)) Dover,1977.

I·See·All: The Pictorial Dictionary. 5 vols.(Arthur Mee(ed.)) London: The Educational Book.

Longman Dictionary of Contemporary English. Longman,1978.

Longman Dictionary of English Language and Culture. Longman,1992.

Longman Lexicon of Contemporary English. Longman,1981.

Longman New Universal Dictionary. Longman,1982.

The New Oxford Illustrated Dictionary. OUP,1978.

Oxford Children's Picture Dictionary. OUP,1981.

Oxford Elementary Learner's Dictionary of English. OUP,1981.

Oxford English Picture Dictionary. OUP,1977.

Oxford Illustrated Dictionary. OUP,1962.

Oxford Picture Dictionary of American English. OUP,1978.

Pictorial English Word-book. OUP,1967.

The Pocket Dictionary of Art Terms. John Murray,1980.

Room's Dictionary of Confusibles. Routledge & Kegan Paul,1979.

Room's Dictionary of Distinguishables. Routledge & Kegan Paul,1981.

Visual Dictionary. Time-Life Educated Systems,1982.

The Visual Dictionary of Buildings. London: Dorling Kindersley,1992.

What's What: A Visual Glossary of the Physical World. (ed. Bragonier, Reginald, Jr. & Fisher, David) Ballantine Books,1981.

索 引 (Index)

【A】

abbaye →abbey ⋯⋯⋯⋯⋯⋯ 546

abbess →abbey ⋯⋯⋯⋯⋯⋯ 547

abbey ⋯⋯⋯⋯⋯⋯⋯⋯⋯⋯ 546

abbey church →monastic church

⋯⋯⋯⋯⋯⋯⋯⋯⋯⋯⋯⋯ 571

abbot

→abbey ⋯⋯⋯⋯⋯⋯⋯ 547

→monastic church ⋯⋯⋯⋯ 571

advowson →parish church ⋯⋯ 511

affusion →font ⋯⋯⋯⋯⋯ 35

aisle ⋯⋯⋯⋯⋯⋯⋯⋯⋯⋯⋯ 79

→cruciform church ⋯⋯⋯⋯ 24

aisle roof →clerestory ⋯⋯⋯ 43

aisle window ⋯⋯⋯⋯⋯⋯⋯ 84

almarie →ambry ⋯⋯⋯⋯⋯ 139

almary →ambry ⋯⋯⋯⋯⋯ 139

almery →ambry ⋯⋯⋯⋯⋯ 139

almonarium →monastic buildings

⋯⋯⋯⋯⋯⋯⋯⋯⋯⋯⋯⋯ 553

almonry →monastic buildings ⋯ 553

alms basin →offertory box[chest]

⋯⋯⋯⋯⋯⋯⋯⋯⋯⋯⋯ 342

alms box →offertory box[chest]

⋯⋯⋯⋯⋯⋯⋯⋯⋯⋯⋯ 342

alms chest →offertory box[chest]

⋯⋯⋯⋯⋯⋯⋯⋯⋯⋯⋯ 342

almshouse ⋯⋯⋯⋯⋯⋯⋯⋯ 555

→God's house ⋯⋯⋯⋯⋯ 451

altar ⋯⋯⋯⋯⋯⋯⋯⋯⋯⋯⋯ 149

→cruciform church ⋯⋯⋯⋯ 24

→gravestone ⋯⋯⋯⋯⋯⋯ 469

altar canopy ⋯⋯⋯⋯⋯⋯⋯ 157

altar(-)cloth →altar ⋯⋯⋯ 150

altar cross →altar ⋯⋯⋯⋯ 150

altar curtain ⋯⋯⋯⋯⋯⋯⋯ 158

altar cushion ⋯⋯⋯⋯⋯⋯⋯ 159

altar facing →altar ⋯⋯⋯⋯ 150

altar front →altar ⋯⋯⋯⋯ 150

altar frontal →altar ⋯⋯⋯⋯ 150

altar hangings →altar ⋯⋯⋯ 150

altar lights ⋯⋯⋯⋯⋯⋯⋯⋯ 160

altar linen →altar ⋯⋯⋯⋯ 150

altarpiece ⋯⋯⋯⋯⋯⋯⋯⋯ 161

→altarpiece ⋯⋯⋯⋯⋯⋯ 162

altar(-)rail ⋯⋯⋯⋯⋯⋯⋯⋯ 166

altar railing(s) →altar(-)rail⋯⋯ 166

altar rails →altar(-)rail ⋯⋯⋯ 166

altar screen →reredos ⋯⋯⋯ 163

altar slab →altar ⋯⋯⋯⋯⋯ 150

altar step(s)

→altar ⋯⋯⋯⋯⋯⋯⋯⋯ 150

→gravestone ⋯⋯⋯⋯⋯⋯ 469

altar stone →altar ⋯⋯⋯⋯ 150

altar table →altar ⋯⋯⋯⋯ 150

altar tomb ⋯⋯⋯⋯⋯⋯⋯⋯ 211

ambo ⋯⋯⋯⋯⋯⋯⋯⋯⋯⋯ 75

ambon ·········· 75

ambry ·········· 139

ambry lamp →ambry ·········· 139

ambulatory ·········· 128

anchoret →monastery ·········· 541

anchorite →monastery ·········· 541

angle buttress ·········· 365

Anglican Church

    →change (-) ringing ·········· 358

    →choir school ·········· 118

    →parish church ·········· 510

Anglo-Saxon style

    →Gothic style ·········· 578

    →lesene ·········· 270

Anglo-Saxson church ·········· 604

annulated column →shaft ring ·· 276

annulet →shaft ring ·········· 276

anointing →consecration cross 426

antependium →altar ·········· 150

applied column →engaged column

·········· 256

apse ·········· 125

apse aisle →ambulatory ·········· 128

apse chapel →chapel ·········· 181

apsidal →apse ·········· 125

apsis ·········· 125

arborvitae

    →graveyard evergreen ·········· 493

    →tree of life ·········· 494

arcade →nave arcade ·········· 41

arcature →Gothic style ·········· 578

arc-boutant →flying buttress ··· 368

archbishop →parish church ······ 511

arch (-) buttress →flying buttress 368

archivolt ·········· 335

attached column →engaged column

·········· 256

Augustinian Order

    →monastic orders ·········· 575

Augustinians →monastic orders ··· 575

aumbry ·········· 139

【B】

ballflower ·········· 595

banded column ·········· 250

banns [bans] of marriage

    →church porch ·········· 323

baptism

    →ambry ·········· 139

    →baptistery ·········· 38

    →font ·········· 34

baptismal font ·········· 34

baptismal shell →font ·········· 36

baptismal water →font ·········· 36

baptistery ·········· 38

baptistry ·········· 38

barley-sugar column

    →twisted column ·········· 257

Baroque

    →banded column ·········· 250

    →twisted column ·········· 257

barrel roof →barrel vault ·········· 280

barrel vault	280	bench-end →pew	58
base →column	244	bench seat →pew	57
basilica		Benedictine Order	
→Anglo-Saxson church	604	→Dissolution of the Monasteries	
→tribune	51		552
basilican church		→monastic orders	574
→ambo	75	Benedictines →monastic orders	574
→apse	125	bénitier →stoup	39
→cruciform church	25	bier →lich(-)gate	436
→tribune	51	bishop →parish church	510
bay	283	bishop's throne	
belfry	344	→Cathedra[cathedra]	514
belfry window	347	black and white diamonds	55
bell cot	348	Black Death →Perpendicular style	
bellcote	348		591
bell floor	420	Black Friars →monastic orders	576
→belfry	344	Black Monk →monastic orders	574
bell gable	349	blank arcade →Gothic style	578
bellhouse	352	Blessed Sacrament →ambry	139
bell louver →belfry window	347	blind arcade →Gothic style	578
bell-mouth →church bell	353	blind-story →triforium	52
bellringer	355	boneyard	457
bell-room →belfry	344	boss	294
bell rope		bow →flying buttress	368
→bell cot	348	box pew	61
→carillon	356	bracket →misericord	120
→church bell	353	brass	
bell stage	420	→brass memorial	224
→belfry	344	→gravestone	469
bell tower	352	brass memorial	224
bell turret	350	bridge chapel →chapel bridge	192

– 639 –

broach →broach spire ·········· 407	Carthusians →monastic orders ··· 576
broached spire ····················· 407	cartouch → (mural) tablet ······ 226
broach spire ························ 407	cartouche → (mural) tablet ····· 226
Broad Church ······················ 518	catacomb ···························· 205
Broad (-) Churchman	→altar ························ 149
→Broad Church ············· 519	→crypt ······················· 203
burial at crossroads	catechumen →narthex ··········· 41
→crossroads burial ·········· 465	Cathedra [cathedra] ················ 514
burial (-) ground ···················· 493	cathedral chapter →chapter house
burial mound →grave ··········· 458	···························· 560
burial place →burial (-) ground ··· 493	cathedral church
burial service →graveside ······ 466	→Cathedra [cathedra] ········ 515
burial vault →vault················ 207	Catherine wheel →wheel window
burying (-) ground ··················· 493	···························· 403
burying place →burial (-) ground 493	Catherine-wheel window
buttress ···························· 362	→wheel window ············· 403
buttress pier →buttress··········· 362	cell
	→priory ······················ 549
【C】	→rib vault ···················· 303
	Celtic cross ························ 499
campanile ·························· 351	Celtic headstone →Celtic cross··· 499
canon →collegiate church ······ 516	cemetery ··························· 453
canonical hour (s) →monastery··· 542	→mortuary chapel ··········· 200
canon's stall →choir stall ········ 118	cemetery garth →cemetery ······ 457
canopy →pulpit ···················· 70	cemetery wall →cemetery ······ 453
capital →column···················· 244	cenotaph···························· 214
carillon ···························· 356	censer ······························ 169
Carmelites →monastic orders ··· 576	centering
carrel →cloister ···················· 564	→flying buttress ············· 368
carrell →cloister···················· 564	→rib vault ··················· 303
Carthusian Order	central aisle →nave ·············· 28
→monastic orders··········· 576	

central tower ························· 377	chest tomb →tomb chest ········ 230
→crossing ····················· 91	chevet ····························· 130
→monastic church ··········· 571	chevron moulding (s) ············· 598
centre aisle →nave ················· 28	→chancel (-) arch ············· 95
chancel ····························· 93	choir ······························· 113
→gravestone ···················· 469	choir aisle →aisle ················ 79
chancel aisle →aisle ············· 79	choirboy ···························· 116
chancel (-) arch ····················· 95	choir gallery →gallery ············ 47
→rood (-) screen ············· 102	choirmaster →choirboy ········· 116
chancel archway →chancel (-) arch	choir member →choirboy········· 116
····································· 95	choir school ······················· 118
chancel (-) screen ··················· 98	choir screen →chancel (-) screen 98
chancel (-) step (s) ··················· 97	choir stall ·························· 118
→pulpit ······················ 69	chorister →choirboy ············· 116
change (-) ringing ·················· 358	chrism →consecration cross ··· 426
chantry →chantry chapel ········ 189	church ale
chantry bridge →chantry chapel 190	→churchwarden ·············· 529
chantry chapel ····················· 189	→village church ·············· 524
chapel ····························· 179	church and chapel →chapel ····· 187
chapel bridge ······················ 192	church architectural style ········ 578
chapel of ease ····················· 195	church bell ························· 353
chapel royal ······················· 195	church built in the form [shape] of
chapter	a cross →cruciform church 24
→chapter house ············· 559	church chest ······················· 33
→collegiate church ··········· 516	church choir →choir ············· 115
chapter house ····················· 559	church clock ······················· 383
→cemetery ·················· 457	church door ························· 318
charnel ····························· 206	→cruciform church ··········· 24
charnel (-) house ··················· 206	→gravestone ··················· 469
chauntry →chantry chapel ····· 189	church gate ························· 434
chauntry chapel····················· 189	churchgoer ························· 532

− 641 −

churchgoing　→churchgoer ⋯⋯ 532

church-hatch　→church gate ⋯⋯ 434

Church in Wales　→parish church

⋯⋯⋯⋯⋯⋯⋯⋯⋯⋯⋯⋯⋯⋯⋯ 510

churchman⋯⋯⋯⋯⋯⋯⋯⋯⋯⋯ 533

Church of England　→parish church

⋯⋯⋯⋯⋯⋯⋯⋯⋯⋯⋯⋯⋯⋯⋯ 510

Church of Ireland　→parish church

⋯⋯⋯⋯⋯⋯⋯⋯⋯⋯⋯⋯⋯⋯⋯ 510

Church of Scotland　→parish church

⋯⋯⋯⋯⋯⋯⋯⋯⋯⋯⋯⋯⋯⋯⋯ 510

church path ⋯⋯⋯⋯⋯⋯⋯⋯ 441

church plate　→church chest⋯⋯ 33

church porch ⋯⋯⋯⋯⋯⋯⋯⋯ 323

church portal⋯⋯⋯⋯⋯⋯⋯⋯⋯ 318

church reeve

→churchwarden ⋯⋯⋯⋯ 529

→parishioner⋯⋯⋯⋯⋯⋯⋯ 528

church tower ⋯⋯⋯⋯⋯⋯⋯⋯ 374

church wall ⋯⋯⋯⋯⋯⋯⋯⋯ 440

churchwarden ⋯⋯⋯⋯⋯⋯⋯ 529

→church chest ⋯⋯⋯⋯⋯ 33

church-way　→church path ⋯⋯ 441

churchwoman　→churchman ⋯ 533

churchyard⋯⋯⋯⋯⋯⋯⋯⋯⋯⋯ 430

churchyard cross ⋯⋯⋯⋯⋯⋯ 501

churchyard gate ⋯⋯⋯⋯⋯⋯ 433

churchyard wall⋯⋯⋯⋯⋯⋯⋯⋯ 438

cincture　→shaft ring ⋯⋯⋯⋯ 276

circular church　→round church 601

circular pier ⋯⋯⋯⋯⋯⋯⋯⋯⋯ 265

Cistercian Order

→Dissolution of the Monasteries

⋯⋯⋯⋯⋯⋯⋯⋯⋯⋯⋯⋯⋯⋯⋯ 552

→Gothic style ⋯⋯⋯⋯⋯ 579

→monastic orders⋯⋯⋯⋯⋯ 575

Cistercians　→monastic orders ⋯ 575

clapper　→church bell ⋯⋯⋯ 353

clasping buttress ⋯⋯⋯⋯⋯⋯ 365

clearstory ⋯⋯⋯⋯⋯⋯⋯⋯ 43

clearstory passage ⋯⋯⋯⋯⋯ 46

clearstory window⋯⋯⋯⋯⋯⋯ 46

clerestory ⋯⋯⋯⋯⋯⋯⋯⋯ 43

clerestory passage ⋯⋯⋯⋯⋯ 46

clerestory window⋯⋯⋯⋯⋯⋯ 46

cloister ⋯⋯⋯⋯⋯⋯⋯⋯ 564

cloister-garth　→cloister⋯⋯⋯⋯ 564

cloisters　→cloister⋯⋯⋯⋯⋯⋯ 564

close ⋯⋯⋯⋯⋯⋯⋯⋯ 444

Cluniac Order　→monastic orders

⋯⋯⋯⋯⋯⋯⋯⋯⋯⋯⋯⋯⋯⋯⋯ 576

Cluniacs　→monastic orders ⋯⋯ 576

clustered column ⋯⋯⋯⋯⋯⋯ 251

clustered pier⋯⋯⋯⋯⋯⋯⋯⋯ 265

clustered pillar ⋯⋯⋯⋯⋯⋯ 243

coffin rest　→lich (-) gate ⋯⋯ 435

coffin table　→lich (-) gate ⋯⋯ 435

collection　→sidesman ⋯⋯⋯⋯ 530

collegiate church ⋯⋯⋯⋯⋯⋯ 516

colonette⋯⋯⋯⋯⋯⋯⋯⋯⋯⋯ 254

colonnade ⋯⋯⋯⋯⋯⋯⋯⋯ 253

colonnette ⋯⋯⋯⋯⋯⋯⋯⋯ 254

colossal order →giant order ····· 269
column ···································· 244
column figure →jamb figure····· 337
communion bell························ 360
Communion bread
　　→Easter sepulchre ············ 141
communion(-)rail(s) →altar(-)rail
　　···································· 166
communion table →altar ········ 149
Complines →monastery ········ 542
compound column ················· 251
compound pier ···················· 265
compound pillar···················· 243
conch[concha] ···················· 131
confession →confessional········ 86
confessional ························ 86
confessor →confessional ········ 86
confirmation →ambry ············ 139
congregation ······················ 530
　　→pew ···························· 57
consecrated water →font ········ 34
consecration
　　→consecration cross ········ 426
　　→credence···················· 171
consecration cross ················ 426
convent
　　→cloister ······················ 570
　　→monastery ·················· 541
corbel →vault springing ········ 313
corbel figure →vault springing··· 313
corbel ring →shaft ring ············ 276

corbel table →vault springing ··· 313
corporal →altar ···················· 150
corpse-gate →lich(-)gate ········ 435
cradle roof →barrel vault ········ 280
cradle vault →barrel vault········ 280
credence··························· 171
credence table →credence ····· 171
cremation →lich(-)gate············ 435
crenelated[crenellated] moulding(s)
　　···································· 599
criminal →gravestone ············ 469
crocket[crochet] ·················· 596
cross-aisle →transept·············· 88
cross and altar →altar ············ 152
crossing ···························· 91
cross in the churchyard
　　→churchyard cross ············ 501
crossroads burial ·················· 465
cross-shaped church
　　→cruciform church ············ 24
cross vault ·························· 286
crucifix →altar ···················· 150
crucifix and altar →altar ········ 152
cruciform church ·················· 24
crypt ······························· 203
cubicle →monastic buildings ··· 553
curate
　　→parish church················· 511
　　→vicarage ···················· 535
cusp································· 597
cylindrical pier →circular pier ··· 265

－ 643 －

【D】

dancette　→chevron moulding(s)
　　　　　　　　　　　　　　　　598

Day of Judgement[Judgment]
　　　→chancel(-)arch　　　95
　　　→gravestone　　　　　469
dean　→chapter house　　　560
Decorated style　　　　　　588
　　　→boss　　　　　　　　294
　　　→buttress　　　　　　362
　　　→flying buttress　　　368
　　　→parapet spire　　　　411
　　　→pinnacled buttress　　371
　　　→roof　　　　　　　　394
　　　→spire　　　　　　　404
dedication　→consecration cross　426
demi-column　→half column　257
diagonal buttress　　　　　366
diagonal rib　　　　　　　298
diocese　→parish church　　511
diptych　→altarpiece　　　162
Dissolution of the Monasteries　551
　　　→roof　　　　　　　　394
dogtooth moulding(s)　　　600
Dominican Order　→monastic orders
　　　　　　　　　　　　　　　　576
Dominicans　→monastic orders　576
Doom painting　→chancel(-)arch　95
Doomsday　→chancel(-)arch　95
door jamb　→jamb figure　337

dormitory　→monastic buildings　552
dorsal　→altar curtain　　　158
dorter　→monastic buildings　552
dossal　→altar curtain　　　158

【E】

eagle　→lectern　　　　　　76
Early Christian basilica
　　　→cruciform church　　25
Early Christian church
　　　→ambo　　　　　　　75
　　　→apse　　　　　　　125
　　　→narthex　　　　　　41
　　　→round church　　　601
Early English style　　　　585
　　　→buttress　　　　　　362
early Gothic architecture　→apse　125
earth burial
　　　→gravestone　　　　　469
　　　→headstone　　　　　481
　　　→lich(-)gate　　　　435
Easter sepulchre　　　　　141
east window　　　　　　　132
effigy　　　　　　　　　　216
Elevation of the Host
　　　→hagioscope　　　　105
　　　→low-side window　　106
　　　→sanctus(-)bell　　　358
embattled moulding(s)　　599
embrasure of the door[porch; portal]
　　　　　　　　　　　　　　　　337

－ 644 －

engaged column ·················· 256

Episcopal Church →parish church

··· 510

episcopi →parish church ········ 510

Epistle

→ambo ························· 75

→lectern ···················· 76

epitaph ······························· 473

Established Church →parish church

··· 510

eternal home ····················· 467

Eucharist

→altar························· 149

→tabernacle ················ 141

Eucharistic table →altar ········ 149

executed criminal

→crossroads burial ············ 465

exedra →ambo ···················· 75

extrados →archivolt ············· 336

【F】

family grave →grave ············· 458

family headstone ················· 483

family pew ·························· 63

family tomb →grave ············· 458

fan ································ 291

fan ceiling →fan vault ··········· 289

fane ································ 522

fan roof →fan vault················ 289

fan tracery →fan ··············· 291

fantracery vaulting →fan vault ··· 289

fan vault ··························· 289

fan-vaulted ceiling →fan vault ··· 289

fan-vaulted roof →fan vault ····· 289

fan vaulting →fan vault ··········· 289

fanwork →fan ···················· 291

farmery →monastic buildings ··· 553

flat ceiling →roof ················ 394

flat gravestone →gravestone ··· 469

(flat) slab →gravestone ········ 470

flèche ····························· 409

flock →congregation ············· 530

fluted column →fluting ··········· 261

fluted pilaster →fluting ··········· 261

fluting ····························· 261

flying (-) buttress ················· 368

font ································ 34

→stoup ······················ 39

font canopy →font ··············· 36

font cover →font··················· 36

footstone →headstone ··········· 481

footstool →hassock ············· 65

fossor →gravedigger··············· 506

Franciscan Order →monastic orders

··· 576

Franciscans →monastic orders··· 576

frater →monastic buildings ····· 553

Free Church ······················· 519

freestanding bell-tower →campanile

··· 351

Friars →monastic orders ········ 575

Friars Major →monastic orders··· 576

- 645 -

Friars Minor →monastic orders 576

funeral monument······················· 208

funeral sculpture ······················· 220

funereal monument ····················· 208

funereal sculpture ····················· 220

【G】

gallery ······································ 47

gargoyle ····································· 389

gatehouse →monastic buildings 553

giant order ································· 269

girdle →shaft ring ····················· 276

God's acre ································· 450

God's holy house ····················· 451

God's house ····························· 451

Gospel

　　→ambo ····························· 75

　　→lectern ··························· 76

gospel side →ambo ··············· 75

Gothic Revival

　　→fan vault ························· 290

　　→gargoyle ························· 389

　　→lich (-) gate ····················· 435

　　→vault ····························· 278

Gothic style ····························· 578

　　→boss······························· 294

　　→buttress ··························· 362

　　→central tower ···················· 377

　　→chapel ····························· 181

　　→clustered [compound] pillar

　　·· 243

→cross vault ····················· 286

→fan vault ······················· 289

→flèche ··························· 409

→flying buttress ··············· 368

→gargoyle ······················· 389

→lierne vault ···················· 306

→parapet spire ················· 411

→pier ····························· 262

→pinnacle ······················· 372

→pinnacled buttress··········· 371

→poppyhead ····················· 66

→radiating chapels ··········· 202

→rib ······························· 291

→roof ····························· 394

→rose····························· 398

→shaft ring ····················· 276

→spire ··························· 404

→tabernacle ····················· 143

→trumeau ························· 338

→tympanum ····················· 332

→vault springing ··············· 313

grave ······································· 458

gravedigger ····························· 506

grave-maker →gravedigger ······ 506

grave mound →grave ··········· 458

graveside ································· 466

graveside service →graveside ··· 466

gravestone ······························· 469

graveyard ································· 491

graveyard evergreen··················· 493

graveyard interment →graveyard

－ 646 －

```
                                    491      hic jacet ······························ 479
graveyard tree   →yew (tree) ····· 495      high altar  ···························· 172
graveyard wall  ························ 497      High Anglicanism   →High Church
Greek-cross plan                                      ································ 518
    →cruciform church ··········· 25      High Church ·························· 517
Greek Revival   →sarcophagus ··· 229      High-Church Anglicanism
Grey Friars   →monastic orders··· 576          →spiky ························· 520
griffin  →misericord ·············· 121      High-Churchism  →spiky ········· 520
groin ······························· 288      High(-)Churchman  →High Church
groined rib  →rib ················· 291          ································ 518
groin(ed) vault  →cross vault ··· 286      High-Churchmanism  →spiky ··· 520
groining  →groin····················· 288      High-Churchmanship  →spiky ··· 520
groin rib ····························· 299      HJ  →hic jacet ······················ 479
guest house   →monastic buildings          Holbein, Hans  →memento mori··· 485
    ································· 552      holly  →graveyard evergreen  ··· 493
guild chapel ························· 196      holly oak   →graveyard evergreen 493
guild church  →guild chapel ····· 197      holm oak   →graveyard evergreen 493
gurgoyle ····························· 389      (Holy) Communion
                                                  →altar···························· 149
            【H】                                 →altar(-)rail ················· 166
                                                  →Cathedra[cathedra] ········ 514
hagioscope ···························· 104          →communion bell············· 360
half(-)column  ····················· 257          →tabernacle ·················· 142
half-pier  →respond  ············· 267      (Holy) Mass  →altar(-)rail ····· 166
hall(-)church ························ 601      holy oil  →ambry  ·············· 139
handbell ···························· 360      Holy Sacrament  →ambry ········ 139
hassock ····························   63      Holy Sepulchre ···················· 235
headstone  ························· 481      holy table  →altar  ············· 149
    →gravestone ··················· 469      holy water
Henry VIII   →Dissolution of the              →font ······················   34
    Monasteries  ················ 551          →stoup ·····················   39
hermit  →monastery ············· 541

                            - 647 -
```

holy (-) water stone　→stoup ····· 39
holy (-) water stoop　→stoup ····· 39
hospital　→God's house ··········· 451
Host
　　→Easter sepulchre ·········· 141
　　→tabernacle ················ 142
house of God ·················· 451

【I】

icon　→tabernacle ·············· 143
iconoclast　→chancel (-) arch ····· 95
ilex　→graveyard evergreen ····· 493
immersion
　　→baptistery ················ 39
　　→font ···················· 35
impediment　→church porch····· 323
incense (-) boat　→incense burner 171
incense burner ················ 171
indented moulding (s) ··········· 599
infant baptism　→font ··········· 35
infirmarer　→monastic buildings 553
infirmary　→monastic buildings 553
infusion　→font ················ 35
interlacing arcade　→Gothic style 578
intersecting arcade　→Gothic style
　················· 578
intersecting vault　→cross vault 286
intrados　→archivolt ············ 336

【J】

jamb figure················· 337

jamb shaft　→jamb figure ········· 337
Jerusalem　→cruciform church··· 24
jube　→rood (-) screen············· 103

【K】

kirk ························· 520
kirkwarden··················· 530
kirkyard ····················· 452
kneeler　→hassock ·············· 63
kneeling-cushion　→hassock····· 63
Knights Hospitallers
　　→monastic orders············ 576
　　→round church··············· 601
Knights of (the Hospital of) St. John
　of Jerusalem　→monastic orders
　························· 576
Knights of the Temple of Solomon
　　→monastic orders············ 576
Knights Templars
　　→monastic orders············ 576
　　→round church··············· 601

【L】

labyrinth　→maze ·············· 54
Lady Chapel ·················· 197
　　→wheel window ············· 403
lancet arch　→Early English style
　························· 586
Lancet style　→Early English style
　························· 585
lantern cross　→churchyard cross

－ 648 －

.... 501

lantern tower　→central tower　··· 377

last home　························· 467

latest home　→long home　········ 467

Latin-cross plan　→cruciform church

.... 25

latrines　→monastic buildings　··· 553

Lauds　→monastery　············· 542

lead sheet　→roof　············ 394

Leaning Tower of Pisa　→campanile

.... 351

lectern〔lecturn〕　····················· 76

ledger stone　→memorial slab　··· 222

leper's squint　→low-side window 106

leper window　→low-side window 106

lesene ·································· 270

lettern································· 76

lich(-)gate ···························· 435

lierne　→lierne vault　············· 306

lierne rib　→lierne vault　··········· 306

lierne vault ··························· 306

lintel　→Gothic style　············· 578

liturgical colour　→altar　··········· 150

long home ····························· 467

longitudinal ridge rib　→ridge rib 300

Low Church ·························· 519

Low(-)Churchman　→Low Church

.... 519

low-side window　··············· 106

lych(-)gate ························· 435

lych stone　→lich(-)gate　········ 435

【M】

mace　→verger　····················· 507

main altar　→high altar　············· 172

Maison-Dieu　→God's house ····· 451

Maltese cross　→consecration cross

.... 426

manse　→vicarage　················· 535

marigold window　→wheel window

.... 403

marriage-register　→parish register

.... 523

mass-bell　→sanctus(-)bell　····· 358

Matins　→monastery　············· 542

Mattins　→monastery············· 542

maze ·································· 54

memento mori　···················· 484

memento vivere　→memento mori

.... 486

memorial slab　····················· 222

memorial tablet　→(mural)tablet 226

mensa　→altar　····················· 150

middle aisle　→nave　············· 28

Military Order of Malta

→consecration cross　········ 426

minster ···························· 521

minster-clock ······················ 386

miserere　→misericord　··········· 120

misericord ·························· 120

monastery ·························· 541

→cloister　····················· 570

－ 649 －

monastic buildings ·············· 552

monastic chapter →chapter house

·································· 560

monastic church ················ 571

→minster ················ 521

monasticism →monastery ······ 541

monastic life →monastery ······ 541

monastic orders··················· 574

monastic rule →monastery ······ 541

monk

→monastery ·················· 541

→monastic church ·········· 571

monument ················ 208

monumental brass················· 224

monumental effigy ·············· 216

monumental sculpture

→funeral[funereal] sculpture 220

mortuary chapel ·················· 200

moulded rib →rib ············· 291

mound →grave ·················· 458

mural ············· 56

mural painting ···················· 56

(mural) tablet ·············· 226

【N】

narthex ················ 41

nave················ 28

→cruciform church ··········· 24

nave aisle →aisle ················ 79

nave altar →side altar ··········· 177

nave arcade ·················· 41

nave pier································ 266

needle spire ················ 413

night song →monastery ········ 542

night stair →monastic buildings 553

non-Anglican →chapel ··········· 187

Nonconformist →chapel ········ 187

Nones →monastery ·············· 542

Norman style

→apse················ 125

→barrel vault···················· 280

→buttress ···················· 362

→chancel(-)arch ·············· 95

→Gothic style ················ 578

→pier ···················· 262

→radiating chapels ··········· 202

→shaft ring ················ 276

→spire ················ 404

→tympanum ···················· 332

Norman vault →rib ············· 291

north door

→gravestone ················ 469

→south door ················ 328

N.S.[NS] →epitaph ············· 474

nun →monastery ················ 541

nunnery →monastery ············ 541

【O】

Octagon →central tower ········ 377

octagonal spire with flying buttresses

·································· 413

octagonal spire with pinnacles······ 415

－ 650 －

offertory box	342	parish priest	
offertory chest	342	→parish church	511
offertory window	106	→parishioner	528
ogee arch →Decorated style	588	parish register	523
oratory bridge →chantry chapel	190	parlour	571
Order of Friars →monastic orders		parochial →parish	533
	575	parson →vicarage	535
organ →pulpitum	100	parsonage →vicarage	535
organ loft →gallery	47	parson's house →vicarage	535
organ-screen →pulpitum	100	partition →chancel(-)screen	98
orientation →cruciform church	24	parvis[parvise]	327
O.S.[OS] →epitaph	474	pediment →tympanum	334
Oxford Movement →High Church		pediment (of a tomb)	483
	518	pelican →lectern	76
		penitent	

【P】

		→confessional	86
pall →altar	150	→narthex	41
palm vaulting →fan vault	289	perclose	201
panel tracery →Perpendicular style		period of grace →churchyard	430
	591	Perpendicular style	591
paradise →parvis	328	→chapel royal	195
parallel walls →barrel vault	280	→fan vault	289
parapet spire	411	→parapet spire	411
parclose	201	→poppyhead	66
parish	533	pew	57
→parish church	511	pier	262
parish church	510	pier arch →pier	263
parish council →churchwarden	529	pier wall →pier	264
parish document →church chest	33	pilaster	267
parish incumbent →vicarage	535	pilaster mass →lesene	270
parishioner	528	pilaster(-)strip →lesene	270

－ 651 －

pillar	240	
pinnacle	371	
pinnacled buttress	371	
piscina	136	
plain shaft →fluting	261	
plinth →column	244	
pointed arch →Early English style		
	586	
pointed barrel vault	282	
polyptych →altarpiece	162	
poorhouse		
→almshouse	556	
→workhouse	558	
popish →rood (-) screen	102	
poppie →poppyhead	66	
poppy →poppyhead	66	
Poppy Day →wreath	238	
poppyhead	66	
portal jamb →jamb figure	337	
portrait effigy	216	
prayer →monastery	542	
preacher →pulpit	69	
preaching cross	498	
precinct(s)	449	
→close	444	
predella		
→altar	150	
→altarpiece	162	
presbyter →parish church	510	
Presbyterian Church		
→parish church	510	

presbytery	174
Prime →monastery	542
principal altar →high altar	172
prior →priory	549
prioress →priory	549
priory	549
private church →chapel	184
procession	
→censer	169
→shrine	237
province →parish church	510
pulpit	69
pulpit balustrade →pulpit	70
pulpit fall →pulpit	69
pulpit steps →pulpit	70
pulpitum	100

【Q】

quadrangle →cloister	564
quadrangular cloisters →cloister	564
quadripartite vault	311

【R】

radiating chapels	202
reading desk →lectern	76
Rectilinear style	
→Perpendicular style	591
rector	
→parish church	511
→parishioner	528
→vicarage	535

rectory →vicarage ·················· 535

refectory →monastic buildings··· 553

Reformation

　　→Perpendicular style ········ 592

　　→rood(-)screen ············· 102

reliquary →shrine ················· 237

Renaissance →banded column··· 250

reredorter →monastic buildings 553

reredos ··························· 163

respond ··························· 267

resting place ····················· 468

retable··························· 164

retrochoir ························· 176

revestry ·························· 109

rib ······························ 291

ribbed arch →rib ················· 291

(ribbed) tierceron vault ··········· 308

ribbed vault ····················· 303

rib vault ························· 303

rib vaulting →rib vault ··········· 303

riddel →altar curtain ············· 158

riddell →altar curtain ············ 158

riddle →altar curtain ············· 158

ridel →altar curtain ············· 158

ridge rib ························· 300

ringed column →banded column 250

ringer ···························· 355

ringers' floor →belfry ············ 344

ringing chamber →belfry ········ 344

ringing floor →belfry············· 344

Robert de Molesme

　→monastic orders·············· 575

Romanesque style

　　→Gothic style ············· 578

　　→pointed barrel vault ········ 282

　　→rose ·················· 398

　　→tribune ················· 49

　　→vault springing ············· 313

　　→wheel window ············· 403

rondpoint ························· 130

rood →rood(-)screen ············ 102

rood beam →rood(-)screen ······ 103

rood loft →rood(-)screen ········ 102

rood(-)screen ····················· 102

　　→chancel(-)arch ············· 95

rood spire →flèche ············· 409

rood stairs →rood(-)screen ······ 102

roof ····························· 394

rosace →rose ················· 398

rose ····························· 398

rosette →rose················· 398

rose window ····················· 398

round church···················· 601

royal chapel ····················· 195

Rule of St. Benedict →chapter house

································· 560

rusticated column →banded column

································· 250

【S】

sacrament

　→baptistery ···················· 38

→High Church ············· 517

→tabernacle ················ 142

sacrament of confirmation

→chancel(-)step(s) ··········· 97

sacring(-)bell →sanctus(-)bell ··· 358

sacrist ····························· 109

sacristan ···························· 109

→sexton ···················· 504

sacristy ···························· 107

Saint-Denis →Gothic style ······ 579

saints'(-)bell →sanctus(-)bell ··· 358

salomónica →twisted column ··· 257

sancte(-)bell →sanctus(-)bell ··· 358

sanctuary →presbytery··········· 174

sanctuary lamp →presbytery ··· 174

sanctus bell ···················· 358

→flèche ················· 409

sarcophagus ····················· 229

→catacomb ················ 205

saunce(-)bell →sanctus(-)bell ··· 358

sauncing(-)bell →sanctus(-)bell 358

sauncte(-)bell →sanctus(-)bell··· 358

Saxon church···················· 604

scot ale →village church ········ 524

scot-free →village church ········ 524

sedile →sedilia ················ 147

sedilia ····························· 147

semicylindrical vault →barrel vault

································· 280

sepulcher →sepulchre ·········· 233

sepulchral monument →monument

······························· 208

sepulchre ························· 233

sepulture →sepulchre ·········· 233

sermon →pulpit ················· 69

setback buttress ················ 366

severy →bay ··················· 283

sexpartite vault ················· 310

Sext →monastery ··············· 542

sexton ···························· 504

→sacristan ················· 109

shaft ····························· 271

→column ·················· 244

shaft ring ························ 276

shingle

→roof ···················· 394

→spire ··················· 404

shrine ···························· 235

shrine chapel →shrine ·········· 235

side aisle →aisle ··············· 79

side altar························· 177

side chapel →chapel ·········· 181

side panel →poppyhead ········ 66

sidesman ························· 530

→parishioner················ 528

siesta →monastery ············· 542

singing-gallery →gallery ········ 47

single bell ······················ 359

skull and crossbones

→memento mori ············· 485

slab

→gravestone ··············· 470

− 654 −

→memorial slab ·············· 222

soffit →archivolt····················· 336

Solomonic column →twisted column ······································ 257

Solomonic pillar →twisted column ······································ 257

sound hole →belfry window ····· 347

sound(ing) board →pulpit ······ 70

south door ···················· 328

south porch →south door ········ 328

spiky ························· 520

spiral column →twisted column 257

spire ························· 404

spirelet

→flèche ················· 409

→spire ················· 405

spire(-)steeple →steeple ········ 416

springer →vault springing ····· 313

squarson →vicarage ············· 535

squint

→hagioscope ················ 104

→low-side window ··········· 106

stall →choir stall···················· 118

standard →altar lights ············ 160

St. Anthony →monastery ········ 541

star vault······························ 309

statues of angels ················· 421

statues of apostles ················· 421

statues of saints ················· 421

St. Benedict →monastic orders 574

St. Bernard of Clairvaux

→monastic orders··············· 575

St. Dominic →monastic orders··· 575

steeple ················· 416

steeplejack ····················· 420

steeple stairs →steeple ············ 416

stellar vault····························· 309

St. Francis of Assisi

→monastic orders·············· 576

stocks

→churchwarden ············· 529

→churchyard wall············· 438

stoop ························· 39

stoup ························· 39

St. Pachomius →monastery ····· 541

subsellium →misericord ········ 120

suicide

→crossroads burial ··········· 465

→gravestone ···················· 469

sundial →south door ············· 328

superfrontal →altar ············· 150

surface rib →groin rib ·········· 299

【T】

tabernacle ····················· 141

tabernacle work →tabernacle ··· 143

tabernacling →tabernacle········ 143

tablet ························· 226

table tomb ··················· 213

Terce →monastery ············· 542

tester →pulpit···················· 70

Thompson, Robert →pew ········ 58

Three Persons →altar ············ 150

through(-stone) →gravestone ··· 470

thrughstane →gravestone ······ 470

thuja tree

    →graveyard evergreen········· 493

    →tree of life ···················· 494

thurible →censer ················· 169

tierceron································ 302

tierceron vault ···················· 308

tip-up seat →misericord ········· 120

tithe(s)

    →parish church··················· 511

    →parishioner···················· 528

tomb →grave ····················· 458

tomb chest ························· 230

tomb effigy·························· 216

tomb(-)slab ························ 222

tombstone ·························· 489

torso →twisted column ············ 257

tower crossing →crossing ······ 91

transept ···························· 88

→cruciform church ··············· 24

transept portal →church(-)door 318

transverse rib······················ 302

transverse ridge rib →transverse rib

······································· 302

tree of life ························· 493

    →graveyard evergreen········· 493

tree of (the) knowledge

    →tree of life ·················· 494

tribune ····························· 49

tribune gallery

    →gallery ························ 47

    →tribune ······················· 49

triforium ···························· 52

triforium arcade →triforium ······ 52

triforium passage →triforium ··· 52

triple portal →church(-)door ··· 318

triptych →altarpiece ············· 162

trumeau ···························· 338

tunnel vault ························ 280

twisted column ···················· 257

tympan ····························· 332

tympanum ·························· 332

【U】

undercroft ·························· 206

【V】

vane →weathercock ············· 386

Vasari, Giorgio →Gothic style 580

vault ························ 207、278

vaulted ceiling ···················· 278

    →vault ························ 278

vaulted roof ························ 278

    →vault ························ 278

vaulted work →vault ············· 278

vaulting →vault ················· 278

vaulting capital →vaulting shaft 311

vaulting pillar······················ 311

vaulting rib →rib ··············· 291

vaulting shaft ······················ 311

vault springing ·················· 313
verge →verger ·················· 507
verger ···························· 507
verger's wand →verger ········· 507
Vespers →monastery ·········· 542
vestibule →narthex ············· 41
vestment →church chest ······· 33
vestry ···························· 109
vestry-book →vestry ············· 110
vicar
　→parish church················ 511
　→vicarage ····················· 535
vicarage ·························· 535
village church ··················· 523
voussoir →rib vault ············· 303

[W]

wafer →tabernacle ·············· 142
wagonhead vault →barrel vault··· 280
wagon vault →barrel vault ····· 280
wall monument →monument ··· 208
wall painting ····················· 56
wall passage
　→clerestory passage ········ 46
　→triforium ···················· 52
waterspout →gargoyle ·········· 389
weathercock ······················ 386
weather vane ····················· 386
web →rib vault ··················· 303
webbing →rib vault ············· 303
webbing stone →rib vault ········ 303

weeper ···························· 231
weeper-figure····················· 231
weeping cross ··················· 503
west door ························· 339
　→rose···························· 398
west end doorway →west door 339
western tower →church tower··· 374
west gallery →gallery ············ 47
west tower →church tower ····· 374
wheel-headed cross →Celtic cross
··························· 499
wheel window ···················· 403
whipping post →churchwarden 529
White Friars →monastic orders 576
White Monk →monastic orders 575
wool church ······················ 526
workhouse ························ 557
wreath····························· 238
wreathed column ················· 259
wyvern →misericord ············· 121

[Y]

yew（tree）························· 494
　→graveyard evergreen········ 493

[Z]

zigzag moulding（s）·············· 598
　→chancel（-）arch ············· 95

あ と が き (Postface)

　本事典は、拙著『事典 英文学の背景——住宅・教会・橋』（平成2年度文部省「研究成果公開促進費」にて）（凱風社）の「教会」を基にし、加筆したというよりは、むしろ、25年の歳月を置いて、新たに最初から書き下ろしたという方が、当を得ているように思われる。

　例えば、解説文全体の分量は旧版の約3倍に達し、掲載する写真・図版の点数も優に3倍を越える約1,000点で、しかもそのほとんど全てが、新たに撮影し直した写真を採用する結果になった。

　訪れた大聖堂・教区教会・礼拝堂・共同墓地なども約130箇所に及ぶ。さらに、引用文に対しては、旧版には付けなかった和訳も添えてある。

Acknowledgements

　これは著者にとっては、所謂 'life's work' の3巻目になるが、それも今を去ること40数年前、私学連盟並びに成城学園高等学校より、在外研究としてイギリス留学を命ぜられたことに端を発している。大学卒業後教壇に立って未だ年数も経ていない著者に、その機会を与えて下さった当時の教務部長諸我丈吉氏（後に校長）へ、先ず感恩の意を表したい。

　総原稿量約1,000枚、図版約1,000点に及ぶ著者のライフワークが、こうして上梓出来たのは、偏に日外アソシエーツ株式会社社長の大高利夫氏のお蔭である。同社での前著4巻に引きつづいて、本事典の執筆に深いご理解を示され、激励に加うるに広範囲に互る貴重なご助言まで——本書のサブ・タイトルも氏のご発案による——下さった氏に、衷心より拝謝申し上げるものである。

　また、「文学の背景に関わる書」として、事典にして且つ辞典の性格をも併せ持つ本書の編集・制作をお引き受け下さった編集局長の山下 浩氏、並びに実際に編集に携わられた尾崎 稔氏にも、深く感謝申し上げるものである。尾崎氏の編集力の卓爾には三嘆させられたと同時に、氏の文学・文化研究へのご理解がなけ

れば、著者の意向もこのような形では実現されなかったと思われる。

　末筆乍ら、『イギリス紅茶事典』を以て、同社とのそもそもの機縁をつくって下さった編集局の青木竜馬氏にも、深謝申し上げるものである。

　さらに、改めて考えてみるに、仮に著者と同様の志を抱いて、外国へ赴き資料を収集し乍ら、震災に遭遇しそれを津波に流された人へ思いを馳せると、無事に一巻の書とすることが叶ったのも、本事典が「キリスト教に関する書」であることから神に対して、著者が仏教徒である故に仏に、感謝しなければと存ずる次第である。

　　　2017年1月15日

　　　　　　　　　　　　　　　　　　　　　　　　　　　三 谷 康 之

　　　写真・イラストについて（数字は掲載した写真・図版の通し番号を示す）

著者：1〜981のうち下記のものを除く全部、および口絵。

岡野昌雄 氏：453.

黒沢充夫 氏：981.

高橋威足 氏：27., 552.

平賀かおる 氏：75., 319.

他からの転載（詳細は参考書目を参照）

Art & Architecture of the Late Middle Ages.：514.

Bridges of Britain, The.：527.

Cathedrals, Abbeys, and Churches of England and Wales. Vol.I. & II.：390., 624.,
　865.

Encyclopaedia of Architecture.：481.

English Parish Churches.：95.

Glossary of Terms, A. Part I.：391., 926.

Gothic Art.：590.

Hamlet. (Annotated Shakespeare,The. Vol.III.)：855.

－ 659 －

History of Everyday Things in England, A. Vol.I. : 887., 888., 915.

Illustrated Dictionary of Histric Architecture. : 219., 278., 279., 377., 435., 526., 844.

I·See·All: Pictorial Dictionary, The. Vol.I. : 97., 349.

Lay of the Last Minstrel, The. (by W. Scott), Riverside Press, 1893. : 276.

Pickwick Papers, The. (*Oxford Illustrated Dickens,The.* OUP, 1948) : 854.

Through Ten English Counties. (by J.J. Hissey), Richard Bentley & Son, 1894. : 317.

Victorian Village, The. : 48.

パンフレット : 161., 162., 163., 218., 277., 318., 320., 322., 389., 811., 884., 885., 975.

(絵)はがき : 6., 9., 12., 13., 96., 111., 147., 173., 174., 186., 187., 195., 198., 206., 207., 230., 231., 242., 244., 249., 294., 308., 313., 315., 316., 321., 323., 327., 329., 507., 653., 654., 662., 665., 666., 667., 822., 823., 853., 881., 882., 904., 905., 918., 919., 936., 946., 951., 958., 959.

著者略歴

三谷 康之（みたに・やすゆき）

1941年生まれ。埼玉大学教養学部イギリス文化課程卒業。成城学園高等学校教諭、東洋女子短期大学英語英文科教授を経て、2002〜10年まで東洋学園大学現代経営学部教授。
1975〜76年まで成城学園在外研究にて、英文学の背景の研究調査のためイギリスおよびヨーロッパにてフィールド・ワーク。1994〜95年まで東洋学園在外研究にて、ケンブリッジ大学客員研究員。

主要著書
＜単著＞
『事典 英文学の背景──住宅・教会・橋』(1991年、凱風社)
『事典 英文学の背景──城廓・武具・騎士』(1992年、凱風社)
『事典 英文学の背景──田園・自然』(1994年、凱風社)
『イギリス観察学入門』(1996年、丸善ライブラリー)
『イギリスの窓文化』(1996年、開文社出版)
『童話の国イギリス』(1997年、PHP研究所)
『イギリスを語る映画』(2000年、スクリーンプレイ出版)
『イギリス紅茶事典──文学にみる食文化』(2002年、日外アソシエーツ)
『事典・イギリスの橋──英文学の背景としての橋と文化』(2004年、日外アソシエーツ)
『イギリス「窓」事典──文学にみる窓文化』(2007年、日外アソシエーツ)
『イギリスの城廓事典──英文学の背景を知る』(2013年、日外アソシエーツ)
＜共著＞
『キープ──写真で見る英語百科』(1992年、研究社)
『現代英米情報辞典』(2000年、研究社出版)

イギリスの教会事典─英文学の背景を知る

2017年3月25日　第1刷発行

著　者／三谷康之
発行者／大髙利夫
発　行／日外アソシエーツ株式会社
　　　　〒140-0013 東京都品川区南大井6-16-16鈴中ビル大森アネックス
　　　　電話 (03)3763-5241(代表)　FAX(03)3764-0845
　　　　URL http://www.nichigai.co.jp/
発売元／株式会社紀伊國屋書店
　　　　〒163-8636 東京都新宿区新宿 3-17-7
　　　　電話 (03)3354-0131(代表)
　　　　ホールセール部(営業)　電話 (03)6910-0519

　　　　組版処理／有限会社デジタル工房
　　　　印刷・製本／光写真印刷株式会社
　　　　装　丁／赤田麻衣子

©MITANI Yasuyuki 2017
不許複製・禁無断転載　　　　　《中性紙三菱クリームエレガ使用》
＜落丁・乱丁本はお取り替えいたします＞
ISBN978-4-8169-2648-8　　　　*Printed in Japan,2017*

イギリスの城廓事典—英文学の背景を知る

三谷康之 著　A5・480頁　定価（本体8,200円＋税）　2013.11刊

イギリス中世城廓建築の周辺用語と史実、建築文化、風俗習慣などの文化的背景を知り、英文学を正しく理解するための「読む事典」。文学作品からの用例・文例あわせて500編と600点に及ぶ写真・図版を交えて、文学的・文化的・歴史的・視覚的に英文学の背景としての"城"を詳説。「参考書目」「索引」付き。

イギリス「窓」事典—文学にみる窓文化

三谷康之 著　A5・480頁　定価（本体9,143円＋税）　2007.12刊

イギリス文学や映画に登場する多種多様なイギリスの「窓」をビジュアルに紹介する事典。一般家屋から教会建築・歴史的建造物まで、40種・330に及ぶ西洋建築特有の「窓」と、その周辺用語360余りを収録。シェイクスピア、ディケンズ、ブロンテなどの実際の文学作品から「窓」にまつわる文例のべ423編を掲載し、どのように表現されているかをわかりやすく解説。写真・イラストを添え、日本人がイメージしにくいイギリスの「窓」文化を視覚的に理解できる。

事典・イギリスの橋
—英文学の背景としての橋と文化

三谷康之 著　A5・280頁　定価（本体6,600円＋税）　2004.11刊

礼拝堂橋、戦橋（いくさばし）、屋根つき橋などイギリスの100の橋が登場する英文学作品の原文・翻訳を交え、「橋」にまつわるイギリス文化を解説。特有の風俗習慣・語彙・建築文化も詳しく紹介。写真・図版200点を収録。著者長年のフィールドワークを集大成した、異文化へのかけ橋。

イギリス紅茶事典—文学にみる食文化

三谷康之 著　A5・270頁　定価（本体6,600円＋税）　2002.5刊

イギリス文学に頻出する「紅茶のある風景」。童話・童謡・詩・小説・戯曲・エッセイ・紀行文といった実際の文学作品から紅茶に関わる原文を引用し、歴史、作法、茶器など諸々の紅茶用語を解説するとともにその文化的背景も詳しく説明した事典。写真・イラスト多数掲載。イギリス文化への理解を深める一冊。

データベースカンパニー
日外アソシエーツ　〒140-0013　東京都品川区南大井6-16-16
TEL.(03)3763-5241　FAX.(03)3764-0845　http://www.nichigai.co.jp/